教育部人文社会科学研究青年项目“霍桑研究：异见者的声音”研究成果
项目编号：10YJC752034

原罪与狂欢：霍桑保守主义研究

尚晓进　著

上海大学出版社
·上海·

图书在版编目(CIP)数据

原罪与狂欢：霍桑保守主义研究/尚晓进著．—
上海：上海大学出版社，2015.10
ISBN 978-7-5671-1871-3

Ⅰ.①原… Ⅱ.①尚… Ⅲ.①霍桑，N.(1804～1864)-小说研究 Ⅳ.①I712.074

中国版本图书馆 CIP 数据核字(2015)第 225592 号

责任编辑 陈 强
封面设计 柯国富
技术编辑 章 斐

原罪与狂欢：霍桑保守主义研究
尚晓进 著
上海大学出版社出版发行
(上海市上大路 99 号 邮政编码 200444)
(http://www.press.shu.edu.cn 发行热线 021—66135112)
出版人：郭纯生
*
南京展望文化发展有限公司排版
上海叶大印务发展有限公司印刷 各地新华书店经销
开本 890×1240 1/32 印张 11 字数 296 千
2015 年 10 月第 1 版 2015 年 10 月第 1 次印刷
ISBN 978-7-5671-1871-3/I·308 定价：50.00 元

还原历史的霍桑：一个作家的文化肖像

（代序）

谈到霍桑这位中国读者喜爱的美国作家，我自然联想到他的同代人，另一位中国读者喜爱的文学大家惠特曼。两人分别是19世纪美国小说和诗歌领域的代表人物，但精神风貌和书写风格迥然不同。惠特曼直抒胸臆，诗风奔放、纵情、浪漫，本质上比较直白单纯；霍桑擅长探赜索隐，文辞细腻、内倾、哀婉，更加幽远深沉，需要心灵的倾听。如果说惠特曼是革新时代美国的精神，他的激情讴歌能让人热血沸腾，那么霍桑就是文化潮变中美国的灵魂，他的小说使人体验到人心的幽邃。美国文艺复兴运动的包容性，将这两位秉性和气质完全不同的文学家推到了前台。

霍桑对人物的内心世界具有细致入微的洞察能力，常在小说中将个人置于道德选择的困境，在本性与社会规范、宗教律令的碰撞中透析人的心理和心境。他善用象征，笔调柔润谐美，文风沉静幽婉，作品中常常弥漫着神秘诡异的气息，携带着些许哥特小说的悬疑和悲剧的抒情。他写下了一批拨动心弦的故事，常令读者爱不释卷，从阅读中获得精神触动、文化启迪和审美愉悦。他写得很美，但他更是一位思想深刻的作家。时至今日，霍桑的作品已是人类共有的文化遗产，更是收藏丰富的19世纪美国历史资料库和文化博物馆，值得细细品读、发掘和考究。

我对霍桑和他的作品不算陌生，但尚晓进教授的书稿《原罪与狂欢：霍桑保守主义研究》在很多方面更新了我的原有认识。作者将霍桑和他的小说作品置于19世纪上半叶的历史和文化语境中，寻踪觅源，抽丝剥茧，梳理错综复杂的思想脉络，解开盘绕纠缠的文化根系，勘查一个作家的情感历险和思想流变，“力求拨开岁月的重重迷雾，走进历史深处的霍桑”。这是一部具有深度的作家研究著作，不乏真知灼见，不仅在霍桑思想基础和作品主题的讨论中贡献新见，也勾勒出作家文化肖像不为常人所见的另一面，让我们看到了一个塑造霍桑的时代，也认识了一个时代塑造的霍桑。

霍桑与美国历史的牵连似乎是一种命定的安排。他的出生时间是美国独立纪念日，出生地点是马萨诸塞州的塞勒姆镇。那个地方曾是清教文化中心，那里的女巫审判记载了美国早期历史臭名昭著的开篇。霍桑生活的时代已经走出了清教主义的阴影，但清教文化遗产对他后来的思想发展和文学创作仍然深有影响，尤其是曾经染指于女巫审判的不光彩的家族背景，常让他回看和反思历史，探究导致人心疯狂、行为极端和权力失控背后的根源。他看到了人心深处黑暗的一面，视宗教概念中的“恶”为社会病源，仍然相信“原罪”的存在，并在《七个尖角阁的宅子》、《红字》和众多短篇小说中，让这些观念获得了生动鲜活的体现。“原罪”是美国清教主义的基本信条，也是作家的信仰基础。尚晓进教授将其用作书名中的关键词之一，指向作家思想中本土文化的根源。

书名中的另一个关键词“狂欢”取自巴赫金的理论，指向一种意在颠覆秩序体系，挑战权威话语，消弭等级划分的民主诉求，就文化渊源而言，又可回溯到古老的异教传统及它所包含的一套非基督教、非理性，或曰前现代的异质价值观念，表现为个体生命精神的张扬和对尘世生活的肯定。霍桑的时代是充满浪漫情怀的时代。一个年轻民族正意气昂扬，跃跃欲试，追逐理性和科学，试图打破传统束缚，解放人性，通过改革谋求进步。这种时代精神在同代人惠特曼激情四溢的诗歌中得到了最具有代表性的体现。霍桑的身上全然不见惠特曼的激情，很多人心目中的霍桑是个不谙世事的离群孤雁，沉迷于郁结于心的幽思。其实他同样深深卷入了时代的潮变之中，虽然态度审慎且偏于保守，但暗中接通了古典文化的狂欢精神。他具有两面性，是个矛盾体，背着沉重的历史包袱参与了时代的"狂欢"。霍桑的作品，如《红字》，虽与"原罪"等一些作家不愿放弃的概念纠缠在一起，但反映的是人物对压迫个人的社会势力的反抗。尽管他戴着镣铐舞蹈，总体上与时代的节奏还是合拍的。

霍桑的名字常常与三个互相叠盖的大概念联系在一起：美国的文艺复兴、后期浪漫主义和超验主义。文艺复兴是就美国历史而言，后期浪漫主义是就文学及文化史而言，超验主义是前两者的思想核心。发源于康科德的超验主义是美国历史上第一次重要的思想运动，以强调个体和自立为其核心观念，认为人可以通过直觉认识真理，可以依靠自我修养完善灵魂。这种凸显个体主观能动性的思想，是惠特曼讴歌的新的美国精神，促成了一场具有历史意义的文化和思想变革。文艺复兴的时代必然是一个"狂欢化"的时代，必然弥漫着浪漫主义的气息。但与以库珀的新边疆传奇为代表的前期浪漫主义不同，美国后期浪漫主义文学反映的是认识革命，拥戴民主与政治平等，将人的价值和个人自由提升至前所未有的高位，因此更具有划时代的意义。

尚晓进教授在书中将霍桑界定为一个保守主义者。的确，他不是一个义无反顾的革新者，他更愿意掂量比较，驻足而思。他看到了宗教的虚伪与专横，但无法与宗教传统撇清干系；他一度租住爱默生的老宅，与梭罗为邻，与超验主义精英为伍，但对带有自由主义色彩的超验思想持怀疑态度，尤其在小说《天国铁路》中对超验主义的乐观基调进行了讽刺；他赞成平等、合作的理想，参与布鲁克农庄的乌托邦实践，但不久便弃而远之，并在《福谷传奇》中对公社代表的理念进行了否定和批判；他希望人间平等，社会和谐，但对一切触动现状的改革心存疑虑，也有明显的种族主义倾向。他处在一个激进的时代，将自己投进历史的汹涌大潮中，但不愿随波逐流，常常显现出本质上的保守。他总是诚实地表达着个人的思考，并不随声附和。历史上的霍桑是一个矛盾体，矛盾的才更加真实，才具有代表价值，因为他所处的时代正是传统与新思想混战的时期，作为早期美国思想之根的清教主义受到新一代知识分子的挑战，但影响犹在。霍桑的作品反映了他思想中的矛盾和挣扎：世界并不完美，现实并非黑白分明，而常常善恶交叠，是非相混，就像红A字，既象征着人性的罪恶，又闪耀着道德的光泽。这部论著还原的正是这样一个矛盾但更加真实的霍桑。

长期以来，学界较多关注霍桑作品中时代背景凸显的本土宗教和文化因素，忽视了影响其创作的欧洲元素。前者相对显见，后者则更根植于霍桑和很多同代文化人意识的深处，潜移默化地施展着巨大的影响力。霍桑本人刻意强调自己的作品是“罗曼司”而不是小说，与欧洲传统浪漫主义文学划清界限，以凸显自己的美国身份。至少部分由于霍桑对自己作品体裁定义的坚持，后来的研究者对“罗曼司”与“小说”两个标签做了不少合理化的区分，认为罗曼司更带诗性、更多关注人物深层意识，更偏离日常生活而偏好陌生、怪异、离奇的主题，因此更具有复杂性和多义性，与“小说”的社会关注和再现模式不同。霍桑的许多作品确实有上述的特征，但尚晓进教授的研究特别指出，这样的标签和归类，其实淡化了欧洲文化对霍桑的影响，也割裂了霍桑小说与现实的关联，在相当程度上影响了霍桑研究的思路。这部新著对目前的霍桑研究总体倾向做出了矫正性的再平衡。

这种“再平衡”是用一种新历史主义的视野，将霍桑放回时代的语境之中，讨论作用于作家的两方面的影响源：来自欧洲的传统和美国本土的新传统。不可否认，美国的浪漫主义文学具有自己的独特风格，受到清教传统、西进运动、新民族谋求文化独立和建构理想社会的渴望等历史经验和意识形态基础的塑形。但先于美国浪漫主义运动的欧洲，尤其是英国的浪漫主义运动，对美国浪漫主义的形成与发展产生的影响不容低估。即使超验主义精神领袖爱默生本人的思想，也受到欧洲浪漫主义和德国唯心主义哲学的深刻影响。同时，东方的古代哲学和思想当时在美国有了译介，印度和中国典籍中的神秘主义也对超验主义者产生了一定的影响。尽管霍桑刻意强调自己的美国身份和作品的本土特性，在他思考美国现状时，作为衡量标尺和比较对象的欧洲文化，一直是他心中赫然存在的权威参照。霍桑本人曾旅居欧洲数年，旅欧体验更是激活了藏匿于他的“美国肖像”背后的欧洲文化因子。一般霍桑研究中所忽视的这一方面，正是尚晓进教授的新著所凸显的。

“再平衡”的另一个方面，是将一般被认为“不太成功”的霍桑的两部小说《福谷传奇》和《牧神雕像》隆重推到了前台。两部小说未获评论界青睐事出有因：爱默生表示过不满，而且销售情况不佳，似乎权威的评定和读者的选择达成了一致。但尚晓进发现这两部与作者生平关系最密切的小说是可资发掘的富矿，并着力开采。《福谷传奇》基于霍桑本人参与的布鲁克农庄乌托邦式公社的经历，小说中的社会革新的良好愿望最终毁于人的自私。作家对这类举措提出了批评性的思考，但小说也涉及了来自欧洲的女权主义、社会主义等思想领域的重大议题。霍桑的旅欧经历和思考，成就了其后期小说《牧神雕像》，在其中作家对美国的和欧洲的、历史的和现时的宗教和文化，从整体上进行了深刻的反思，诊查时弊，试图提出未来道德文化的构想。上述两部小说在尚晓进教授的新著中得到了富有新意的文化解读，让我们从不同侧面看到了一个更加丰富的、有血有肉的霍桑。

霍桑是一位深刻且具有文化远见的作家。但时至今日的霍桑研究基本未脱宗教、道德、心理和叙事艺术几个方面，即使未与历史和政治脱节，其连接也是间接的，泛化的，通过象征和故事的寓言性指涉，建立在抽象层面。尚晓进教授的新著超越了认识这位作家和作品的原有的程式，也修正了国内对这位作家形象和作品主题的很多方面的误读，为我们提供了再认识。这种再认识是建立在一种拓宽、深化的学术视野的基础之上，具有共时研究中历史维度的阔达和历时研究中社会政治空间的深邃。尚晓进在上海外国语大学就读博士时就有"才女"的美誉，十多年过去之后，又在这本著作中与她"相遇"，在清秀练达的文笔和鞭辟入里的分析中，不仅迎头撞见了扑面而来的才气，还体会了时间和积累打磨出的老练和深沉。

虞建华

2015 年春于上海外国语大学文学研究院

前　言

本书是对纳撒尼尔·霍桑(Nathaniel Hawthorne, 1804—1864)创作的整体性研究,采用语境化的研究策略,尤其聚焦作家的保守主义思想,在文本解析的基础上,试图厘清作家保守主义立场的形成、保守主义思想的内核及其发展流变的轨迹。传统上,霍桑研究偏重清教主义遗产和他对新英格兰历史的书写,近年来,学界多聚焦其作品的时代语境,探索他对时代思潮和问题的回应,一般也将他指认为一个保守主义者。但这一理解大多基于这样的思路:霍桑受清教传统影响,信奉原罪观,因而是个保守主义者。但这样的思路既遮蔽了霍桑保守主义的复杂性,也阻止了进一步追问的动力。或许,也正因为如此,学界对霍桑保守主义思想的生成、发展以及具体内涵仍缺乏系统研究。鉴于此,本书并不一来上就将霍桑指认为一个保守主义者,而是回到历史的现场,追索其创作倚重的欧洲文化元素,在此基础上,力求呈现其保守主义思想丰富而多变的面貌。

笔者首先将霍桑的创作置于19世纪上半叶的历史语境中,结合传记研究的成果,拨开岁月的重重迷雾,走进历史深处的霍桑,还原其生活和写作现场,梳理其创作脉络,廓清作品与时代语境的密切关联。在此,我们看到,霍桑的文学生涯发端于短篇小说,培育于19世纪早期文学民族主义的大气候中,以新英格兰历史题材的书写确立了其"美国"作家的身份。1830年代后期至1840年代中期,在康科德文化圈活跃的话语场域中,在改革运动热浪的激荡下,他砥砺了思想,发展出自己的核心主题,也确立了保守主义的基本立场。可以说,《红字》、《七个尖角阁的宅子》和《福谷传奇》三部长篇都得益于这一时期的思想成果，是 19 世纪三四十年代思想脉络的拓展与丰富。1853 年至 1860 年间，霍桑以利物浦领事一职旅居欧洲，由此踏上了一场漫长的文化寻根之旅，在古老的旧大陆，作家抚今追昔，回望西方文明的源头，发思古之幽情，慕远古之勃勃生机，收获的是一份深沉的历史感及宽广的文化意识，旅欧岁月似乎是专为其最后一部小说《牧神雕像》而准备的，它成就了这部作品雄浑而厚重的艺术品格。

在回到历史现场的同时，笔者也在仔细倾听霍桑作品中传统的回声。霍桑博览群书，文化积淀深厚，深具艾略特所言的历史意识，但他并不走引经据典的路子，更无意于旁征博引式的互文写作。传统以潜移默化的方式作用于他的心灵，为他提供了一整套可供援引的文化符码、意象、隐喻、母题类型及话语体系。传统上，霍桑是被作为民族和本土作家定位的，囿于这一视角，研究者多少忽略了他创作的欧洲文化元素。但不容否认，霍桑的的创作扎根于西方悠久而深厚的文化传统之中，而不单单得益于新英格兰土壤的滋养。作家不仅在作品中自如运用欧洲文化元素，也始终把欧洲作为一种文化参照系，反观美国的历史、现状及未来走向。鉴于此，笔者刻意绕开被反复言说的清教遗产，循着文本线索一路回溯到更为久远的欧洲文学与文化传统。从广义互文理论的角度来看，其文本中可辨识的前文本有田园牧歌文学、黄金时代神话、狂欢节庆传统、基督教的原罪观、莎士比亚戏剧的经典喻象等。在对霍桑作品中的欧洲文化元素进行梳理时，笔者发现一些别有意味的符码组合、一些回旋往复的母题旋律，而其中最为核心的两组，可提炼为原罪与狂欢，分别代表本土和欧洲资源的两个面向，也指向霍桑创作的两条基本路径：一条围绕基督教的原罪信条展开，另一条指向非基督教的异质文化体系，在原罪与狂欢的变奏与交响中，作家确立了自己的保守主义立场，而最终也给出一条融通基督教与异教传统的文化出路。

如果将时代语境视为创作的横轴，把文化传统看作是创作的纵轴，我们可将霍桑的创作置于这坐标的横轴和纵轴之内，具体考察他如何从传统中获得一套文化符号、表意系统和母题类型，找到一套属于自己的言说方式，对时代议题做出保守主义的回应。沿循霍桑的创作轨迹，本书尝试从整体上探析作家的短篇和长篇小说，把握其作品的核心主题，廓清作家保守主义思想流变的脉络。在1820年代文学民族主义的语境中，霍桑开始有意识发掘新英格兰历史，创作了一系列历史题材的短篇小说。以19世纪民族主义的宏大历史叙事为参照，可以看出霍桑历史书写与主导叙事模式之间的复杂对话关系：一方面，作家有意迎合时代高涨的民族主义和爱国主义情绪，以贴合主导叙事机制的方式，参与殖民地历史及美国革命的想象性书写；但更多的时候，他在暗中消解19世纪的宏大历史叙事，其中最具颠覆力的策略当属狂欢场景的运用。从本质上看，霍桑内含矛盾的历史叙事是其史观的必然选择，相对于以班克罗夫特为代表的民族主义史学家而言，作家深具启蒙晚期的反讽和怀疑意识，从未对人类的理性和进步抱有信心，从未倾心拥抱过启蒙主义的乐观信条，在对历史的体认上，更倾向于一种虚无主义的观点。这点表明，霍桑反复言说的原罪观从一开始就抽离了基督教的神学体系依托，是一种智性的选择。作家对进步论和进步史观的质疑也预示了他向保守主义发展的倾向。

如果将19世纪二三十年代年代视为霍桑创作的第一阶段，可将19世纪30年代后期到1850年《红字》发表前的这段时间界定为其创作的第二阶段，在延续一些核心关注的同时，作家开始转向关注当代场景和社会现实。如果说“历史”为霍桑第一阶段创作的焦点，“改革”和“改革运动”无疑是第二阶段的关键词，作家在此敏锐捕捉了时代的乌托邦气质和它所追逐的迷离幻影。在此期间，作家逐渐进入波士顿和康科德文化圈，与以爱默生为代表的文化群体多有交集。在此，他感受到一代文化人的炙热情怀，见证了席卷美国文化界的思想革命，并得以贴近了观察思想革命触发的改革浪潮。在与康科德文化圈的激烈思想交锋中，霍桑重新发现了古老的加尔文教义，以基督教的原罪观为核心，在40年代的系列短篇及《红字》中，构建了一套抵制性的话语体系，质疑进步论，否定构成乌托邦根基的启蒙原则，以对罪性、有限性和黑暗的确认消解时代的乌托邦幻影。在改革运动众声喧哗的场域中，作家的保守主义立场清晰呈现。

当然，霍桑并非只单纯停留于否定乌托邦冲动的层面，《红字》和《七个尖角阁的宅子》两部小说见证了其保守主义思想的发展。《红字》以 17 世纪的新英格兰殖民地为背景，但它成书于 1848—1849 年欧洲革命的风云激荡中，女主人公白兰以美国女权运动的先驱玛格丽特·富勒为原型，其两性观念是富勒激进主义思想的投影。作家以男女主人公的回归表达了他对权威和律法的捍卫，而白兰的和解尤其彰显作家的立场，与其说这一结局是小说叙事逻辑的自然推演，毋宁说这是作家强力意志在叙事中的显形。《七个尖角阁的宅子》直接对改革运动做出否定性的应答，和埃德蒙·伯克一样，霍桑捍卫家族、遗产与传承的意义，坚决站在传统、制度和惯例的一边。面对现代资本主义转型造成的社会弊病，作家借助田园牧歌传统，衔接小说聚焦的阶层问题，在阶级融通的田园幻景中想象性地解决了时代尖锐的阶级矛盾。可以说，这是一部田园往昔的怀旧之作，也是一部对旧秩序致敬的小说，更是作家保守主义思想的集中表达。

霍桑是位不折不扣的保守主义者，在最后两部小说中，我们看到其保守主义逻辑的持续推进。《福谷传奇》依然执着于乌托邦的思辨，但发展出了一份尖锐的批判意识。小说以田园牧歌传统消解乌托邦的革命潜力，从根本上解构乌托邦的理念和原则。更重要的是，作家超越对乌托邦的简单否定，从否定走向意识形态批判的层面，对以霍林华斯为代表的激进改革者做出严厉批判，以催眠术为喻，抨击乌托邦主义者所实施的思想控制与权力操纵，是对乌托邦之“恶”的集中检视。毋庸讳言，霍桑的保守主义也让他陷入一种寂静无为的困境，消极绝望的情绪在晚年愈发严重，在《牧神雕像》中，作家更多转向文化方面的思考，对于反对一切理性设计、人力干预的作家而言，这显然是从文化层面上寻求的一种突围。《牧神雕像》的结尾复制了《红字》原罪与狂欢并置的格局，在古典文化的腹地罗马城，在西方文明史的宏阔框架内，作家从整体上反思启蒙以来的现代性原则，批判美国的国家意识形态，为深陷现代性弊病的美国及现代世界设计了一种文化上的出路，即融合基督教与异教传统：一方面谨记人类自身的罪性与有限性，在道德的修为中，实现精神的超越；另一方面，从资本主义伦理的束缚中挣脱出来，恢复现代人的生机活力，张扬欢愉精神，肯定尘世生活内在的意义。

纵观霍桑的创作，可以说，他是一个不断重复自我的作家，他总是以不同的方式回到自己的思想原点，他不断重申人类的罪性、存在的限度，也不断以狂欢场景召唤田园牧歌的幻象，在黄金时代与乌托邦的置换中，消解乌托邦的根本理念与原则，反复宣示其保守主义的根本立场。但有意味的是，在不断重复中，他也以一种迂回的方式缓慢推进，由此，我们看到他保守主义生发出的丰富内涵，看到他意识形态批判的锋芒，也看到他身为文化人的理想情怀。不可否认，霍桑是一位深刻的作家。在21世纪的今天，他依然具有反复阅读的价值，他的洞见与哲思，他的忧患意识、批判精神，乃至文化远见，对我们这个深陷全球化迷局的时代，依然有着不容忽略的启发意义。

目　　录

第一章
走进历史深处的霍桑

传统上，我们总喜欢以孤僻、羞怯、敏感、抑郁、不合群、幽居、封闭这类字眼来形容纳撒尼尔·霍桑，将之指认为他与生俱来的气质，而这一印象与作家本人的自我描画、自我宣传也不无关系。霍桑似乎很乐意于把自己形容为一个孤独离群、不谙世故的人，在书信和作品的序言中，常着力刻画这一形象。1837 年 6 月 4 日，霍桑在给朗费罗的信里写道："如果你想象我栖居于猫头鹰巢里(an owl's nest)，基本也就符合实情了……我被抛出生活的洪流，发现再也无法回去了……我隔绝人群……把自己当成囚徒，关在牢房里，现在找不到开门的钥匙了，但即便门打开着，我也几乎不敢出来了。"霍桑所说的"猫头鹰巢"指的是塞勒姆他母亲住处的一间屋子，又名"凄凉城堡"(castle dismal)。1825 年从博多因学院毕业后，立志于创作的霍桑回到塞勒姆，在此度过了长达 12 年的所谓幽居期(1825—1837)。霍桑写这封信时，正值他的首个短篇小说集《故事重述》出版，他随信赠上新作，并言及自己的创作，"我阅历很少，只能凭空编造我的故事，而把这些虚幻之物描摹得真实是不容易的"。这封信后来被霍桑研究者反复引证，它不仅被视为作家本人的自我剖析，也是其创作的自我告白，个性、气质与他的书写由此密切联系在了一起。之后，霍桑也反复提及这段时光，1840 年 10 月 4 日，在写给未婚妻索菲亚·皮博迪(Sophia Amelia Peabody)的信中，霍桑把这间幽居的屋子称作"鬼屋"，以半开玩笑的口吻说，如果将来有人为自己作传，他应好好写写这个屋子，因为它形塑了自己的心灵和个性①。1852 年，霍桑推出最后一部短篇小说集《雪人》(*The Snow-Image, and other Twice-Told Tales*)，在序言中，霍桑再次回顾往昔岁月："我在生活的路旁坐了下来，像是中了魔法。灌木丛在我的身边冒了出来，嫩芽长成细枝，细枝长成小树，直到根节交错，无法从幽黑的林子深处走出来。"②

的确，这 12 年是霍桑的艺术探索和形成期，对他的作家生涯意义重大，然而，无论在他本人笔下，还是在后世的反复书写中，幽居似乎成了进入霍桑艺术的关键通道，而孤独作家也浮现为一个统摄性的形象，或隐或现地左右着对其作品的阐释。甚至直到 1980 年，霍桑的权威传记作者之一，阿林·特纳(Arlin Turner)在《纳撒尼尔·霍桑》中，提及他写给朗费罗的信时，仍如此评议，"在我们文学的档案中，这是自我揭示和自我剖析最为透彻的案例之一……对霍桑而言，这道德浪漫传奇的创作者、人性的研究者，重要的不是事件或情境本身，而是他创造性的想象力如何想象它"③。这一思路的问题在于，霍桑的自我描画原本有渲染和虚构的成分，它是文人一种自觉的姿态，是作家自我的艺术投射，不可完全等同于其生活中的作家本人，如果以此为支点来把握霍桑的全部创作，自然有其内在的局限性和片面性。这一批评传统自然也影响了霍桑在中国的接受史。对于霍桑，大众读者，包括一些研究者，一个根深蒂固的印象是：他是浪漫传奇的书写者，致力于构建介于"现实与幻境"的中间地带，为人类心灵的罪恶所困扰，偏爱历史和心灵的幽暗世界。比如，2000 年出版的《美国文学史》(第一卷)有关霍桑的篇章，仍将逃离现实界定为作家的总体冲动："霍桑不断从现实生活事件中退却，不断地追求那

---

① Joel Myerson, ed., *Selected Letters of Nathaniel Hawthorne*. Columbus: The Ohio State University Press, 2002, p. 42, 79.

② Nathaniel Hawthorne. *Nathaniel Hawthorne: Tales and Sketches*. New York: the Library of America, 1982, p. 1156. 后文有关霍桑随笔和短篇小说的引文都出于该文集，只在引文后标注页码，不再一一注明出处。

③ Arlin Turner. *Nathaniel Hawthorne*. New York: Oxford University Press, 1980, pp. 88 - 89.

块‘他者之地’。”[①]

如果说，早期传记作者建构了一个离群索居、向内心或历史的幽冥地带逃遁的作家形象，那么，从20世纪三四十年代起，这一印象被逐渐修正，后期传记作家普遍关注霍桑所处的历史时空，重构了一个置身于人群和社会生活的作家形象。1932年，兰德尔·斯图尔特(Randall Stewart)编辑出版的霍桑的《美国笔记》(*American Notebooks*)标志着一个新的开端。正如斯图尔特预言的，随着史料的发掘和复原，一个全新的霍桑将呈现于世人面前，这个霍桑“更为男子气、更人性化，更机敏，也更聪明(就入世而言)”[②]。他实际上更深地卷入了生活，与时代风云有着千丝万缕的联系：他身为民主党人，曾因党派之争失去在塞勒姆海关的职位；他倾尽存款，入股布鲁克农庄；他为大学同学富兰克林·皮尔斯撰写总统竞选传记，在后者当选后，出任驻英国利物浦总领事一职。长久以来，研究者似乎选择性地忽视这类事实，尽管这些已足以说明，霍桑绝非只是一个生活的旁观者、超然的艺术家。甚至，他也不像自己宣称的那般孤僻、不谙世事。他不仅与朗费罗、爱默生、麦尔维尔、玛格丽特·富勒等文人有交往，更与霍拉肖·布里奇(Horatio Bridge)、皮尔斯(Franklin Pierce)、约翰·奥沙利文(John O'Sullivan)等政界、出版界朋友保持了密切的友谊。当代研究者已有明确结论，霍桑文学声名的建立得益于朋友圈、编辑和出版商的影响力和文学市场的运作。毋庸置疑，经过传记研究的改写，我们已不能想当然地把霍桑视为一个与历史、社会和现实绝缘的艺术家了。

传记研究恢复了霍桑创作的历史维度，为霍桑批评开拓了宽阔的社会政治空间。早在霍桑百年诞辰之际，研究者已预见，历史视野的融入将会补充“业已建立的‘霍桑的清教重负’”之论，形成与之并

---

① 张冲：《美国文学史》(第一卷)，上海：上海外语教育出版社，2000年，第334页。

② 转引自 Seymour L. Gross and Randall Stewart. “The Hawthorne Revival,” In *Hawthorne Centenary Essays*, ed. Roy Harvey Peace. Columbus: The Ohio State University Press, 1964, p. 334.

立的批评传统。[①] 然而，由于二战后新批评的强势影响，霍桑研究并未立即突破原有的格局，对霍桑的道德、心理和形式主义解读依然占据主导地位。如果说他的作品与现实有所关联，那么，也必然是以寓言、象征和神话的方式，换言之，只能是一种隐喻的、抽象的关联。因此，评论界普遍将霍桑视作一位寓言式或象征主义作家。再者，这一时期，不少研究者从体裁的层面将浪漫传奇与小说进行刻意区分，在《美国小说及其传统》一书中，评论家切斯（Richard Chase）将浪漫传奇界定为"一种'非社会性'、'非历史性'、'非政治性'、'关注人类普遍心理'的文学主题和体裁样式"，而这又被视为美国文学民族性和本土经验的表达形式。霍桑小说被奉为浪漫传奇的经典之作，体裁论进一步割裂了霍桑小说与现实的关联，并在战后 30 多年的时间里，在相当程度上影响了霍桑研究的思路[②]。

至 20 世纪七八十年代，当代文学理论的崛起彻底改变了这一局面。20 世纪后半叶是理论的黄金时代，诸多流派各领风骚，为文学研究贡献了多样化的理论、视角和研究路径。霍桑研究也日益呈现出多元化的态势，其中，一个重要变化是，重新贯通了霍桑与现实的关联。这与新历史主义的兴起密切相关，珀森（Leland S. Person）在《霍桑与历史》一文中指出，"1990 年代占据主导地位的是对霍桑及其作品的新历史主义分析"[③]。新历史主义研究将霍桑置于时代语境之中，恢复了其创作的历史之维。2005 年出版的《霍桑与真实：诞辰两百周年文集》（*Hawthorne and the Real*）可谓这一研究视角的集中展示，文集涵盖霍桑与时代的诸多议题，正如编者指出的，各位作者"不约而同地探索了霍桑想象力与'真实'的关系，所谓'真实'，即他

---

① Seymour L. Gross and Randall Stewart. "The Hawthorne Revival", p. 342.

② 方文开：《人性 · 自然 · 精神家园——霍桑及其现代性研究》，上海：上海外语教育出版社，2008 年，第 67 页。

③ Leland S. Person. "Hawthorne and History," In *A Historical Guide to Nathaniel Hawthorne*, ed. Larry J. Keynolds. Oxford: Oxford University Press, 2001, p. 183.

时常所言的觉得不感兴趣、或无法再现的社会现实”[①]。近二三十年间，历史视角下的霍桑研究似乎穷尽了霍桑与时代语境的方方面面，霍桑与超验主义、改革运动、南北战争、废奴运动、催眠术、通灵术、女性书写、文学传统、文学市场的关系，他与新英格兰文化群体，同时代文人如麦尔维尔、爱默生、玛格丽特·富勒等人的交集和影响等，被纳入研究范围，成为反复探讨的议题。毋庸置疑，从当代研究中浮现的是一个深深嵌入时代肌理的霍桑，一个政治性的霍桑。

在重新进入霍桑的作品之前，我们需要重返历史，回到作家生活和创作的时代，重新走近历史云烟深处的那个霍桑。

第一节　两次战争之间的美国：1812—1864

至1864年5月霍桑辞世时，美国南北战争的硝烟犹未散去，他未能见证战争的结束及战后一系列转折，然而，内战的爆发已宣告了一个时代的终结。这个时代是属于霍桑、爱默生、梭罗、麦尔维尔、惠特曼等一代文人的，它是文学上的浪漫主义[②]，是年轻美国的成年期，也是美国历史上的“第一个伟大的开发期”。一系列的关键词足以展示这个时代的豪迈与壮阔：工业革命、交通革命、西进运动、天命论、废奴运动、扩张主义、杰克逊民主、超验主义、完善论、乌托邦主义……这个时代无疑也是诗意的，正如帕灵顿所描述的，这“半个世纪是一个奢华的青春时代，它献身浪漫主义，像亚伦神杖一样创造了无数的奇迹”[③]。

① Millicent Bell, “Preface,” In *Hawthorne and the Real: Bicentennial Essay*, ed. Millicent Bell. Columbus: the Ohio State University Press, 2005.

② 对美国浪漫主义，学界在具体的分期上存在不同说法，但一般将两次战争视为美国浪漫主义转折和终结的重要界标，即1812年战争和1861年爆发的南北战争。

③ 沃依·路易·帕灵顿：《美国思想史》，陈永国等译，长春：吉林人民出版社，2002年，第351页。

如果说，内战为这个时代降下了帷幕，那么，开启它的是另一场战争，即1812年战争，又称“第二次英美战争”(1812—1815)。独立战争之后，英国虽然在政治上放弃了它在北美的权益，但仍在很大程度上控制着美国的经济命脉，并在西部保持了它的势力，不断在边境挑起冲突。麦迪逊(James Madison)总统执政时，英美两国的矛盾进一步激化，1812年6月1日，麦迪逊将宣战咨文提交国会，国会投票通过宣战咨文，6月18日，美国对英宣战。随着英军在战场上连连失利，美英于1814年12月24日签署《根特条约》，宣布双方解除敌对状态，恢复战前边界，由此重申了1783年《巴黎和约》规定的美国独立的条款。1812年战争对美国的发展影响深远。战争的胜利维护了美国的领土完整和国家安全，所以，史学界将之视为美国独立战争的继续，有“第二次独立战争”之称。不仅如此，战争更捍卫了美国的经济利益，促进了经济的迅速发展。经济的繁荣和边境的安宁，为开发内陆的西进运动创造了条件。1812年战争后，美国开始进入领土扩张的时期，“从此正式踏上了工业化和现代化的道路”。[①] 这里，我们以1812年战争为起点，纵观美国在半个世纪内的深刻变革，它是霍桑作品得以生成的社会土壤。

从“和睦时期”开始，美国资本主义经济生机勃勃，工业革命向纵深发展，交通、运输、通讯、农业、科技等领域都有大发展。几十年间，美国得以彻底摆脱对欧洲，尤其是英国的依赖，完成了从农业国向工业国的转化。美国工业革命始于18世纪90年代，1812年战争胜利后全面展开，北部新英格兰地区因具有发达的工业基础，至19世纪50年代，率先完成了工业革命。大规模机器生产首先出现在棉纺织业，之后向毛织、缝纫、制鞋等行业扩展；另一方面，工业革命又由纺织业向采矿、钢铁、交通等行业扩展。这一时期，美国出现了一场交通运输革命，仅仅几十年间内，就跨越了公路、汽船和铁路三个时代。铁路交通是交通运输业的重大发展。1830年，美国仿制蒸汽机车成

---

① 何顺果：《美国历史十五讲》，北京：北京大学出版社，2007年，第85页。

功，至1850年，美国成为世界上拥有铁路线最长的国家。这个时代也见证了通讯领域的革命。塞缪尔·莫尔斯(Samuel Finley Breese Morse)是第一台实用电报机的发明者，至19世纪50年代，电报在铁路上得到推广使用，几乎各条铁路沿线都架设了电报线，各个车站都设有电报局。1861年，首个横跨大陆的电报电缆投入使用。这一时期，美国也在尝试实现横跨大西洋的电报通讯，1868年，第一条跨洋电缆成功铺设，将美国与欧洲连接起来。形形色色的科技发明不断进入公众生活，不仅大大提高了生产力，也革新了人们的思维和生活方式。

工业革命的推进将美国纳入整个欧洲资本主义体系，商业资本主义逐渐向工业资本主义过渡。经济的发展推进着美国的工业化和城市化进程，城市和重工业中心崛起，最终将美国从一个农业社会改造成城市社会。美国人口，尤其是城市人口激增，据统计，从1800年至1860年间，美国人口已超过英国，其中，城市人口猛增24倍。移民潮的出现是引起人口激增的另一因素，这一时期，来自爱尔兰、德国、斯堪的纳维亚和其他欧洲国家和地区的移民大量涌入。在"西进运动"引发向西部移民热潮的同时，外来移民也涌向东海岸新兴城市、西部新建城镇及边疆地带。另一方面，北方资本主义经济的迅猛发展也造成社会结构的变化，出现了工人境况恶化、劳资冲突加剧、贫富差距拉大等一系列社会问题。浪漫主义时期三次大的经济危机分别于1819、1837和1853年间爆发。1827年秋天，费城15个行业工会联合起来，组成了技工工会联合会(The Mechanics' Union of Trade Associations)，美国很多史学家将之视为美国工人运动的开端。从1820年到1850年间，美国不断爆发争取劳工权利的罢工运动和工会活动，资本主义发展引发的种种问题为这个乐观主义的时代带来了不和谐音。

另一方面，领土扩张贯穿了美国19世纪上半叶的历史。美国的扩张自然得益于综合国力的增强，在这一历史进程中，其扩张主义的意识形态又发挥了重要作用，而"天定命运"论(Manifest Destiny，又译“天命论”、“昭昭天命”等)是美国扩张主义意识形态的集中表达。“天命论”不仅为政府的兼并和战争等扩张行为推波助澜,也用来合法化这一历史进程。建国时,美国只据有大西洋沿岸的一个狭长地带,1812 年战争之后,美国进入了一个领土快速扩张的时期,通过购买、兼并和战争等手段,从起初的 13 个殖民地迅速扩张为一个横跨大西洋和太平洋的大陆强国。西进运动可追溯到北美独立战争时期,19 世纪上半叶,西进随大陆扩张而迅猛推进。但它并不简单地等同于“领土扩张”,而是集群众性移民、领土扩张和大规模开发于一体的历史性进程,它以个人、家庭和团体为单位,以土地投机家、普通农场主和奴隶主这三个群体为主要推动力。从长远来看,西进运动推动了美国的工业化进程,“刺激了拓荒业、畜牧业、采矿业、加工业、制造业及交通、运输和商业等各行各业的迅速发展”,“从各个方面为全国的工业化奠定了雄厚的基础,最终实现了由商业资本主义向工业资本主义的过渡”。①

霍桑成长与创作的活跃期又与美国历史上所谓的“杰克逊时代”(the Jacksonian era)重合。杰克逊是美国 19 世纪最有影响力的总统之一,1829—1837 年在任,但他的影响并不局限于其总统任职期间,史学家一般把 1820—1840 年这一时期称作“杰克逊时代”。和他的前辈不同,杰克逊是第一位来自西部边疆的总统,他的纲领和政策深刻影响了美国的政治、经济和社会生活。他信奉杰斐逊式的农业共和主义,限制中央政府的权力,维护州权,经济上主张自由放任,反对垄断和政府干预经济,倾向于维护西部农场主、南部种植园主以及劳工阶层的权益,曾实行官职轮流制和反银行等重要举措,力求打破上层的垄断和特权。杰克逊的施政理念与他的家庭出身也有关系,作为美国历史上第一位出身平民的总统,他的当选体现了“美国梦”的传统信念,更重要的是,从此开启了美国“平民”参政的传统,令普

① 何顺果:《美国边疆史——西部开发模式研究》,北京:北京大学出版社,2000 年,第 374 页。

通大众深受鼓舞。杰克逊视自己为“平民的捍卫者”(champion of the common man),对权贵和各种势力都心怀疑惧,力求捍卫民主、平等和自由的原则。这一时期,美国的普选权扩大,财产和教育程度等方面的限制被取消,更多的中下层民众获得了选举和参政的机会,“平民”和“民主”成为这一时代的关键词,因而,史学家又以“杰克逊民主”来概括这个时代政治和社会生活的特征,边疆学派的创始人特纳(Frederick Jackson Turner)是最早使用该词的历史学家。

值得一提的还有这个时代的改革运动。史学家将 1830—1850 年这钟情于改革的二十年称作“改革时代”(Age of Reform),这一时期,美国爆发出巨大的改革热忱,有关改革的计划、方案和举措五花八门,花样繁多,其中,影响较大的有废奴运动、女权运动、反酗酒运动、监狱改革、劳工运动等等。尽管有改革运动之称,但“改革时代”出现的又并非一场统一的运动,改革的理论渊源、具体实践和最终诉求都不相同,而且,改革者群体和实验社团的成员也身份驳杂,有文化人、知识群体,也有宗教和政界人士。改革运动的成因是多方面的,一般认为,与 19 世纪上半叶的宗教复兴运动、超验主义、欧洲社会主义和乌托邦主义的影响密切相关,宗教乌托邦主义与世俗乌托邦主义的合流播散了打造理想新世界的改革热忱,人们普遍相信,通过变革社会,可以彻底消除邪恶、苦难和不合理的一切。另一方面,改革也是对激烈社会变革的一种回应。19 世纪上半叶是一个飞速发展和深刻变革的时代,工业革命、城市化、大陆扩张、西进运动、移民潮激荡着这个年轻的国度,剧烈的变革引发诸多问题和弊病,这一时期的美国急需从社会、精神和哲学的层面上,寻求解决问题、救治时弊的方案。这也是改革激情如此深入人心的缘故。

即便在 21 世纪的今天,回望 19 世纪上半叶的美国,我们依然必须承认,那是一个波澜壮阔的时代,那是一个年轻的民族昂扬奋发、激情四射的时代。它从清教主义的阴影中走来,见证了理性、科技和人性的胜利,它有着冲破一切旧束缚和疆界的雄心,挑战一切权威、权贵和传统的勇气,它相信梦想和进取的力量,它是世俗的、粗俗的,喷薄出物质主义的欲望，然而，它也是浪漫传奇的忠实信徒，散发着乌托邦的精神气质，仿佛一切都可以触及，而地平线又无限遥远而开阔。在《美国思想史》一书中，帕灵顿如此完美地概括了这个时代的总体特征："新共同体在荒野中冉冉升起……静止社会的理想被搁置在一旁，进步被认为是自然的首要法则，而革新则是进步的象征和符号。这是我们第一个伟大的开发时期，从这个时期里自然生长出罗曼司精神。"①

无论霍桑本人如何沉迷于清教主义、新英格兰历史，也无论他如何钟情于朦胧的月光、昏暗的炉火，沉迷于浪漫传奇的讲述方式，不可否认的是，他的作品始终根植于 19 世纪上半叶的历史语境，脱胎于这个时代的文化土壤，同时，也必然折射出时代的风云影像，甚至，这个影像也并非像他宣称的那样影影绰绰，为虚构的想象力所点化或虚化。如果我们抛开定见和一些笼统的印象，可以发现，他的作品宛如多棱镜，清晰地折射出 19 世纪上半叶美国驳杂的生活场景和社会图景。和这个时代的很多作家一样，他关注到这个时代的技术奇迹，诸如火车、铁路、蒸汽机、电报、银版照相术等。短篇小说《老苹果贩子》(*The Old Apple-Dealer*)首次描写了火车和站台的意象，而《通天铁路》(*The Celestial Rail-road*)则将火车之旅用作小说的核心象征。当然，他并非只是信手拈来这些生活中的物象，他深知事物隐含的深意，或者，由它们所隐喻的深层历史。他始终在以貌似疏离的方式观察、体味着这个世界，更透过驳杂的表象，看到社会变迁的风潮以及变迁背后的话语成因，包括占主导地位的意识形态话语和思想的潜流与暗流。实际上，他有相当多的短篇触及当时的超验主义和改革运动，甚至在一些以历史为素材或心理探索的篇章里，我们依然能捕捉到他对于时代问题的思考。比如，《红字》这部以 17 世纪新英格兰为场景的小说，它渗透的是 19 世纪上半叶的妇女权利运动话

---

① 沃依·路易·帕灵顿：《美国思想史》，陈永国等译，长春：吉林人民出版社，2002 年，第 352 页。

语，再以《七个尖角阁的宅子》为例，在貌似过时的家族故事背后，作家聚焦的是从农耕向现代社会转型的阶层变化。

在阅读霍桑时，我们需要将他和他的创作重新置于历史的坐标之中，正是基于这样的考虑，本节粗略勾勒了时代风貌，为进一步解读其作品提供一个整体的时代框架。在此，我们也需要指出，清教主义或加尔文教的霍桑绝非作家的全貌，霍桑首先属于浪漫主义的美国，他是时代敏锐的观察者、记录者和思考者。再者，他的关注也是外向的、宏大的，他始终在反观这个国家的历史和现状，拷问美国的国家主导意识形态、民族的文化品格以及国家的历史走向。

第二节 霍桑小传：生平、创作及文化语境

走近霍桑，仍需要重返历史现场，贴近了去看他的生活及创作场景。当代传记研究业已恢复霍桑创作的历史维度，重构了一个更为人间烟火的作家形象。这里，我们将着重聚焦作家生活的某些横切面，在梳理其生平和创作脉络的同时，廓清其创作与时代文化语境的关联。霍桑的创作不仅得益于清教主义的滋养，更与19世纪上半叶的文学民族主义、超验主义和康科德文化圈的影响密切相关，是作家个性、才华、思想与时代主流话语对话的产物。

一、童年与大学

纳撒尼尔·霍桑（1804—1864）出生于马萨诸塞州的塞勒姆(Salem)。塞勒姆是新英格兰最古老的城镇之一，18世纪至19世纪初叶，作为东印度公司的贸易中心而一度非常繁荣，但从1820年代开始逐渐没落，在《红字》的“海关序言”中，霍桑生动再现了小镇凋敝衰败的景象以及海关幕僚无精打采的精神状态。自1850年《红字》

发表后，作家极少回故乡，但他在塞勒姆度过了童年及成年的大部分光阴，有传记作家认为，“他的根脉、过去和童年都在塞勒姆”[①]，他在精神上从未远离过故乡，其实对任何作家来说，故乡都是其艺术生命不可割舍的一部分。

谈到故乡和根脉，就不能不提起霍桑的父系家族，他们显赫一时的清教先辈。霍桑家是塞勒姆最古老的名门望族之一，其先祖可回溯到英格兰伯克郡的托马斯·霍桑（Thomas Hawthorne），至16世纪，家族姓氏改为“哈桑”（Hathorne）。17世纪早期，威廉·哈桑移民到北美马萨诸塞，起初落脚多切斯特（Dorchester），1636年迁至塞勒姆。威廉·哈桑曾任马萨诸塞殖民议会的首任议长、塞勒姆民兵首领、法官等职，对待贵格会清教异端分子极其冷酷无情，他曾违抗英王查理二世之命，拒绝返回英格兰受责，也因此赢得后辈的敬仰。约翰·哈桑（John Hawthorne）秉承其父冷峻严厉之风，曾任塞勒姆地方法官，在1692年臭名昭著的塞勒姆“审巫案”中扮演了重要角色，是其中的三大审讯法官之一。约翰的行径给家族留下了一个阴森的传说：有受害女巫在临死之际给他们下了诅咒，说灾祸将降临哈桑法官及其子孙后代头上。在霍桑看来，两位先祖就是清教徒的典型，虔诚、正直、冷峻、偏执，“具有清教徒的一切品性，优劣兼而有之”[②]。家族史和清教主义占据霍桑的想象力，但他关于家族及清教历史的知识更多来自成年后的阅读，这意味着作家实际上是在自觉发掘可供书写的素材，而非仅仅出于家族负罪心理，为幽暗的往事所萦绕。

霍桑家族后来家道中落，以航海为业。霍桑的父亲是一名船长，霍桑4岁时丧父。母亲伊丽莎白·曼宁（Elizabeth Manning）来自一个中产阶级商人家庭，丈夫去世后，携年幼的儿女搬回同在塞勒姆的

---

① Edwin Haviland Miller. *Salem Is My Dwelling Place*. Iowa City: University of Iowa Press, 1991, p. 19.

② 霍桑：《红字》，姚乃强译，南京：译林出版社，1996年，第7页。本书中有关《红字》的引文均出自该译本，个别地方略有改动。

娘家。曼宁家族人丁兴旺，家庭氛围很活跃，据亲戚们回忆，“像一家闹腾的酒馆”。[①] 家庭成员各有各的政见和信仰，有三位一体论者(Trinitarians)、有归属第一公理会教堂的(Congregationalist First Church)、也有第二公理会教堂——即塞勒姆的东教会(East Church)的信徒。和塞勒姆的很多家庭一样，曼宁家信教，但将宗教信仰融入现世生活中，务实，肯干，富于进取精神，他们养马、种植果树、购置地产，不断扩大家业。舅舅罗伯特重视教育，将霍桑兄妹三个都送到学校，霍桑九岁时在学校玩球伤了脚，大约两三年才彻底康复，其间，未来的辞典编撰家约瑟夫·伍斯特(Joseph Worcester)上门来给他辅导。曼宁家在缅因州雷蒙德(Raymond)的塞巴戈湖畔拥有一处地产，1818 年秋天，伊丽莎白带孩子来此居住。塞巴戈湖畔风光秀丽，宛如莎士比亚笔下的“阿登森林”，还处于未开发的自然状态，霍桑钓鱼、打猎、滑冰，疯得像个野孩子。1819 年，出于学业的考虑，母亲将霍桑送回塞勒姆上学。尽管父亲早逝，霍桑的童年跟其他孩子大体一样：和姐妹们玩闹，养宠物、逗猫、在学校里和小伙伴们打打闹闹，唯一称得上意外事件的大概就是脚受伤的经历了。就个人气质而言，霍桑属于敏感、纤弱、早熟的一类。他酷爱读书，孩提时就已阅读过约翰·班杨(John Bunyan)、莎士比亚、弥尔顿、斯宾塞和詹姆斯·汤姆森(James Thomson)等人的作品，斯宾塞的《仙后》(*The Faerie Queen*)是他自己花钱买的第一本书。他读书的趣味也相当驳杂，包括哥特式小说、英国浪漫主义诗歌、新古典主义作家、社会批评等，诸如司各特(Walter Scott)、安·拉德克利夫(Ann Radcliffe)、威廉·葛德汶(William Godwin)、霍格(James Hogg)、卢梭(Jean-Jacques Rousseau)、奥利弗·歌德斯密斯(Oliver Goldsmith)、塞缪尔·约翰逊(Samuel Johnson)、亨利·菲尔丁(Henry Fielding)、拜伦(George Gordon Byron)、彭斯(Robert Burns)等都在他的阅读名单上。

---

① Brenda Wineapple. *Hawthorne: a Life*. New York: Alfred A. Knope, 2003, p. 23.

霍桑很早就表现出对文学的兴趣，曾模仿18世纪英国散文家理查德·斯梯尔(Richard Steele)、约瑟夫·艾迪生，创办了一份名为《旁观者》(*Spectator*)的家庭小报，自编自写，内容有家居杂事、短文、诗歌等。此外，他还替开马车铺的舅舅威廉·曼宁(William Manning)当助手、记账。在给姐姐的信中，他提到："没有谁能够既写诗又同时记账。"或许，霍桑此时已感受到两种原则的冲突了，即物质的、商业的和实用主义原则与诗性的、精神的及理想主义原则的冲突，而在他的感觉里，曼宁家族更多地体现了前者。1821年，17岁的霍桑开始思考未来的职业选择，在3月13日写给母亲的信中，他首次谈及当作家的可能：

> 我至今尚未决定从事何种职业。做牧师，当然不可能。我想，即便是您，也不愿我选择如此枯燥的一种生活……律师呢，已经有那么多了，有一半(保守估计的话)已经真的要饿死了……您觉得我成为一位作家如何？靠文字养活自己？说真的，我觉得自己这潦草的字迹很有作家之风。当评论者赞誉我的作品，说可以与英国佬最引以为豪的作品相媲美时，您该多么骄傲啊。不过，作家们都是些可怜鬼，所以，会被撒旦带走。[①]

从信里可以看出，霍桑考虑到把写作作为职业选择的可能。19世纪初叶的美国，现代意义上的职业写作已经形成，它是"商业技术和中产阶级社会的产物，并依附于这一社会"[②]，英国作家司各特、美国作家华盛顿·欧文和库珀的成功激励了一代文学青年，令霍桑想到把文学作为一种职业的选择，但他显然低估了以文为生的艰难。若干

① Nathaniel Hawthorne. *The Letters, 1813 - 1843*. eds. Thomas Woodson, L. Neal Smith and Norman Holmes Pearson. Ohio: Ohio State University Press, 1984, pp. 138 - 139.

② Nina Baym. *The Shape of Hawthorne's Career*. New York: Cornell University Press, 1976, p. 17.

年后，走上创作之路的霍桑才真切感受到生存和出版的艰难，挫折感使得他对美国社会的商业化和物质主义倾向更为敏感，也促使他深入思考文学、艺术在美国的地位及功用等问题。

1821 年 9 月，在舅舅罗伯特的资助下，霍桑入读博多因学院(Bowdoin College)。在校期间，霍桑偏重古典语言、文学、圣经方面的学习，精通拉丁语。但他并非一个循规蹈矩的学生，学业算不上优秀，他抽烟、喝酒、玩牌，时常违背校规，不出席任何宗教仪式，包括晨间和晚间祈祷。大学期间，他开始尝试创作，完成了处女作《范肖》(*Fanshawe*, 1828)的部分手稿，还有为短篇小说集《故土七故事》(*Seven Tales of My Native Land*)筹划的部分篇章，但前者出版后被作家召回销毁，后者的出版计划流产。大学期间，霍桑最大的收获当属他结下的友谊。在博多因学院，他结交了霍拉肖·布里奇、富兰克林·皮尔斯和乔纳森·奇利(Jonathan Cilley)三位密友，尤其是前两位直接影响了他的人生和创作。和霍桑一样，这三位后来都以民主党人的身份出任公职，其中，皮尔斯成为美国第 14 任总统，齐利当选为美国众议院议员。布里奇是最早预见到霍桑会成为优秀作家的人，在后者的文学生涯上给予了莫大的支持，暗中出资帮助霍桑出版《重述的故事》(*Twice-Told Tales*, 1837)，在霍桑夫妇陷入经济困境时，也曾尽力接济过他们。1850 年，霍桑将最后一部短篇小说集《雪人及其他重述的故事》(*The Snow-Image and Other Twice-Told Tales*)题赠给布里奇，并在序言中表达了诚挚的谢意。霍桑与皮尔斯也维持了终生的友谊。他为皮尔斯撰写竞选传记，后者当选后，委任他以英国利物浦总领事一职，希望可以让他再无经济上的顾虑，从此潜心创作。霍桑的大学同窗还有日后成名的诗人亨利·朗费罗(Henry W. Longfellow)，但当时关系并不密切，两人的友谊是后来发展起来的。

1825 年，霍桑从博多因学院毕业，朗费罗在毕业典礼上做了题为“我们的本土作家”的演讲，其中有这样慷慨激昂的句子：“一个声音已经在这片土地上升起——文学的精神和对文学的热爱已经从我们自由政体的影子下升起。"[①]回望历史，朗费罗的毕业演讲意味深长，它传达了一个年轻国度对于本土文学的呼唤，它也预言了一个众星璀璨的文学繁荣期，无论是他本人，还是听众席中的霍桑，都将成为其中耀眼的明星。

二、蛰居岁月：出版、市场与文学民族主义

大学毕业后，霍桑在自己的姓氏里加上了"W"这个字母，改写为"Hawthorne"，这是一种宣告独立的身份意识，在确认家系的同时，也将自己与清教先辈们区别开来，但较之重功利的曼宁家族，霍桑更倾心于自己的父系先辈。这一年，霍桑 21 岁，他回到了塞勒姆的曼宁家——赫伯特大街 12 号，母亲和姐妹之前已经从缅因州搬回了这里。日复一日，他待在三楼的房间里埋头写作，写作的同时，也努力寻求出版机会，但直到 1837 年首部短篇小说集问世，才赢得了作家的声名。对年轻的霍桑而言，这 12 年是他人生漫长的蛰居期，也是他的文学探索期，他读书、思考、积淀、写作，找到了自己的素材、主题和形式，形成了独特的艺术风格。

1828 年，霍桑自费出版处女作《范肖》，小说塑造了一个浪漫、忧伤的年轻人为主人公，以爱情为主线，有明显模仿司各特小说的痕迹，艺术上并不成功，但哥特式元素、象征手法的运用以及主题结构上也预示了他的一些风格特色。这之前，霍桑曾尝试推出短篇小说集《故土七故事》，1829 年筹划了一组以殖民地历史为题材的短篇小说集《殖民地的故事》(*Provincial Tales*)，1832 至 1833 年间又构思创作了一本更复杂的拟用框架结构的故事集《讲故事的人》(*The Story Teller*)，但这些出版计划都流产了。除《范肖》外，霍桑这一时期创作的都是短篇小说，结集出版前，大部分在报刊、读物上发表过，主要有塞缪尔·古德里奇(Samuel Griswold Goodrich)出版的年刊

① Brenda Wineapple. *Hawthorne: a Life*. New York: Alfred A. Knope, 2003, p. 57.

《珍藏》(*The Token*)、[①]《塞勒姆公报》(*Salem Gazette*)和《新英格兰杂志》(*New-England Magazine*)。《新英格兰杂志》从1834年采用他的作品,首个短篇小说集问世后,权威文学杂志《美国杂志和民主评论》开始采用他的作品。在结集出版前,因为刊物用稿方面的考虑,这些短篇都以匿名或笔名的方式发表,且稿费也相当微薄,尽管无名无利,但《珍藏》和《新英格兰杂志》到底将他的作品带到了世人面前。

这12年里,霍桑深切体味了出版和成名的艰难。尽管民族文学的呼声日益高涨,真正意义上的美国文学也已萌发,但就出版市场而言,美国文学依然处于举步维艰的阶段。出于版权原因,美国出版的多是英国成名作家的作品,对本土作家仍持谨慎的态度,"美国出版商更喜欢重印那些著名英国作家的作品(他们不用向这些作家缴纳版税,即使交的话也只是一小笔校样费用),而不是冒险去出版美国人的作品"。1820年,史密斯(Sidney Smith)在《爱丁堡评论》(*Edinburgh Review*)上提出了的经典之问:"四海之内,有谁会去看美国人写的书呢?"[②]出于商业利润的考虑,美国出版商宁愿重印英国成名作家的作品,而不愿冒险出版美国人的作品。霍桑的出版商塞缪尔·古德里奇在回忆录中提到,到19世纪30年代,美国作者的作品还只占美国年度出版量的40%。对一位名不见经传的作者来说,他所面临的形势自然不容乐观。不仅如此,他还面临女性作者群体的竞争,女性畅销作家占据了市场的很大份额,甚至,在一般人的印

---

① 《珍藏》是一种用于圣诞节赠礼的图文读物,一般年末推出次年的新卷本,从1831年开始,霍桑在这份读物上总共发表了大约27篇短篇小说,其中包括《温顺男孩》(*The Gentle Boy*)、《欢乐山的五月柱》(*The Maypole of Merry Mount*)、《牧师的黑面纱》(*The Minister's Black Veil*)、《罗格·马尔文的葬礼》(*Roger Malvin's Burial*)、《我的亲戚,莫林诺少校》(*My Kinsman, Major Molineux*)和《能预言的画像》(*The Prophetic Pictures*)等经典短篇。

② Neal Frank Doubleday. *Hawthorne's Early Tales, A Critical Study*. North Carolina: Duke University Press, 1972, p. 6.

象里，“写作差不多就是女人的事，而在杰克逊时代的美国也的确如此。”[①]1855 年，已负盛名的霍桑在写给出版商威廉·蒂克纳(William D. Ticknor)的信中，依然相当气恼地宣称，“美国现在全交给一帮该死的胡写乱画的女人了，在公众趣味被她们的垃圾作品所左右时，我就没有成功的机会”。[②]

切身经历让霍桑对美国出版界状态有了贴近的观察。据他本人说，因反复被出版商拒绝，一怒之下，他将计划为《故土七故事》准备的文稿付之一炬，这件事他在一些短篇小说中都有所影射，《手稿中的恶魔》(*The Devil in Manuscript*)直接以此为素材。故事中的奥博伦(Oberon)是一个有天分的年轻作家，学习法律的同时也写了不少故事，将稿子先后寄给 17 家出版社，但“17 家出版商中，唯一诚实的那位明确告诉我，如果是知名作家，可能还有极少数的出版商搭理。但如果是新人，除非甘愿自担风险，否则没有出版商愿意同美国人的作品扯上关系。”(p. 331 - 332)奥博伦悲愤中将手稿一把火烧掉，意外的是，余烬由烟囱飞升而上，在小镇上引发了一场大火。焚稿如今成了文坛轶事，但对当时的霍桑而言，更多是苦涩的自嘲。奥博伦这个人物也在其他一些短篇中现身，如《孤独人的日记残稿》(*Fragments from the Journal of a Solitary Man*)和《弃稿残篇》(*Passages from a Relinquished Work*)等作品中，他是霍桑塑造的一个年轻作家的形象，有他自己早年的影子，有他作为艺术家的情怀寄托，更有孤独、困顿以及疑虑等情绪的抒发。

回首这段岁月，霍桑在给友人的信中写道：“漫长的隐居并未使我变得忧郁或愤世嫉俗，也没让我完全无法适应喧闹的世俗生活，或许，我的天性需要这样的磨砺，机缘和本性共同作用，促使我做出最

---

① Brenda Wineapple. “Nathaniel Hawthorne: A Brief Biography,” In *A Historical Guide to Nathaniel Hawthorne*, ed. Larry J. Reynolds. Oxford: Oxford University Press, 2001, p. 18.

② 转引自 John T. Frederick. “Hawthorne's ‘Scribbling Women,” *The New England Quarterly*, Vol. 48, No. 2 (Jun., 1975), p. 231.

合适的选择。"[1]这段话显然不同于我们熟悉的幽居之说。这也提醒我们，在回望霍桑早期创作生涯时，需要谨慎地对待一些既定的思维和印象。如果将当时的创作和出版环境纳入视野，我们能更好地理解霍桑反复提及的诸如"猫头鹰巢"、"凄凉城堡"和"鬼屋"之类的意象，同时，也能更清晰地看到孤独与境况而非个性的联系。

早年岁月也启发了他对文学艺术境况的思考。大学毕业后，不找工作，长期闲居在家，在一般人看来，自然有游手好闲的嫌疑，尤其是在一个日益商业化、物质主义的时代，因为闲散和懒散根本有悖于社会的主导价值观念。霍桑早年的处境显然有些尴尬，这使他开始思考文学艺术在美国社会中的整体境况。从自身的溃败中，他洞悉出美国文化的某些弊病，看到了这个民族过于实用主义和功利主义的一面，如尼娜指出的，"美国的实用主义品格在建国之初就形成了这一观点，因为艺术没有实用价值，所以这个新生的民族用不着艺术。本杰明·弗兰克林说过，美国在相当长的时间内用不上艺术"[2]。不仅如此，在对美国文化气质的审视中，霍桑追本溯源，从清教主义传统中探析到美国实用主义精神的根源，又从自身的写作困境出发，走向对美国文化传统的整体观照。在早期的篇章中，霍桑开始书写他身为作家的尴尬处境，探讨文艺在美国社会中的整体境遇。《讲故事的人》是霍桑筹划的一个框架结构的故事集，拟以叙事人奥博伦的漫游为脉络衔接集子里的独立篇章，如今保存下来的《弃稿残篇》为《讲故事的人》的开篇或外框架部分。奥博伦渴望四处漫游，以讲故事为生，他感喟道："我们的民众有一种粗俗的观念，他们绝不相信被他们称作游手好闲的行为会有什么好处，一个年轻人如果不学医、不学法律，不研习福音书，也不开店或者务农，而是仅仅满足于父辈留给他的财产，他们只能认定这年轻不可救药。"(p. 175)奥博伦道出了

① 转引自 Neal Frank Doubleday. *Hawthorne's Early Tales, A Critical Study*. North Carolina: Duke University Press, 1972, p. 11.

② Nina Baym. *The Shape of Hawthorne's Career*. New York: Cornell University Press, 1976, p. 18.

霍桑自己对美国人的看法。多年后，在《红字》的"海关"序言中，霍桑仍如此揣想清教先辈对自己的评判："这两个面目森严、郁郁寡欢的清教徒谁都不曾想到苍天会对他们的罪孽作出报复……冒出了一个像我这样游手好闲的不肖子孙……'一个写故事书的！那算什么行业——既不能给上帝增光，也不能给人类的子孙后代造福'。"[①]作家看到清教传统造就的一种根深蒂固的文化心理，清教先辈所崇尚的工作伦理在资本主义勃兴的19世纪上半叶又与进步论等主导意识共同构筑了中产阶级的价值壁垒，关于艺术、文化和美国价值取向的思考实际上贯穿了他的整个创作生涯。

霍桑的文学生涯发端于美国文学民族主义的热潮中，诚如伯科维奇所言，"霍桑的最大贡献是将他那个时代的文学观念与后来讨论民族文学时的文学观念结合了起来"[②]。从18世纪末开始，美国文化界已经有了打造民族文学的强烈意识，至19世纪最初二十年，在民族主义的激荡下，新一辈作家更急于发掘本土题材，构建自己的文学传统，彻底改变美国在文化上依附于欧洲的状态。这一时期，值得一提的是司各特历史小说在美国的影响，他的"威弗利小说"（the Waverley novels）风行一时，启发了美国文人对地域和历史的兴趣。据研究者考证，从19世纪20年代末开始，霍桑开始有意识地阅读历史书籍，塞勒姆图书馆为他提供了资料便利，他的阅读量惊人，涉猎范围广泛。图书馆的借阅资料表明，霍桑对新英格兰早期历史有着系统而深入的研读，从新英格兰年鉴、塞勒姆地方报纸到庭审记录，几乎无所不包。他阅读过的历史著述包括托马斯·哈钦森（Thomas Hutchinson）的《马萨诸塞历史》（*History of Massachusetts*）、约翰·温斯罗普（John Winthrop）的《日志》（*Journal*）和约瑟夫·菲尔特（Joseph B. Felt）的《塞勒姆年鉴》（*Annals of Salem*）、奥尔

① 霍桑：《红字》，姚乃强译，南京：译林出版社，1996年，第8页。

② 萨克文·伯科维奇主编：《剑桥美国文学史》（第二卷），史志康等译，北京：中央编译出版社，2008年，第675页。

登·布拉德福(Alden Bradford)的《马萨诸塞历史》(*A History of Massachusetts*)、丹尼尔·尼尔(Daniel Neal)的《清教徒历史》(*The History of the Puritans*)、威廉·休厄尔(William Sewell)的《贵格派历史》(*History of the Quakers*)等。这些足以表明,作家对殖民地历史的书写绝非仅仅因为家族史的影响。霍桑以美国作家的身份自居,自觉回应文学民族主义的呼声,参与了美国本土文学传统的建构。尽管《故土七故事》和《殖民地的故事》都未能付梓出版,但他拟用的书名本身已清晰呈现出其创作的地域和历史意识。从20年代末开始,霍桑成为美国殖民和革命历史的自觉书写者,创作了一系列经典短篇,如《我的亲戚,莫林诺上校》(*My kinsman, Major Molineux*)、《罗杰·马尔文的葬礼》(*Roger Malvin's Burial*)、《温顺男孩》(*The Gentle Boy*)、《欢乐山的五月柱》(*The May Pole of Merry Mount*)、《恩迪科特与红十字》(*Endicott and the Red Cross*)、《灰发勇士》(*The Gray Champion*)和《总督府的传说》(*Legends of the Province-House*)等。在以历史为素材或场景的系列作品中,霍桑从历史的幽冥地带召唤出栩栩如生的人物和惊心动魄的事件,以饱满的想象力复原斑斓的历史场景,书写了美国从殖民地向现代民族国家迈进的历史进程,从这个意义上说,他当之无愧地成为这个民族文学的代言人,他是美国民族神话和国家传奇的重要构建者之一。

三、1838—1845:文化圈、布鲁克农庄与古屋岁月

1837年3月,《重述的故事》问世,收录了霍桑的18个短篇小说,包括《牧师的黑面纱》(*The Minister's Black Veil*)、《灰发勇士》、《欢乐山的五月柱》、《婚礼上的丧钟》(*The Wedding-Knell*)等经典短篇。《重述的故事》获得一致的好评,不过,评论家称道的是他优雅的文风、温和的幽默和空灵的想象力。在收到霍桑赠书后,朗费罗立即热情回信,并于同年7月在《北美评论》(*North American Review*)刊出评论文章,但溢美之词多于批评洞见。无论如何,首个短篇小说集

的发表正式确立了霍桑的作家声名。

同年，约翰·奥沙利文同他人合伙创办《美国杂志与民主评论》（简称《民主评论》），并出任主编，他致信霍桑，邀请他为新刊物撰稿。奥沙利文是一位活跃的专栏作家和编辑，因提出“天命说”而名噪一时，在政治上持激进姿态，是民主党人、激进的民族主义者，支持美国扩张主义和帝国主义，同时也是一位反战主义者和种族主义者。他主编的《民主评论》为民主党喉舌，致力于宣扬杰克逊民主。在创刊号上，奥沙利文如此定义民主信条：“民主是人类的事业。它对人性怀抱信心。它信仰人性本质上的平等和根本的善……它的目标是将大众的心灵从卑下的、令人沮丧的社会等级及特权的束缚中解脱出来。”[①]在刊登政论文的同时，《民主评论》也致力于扶持本土文学，奥沙利文决意以英国核心文学期刊为样板，把《民主评论》办成“一流水平”的文学刊物，其宗旨在于为文学注入民主精神，以匡正美国文学“反民主”的性质。他吸引了一批美国最优秀的作家，除霍桑外，作者阵营还包括威廉·钱宁、约翰·惠迪尔（John Greenleaf Whittier）、惠特曼、爱伦坡、朗费罗、詹姆斯·洛威尔（James Russell Lowell）、亨利·梭罗、凯瑟琳·塞奇威克（Catherine Maria Sedgwick）、威廉·西姆斯（William Gilmore Simms）和乔治·班克罗夫特（George Bancroft）等。1837年10月，霍桑在创刊号上贡献了一篇随笔《收税人的一天》（*The Toll-Gatherer's Day*），之后8年间，他在《民主杂志》上发表了20篇新创作的短篇小说，包括《总督府传奇》、《通天铁路》、《拉帕西尼的女儿》（*Rappaccini's Daughter*）、《自我主义；或心底之蛇》（*The Egotism; or Bosom Serpent*）、《美的艺术家》（*The Artist of the Beautiful*）和《新亚当和夏娃》（*The New Adam and Eve*）等。霍桑与奥沙利文很快成为亲密好友，称他为“世上最真诚、最美好的人之一”，而后者也对作家报以不遗余力的支持和鼓励。有研究者认为，奥沙利文及《民主评论》的民族主义及政治立场直接影响了霍桑

① Brenda Wineapple. *Hawthorne: a Life*. New York: Alfred A. Knope, 2003, p. 107.

的一些作品，尤其是《总督府传奇》似乎有刻意迎合奥沙利文的嫌疑。[①] 当然，这样的解读过于简单化，它忽视了文学作品的复杂性；再者，尽管霍桑属于民主党派，在理论和观念上认同民主原则，但他并非政客，从来不是积极的民主党人，"康科德的民主党人报告说，霍桑居住康科德期间，连选举也不参加"，[②]所以，不可简单地以党派界定霍桑的政治思想。不过，这一批评观点也提醒我们关注霍桑作品与党派刊物及意识形态话语的关联。毕竟，此时的霍桑已从"幽室"的边缘位置进入文化的中心地带，这也就意味着，其作品内部必然回响着时代的主流话语以及作家主体意识的应答。

这一时期，霍桑也在演绎属于他自己的浪漫传奇。1837 年前后，霍桑与伊丽莎白·皮博迪(Elizabeth Peabody)结识并建立起友谊。伊丽莎白精力旺盛，热心于当时的改革运动，是波士顿文化圈的重要人物，曾为唯一神教牧师威廉·钱宁担任秘书，参与过奥尔科特的实验学校项目，在波士顿的家中开过一间书店。书店成为超验主义的一个活动中心，出版过超验主义俱乐部的刊物《日晷》，爱默生称之为"阐释各类文学、哲学、伦理学和艺术问题的一个私人化剧场"[③]，直到暮年，伊丽莎白一直活跃在公众领域，亨利·詹姆斯的小说《波士顿人》(*The Bostonians*)中的女性改革者波兹艾小姐(Miss Birdseye)即以她为原型。伊丽莎白充分认识到霍桑的天才，尽其所能，帮助他拓展事业。1838 年 3 月，她为《重述的故事》在《纽约客》(*New-Yorker*)上撰写评论文章，向包括爱默生在内的文化圈朋友们推荐此书。她督促霍桑出版第一本短篇故事集，鼓励他创作了一系列以新英格兰历史为题材的儿童读物，包括《祖父的椅子》

---

① 参见 Neal Frank Doubleday. *Hawthorne's Early Tales, A Critical Study*. North Carolina: Duke University Press, 1972, pp. 118 – 120.

② 兰德尔·斯图尔特：《霍桑传》，赵庆庆译，上海：东方出版中心，1997 年，第 77—78 页。

③ Sarah Bird Wright. *Critical Companion to Nathaniel Hawthorne: A Literary Reference to His Life and Work*. New York: Facts On File, Inc., 2007, p. 291.

(*Grandfather's Chair: A History for Youth*, 1841)、《声名显赫的老先生们》(*Famous Old People: Being the Second Epoch of Grandfather's Chair*, 1841)、《自由树》(*Liberty Tree: With the Last Words of Grandfather's Chair*, 1841)，此外，还有一本《儿童传记故事》(*Biographical Stories for Children*, 1842)。此间，霍桑政界的朋友一直在为他奔走，希望能为他谋求一份公职，伊丽莎白致信相关人士，最终促成此事。1839 年 1 月，后来的历史学家、时任波士顿港征税官的班克罗夫特委任霍桑以波士顿海关司磅员一职，年薪 1 500 美元。伊丽莎白加强了霍桑与超验主义文化圈的联系，使他得以贴近观察包括她本人在内的改革者。霍桑在海关任职两年，1841 年辉格党竞选获胜，当年 1 月霍桑辞职。

有意思的是，霍桑尽管同伊丽莎白一度关系密切，通信频繁，却最终和她的妹妹索菲亚发展出了浪漫爱情。1838 年的秋天，霍桑在皮博迪家的客厅初次邂逅索菲亚，两人逐渐陷入爱河。索菲亚受过良好教育，学过绘画，是有一定造诣的艺术家，曾为霍桑新版的《温顺男孩》作卷首插图。在波士顿海关任职期间，两人鸿雁频传，他从爱人那里找到了灵感、激情和心灵的港湾，他称呼她为"鸽子"，在 1840 年 10 月 4 日的信中写道："我越来越近地走向我的鸽子，向她敞开心扉，她飞进来，合拢了翅膀——她栖息在我的心间，永远栖息在那里，温暖着我的心，以自己的生命令我重生。"[①]霍桑甚至把索菲亚形容为引领他走出"幽室"的力量，但情话素来有夸张、不切实际的成分，霍桑也从未像他自我描摹的那般离群索居。1842 年 7 月，霍桑与索菲亚成婚，婚后育有三个孩子，索菲亚持家，料理家务，经济困难时，曾绘制灯罩补贴家用，两人白头偕老，婚姻可谓幸福美满。

霍桑在海关任职期间，超验主义思潮席卷了波士顿及邻近地区，改革运动风起云涌。以 1840 年为例，出现的标志性事件包括：超验

---

① Joel Myerson, ed., *Selected Letters of Nathaniel Hawthorne*. Columbus: The Ohio State University Press, 2002, p. 42, 80.

主义俱乐部出版了第一期《日晷》；1 500 多名普遍改革之友会(Friends of Universal Reform)成员在波士顿的卡顿大街教堂(Chardon Street Chapel)汇聚一堂，争论圣经的权威、妇女问题以及奴隶制问题。乔治·瑞普利是《日晷》杂志的商务及文学经理，这年秋天，他开始思考如何改革社会组织方式，次年，在波士顿近郊的西洛克斯伯里(West Roxbury)创立了布鲁克农庄。这项实验的目的在于融合智性和体力劳动，消除阶层和地位差异，它的设想是让社员每天劳动几个小时，其余的时间用于智性和精神上的追求。农庄颇有田园牧歌的情调，女人们穿裙子，内衬灯笼短裤，农闲时戴宽边帽，装饰以浆果、葡萄藤或花环，男人们穿蓝上衣、宽松裤，脚蹬厚靴子。爱默生并未加入这项超验主义的实验，他把农庄实验戏称为“一场漫长的野餐郊游、小规模的法国革命，面饼锅里的理性时代”[①]。

霍桑投入 1 500 美元的积蓄，入股布鲁克农庄，成为农庄的受托人之一，后来又成为财务部的主席。这一决策的确出人意料，因为他并非热忱的改革者，也并不热爱群居生活。他自己给出的解释是，为了给他和索菲亚安个家，也为了给自己一个写作的空间。如果仅从现实的角度考虑，这项投资貌似有些冒险了。作家霍桑应该有更深层的动机，至少他感受到这些人物与和事业的吸引力，他有足够的兴趣观察和体验一项致力于革新社会的乌托邦举措，正如 1831 年间他曾兴致勃勃地参观过坎特伯雷震颤派社区的美好生活，甚至开玩笑说要加入该教派。1841 年 4 月 12 日，霍桑冒着风雪抵达西洛克斯伯里，在最初的几个月里，他兴致勃勃地干着农活，一边憧憬着和索菲亚的田园家居生活。但霍桑很快发现，为了将农庄维持下去，社员们不得不全力以赴地耕作，他根本没有精力或感觉进行写作。在 6 月 1 日给索菲亚的信中，霍桑抱怨道：“亲爱的，我认为，粪堆或犁沟，如同

① Edwin Haviland Miller. *Salem Is My Dwelling Place*. Iowa City: University of Iowa Press, 1991, p. 189.

钱堆一样，会埋没、凋萎人的灵魂。”①至 8 月份，他跟索菲亚坦陈，在布鲁克农庄构筑家园的希望是微乎其微的，但他又逗留了一阵子，声称要“从新的角度来观察这些人和他们的事业，看是否有理由和他们命运与共”②。1841 年 11 月，霍桑离开布鲁克农庄，次年 10 月正式退出。

从某种意义上说，布鲁克农庄是霍桑的艺术投资，1852 年出版的《福谷传奇》无疑证明了这点。作家亲历了一项乌托邦举措，见证了改革者们的梦想和激情，他也看到它内在的矛盾以及梦想与现实的距离，这些都为他日后的创作积累了素材，提供了思考的入口。值得一提的还有霍桑与玛格丽特·富勒(Magaret Fuller)的交往。她是超验主义小团体的活跃成员，作家、文学批评家、美国最早的女性职业报刊评论人和驻外记者。她关注妇女问题，鼓励女性寻求独立，试图将超验主义的自立原则和改革思想引入妇女问题，1839—1844 年间，富勒定期主办妇女会谈，吸引了不少致力于改革的作家和激进人士。富勒是 19 世纪三四十年代波士顿文化圈最富思想活力的知识女性，也是一位极具特色、富于个人魅力的女性。在布鲁克农庄，霍桑与富勒建立起了友谊，在给索菲亚的书信中，他有时提到富勒，拿农庄里一头属于她的母牛打趣，称之为“超验主义的小母牛”，形容它霸道、不温顺，却“长了一张极睿智的脸”。离开布鲁克农庄后，霍桑和富勒及其他在此结识的朋友保持着联系。

1842 年 7 月，新婚的霍桑夫妇迁入康科德古屋。此时，康科德已成为超验主义运动的中心，作为超验主义的领袖，爱默生吸引了一批文化人聚集于此地，古屋距爱默生的家仅半英里。在沉浸于爱河的同时，霍桑也置身于一场文化风暴的中心。他并不像人们通常认为的那样，只守着两人的小世界，霍桑夫妇其实相当的热情好客，古屋

---

① Joel Myerson，ed.，*Selected Letters of Nathaniel Hawthorne*. Columbus：The Ohio State University Press，2002，p. 42,87.

② Brenda Wineapple. *Hawthorne: a Life*. New York：Alfred A. Knopf，2003，p. 150.

常有客人造访，“谈笑有鸿儒，往来无白丁”——或许，也可以用这句诗文来形容霍桑在古屋的栖居状态。时常来串门的有爱默生夫妇、梭罗、埃勒里·钱宁（Ellery Channing）①，玛格丽特·富勒、布里奇、皮尔斯、家人、海关同事、布鲁克农庄的朋友等都曾上门做客。他和爱默生一起散步、用餐，1842 年 9 月，两人曾结伴去哈佛的一个震颤派社区游玩，但对他的思想显然不认同；他与钱宁、梭罗相处甚欢，常一起远足、钓鱼、泛舟康科德河，他欣赏梭罗，曾向编辑推荐过梭罗，称赞他的书是“一个真实的人的作品，充满了真实的思想”。富勒在两人安居后不久即上门拜访，索菲亚为她倾倒，而霍桑的态度更为复杂，欣赏和不安、迷恋和质疑，或许兼而有之。无论如何，富勒的个性和激进主义的姿态启发了他对妇女问题的思考，也影响了他对女性人物的塑造。《福谷传奇》中的季诺碧亚（Zenobia）直接以富勒为原型，而富勒的著作《19 世纪的妇女》也影响了《红字》的创作，小说中海丝特·白兰关于女性的激进观点不少取自富勒的著述。

斯图尔特在传记中将霍桑与康科德文人圈的关系界定为“交而不密”，这是非常准确的。霍桑并非超验主义者，他置身其中，又始终从旁观者的角度，饶有兴趣地打量着康科德的文化人，反思他们的理念和举措。1846 年，霍桑在《古屋杂忆》（*The Old Manse*，即短篇小说集《古屋青苔》的序言）中，直言不讳地表达了对爱默生和他所倡导的超验主义的批评。古屋岁月对霍桑的创作至关重要，在此，他进入了美国当时最活跃、最为中心的话语场域，他见证了席卷美国文化界的一场革命，他感受到一代文化人的炙热情怀，他困惑于这个国家过于旺盛的想象力、过于活跃的生命力，他忧患的是它太急切地想割裂过去、向未来敞开。在与主流话语的冲撞中，霍桑发展出了自己最为核心的艺术主题，其保守主义的轮廓逐渐清晰。古屋的日子对于霍桑是丰厚无比的，此间，他和索菲亚迎来了第一个孩子尤娜（Una）；

---

① 埃勒里·钱宁（Ellery Channing，1818—1901），诗人，唯一神教牧师威廉·钱宁的侄子，超验主义文化圈里最优秀的诗人之一。

文学上，他收获了 21 个短篇小说，其中包括他最为经典的篇章，如《新亚当和夏娃》(*The New Adam and Eve*)、《通天铁路》、《老苹果贩子》、《幻想大厅》(*The Hall of Fantasy*)、《胎记》(*The Birthmark*)、《地球上的火劫》(*Earth's Holocaust*)、《拉帕西尼的女儿》和《自我主义；或心底之蛇》等。阅读这些短篇，可以发现，它们大多紧扣时代的脉搏，是作家对时代潮汐的呼应，包括那些向加尔文教致敬的篇章比如《胎记》，归根结底，也是他针对时代问题的应答。从这个角度出发，我们将更清晰地看到作家 40 年代创作的思想脉络。古屋岁月带给霍桑的不仅是这些短篇，它更像一段金光闪烁的矿脉，一直延伸进他的长篇小说创作中。

1845 年 10 月，因无力支付房租，霍桑夫妇被迫搬出古屋，回到塞勒姆的母亲家。霍桑重新坐进那间度过沉寂青春的书房里，完成了《古屋杂忆》一文，整理出版了第二部短篇小说集《古屋青苔》(1846)，除古屋期间的创作外，还收录了《年轻人布朗》(*Young Goodman Brown*)和《罗杰·马尔文的葬礼》等早期佳作。评论界对《古屋青苔》的反应以赞誉为主，富勒和爱伦·坡都发表了评论文章，但两人对其肯定的同时，也各自提出了一些批评。比如，富勒认为，“霍桑迂回曲折，却未能揭开生命的秘密”[①]，看来，她对霍桑的作品还是缺乏洞见的，而多年后，当年仅 40 岁的富勒遭遇沉船事故，葬身大海后，霍桑在日志中对她的评判也相当的严厉。

四、1846—1853：海关、麦尔维尔和浪漫传奇

1845 年，民主党人詹姆斯·波尔克(James K. Polk)当选为第 11 届美国总统，霍桑的民主党朋友开始积极活动，为在贫困中挣扎的作家谋取公职，1846 年 3 月，霍桑最终获得塞勒姆海关检验官的任命。这一职位得来不易，牵涉到复杂的党派政治以及地方党魁之间

---

① Brenda Wineapple. *Hawthorne: a Life*. New York: Alfred A. Knope, 2003, p. 195.

的关系。斯图尔特在传记中写道,“工作落实前的数月,霍桑和塞勒姆的政界人士往来密切,此后的成功证明,他不乏这方面的才干”[①],霍桑自己也声称,“最近几个月的经历差不多把我变成政客了”[②]。作家受惠于民主党的荫庇,但又刻意避开政治漩涡,强调自己是以文人而非政客的身份参与公众生活,在《红字》的“海关”序言里,他这样界定自己的身份:“是一名不过问政治的人,虽然在原则上是一名忠实的民主派,但他接受和担任官职都与政治无关。”[③]这些事实表明,在党派之争的格局下,霍桑着力刻画自己不善交际、清净无为的艺术家形象,其实也是一种谨慎的处世策略。尽管如此,这并不妨碍塞勒姆民主党人士视他为本地骄傲,霍桑的名字被列入民主党“市镇委员会”委员、州议会塞勒姆代表团。这一时期,霍桑也的确与塞勒姆民主党政界人士有交往,在本地民主党报刊《塞勒姆广告报》(*Salem Advertiser*)上发表过文章,尽管是未署名发表的文学评论,但日后还是成为辉格党人攻击他、并最终将他撤职的把柄。

在海关任职期间,霍桑的生活是快乐且安宁的。1846 年 6 月,儿子朱利安(Julian)出生;1847 年,一家人包括他的母亲和姐妹,一同迁到摩尔街 14 号的大宅子里。海关的公务并不繁重,他每天上午 10 点到办公室,读读报,和同事聊聊天,有时去码头验货,指挥下属征集关税、签署文件,给货物打上完税的印章。在混迹布鲁克农庄、康科德文化圈之后,他体验到一种完全不同于书斋的生活,为自己能与不同类型和品质的人打交道而沾沾自喜。在此期间,霍桑还担任了塞勒姆演讲会(Salem Lyceum)秘书一职,邀请了韦布斯特(Daniel Webster)、爱默生、梭罗、奥尔科特等文化名流来演讲。与此同时,他也保持了良好的创作状态,1848 年末开始筹划一本新的故事集,完成《伊桑·布兰德》(*Ethan Brand*)和《大街》(*Main-Street*)两个短

① 兰德尔·斯图尔特:《霍桑传》,赵庆庆译,上海:东方出版中心,1997 年,第 80 页。
② Brenda Wineapple. *Hawthorne: a Life*. New York: Alfred A. Knope, 2003, p. 191.
③ 霍桑:《红字》,姚乃强译,南京:译林出版社,1996 年,第 11 页。

篇，后者发表在皮博迪主编的《美学文丛》(*Aesthetic Papers*)上。尽管海关任职期间问世的作品不多，但霍桑蓄势待发，即将进入创作的爆发期。研究者认为，《红字》，或者也包括《七个尖角阁的宅子》的创作始于这一时期，只是最初还是作为短篇小说构思的。

1848 年 11 月，辉格党获胜，扎卡里·泰勒(Zachary Taylor)当选美国总统，霍桑深陷党派政治的漩涡，1849 年 6 月，他被解除公职。由于作家渐升的名望，事件引发相当多的关注，《费城晚间公报》(*Philadelphia Evening Bulletin*)撰文声称，以公职养霍桑这样的文人是有必要的，因为"培育下一代心智的，并非我们的政客，也不是我们的政治家，而是著书立说的人，无数的人阅读书籍，并受到影响"①。该文作者把塞勒姆事件上升到一个国家应如何对待文人和文化的高度了。这场风波伤害了霍桑的自尊，也令一家人再次陷入经济窘境中。1849 年是惨淡的一年，失去公职后，霍桑落魄到靠朋友募捐救济的地步，更悲伤的是，母亲伊丽莎白·霍桑于 7 月 31 日病逝，作家承受了丧母之痛，感受到母子之间深沉的爱，也体味到死生之虚无。

《红字》成书于情感的剧烈震荡中，1849 年的变故令作家心情跌宕起伏，愤怒、耻辱、悒郁和悲伤共同激发出作家巨大的创造力。根据索菲亚的记录，在母亲去世后的几个月间，霍桑"奋笔疾书，几乎吓住我了"；以霍桑自己的话来说，"仿佛魔鬼附身一般，哪怕只是为了令敌人惭愧"②。而在出版史上，《红字》也有一段佳话流传。1849 年末，出版商詹姆斯·菲尔兹(James T. Fields)登门拜访抑郁中的霍桑，向他索稿，犹豫再三后，霍桑递给他一叠书稿，在回波士顿的火车上，菲尔兹阅读了即将完稿的《红字》，兴奋不已，立即折回塞勒姆，商谈出版事宜。对故事的细节，索菲亚有不同说法，但可以确定，将《红字》从霍桑筹划的短篇小说集子中抽出来，单独作为小说发表，菲尔

① Edwin Haviland Miller. *Salem Is My Dwelling Place*. Iowa City: University of Iowa Press, 1991, p. 270.

② Brenda Wineapple. *Hawthorne: a Life*. New York: Alfred A. Knope, 2003, pp. 210 - 211.

兹的确是眼力过人。之后,霍桑写了长篇序言"海关",和小说一起发表,1850 年 3 月,《红字》一问世即获得巨大成功。小说成就了霍桑,也成就了这位年轻的出版商,两人从此建立起了长期合作关系。

评论界公认,"海关"构成小说的有机组成部分,不仅交待了小说的创作背景和所谓的素材来源,也首次阐释了作家的"浪漫传奇"创作观。尽管距离撤职事件已八九个月,霍桑依然难掩他的怒气,在文中,他将撤职比作上断头台,形容自己为"无头骑士",戏称自己的作品为《一个丢了脑袋的稽查官的遗作》。有趣的是,原本谨慎与民主党保持距离的霍桑,在序言中反而重申了他与民主党的同盟关系:"他在政治上的不活跃有时使得他民主党的弟兄们都怀疑他不配称做朋友……现在,在他赢得了烈士的王冠之后……这个问题看来已经解决了。"他以一支生花妙笔,"报复"了令自己蒙羞的塞勒姆小城,把一群海关同僚描写为浑噩度日、年老昏聩的人。他回顾家族和故土的渊源,确认与故土血脉相连的关系、剪不断理还乱的情感纽带——"仿佛塞勒姆对我来说简直就是宇宙的中心"。对步入创作成熟期的作家而言,故乡和先祖不仅仅是可以书写的题材,更是他贯通美国历史、进入其文化和思想内核的通道,他走进幽长的通道,激活了深厚的思想资源。再者,霍桑在序言里杜撰了小说的起源。叙事人假称在海关二楼的房间里发现了一个神秘的包裹,为一个多世纪前在此任职的老税务官皮尤(Jonathan Pue)的遗物,包裹里有一块红布刺绣的红 A 字和他整理记录的关于一位名叫海丝特·白兰的女子的生平资料,而海丝特又生活在更早的 17 世纪,与叙事人隔了两个多世纪的光阴。"海关"宛然一则微型的"浪漫传奇",它衔接过去与现在,是沟通"虚构与自传、浪漫传奇与现实"的桥梁,它实践的正是"浪漫传奇"创作观。[①] 关于霍桑的"浪漫传奇",后文将进一步言及。

---

① Abby H. P. Werlock, ed., *The Facts On File Companion to the American Novel*. New York: Facts On File, Inc., 2006, p. 1143.

《红字》出版后反响热烈，初版 2 500 册 10 天内即售罄，4 月推出第二版，"海关"对公务员生活的描写激怒了当地一些人士，霍桑在第二版内添了新序，以针锋相对的姿态，宣告有必要一字不动地把"海关"前言再次印出，三天内又售出 1 500 册。一时间，霍桑声名鹊起。《红字》赢得时人的普遍赞誉，也很快被确认为美国文学的典范之作。比如，豪威尔斯(William Dean Howells)认为，它推翻了欧洲人认为美国文学粗粝、杂芜的成见，具有"强烈的真实感"，人物的"言行举止发乎自然"，是一部难以被超越的作品。① 从问世之初到 21 世纪的今天，阅读趣味和批评潮流几经变迁，而《红字》的经典地位从未受到过质疑，它持续占据读者的想象力，激发学界探索和研究的激情。从早期的宗教、道德审视、传记研究到新批评的文本细读、体裁和形式研究，再到当代文学理论诸如心理分析、后结构主义、女性主义、新历史主义、文化政治批评等各家各派的观照，产生了数量惊人的研究著述，这无疑证明了它的繁复与丰富、它所包蕴的巨大的艺术容量。

1850 年 5 月，霍桑一家搬离塞勒姆，迁入马萨诸塞州伯克希尔(Berkshire)的雷诺克斯(Lenox)，在此赁屋而居，他们把自己的新居称作红房子，开始着手写作《七个尖角阁的宅子》。当时的伯克希尔已是避暑胜地，聚集了一批文人和艺术家，霍桑被纳入当地的社交圈，与文人墨客和社交名流都有往来。1850 年 8 月 5 日，霍桑与赫尔曼·麦尔维尔(Herman Melville)相识，后者已是知名的航海历险小说家。两人一见如故，留下一段传诵至今的文坛佳话。麦尔维尔在匹茨菲尔德(Pittsfield)购置了一处房产，距霍桑家仅六英里，两人时常往来。麦尔维尔尤其倾注了热烈情感，视霍桑为文学同路人，甚至精神之父，在心灵与思想上与他有强烈的共鸣。霍桑不乏眼力，他看到麦尔维尔的才华和潜力，比如，提及《玛迪》(*Mardi*)时，霍桑在给编辑达伊金克(Evert Augustus Duyckinck)的信中写道："《玛迪》是

---

① Sarah Bird Wright. *Critical Companion to Nathaniel Hawthorne: A Literary Reference to His Life and Work*. New York: Facts On File, Inc., 2007, p.13.

一部丰富的作品，不时可见深邃之处，足以使人在其中涵泳一生。这本书这样的好，但还可以好得更多，这使得人难以原谅作家不细加斟酌。"[①]对麦尔维尔而言，这是相当有见地的评语。不过，麦尔维尔却是以心感应霍桑的作品，他为《古屋青苔》撰写的评论文章《霍桑与他的青苔》(*Hawthorne and His Mosses*，1850)独具异彩，今天仍被反复提起。麦尔维尔假托自己为一名在新英格兰度假的弗吉尼亚人，浓墨重彩地渲染了他的阅读体验，毫无保留地赞美霍桑的天才，甚至将他与莎士比亚相提并论。他异常敏锐地洞穿了霍桑的艺术精髓，看到一个不同于别人眼中的霍桑："霍桑的灵魂一侧温煦如小阳春的阳光，然而，纵使如此，他的另一侧——如黑暗一侧的地带——笼罩于黑暗之中，漆黑一片。"他知道这黑暗力量的隐秘源泉："这伟大的黑暗力量从加尔文主义内在堕落说和原罪观中汲取了动力，这些观念，以这样或那样的方式作用于人的心灵，任何一个深思的人都无法彻底摆脱其影响。"[②]这可谓知己之言了。在霍桑的影响下，麦尔维尔重新构思手头正在创作的小说，写成《白鲸》(*Moby Dick*)这部不朽的杰作，并将之题献给霍桑：谨此表达我对他天才的敬意。两人的热烈友谊维持了15个月，后来逐渐冷却直至淡出彼此的生活，个中原因，评论界有诸多猜测，但真正重要的是，它影响过两颗优秀的心灵，促成了一部文学经典。

1851年4月，《七个尖角阁的宅子》出版，霍桑认为这部小说更发乎自然，更顺应自己的天性。评论界以好评为主，尤其在英格兰引起了轰动，有评论家认为，凭借这两部小说，霍桑足以"跻身现时代最独特、最全面的小说家行列，很少会有人对此持异议了"[③]。麦尔维尔同

① Edwin Haviland Miller. *Salem Is My Dwelling Place*. Iowa City: University of Iowa Press, 1991, pp. 315 - 316.

② J. Donald Crowley, ed., *Nathaniel Hawthorne: The Critical Heritage*. London: Routledge, 1970, pp. 114 - 115.

③ Edwin Haviland Miller. *Salem Is My Dwelling Place*. Iowa City: University of Iowa Press, 1991, p. 337.

样给予热情洋溢的赞誉："他以雷霆之音说'不'！魔鬼本人也无法令他说'好'"，不过，这话似乎更适用于他本人。[①] 小说围绕两个家族间的恩怨展开，跨越了约一个半世纪的光阴。老品钦上校为霸占莫尔家的土地，诬陷莫尔从事巫术活动，凭借权势把他送上了绞刑架。在行刑台上，莫尔诅咒说："上帝将会让你饮血！"莫尔死后，品钦上校在这块土地上盖了一座带有七个尖角阁的宅第，然而，宅第落成之日，上校暴毙书房，莫尔的诅咒似乎应验了，品钦家从此厄运不断，一代代衰败下去。故事以两个家族年轻人的联姻收尾。小说中家族诅咒这个元素似乎来源于霍桑家族的传说，就主体情节而言，是一部关于罪恶和家族史的小说，但故事的寓意又不止于此。在序言中，霍桑半开玩笑地给出了小说的道德教义："一代人的恶行会殃及其后代，恶果会将所有暂时得到的利益化为乌有，发展成彻头彻尾、难以控制的祸害。"他本意是揶揄抱着道德教义不放的作家和读者，但有意思的是，不少读者忽略了其中的反讽意味，果真把这作为进入小说的线索了。《七个尖角阁的宅子》其实是一部内涵相当丰富的小说，它折射了 19 世纪上半叶美国社会的沧桑巨变，只是它把对喧嚣现实的关注隐藏在历史的烟尘中。

1851 年，菲尔兹再版了霍桑的系列儿童读物，将之作为合集《话说历史与人物》(*True Stories from History and Biography*)推出，再版短篇小说集《重述的故事》，请霍桑撰写新序言。这一年，霍桑又改写了古希腊罗马神话，完成故事集《天书奇谈》(*A Wonder Book*)，直到今天依然是美国儿童文学的经典。同年，《雪人及其他重述的故事》问世，这是霍桑的最后一部短篇小说集，收录了 15 个短篇及随笔，包括早年旧作和离开古屋后的新作，但总体上分量较轻，《我的亲戚，莫林诺上校》、《大街》、《伊桑·布兰德》和《巨石人面》(*Great Stone Face*)为其中几个名篇。这部集子同样附有序言，除致谢布里

① Brenda Wineapple. *Hawthorne: a Life*. New York: Alfred A. Knope, 2003, pp. 210 - 237.

奇的感言外，霍桑为自己亲密、私人化的作序风格做了辩护，同时，也回顾了自己的早年创作："我对这些早年随笔很有些意见，一方面固然是成熟的眼光看到很多不足之处，更重要的是因为它们几乎达到了我现在所达到的艺术水准。秋天熟透的果子也不比早些时候的落果更甜美。"[①]这也提醒我们，霍桑是位相当早熟的作家，和那些慢慢成熟，一步步臻于艺术圆熟之境的作家不同，他很早就形成了自己的思想体系，发展出独具个人特色的艺术形式。他的经典短篇如《我的亲戚，莫林诺少校》、《牧师的黑面纱》、《小伙子古德曼·布朗》和《欢乐山的五月柱》等都完成于19世纪30年代，而早年的一些关注、洞见和思想又或明或暗地延续到其长篇作品中，获得更为集中、更具有形式感的艺术表达，形成霍桑作品的核心主题。离开雷诺克斯前，霍桑写了最后一个短篇故事《羽毛头》(*Feathertop*)，次年发表在《国际月刊》(*International Monthly Magazine*)，后收入再版的《古屋青苔》中。1851年11月，霍桑搬出"红房子"，在西纽顿(West Newton)亲戚家暂居，在此间开始第三部小说《福谷传奇》的创作。1852年5月，霍桑一家迁入他在康科德购置的新居——路边雅舍(The Wayside)，这成为他最终的家园。

1852年7月《福谷传奇》出版，这是霍桑直接面对当代现实发言的一部作品，小说以他本人1841年4月至11月在布鲁克农庄的生活经历为素材。小说描写了一个名为"福谷"的实验农庄，塑造了一群脸谱各异的改革者和其他人物形象，其中，四个主要人物为诗人及叙事人卡佛台尔(Miles Coverdale)、慈善家及监狱改革者霍灵斯沃斯(Hollingsworth)、女权主义者季诺碧亚(Zenobia)和她同父异母的妹妹蒲丽丝拉(Priscilla)。小说采用第一人称叙事，但情节并未紧密围绕农庄改革展开，也未具体探讨社会主义或其他改革理论，而是以四个主要人物的情感纠葛为线索，松散地描写了一些场景和事件，整

① Nathaniel Hawthorne. *Nathaniel Hawthorne: Tales and Sketches*. New York: the Library of America, 1982, p.156.

个小说仿佛由一幕幕戏剧场景衔接而成。另一方面，作家在作品中大量运用了田园牧歌、假面剧和催眠术等元素，使得整个小说散发出一种强烈的梦幻感。的确，《福谷传奇》是一部令人费解的小说，远不及他的前两部作品受欢迎，评论家普遍认为它低于霍桑的艺术水准，甚至以“笨拙”、“病态”、“压抑”之类的字眼来形容它，而英国的《威斯敏斯特评论》(*Westminster Review*)则批评作家的道德和政治态度。尽管作家声称对这一社会主义社团的兴趣只是为了搭建一个剧院，但人们还是把小说与布鲁克农庄直接挂钩，有的批评他对农庄实验的艺术再现，有的诟病他笔下的季诺碧亚——她的原型为玛格丽特·富勒，比如，爱默生认为，这个人物根本未体现出富勒丰富而卓越的天才。不少评论家认为，小说在艺术上存在欠缺：尽管以乌托邦改革为题材，但小说对催眠术、假面剧、面纱和角色表演等元素的描写似乎无关宏旨，而它的梦幻感更是与社会批评或讽刺相距甚远。[①] 近年来，《福谷传奇》重新引起了学界的研究兴趣，人们也越来越多地认识到作家隐藏在小说中的复杂的政治观点以及小说本身的艺术性。

两三年内，霍桑创作了三部“浪漫传奇”。在此，我们不妨重读作家有关浪漫传奇的阐释，对之加以概括和梳理，以明确他的根本创作思想。在霍桑批评传统中，有关“浪漫传奇”的研究卷帙浩繁，一个基本共识是，它是与现实主义相对的一个概念，这也就意味着，它不直接关及现实，而指向神话的、非历史的领域，当然，这一观点已经被20世纪90年代以来的新历史主义研究推翻，今天，已经可以肯定地说，霍桑的“浪漫传奇”并非一种绝缘日常、割裂社会的文体。

在《红字》的序言里，霍桑开始有意识提出自己的创作理论，即他所言的“浪漫传奇”创作观，在后来的三部长篇序言中，对此不断阐发，形成一种成体系的创作理念。在“海关”中，霍桑给出的“浪漫传奇”的定义是：“一个介乎现实与幻境的中间地带，实际的东西和想象

---

① Sarah Bird Wright. *Critical Companion to Nathaniel Hawthorne: A Literary Reference to His Life and Work*. New York: Facts On File, Inc., 2007, p. 47.

中的东西可以在此交汇，相互渗透，相互影响。”[①]他以月光和炉火来比喻想象力的媒介作用，认为想象力可穿透表象，作用于现实，使之呈现出内在的真实。作为一名成熟的艺术家，霍桑开始探索他所能拥有的艺术自由，他凭借艺术想象所能呈现的深层真实和真相。在《七个尖角阁的宅子》的序言里，作家明确将浪漫传奇与小说加以区分，将之作为一种与小说相对立的类别，认为小说以忠实于日常经验为宗旨，不仅写日常可能发生的事物，更致力于描摹日常本身的面目，而浪漫传奇的作者在选材和创作上拥有足够的自由，以揭示心灵的真理为根本目的。显然，霍桑是在浪漫主义话语体系中理解真实及真相之义理的，他所言的真实是形而上的、超越层面的真实，而非表象世界的真实。这一观念根植于浪漫主义拥抱的唯心主义哲学观，贯穿了从德国浪漫主义者，华兹华斯、雪莱等英国诗人，到爱默生、惠特曼等美国浪漫主义文人的思想和作品。浪漫主义者都表现出一种超越性的诉求，希望以直觉、想象力和诗歌抵达神性的、永恒的真理。或许，霍桑不同于其他浪漫主义者的，并不在于他力求揭示浪漫主义的真相——无论是心理的、还是经验的真相，而在于他表现出强烈的背离现实主义束缚的冲动，包括他提及的经验的日常面相、艺术的忠实性和可能性的原则等。一般认为，霍桑的浪漫传奇观是对早期现实主义的反叛，但需要存疑的是，美国当时并不存在强大的现实主义传统。

有意味的是，这种冲动在他处理当代题材和经验时变得尤为强烈。如我们提及的，《七个尖角阁的宅子》是一部关于19世纪上半叶美国社会变迁的小说，在序言中，作家强调它的浪漫传奇属性，认为这部小说“之所以符合浪漫传奇的定义，就在于试图将一个久远的时代与从我们身边飞掠而过的当前连接起来”[②]。如果说《七个尖角阁的宅子》还融合了历史传奇的成分，那么，《福谷传奇》则完全以当代经验为素材，在此，作家摆脱现实干系的冲动更为强烈，声称“对这一

① 霍桑：《红字》，姚乃强译，南京：译林出版社，1996年，第30页。

② 霍桑：《霍桑小说全集》（第3册），胡允桓译，合肥：安徽文艺出版社，2000年，第3页。

社会主义社团的兴趣只是为了搭建一个剧院，在离开日常枢纽的地方，让他心灵的造物上演如梦如幻的奇异戏剧”①。无论是历史的烟尘，还是梦幻或剧场元素，它们都起到了间离现实、与日常保持距离的共同效果，而这个间离效应正是浪漫传奇刻意追求的。至此，可以看出，浪漫传奇不是向幻境、潜意识或神话领域逃遁，也不仅仅是对早期现实主义的反叛，而是借助非现实主义手法将过于迫近的现实稍稍隔离开来，以想象力建构他所言的“中间地带”，一个可以退而反观现实的地带。或者说，他的浪漫传奇就源自这种间离现实以获得反思和批判距离的艺术冲动。

那么，为何需要浪漫传奇的间离效应？作家在《七个尖角阁的宅子》的序言里给出了解释：欧洲有着发达的虚构文学传统，读者不会将作品与现实加以对照，而在美国，因为没有丰厚的文学传统，还未形成一个可供作家及读者回旋其中的文学幻境，因而，美国作家尤其需要点化现实的奇异氛围。由此，霍桑将浪漫传奇写作与美国文化境况联系起来。霍桑的最后一部小说《牧神雕像》(*The Mable Faun*)以意大利为背景，在序言中，作家进一步阐发了欧洲与美国文学土壤的不同：意大利为作品提供了一种诗意的、幻境的氛围，而在美国，现实是如此逼迫的存在，它“没有阴影、没有古老、没有神秘、没有如画的风景和阴暗的冤屈，除去万里晴空下的平淡的繁荣一无所有”②。这是对美国文化的直接批评，霍桑认为它过于粗粝、过于物质主义倾向，这一观点影响深远，体现了美国一代作家的集体焦虑。但对霍桑而言，这种焦虑的实质是文学和文化双重层面的：一方面是根基薄弱的文学传统，难以为作家提供游刃有余的艺术表达空间；另一方面是粗粝而粗俗的现实，令拘泥于现实的书写显得过于逼仄。霍桑深感在双重困境的压迫下，美国作家迫切需要找到自己的书写方式。

前文指出，19世纪40年代，霍桑创作了一系列关于当代现实、尤

① 霍桑：《霍桑小说全集》(第2册)，胡允桓译，合肥：安徽文艺出版社，2000年，第225页。
② 霍桑：《霍桑小说全集》(第4册)，胡允桓译，合肥：安徽文艺出版社，2000年，第4页。

其是改革运动的短篇小说，如《通天铁路》、《地球上的火劫》和《幻想大厅》等，如果将之与后期浪漫传奇加以比较，可以看出，这些短篇形式较为单一，或多或少地残留着寓言体裁的痕迹。以此为参照的话，我们可以更清晰地看到霍桑寻求艺术表达的努力。在四部长篇中，作家有意识融合了欧洲文化和文学传统，如哥特式传统、田园牧歌、古典神话以及莎士比亚、弥尔顿、斯宾塞等人的文学传统，以隐喻、多义和歧义的语言，营造了一种开放的、富于弹性的艺术空间，使得他在书写现实的同时，得以保持一个可以抽身反观的距离。和欧洲浪漫传奇不同的是，霍桑的作品尽管广泛运用超自然和哥特式等非现实主义元素，又常散发着历史的烟尘感，然而，他并无意将读者带入阿卡迪亚或纯粹虚构的国度，他关切的始终是那个粗俗、粗犷、生机涌动的美国，包括它的历史和现状，它的价值取向和文化走向。

五、英国、意大利和《牧神雕像》

1852 年 6 月，富兰克林·皮尔斯赢得民主党总统候选人的资格，霍桑随即致信皮尔斯表示祝贺，在贺信中，他写道："我想到，你也许有意让我撰写所需的传记。我能做的，你尽管吩咐好了，这个自不待言；只是，我觉得这件事，我可能不如别人做得好。"[①]霍桑主动提出为皮尔斯撰写竞选传记，究竟是出于友情、政治立场还是利益的考虑，或许很难说清。皮尔斯为杰克逊式民主党人，维护州权，支持美国的领土扩张，在奴隶制问题上态度保守，是 1850 年"妥协案"的坚决拥护者[②]，相信奴隶制有权享受宪法的保护，废奴主义者的行动会对联

---

① Brenda Wineapple. *Hawthorne: a Life*. New York: Alfred A. Knope, 2003, p. 259.

② 1848 年美西战争结束，美国获得墨西哥一半的国土，紧接着加利福尼亚州又出现了淘金热，于是，加利福尼亚州、新墨西哥和犹他等地，究竟是禁止还是允许实行奴隶制，再次引发南北双方的激烈争辩。1850 年，国会通过妥协案，规定：加利福尼亚作为自由州加入联邦；新墨西哥和犹他组成领地，在奴隶制问题上由其自行决定；首都哥伦比亚特区禁止奴隶贸易；重新制定了一部更为严峻的逃奴缉捕法。

邦构成威胁，而黑人的解放运动会危及黑人自身的利益。作为领袖人物，皮尔斯缺乏雄才大略，整体上比较平庸，但历史机遇将他推到了总统候选人的位置上。霍桑对皮尔斯的支持使得他失去了一部分朋友。1852 年 8 月，《富兰克林·皮尔斯生平传略》(*The Life of Franklin Pierce*)完稿，在给出版商的信中，他督促对方为传记大作宣传："我们现在是政客了；你不能以绅士出版商的风格来行事。"①传记出版后，辉格党刊物讽刺它为霍桑最新的浪漫传奇，有的直接把作家称作政客和党羽。

在霍桑的笔下，皮尔斯也许无过人的才华胆识，但有胸襟、气度和信念，是合众国统一的坚定捍卫者，也注定是美国的领导者。其实，透过传记，我们也可以一窥霍桑本人的政治立场。和皮尔斯一样，他支持宪法，认为宪法制衡各方力量，维护了联邦的统一，是法律和社会秩序的保证；他也是 1850 年妥协案的拥护者，认为它平息了北方废奴主义的煽动，也在一定程度上满足了南方蓄奴人士的要求。在传记中，霍桑明确表达了自己对奴隶制的看法：

> 但还有另一种观点，或许也是更为明智的观点。它把奴隶制看作神意无意让人类设法解决的罪恶之一，但到一定时候，当奴隶制穷尽它全部的功用之时，上天将会以一种无法预料，但也最简单易行的方式，让它像梦一样消失。

霍桑认为，废奴运动只会恶化奴隶的处境，即便废奴主义者成功解放了奴隶，也会带来悲剧性的后果，甚至造成两个种族的毁灭，而这两个种族的关系原本比"工头与农奴之间更和平、更友爱"②。霍桑这番言论足以激怒当时的废奴主义者，但这与他在超验主义、女权运动、

---

① Brenda Wineapple. *Hawthorne: a Life*. New York: Alfred A. Knope, 2003, p. 261.

② Nathaniel Hawthorne. *The Life of Franklin Pierce*. Boston: Ticknor, Reed and Fields, 1852, pp. 113 - 114.

布鲁克农庄实验等一系列问题上采取的立场是一致的。霍桑反对一切激烈的变革,怀疑一切改革现状的举措,无论是关涉到两性关系、种族关系,还是社会、政治及经济秩序,他都倾向于维护传统、保持现状,顺从于历史的自然进程,或者冥冥中的神意。可以说,他始终是一个保守主义者,这一立场贯穿了他的多个短篇小说及四部长篇小说。另一方面,毋庸讳言,霍桑是有种族主义倾向的,相信黑人为劣等种族,但在当时的新英格兰文化圈,持这种观点的人也不在少数。但他对奴隶完全缺乏同情,认为北方白人劳工阶层更需关注,担心解放奴隶会剥夺北方白人工人的就业机会。耐人寻味的是,霍桑似乎对南方奴隶主抱有好感,"将南方种植园阶层浪漫化为一个有文化、有修养的阶层"①,或许,这与他对杰斐逊农业立国思想的信念有关,因而,对南方种植园及整体的南方秩序抱有某种诗意的想象。

1852年11月,皮尔斯赢得总统竞选。1853年3月,国会通过霍桑就任利物浦领事的任命。自塞勒姆海关失意后,霍桑再次踏上仕途,又因与皮尔斯的特殊关系,一时间周旋于权力与人事的漩涡中,为塞勒姆的一些政客出谋划策,为包括麦尔维尔在内的一些文坛朋友谋求职位,他戏言自己俨然成了一位首相。在等待去利物浦任职期间,霍桑出版了第二部由古典神话改编而成的儿童读物《密林传奇》(*Tanglewood Tales*, 1853)。作家对儿童文学一直怀有兴趣,认为这是一个有利可图的市场。尽管《天书奇谈》和《密林传奇》都相当成功,但并未给他带来丰厚收益,而且,也一直未得到应有的评论关注。《密林传奇》之后,霍桑未再创作其他儿童读物。

1853年7月,霍桑一家抵达利物浦,8月1日,霍桑走马上任。利物浦当时是英美两国重要的商贸门户,领事的职责牵涉商业和外交方面的事务,霍桑的工作并不清闲。他需要处理美国水手的索赔要求、为落魄的美国公民提供援助、将滞留船员送上回国的旅程,在笔记中,他记录道,"领事的工作需要我光顾监狱、警察局、法院、医

---

① Brenda Wineapple. *Hawthorne: a Life*. New York: Alfred A. Knope, 2003, p. 264.

院、疯人院，会见验尸官、垂死之人，出席葬礼，使我得以接触到疯子、罪犯、破产的投机家、疯狂的冒险家、外交官、领事同僚，各自各样的傻瓜蛋、倒霉鬼，如此众多、如此千奇百怪的美国人物，是我做梦也想不到的"[①]。此外，他需要经常出席正式宴会，在宴会和其他公共场合发表演说。任职期间，霍桑曾试图改变美国商船滥施暴力的行径，多次上书国务院，但未得到积极回应。领事的职位为霍桑带来了丰厚的收入，即便在 1855 年废除领事收费、实行固定薪水制后，他的收入也相当可观，然而，霍桑似乎总是为钱焦虑，甚至担心自己会终老贫民院，这或许是因为早年的贫困在心中留下了阴影，也或许是因为曾经备尝笔耕养家的艰辛。1857 年，霍桑辞去领事职位，这与政局变化有关，詹姆斯·布坎南(James Buchanan)接任皮尔斯成为美国总统。总体上，霍桑是一位勤勉而称职的领事，离职时，美国国务卿给他的评语为"办事谨慎、效率显著"。

居留英国期间，霍桑留下了丰富的笔记，1841 年由兰德尔·斯图尔特编辑整理成《英国札记》(*The English Notebooks*)出版。札记有它自身的文学价值，不仅为读者展现了一幅维多利亚时代的英国社会画卷，也记录了作家对英美社会及文化差异的敏锐思考和剖析。这一时期，霍桑还留下了大量书信，后来整理成两卷本出版：《书信：1853—1856》为写给家人、朋友和熟人的信件，《领事书信》(*The consular Letters*)为有关领事馆事务的信函，其中一些由秘书起草，经霍桑本人认可寄出。任职期间，霍桑曾尝试过两个小说的构思，但均未成书。尽管此间霍桑没有发表作品，但英国的经历令他获得了更为广阔的文化视角和深沉的历史感。

居留英国期间，霍桑得以近距离观察英国社会民生、风土人情，游历山川名胜、探访名人故迹。霍桑一家拜访了莎翁故乡、约翰逊博士的故地、因湖畔诗人而闻名的湖畔区，足迹到过伦敦、波士顿、诺丁汉、曼彻斯特、苏格兰高地等许多地方。霍桑对英国的态度充满矛

① Brenda Wineapple. *Hawthorne: a Life*. New York: Alfred A. Knope, 2003, p. 273.

盾，迷恋和反感交织在一起。他为英国古老的历史人文所吸引，也为这个国家巨大的社会和经济不平等而震惊。在利物浦，他曾目睹底层的生存困境，看到饥寒交迫的儿童、挣扎于贫困线下的民众；他周旋于各种社交场合，也见识了贵族阶层的奢华与排场。在观察这个国家的制度和风俗时，他时常抱着民主体制哺育出的价值取向，也时常表现出清教后裔的好恶偏见。旅居英国，霍桑深刻意识到自己与这片土地根脉相连的关系，将之亲切地称作"我们的老家"；他有强烈的文化寻根之感，在拜谒约翰逊博士的故居时，他写道："我把脚放在踏旧的台阶上，伸手去抚摩宅子的墙壁，因为约翰逊可能走过这里，也触摸过同样的地方。"他以家族血脉贯通英国的历史变迁，在笔记中，他沉思道："1630 年，我的祖先离开了英格兰，1853 年，我回到这里。有时，我觉得，这 218 年的时间里，我始终是缺席的——我离开时，英格兰刚从封建制度中走出来，发现它走到了共和主义的边缘。如果这样去看的话，可以将两个不同的历史时段聚合在一起。"①在诗性的想象里，他仿佛看到英国漫长的历史变迁，这是一种深沉的历史延续之感，而这是强调断裂式发展、神话式起源的美国所缺乏的。毋庸置疑，英国阅历最终化为一笔丰富的思想积淀，构成他最后一部小说潜隐的基石。

1857 年 8 月，霍桑卸下领事之职。此时，奴隶制引发的冲突在进一步撕裂这个国家，暴力、流血和骚乱事件不时见于报端，战争的阴影在暗中逼近。国内的动荡令作家焦虑不安，他无意在此时回国。1858 年 1 月，霍桑携家人经巴黎抵达罗马，开始了在意大利长达一年零四个月的旅居生活。罗马是索菲亚梦寐以求的艺术殿堂，霍桑本人也有意深入了解欧洲璀璨的艺术、历史和文化传统。如同虔诚的朝拜客，霍桑一家几乎走遍罗马的大街小巷，参观了城内的名胜古迹和艺术画廊。在波各赛别墅（Villa Borghese），作家看到两件牧神雕像，其中一件为普拉克西特利斯（Praxiteles）原件的摹品，这件艺术

① Brenda Wineapple. *Hawthorne: a Life*. New York: Alfred A. Knope, 2003, p. 275.

品又名《休息的萨堤》(Resting Satyr)，几天后在卡庇托利博物馆，他看到另一件摹品。有关牧神的两则笔记显示，霍桑很为牧神的形象打动，他写道："我喜欢这些奇特、愉快、爱玩的乡野生灵，几乎完全是人的样子，但它那长长的、毛茸茸的耳朵、那不甚显眼的尾巴，美妙地将之与更低的种群联系到了一起，丝毫不让人觉得难看，表明了它犹存一脉淳朴的野性；据我所知，它们还从未被写入文学作品中。"参观过卡庇托利博物馆后，霍桑又写道："牧神是古人想象出来的最打动人心的一个种群了。我觉得，可以设想这个种群与人类混血，诞生出一个具有牧神血统的家族，从古典时期一直繁衍生息到我们这个时代，以此为构思，可以写出一个满怀悲欢的故事。"[①]尽管他并未立即追随这条创作线索，但牧神的意象在他心中盘亘不去，最终化身为《牧神雕像》中的一位主要人物，即一位有着牧神血统的贵族青年唐纳泰罗。

霍桑很快融入侨居罗马的美国艺术家小群体，与他们保持了密切的交往，他经常去他们的工作室，欣赏作品，和他们谈论艺术。如他最后一部小说显示的，这些艺术谈话深深滋养了霍桑，而这些人物也为小说中的艺术家形象提供了灵感和原型。小群体的成员有肖像画家西法斯・汤普森(Cephas Thompson)、雕塑家本杰明・埃克斯(Benjamin Akers)、雕塑家约瑟夫・莫齐尔(Joseph Mozier)、雕塑家兼艺术评论家威廉・斯托里(William Wetmore Story)，此外，还有一些特立独行的女艺术家，如爱玛・斯特宾斯(Emma Stebbins)、路易莎・兰德(Louisa Lander)和哈丽雅特・霍斯默(Harriet Hosmer)等人。[②]在罗马，霍桑对罗马天主教也有了更贴近的体认，他看到教会中的等级秩序以及繁复而堂皇的宗教仪式，对天主教的"告解"(confession)仪式尤为感兴趣，他思考这一仪式的心理意味，将之与清教个体担负

① James R. Mellow. *Nathaniel Hawthorne in His Times*. Baltimore: The Johns Hopkins University Press, 1980, pp. 498 - 499.

② 在《牧神雕像》里，霍桑赞赏了斯托里制作的克莱帕特拉塑像，一般认为，斯托里是小说中肯杨的原型；汤普森1850年在波士顿为霍桑绘过肖像，斯特宾斯、兰德和霍斯默都是雕塑家，其中兰德曾为霍桑塑过胸像。

的传统加以比较，这些思绪在后来的《牧神雕像》中都有体现。

置身于罗马的艺术氛围中，霍桑有了重新提笔创作小说的冲动，但一开始还是为另一条创作构思所占据，故事的灵感来源于所谓的"血脚印"传说——作家在英国兰开夏郡参观过的一所名为史密赛尔的庄园(Smithell's Hall)，庄园某处印有血脚印，庄园主人邀请作家为之写一个哥特式的故事。自1857年4月以来，他开始创造一部关于美国人回英国发掘家史、追索遗产的作品，但未能顺利完稿，完成的部分按日期编排，霍桑的女儿罗斯后来将之以《祖先的脚印》(*The Ancestral Footstep*，1882)为题名整理发表。欧陆之行期间，霍桑依然保持了记日志的习惯，一路记下所见所闻和生活的点点滴滴，1941年诺曼·皮尔逊(Norman Holmes Pearson)将之编辑结集为《法国和意大利札记》(*The French and Italian Notebooks*，1941)出版。居留罗马时期的笔记显示，在开始写作《祖先的脚印》后不久，霍桑为另一条创作线索所占据，零零碎碎的想法最终发展为《牧神雕像》的构思。

1858年5月，霍桑一家离开罗马，乘马车沿途观光，6月抵达佛罗伦萨度夏，寄居于一处名为卡萨·德尔·贝罗(Casa del Bello)的寓所，此间，他与布朗宁夫妇交往，与美国雕塑家鲍尔斯(Hiram Powers)为邻，两人时常聊天。8月，他租下贝罗斯咖德(Bellosguardo)山间的一处别墅，别墅名为蒙托特(Montauto)，占地宽广，有花园、方形古塔，可从塔顶俯瞰下面的山谷，在给出版商皮尔兹的信中，霍桑描写道："塔上长满青苔，有猫头鹰和某个僧侣的幽灵出没。"[①]在山间别墅中，霍桑开始了《牧神雕像》的写作，古塔、他在古塔顶上的沉思以及塔下的风光，都被他搬进了小说中。1858年10月，霍桑一家回到罗马，不幸的是，大女儿尤娜感染了疟疾，病情一度危重，又反反复复，迁延不愈，直到1859年5月才康复。所幸的是，困顿之际，霍桑及家人得到众多友人的关爱，已卸任的美国总统皮尔斯也来到罗马陪伴在他左右，霍桑也并未停下手头作品的写作。在

① Brenda Wineapple. *Hawthorne: a Life*. New York: Alfred A. Knope, 2003, p. 309.

罗马生活期间，霍桑两度遇上狂欢节，狂欢节一般在每年四旬斋(Lent)之前，即二、三月间，作家对1859年的狂欢节格外有兴致，他和家人观看了盛大的欢庆活动，骑兵队列、饰以青枝绿叶的马车、奇装异服的狂欢人流——狂欢的场景"奇异恍如梦境"。毫无疑问，狂欢节也构成了《牧神雕像》的重要场景。

1859年6月，霍桑一家返回英国，在英格兰逗留了一年。此间，霍桑对《牧神雕像》进行修改润色，出版商菲尔兹为新作争取到英国的版权，1860年2月，该书以《转变》(*Transformation*)为题名在英国出版，一周后，以《牧神雕像》之题名在美国推出，两个版本的副标题均为"本尼山的浪漫传奇"(*The Romance of Monte Beni*)。《牧神雕像》面世后，小说模糊的情节，松散、枝蔓的结构令当时的读者深感困惑和茫然，有评论者指责，霍桑把《意大利笔记》中大段的景物描写和艺术评论直接搬进了小说。但有趣的是，这也正是它吸引普通读者的地方，踏上"大旅行"(Grand Tour)[①]行程的美国青年，常将它作为一本导游手册，按图索骥，游历霍桑在小说中指点的风光名胜。的确，长久以来，评论界对该书评价不高，认为其是作家创作力衰退之作，在霍桑四部长篇小说中，它也是最受忽略的一部。20世纪中叶，评论界对《牧神雕像》有过一次重评，研究者多围绕小说情节，探讨作品的宗教、道德、心理意味以及作家的艺术观等问题，但仍未充分发掘该作品的丰富意蕴。总体而言，评论界或多或少低估了《牧神雕像》的思想深度和艺术性，它是一部厚重之作，也是一部野心之作，是作家欧陆之旅的艺术结晶，散发着一种沧桑的历史感，凝聚着晚年霍桑深沉的哲思。小说在罗马城及托斯卡纳乡间的广阔空间中展开，描写了三位美国艺术家和一位牧神式人物，以四个人物之间的情爱纠葛为主线，将游记式描写、艺术评论、基督教寓言和异教文化元素熔铸为一炉。除人性、罪恶和悔罪等一贯主题外，作家实际上有意在

① "大旅行"流行于欧美上层社会，是一种漫游欧洲的长途旅行，以罗马和那不勒斯为理想的目的地，构成当时年轻人教育经历的一部分。

更恢宏的文明发展框架内对美国乃至人类的历史及文化走向做一种总体性的思考。不仅如此，它在艺术上也是超前的，其松散的结构以及刻意留下的叙事空缺都使得小说更具现代性。

六、暮年拾零：1860—1864

1860 年 6 月，霍桑一家回到他们在康科德的家园——路边雅舍，此时的美国已经走到了内战的边缘。1861 年 4 月，美国南北战争正式爆发，霍桑生命的最后几年是在战争的阴云下度过的，在北方为解放奴隶、捍卫联邦统一而战时，霍桑依然固守他的保守主义立场，炮火和流血不过是使一个深陷怀疑论的人愈发悲观和反讽而已。康科德的故人仍在，波士顿的文化圈也依然活跃，他置身其中，如今更显落落寡合。旧日的世界已分崩离析，他所属的杰克逊时代不可挽回地逝去了。他还在写作，然而，体力和创作力已明显滑坡，暮年的霍桑可能有种廉颇老矣的苍凉，然而，他的执着令人敬重。在最后四年的光阴里，他留给后人一部散文集《我们的老家》(*Our Old Home*, 1863)、一篇经典讽刺文章《主要谈战事》(*Chiefly about War Matters*)和几篇残稿。

《我们的老家》以作家旅居英国的经历为素材，根据他在英国的笔记整理而成，收录的文章大多先在《大西洋月刊》发表过。它算得上是一部无心插柳之作。霍桑回国后不久，曾在《大西洋月刊》上发表了一篇关于英国风光记游的短篇《彭斯爱逛的地方》(*Some of the Haunts of Burns*)，一年后，菲尔兹接任该杂志主编，霍桑将另一篇《牛津附近》(*Near Oxford*)投给他，发表在 1861 年 10 月号上。菲尔兹看好这类英国忆旧短篇，鼓励霍桑多写。1861 至 1863 年间，霍桑从英国笔记中总共整理了 11 个篇章，包括《伦敦郊区》(*A London Suburb*)、《英国贫困局外观》(*Outside Glimpses of English Poverty*)和《沿泰晤士河而上》(*Up the Thames*)等，此外，还专门为文集撰写了自传性篇章《领事见闻》(*Consular Experiences*)。1863 年 9 月，

《我们的老家》面世，很受读者欢迎，也获得批评界的关注和好评。在文集中，霍桑写景状物都见功力，以生动的笔触描摹英国的风光景物，再现英国习俗风尚，透视英国人的习性品格，其中不乏斯威夫特式的辛辣讽刺。他对英国的讽刺和批评令一些英国读者不悦，而在国内，批评的矛头主要指向他给皮尔斯的献词，在很多人看来，这是一个大是大非的政治和道德问题。内战期间，前总统皮尔斯已倍受非议和诟病，但霍桑仍执意将文集题献给这位生平挚友，并在文集中附上一篇致皮尔斯的短信《致友人》(*To a Friend*)，如今，历史的云烟远去，我们或许可以更平和地看待他作为作家及朋友的忠诚了。

1862 年 3 月，霍桑在威廉·蒂克纳的陪伴下踏上了去华盛顿的行程，从纽约、费城、巴尔的摩一路走来，更真切地感受到了战争的气息。他在华盛顿逗留了一个月之久，观看乔治·麦克莱伦将军(George B. McClellan)检阅联邦军队，和其他人一起与林肯总统在白宫会面，参观了弗吉尼亚州边境的军事据点。华盛顿之行促成了《主要谈战事》一文，发表在《大西洋月刊》1862 年 7 月号上。文章犀利风趣，于不动声色间见嘲讽锋芒，记录了一路上的所见所闻及所感，他的反战言论、关于解放黑奴的看法、对人类愚行的批评以及他对待南方的温和立场，都招致了当时读者的激烈批评。在文中，他这样嘲讽人类不变的嗜血本性："在伪装和平友善如此多年之后的今天，如果挑起敌对情绪，给他们武器，他们一样乐意互相残杀，跟没听说过和平社会、把敌人颅血当琼浆豪饮的野蛮时代没有什么不同。"他也毫不掩饰自己的种族主义观点，把路上遭遇的一群逃亡黑奴比作"远古的牧神和乡野神祇"，或者次于人类的原始族群，对解放黑奴的这场战争他也不置可否，"不管战争结果会造福于那些人，都不会是这一代黑人，这个种族的童真时代已一去不复返，他们必须在不平等的条件下，跟世界做一场艰苦的斗争"。然而，他承认黑人是"我们的同胞兄弟，因为都是五月花号的直系子孙"。他依然固守自己一贯的保守主义立场，否认人类能够设计和干预历史："人类的宏图伟业从未实现设计者预期的目标。收获总是偶然事件。人类的偶然是上帝的旨意，我们错过刻意谋求之事，却收获无心经营之果。”①

文章发表前，霍桑根据菲尔兹的建议删除和改动了一些段落，但发表时作家假托编辑进行审查，在文中添加附注和评议，有趣的是，当时的读者未能看穿作家的技法，误以为进行审查评议的果真是杂志的编辑。这一手法使得文章的叙事机制充满复杂性：一方面，作家自己以坦率、幽默的口吻直言不讳地表达了他对战争的观点，这些言论显然是处于内战中的北方人难以接受的；另一方面，假托编辑代表《大西洋月刊》的立场，“他对文本某些章节的批评传达了北方读者普遍的情绪和意见”，编辑的声音对作家的声音又构成了一种制约或抗衡。今天重读该文，看到文中假托的编审附注，我们无疑能感受到霍桑写作该文时的紧张政局，它体现了霍桑直言的勇气以及他作为艺术家的机巧，“将反对的声音融入整体意图中，不仅是当时的权且之计，也在于他充分意识到，只有以此特别的方式展示自己身为艺术家的公正客观，他才能实现自己的表达”②。

算上在罗马时写作的《祖先的脚印》，晚年的霍桑共留下六部未竟手稿，现在的编辑将它们收录为两个集子：《美国原告》(*American Claimant*)手稿和《长生药》手稿，前者包括《祖先的脚印》、《埃思里奇》(*Etherege*)和《格里姆肖》(*Grimshawe*)三篇，后者包括《赛普提缪斯·费尔顿》(*Septimius Felton*)、《赛普提缪斯·诺顿》(*Septimius Norton*)和《多利维浪漫传奇》(*The Dolliver Romance*)三篇。③《格里姆肖》创作于 1860 至 1861 年间，和《祖先的脚印》一样，属于作家

① Nathaniel Hawthorne. “Chiefly About War Matters,”http: //www. theatlantic. com/magazine/archive/1862/07/ chiefly-about-war-matters/306159/3/.

② James Bense. “Nathaniel Hawthorne's Intention in ‘Chiefly About War Matters,’” *American Literature*, Vol. 61, No. 2 (May, 1989), p. 201,214.

③ 参见萨克文·伯科维奇主编：《剑桥美国文学史》(第二卷)，史志康等译，北京：中央编译出版社，2008 年，第 746 页。

计划书写的“英国浪漫传奇”，他写了两稿，后经儿子朱利安编辑和整理后发表。《赛普提缪斯》和《多利维浪漫传奇》都与长生药有关，是作家对永生主题的探索。这些残稿中，《赛普提缪斯》两篇似乎最能体现作家的艺术水准，故事的灵感来源于一个传说：霍桑家所居的雅舍据说曾经住过一位屋主，他认为自己永生不死。故事开端于列克星敦和康科德战役（the battle of Lexington and Concord）期间，主人公赛普提缪斯为一位年轻的神学院学生，枪杀了一位年轻的英国军官，临死之际，后者将一份长生药的秘密配方托付于他。赛普提缪斯最终配出了长生药剂，但喝下它的却是一位女子，她是死去的军官的恋人，来到康科德为恋人复仇，却又与主人公陷入爱情，她将毒药倒入长生药中，一饮而尽，留下主人公在孤独中度过余生。霍桑在第二稿修改到三分之二时放弃了这个书写计划，1863 年间，霍桑重拾长生药主题，计划写一部新小说，即后来冠名为《多利维浪漫传奇》的书稿，但此时，作家健康状况恶化，已力不从心，仅完成了三个章节片段，前两章在他逝世后发表在《大西洋月刊》上。作家对永生主题的兴趣其实可以追索到早年，尤其典型的是短篇小说《海德格尔的医生》（*Doctor Heidegger's Experiment*）。可以想见，迫近生命终点的霍桑感受到死神浓重的阴影，感受到生命莫大的虚无以及死亡消解一切的黑暗力量，那些残稿断章是他困扰他一生的信仰危机的总体爆发，它们见证了作家在人生终点的疑虑、悲伤和绝望，然而，也铭记了一个艺术家的执着、勇气和尊严。

1864 年 5 月，在皮尔斯的陪同下，霍桑踏上他人生最后的一次行旅，5 月 19 日，他在新罕布什尔州普利茅斯的一家小旅店里辞世，他的离世仿佛本身也像一则寓言，提示我们天地逆旅、浮生若寄的尘世真相。

第二章

霍桑与欧洲文化传统

霍桑属于19世纪上半叶的美国，同样，他也属于一个大的文学和文化传统，处于这个坐标体系特定的一点上，如果把他的创作比作他与时代的一场对话，那么，他所寄身的大传统为他提供了对话所需的一整套语汇、符码、修辞和言说方式，因为没有一个写作者可以在真空中写作，包括那些倚重个体才情和经验的作家。

谈及作家与传统的关系，不能不提到艾略特和他的经典论文《传统与个人才能》（*Tradition and the Individual Talent*）。作为新批评的重要开创者，艾略特对浪漫主义的抒表论（expressionism）做了反拨，在揭示艺术的创作机制时，将关注点从个体心灵投向创作者与文学传统的关系，认为“作家，任何艺术的艺术家，谁也不能单独地具有他完全的意义”，诗人必须获得和发展对于传统的历史意识，“历史的意识不但使人写作时有他那一代的背景，而且还要感到从荷马以来欧洲整个的文学及其整个的本国的文学有一个同时的存在，组成一个同时的局面”。也正是从这个意义上，他视诗人的心灵为“无数种感觉、词句、意象”的“贮藏器”，[①]而主体的创作犹如白金丝的触媒效应，将各种元素点化成新的化合物。当然，白金丝之喻有将传统影响过于神秘化的倾向，而艾略特本人也无意于说明传统如何具体作

① T. S. 艾略特：《传统与个人才能》，见赵衡毅选编：《新批评文集》，卞之琳译，北京：中国社会科学出版社，1988年，第26页、30页。

用于个体的创作。艾略特关于传统与个体关系的论述，无疑是针对所有作家而言的，但他本人旁征博引的诗歌实践似乎暗示，传统只以可供引用的典故或文学指涉的形式作用于个体的心灵，换言之，只有学院派作家才能谈及传统与个人的关系，但这显然不是他的本意。为更有效地揭示传统在目标文本中的回声效应，我们不妨参考朱莉娅·克里斯蒂娃(Julia Kristeva)和罗兰·巴尔特(Roland Barthes)提出的广义互文理论。基于巴赫金(Mikhail Bakhtin)的洞见，克里斯蒂娃提出："每一个语词(文本)都是众多语词(文本)的交汇，人们至少可以从中读出另一个语词(文本)来……任何文本都是引语的拼贴；任何文本都是对另一文本的吸收和转化。"①因此，她以"互文"概念(intextuality)取代"主体间性"(intersubjectivity)。广义的互文理论实际上是将文本之间的关系看作一个动态的反射和交织的网络，涵括意义生成的一切知识、代码和表意实践。因而，互文理论"注重研究那些'无法追溯来源的代码'、无处不在的文化传统的影响"，"它超出了狭窄的文本范围，进入到更为广阔的文化视野之中"。②不同于艾略特颇具神秘主义色彩的心灵触媒说，互文理论将关注点聚焦于语言和文本的层面，为具体分析文本与传统的对话关系提供了可能，同时，也使得我们得以超越文本指涉的范畴，在更宽阔的空间内探讨文本对于文学和文化传统的吸收与转化。当然，在借用互文理论的视角时，我们也无须拘泥于后结构主义的反人文主义原则，否认作者个人的主体性，或者将他的存在消减为一个文本相互运作的场域。

霍桑原本也是一位倚重传统写作的作家，本书第一章提到，霍桑博览群书，涉猎广阔，阅读量惊人，研究者曾梳理过他的阅读书目，对其文本的借鉴和来源也有相当多的研究，但书单本身难以呈现他所

① Julia Kristeva. " Word, Dialogue and Novel," In *The Kristeva Reader*, ed., Toril Moi, New York: New York Columbia University Press, 1986, p. 36.

② 罗婷：《论克里斯多娃的互文性理论》，《国外文学》，2001年第4期，第9—10页。

受的影响，而对具体出处的追索容易流于琐屑，或陷入一叶障目的局限，难以从宏观上厘清传统与其创作的关系。再者，尽管深受前代作家影响，霍桑本人"很少谈论书籍，很少引用别人"①，也"极少言及他作品中素材的来源"②，他保持缄默并非因为他刻意保守一份神秘，而是他根本不属于那种掉书袋子的作家，更无意于当代作家的互文式写作，这也决定了具体借鉴和出处类型的研究不适合整体上把握传统之于霍桑的影响。霍桑深具艾略特所言的历史意识，文化的长河源远流长，以潜移默化的方式作用于他的思想，激荡他个体的心灵，在其文本中激起巨大的回声，但这个过程并非如艾略特形容的，是一种神奇的化合反应，而是作家天才与技艺、灵感与匠心共同运作的结果。如果能看到《红字》严密而平衡的对称结构，我们如何可以忽略作家对作品的整体控制与精心构造？从传统中，霍桑获取了一套表意系统、文化符号和修辞策略，将之重新组合编码，以实现自己独特的文学表达。从广义互文理论的角度，我们力求分离出较为核心的可辨识的文化符码，或曰前文本，这些前文本可以以体裁、样式的形式出现，如哥特式文学和田园牧歌传统等，但更多表现为特定的人物、场景、情节类型和反复浮现的意象、隐喻和母题，如田园意象、狂欢场景、戏剧隐喻和作为母题浮现的黄金时代神话以及基督教的原罪观等。这些元素有时以重合或交叉的形式出现，但各自都承载着相对固定的文化和思想意蕴。如果忽视这些前文本，忽略霍桑创作的思想和文化根基，我们将很难真正进入霍桑的思想体系。

在梳理霍桑与文化传统的关联时，需要强调的是他对本土和欧洲资源的双重倚重。的确，霍桑以对清教传统的确认和新英格兰历史的书写，确立了自己美国作家的身份，赢得时代的认同和读者的广

---

① Austin Warren. "Hawthorne's Reading," *The New England Quarterly*, Vol. 8, No. 4 (Dec., 1935), p. 483.

② Arlin Turner. "Hawthorne's Literary Borrowings," *PMLA*, Vol. 51, No. 2. (Jun., 1936), p. 543.

泛赞誉，二战后，在美国文学独立的呼声中，他又被界定为民族文学的代表，亨利·詹姆斯甚至以“地方性”(provincialism)来形容他的创作。霍桑与新英格兰历史和清教主义的关系是不言而喻的。然而，在强调本土性和民族性的同时，霍桑与欧洲传统的承袭关系被长久地忽略，虽然传记研究早已呈现出其阅读的广度和深度，表明他同样得益于欧洲传统尤其是英国文学传统的滋养，但丁、班杨、拉伯雷、莎士比亚、斯宾塞和弥尔顿等作家很早就形塑了他的文学意识。实际上，欧洲文学在他心目中的分量更重，他对文坛的评判有时以玩笑的方式隐藏在某些作品中。在《地球上的火劫》里，叙事人以焚书时火焰的亮度和持久度来衡量作品的价值，提到有些书尽管名噪一时，却只冒烟不见火焰，弥尔顿和莎士比亚的作品却发出耀眼的光焰；在《幻想大厅》里，叙事人描绘了一座象征着艺术想象的殿堂，殿堂内陈列着一些包括荷马、伊索、但丁在内的大师塑像，叙事人提到一些“真正的天才”，除了霍桑一贯推崇的那些外，尤其提到歌德和瑞典科学家及宗教家伊曼纽·斯威登堡(Emanuel Swedenborg)必将位于不朽之列。这些名单足以提示，通过阅读，霍桑接通了欧洲文学的源流，而旅居欧洲七年，又使得他更深地浸淫于旧大陆古老的文化传统中，这就意味着，他的创作扎根于西方悠久而深厚的文化传统之中，而绝非仅仅是新英格兰土壤里开出的花朵。作家不仅在作品中自如运用欧洲文化元素，也始终把欧洲作为一种反观美国自身的文化参照系，表达自己对当代美国社会、政治、文化等多层面的思考。鉴于此，本章将在欧洲文化传统的大框架内，考察霍桑创作融合的相关元素，其中，对于被视为本土资源的清教主义，我们也将一路回溯到加尔文和奥古斯丁的思想传统中。本章梳理的霍桑作品中可辨识的文化的符码包括：作为文学样式的田园牧歌传统、作为文学母题的黄金时代神话、构成核心场景的狂欢节庆、莎士比亚的“世界舞台”隐喻以及基督教的原罪观，在辨析这些核心符码时，我们也试图理清它们各自所牵连缠绕的思想脉络。

第一节　田园牧歌文学：从古希腊到英国文艺复兴

传记作家提到的一个细节值得留心，霍桑一直珍藏着由先祖威廉·哈桑带到新世界的一本书，这本书就是锡德尼（Sir Philip Sidney）所著的《阿卡迪亚》（*Acadia*）。锡德尼和斯宾塞共同引领了英国文艺复兴时期田园牧歌文学的繁荣，而他的《阿卡迪亚》又是公认的田园牧歌的代表作之一。[①] 霍桑不仅熟读《阿卡迪亚》，也深受莎士比亚、斯宾塞、弥尔顿等英国文人的影响，正是通过他们的作品，作家接通了文艺复兴时期的田园牧歌传统。田园牧歌源远流长，至今已有2 000多年的历史，是一种高度程式化、包含特定母题的文学传统，不了解整个传统，我们难以孤立地理解单个的田园牧歌作品，遑论文本中有关田园牧歌的文化符码了，诚如海伦·库珀所言，"较之其他任何文学模式和形式，田园牧歌或许更多地关系到传统、权威、典范和影响，没有一个作品能被孤立地理解"[②]。鉴于此，这里对田园牧歌的发源、它在伊丽莎白时代的发展以及基本内涵做一简要的梳理。

田园牧歌最早可追溯到古希腊的忒奥克里托斯（Theocritus）的《牧歌集》（*Idylls*），他有"牧歌之父"之称，写过各种体裁的诗歌，流传

---

① 菲利普·锡德尼爵士（1554—1586），伊丽莎白时代的朝臣、政治家、军人，也是著名的诗人、文论家、学者和诗人的赞助人，被视为文艺复兴时期标准的绅士。他的《爱星者与星》（*Astrophel and Stella*）为莎士比亚十四行体组诗，堪称伊丽莎白时代诗歌的代表，《诗歌辩护》（*The Defence of Poesie*）将文艺复兴理论家的观点引介入英国，影响深远；锡德尼的大部分作品以田园牧歌的形式写成，《阿卡迪亚》为一部长篇散文体的浪漫传奇，是田园牧歌传统的典范之作，他也发展了这一艺术样式，影响了同时代的不少作家。他是斯宾塞的资助人，后者将田园诗《牧人月历》（*The Shepheardes Calender*）题献给他。

② Helen Cooper. *Pastoral: Mediaeval into Renaissance*. Ipswich: D. S. Brewer Ltd., 1977, p. 1.

下来的牧歌有30首，其中有些真伪难辨。《牧歌集》主要展现诗人家乡西西里岛的美丽的乡村风光和乡间生活，尤其是牧羊人的爱情和哀伤，其中还有以唱和诗(amoebaean verses)的形式表现的牧羊人之间的赛歌场面。忒奥克里托斯写这些牧歌时，身处亚历山大城，是托勒密王室的宫廷诗人，这也就意味着，他是从城里人的角度来描写记忆中的乡村生活的，诗歌抒发的是他对乡村的缅怀。忒奥克里托斯的《牧歌集》为后世树立了一种诗歌原型，它对田园牧人生活的描写以及它所隐含的乡村与城市对立的格局都启发了后来者。古罗马诗人维吉尔(Virgil)在翻译和套用忒奥克里托斯牧歌的基础上，创作了诗集《牧歌集》(*Eclogues*)，把忒奥克里托斯笔下的田园世界移植到他的故乡阿卡迪亚(Arcadia)。阿卡迪亚地处希腊南部伯罗奔尼撒半岛的内陆山区，据荷马赞美诗记载，这是一片多泉水和羊群的丰饶之地，为潘神(Pan)崇拜的发源地，潘为山林和畜牧之神，是当地牧民和羊群的庇护神。维吉尔的牧歌音韵流畅，用词精巧，意境优美，自然风光的静谧与乡间和美的人情交相辉映，向人们呈现了一幅人间乐园的画卷。维吉尔确立了牧歌在欧洲文学中的基本形式，正如评论者所言："没有《牧歌集》，牧歌就不可能成为欧洲主要而典型的诗歌样式之一。"①《牧歌集》的第一首和第四首分别开创了田园牧歌文学的两大传统，即社会批评和预言传统。在第一首中，维吉尔将乡村为与城市对照，抨击暴政和战争对田园乐土的倾轧，由此形成了田园牧歌的政治批评维度，田园愈是和美丰足，愈能反衬出外部力量的暴虐，愈能揭示现世政治与古典神话中黄金时代(the Golden Age)的巨大反差——关于黄金时代后文将进一步说明；当然，这一思路也隐含着政治赞歌的潜力，后世文人常以黄金时代重返来赞美君主的开明政治和盛世气象。在第四首中，诗人预言一个"天神的骄子"的诞生将开启一个新的光荣时代："在他生时，黑铁时代就已经终停，/在整

---

① Martindale Charles, ed. *The Cambridge Companion to Virgil*. Cambridge: Cambridge University Press, 1997, p. 107.

个世界出现了黄金的新人……在你的领导下，我们的罪恶的残余痕迹/都要消除，大地从长期的恐怖获得解脱……他要统治着祖先圣德所致太平的世界。”[①]维吉尔的预言根植于黄金时代的传说，但这不妨碍后世将之与基督教传统联系在一起，将维吉尔预言的“天神的骄子”解读为神子耶稣。根据帕立坎(Jaroslav Pelikan)的研究，君士坦丁皇帝在公元313年发表的《致圣徒辞》中，宣称这首牧歌是关于耶稣的预言，而奥古斯丁也像君士坦丁一样，认为“这位最有名的诗人写的是基督”。在早期基督徒看来，这首牧歌读来近似《以赛亚书》中的预言，诗句间回响着圣经的声音：“预言了‘新天新地’”、“新人类”、甚至新的人性，“预示了在这堕落的世界上与人性息息相连的古老的恶习被消除”[②]。或许，维吉尔牧歌的不朽价值正在于它的文化亲和力，在与不同文化尤其是基督教传统的融合与衔接中，田园牧歌传统迸发出持久的艺术活力。

中世纪是田园牧歌文学发展的一个重要阶段，但“在田园牧歌的历史中，有一种倾向是几乎完全忽略中世纪，直接从维吉尔跳到桑纳扎罗或斯宾塞”[③]。海伦·库珀缜密而翔实的研究已经证实中世纪对于田园牧歌的重要意义，如她所言，中世纪是沟通古典传统与文艺复兴田园文学的桥梁，没有中世纪，文艺复兴时期就不会出现田园牧歌繁荣一时的局面。中世纪的田园牧歌包含维吉尔的拉丁语传统和民族语传统(the vernacular traditions)两个分支。维吉尔一脉传统在中世纪经历过三个阶段的发展，吸引了但丁、薄伽丘(Giovanni Boccaccio)和彼特拉克(Francesco Petrarca)等重要作家。第一阶段为9世纪加洛林文艺复兴(Carolingian Renaissance)期间，得益于查理曼大帝及其后继者复兴古典文化的举措，维吉尔的《牧歌集》被重新发掘，受到广泛的阅读和模仿，这一时期涌现的田园牧歌作品可谓

① 维吉尔：《牧歌》，杨宪益译，北京：人民文学出版社，1957年，第16、17页。

② 帕立坎：《历代耶稣形象》，杨德友译，上海：上海三联书店，1999年，第44页。

③ Helen Cooper. *Pastoral: Mediaeval into Renaissance*. Ipswich: D. S. Brewer Ltd., 1977, p. 1.

真正意义上的古典复兴。至12世纪,古典牧歌在形式和内容上出现了新的趋势,其中最重要的发展是,基督教文化开始向这一文学样式渗透,基督教教义、圣经意象、人物、寓言等被引入文本中,牧羊人转化为耶稣、教皇、主教、牧师的化身,而田园牧歌文学也越来越具有寓言的意味,甚至完全切断了与田园和牧人的联系。拉丁语传统在第三个阶段的发展开始于文艺复兴时期,表现为重返维吉尔古典传统的努力。另一方面,以英语、法语等民族语言为载体,在民族文学和文化的土壤上,中世纪发展出了田园牧歌的民族语传统。民族语传统的一个重要特征是将牧人及牧人世界置于核心地位,拉丁语古典牧歌往往淡化或忽略牧人的真实存在,而民族语传统,尤其是法国的羊栏牧歌(Bergerie),始终以现实主义的手法描写牧人和放牧生活,包括牧人的衣饰、装备、用具以及牧人看护、照管羊群的具体职责。但民族语传统中的牧人同样具有超越的、隐喻的含义,作为一个主导意象,牧人可以指向爱人、王公贵族、精神导师、牧师和耶稣本人,代表着对职责和德性生活的坚守,牧人的职责就是看护好他的羔羊,"好牧人"在尘世的辛劳和善行最终将为耶稣这至善的牧人(The Good Shepherd)所回报。从文化史的角度来看,无论是对拉丁语、还是民族语传统而言,与基督教文化融合是田园牧歌文学在中世纪出现的重要事件。围绕圣经文本和教义,中世纪的田园牧歌文学最终发展出一套繁复而精微的隐喻话语,天堂被演绎成黄金时代的对位,牧人世界依稀投射出天堂永恒的光辉,甚至等同于天堂的意象。和古典牧歌一样,中世纪牧歌文学同样具有社会政治批评的维度,以牧人的小世界浓缩映射庞杂的社会现实,但较之古典牧歌,它表现出更为坚实的道德和精神属性,更重要的是,它融合了基督教的超越维度,表达了堕落尘世中的人对上帝、天堂和永恒的无限憧憬。

桑纳扎罗(Jacopo Sannazaro)是田园牧歌从中世纪向文艺复兴转折的一个关键人物,他的田园浪漫传奇《阿卡迪亚》(*Acardia*,1504)在欧洲影响深远。书稿完成于1489年间,由12篇散文和12首牧歌组成,充满古典意象,萦绕着挽歌悲伤的情调。诗人辛瑟罗

(Sincero)为避开爱情的烦恼,离开城市那不勒斯,来到阿卡迪亚,追寻牧人的理想生活,但未能解脱烦恼,后梦见不祥之兆,匆匆返回故乡,一路历经艰险,最后,在一位仙女引导下,顺着一条地道回到家乡,却发现钟爱的少女已经死去。桑纳扎罗对于文艺复兴的贡献在于,他重新诠释了阿卡迪亚,将之描写为有仙女和森林之神出没的田园乐土,一个充满黄金时代意象的古典神话世界,不仅如此,它也成为诗歌和艺术的领地,如果说维吉尔将荒凉的故土转化成想象中的田园乐土,桑纳扎罗则将艺术想象与乐土相提并论。桑纳扎罗的田园幻景俘获了欧洲的想象力,开启了田园牧歌文学中的阿卡迪亚分支,至17世纪几乎彻底取代了中世纪传统。库珀概括了阿卡迪亚传统的主要特点:爱情占据中心地位,情节基本围绕爱情展开;阿卡迪亚成为诗人的领地,是艺术和想象力的产物,外部世界不过是诗人心灵或意识的延展;阿卡迪亚的艺术趣味是贵族式的,阿卡迪亚的居民并非现实的乡间人物,牧羊女有时和仙女同义,最出色的牧人往往是来乡间游玩的贵族青年,而最美的牧女原来是年幼时流落民间的贵族小姐。这些细节其实别有深意,它透露出阿卡迪亚传统强烈的阶层偏见,“贵族与牧人世界看似融合,实则是虚幻的,两个世界的区别始终是绝对的,将两者等同只是作家的虚构”①。阿卡迪亚传统发展到极致,无疑是遁世的、主客体颠倒的,它与强调社会关注和道德信念的中世纪传统显然背道而驰。

欧洲文艺复兴迎来了田园牧歌文学的全面繁荣。在英国,田园牧歌在伊丽莎白女王时代进入了一个名副其实的黄金时代,田园挽歌、田园剧和田园浪漫传奇盛极一时,甚至伊丽莎白女王本人也常以春天或夏天王后的角色出现在这类作品中,可以说,田园牧歌凝聚了伊丽莎白时代关于女王、诗歌、艺术,乃至帝国自身的集体想象。英国文艺复兴为牧歌文学的繁荣准备了丰厚的土壤,形形色色的传统

① Helen Cooper. *Pastoral: Mediaeval into Renaissance*. Ipswich: D. S. Brewer Ltd., 1977, p. 106.

和源流汇聚于此，为伊丽莎白时代的作家展现了多变的风格、题材和艺术样式。从林泽仙女的神话世界到中世纪牧羊人的田园，从悲欢离合的爱情到严肃的政治、宗教和道德关注，从季节流转、浮云苍狗，到超然尘外的永恒之叹，从讽刺、寓言、浪漫传奇到挽歌，这一传统包罗了无限丰富的艺术潜力。伊丽莎白时代的文人拥有得天独厚的文化土壤，而他们的伟大之处在于，融会贯通，博采众家之长，由此成就了田园牧歌文学在这个时代的辉煌。锡德尼和斯宾塞是这个时代的共同开启者。斯宾塞于 1579 年出版的《牧人月历》(*The Shepheardes Calender*)被视为英国新诗歌的先声，诗集包括十二首牧歌，前面有序诗，后面有一小节尾声，尤其值得注意的是它对历书形式的运用。[①]斯宾塞以月历的形式结构诗篇，十二首牧歌每一首都与一年的某个月份相应，"每个月份既有各自不同的劳作和娱乐，又符合季节特征和环境氛围，同时也暗示特定的宗教节日，而且都与黄道十二宫相联系"。再者，月历在凸显季节流转和光阴流逝的同时，暗中指向易逝性(mutability)和死亡的主题，由此也揭示了田园位居堕落尘世的真相。《牧人月历》不仅承袭了维吉尔的古典传统，也明显糅合了中世纪牧歌文学元素，包括历书形式、圣经意象以及对现实生活的讽喻和批判等，其中《十一月牧歌》被视为英国文学史上第一首牧歌式挽歌，为后来的诗人提供了典范，影响了弥尔顿、雪莱和阿诺德等人，"使得牧歌式挽歌发展为英国诗坛上自成一支的诗歌类型"[②]。

尽管斯宾塞的《牧人月历》被视为先声，锡德尼其实在他之前已经开始了田园牧歌的创作，1578 年他创作了向女王献演的幕间田园短剧《五月女王》(*Lady of May*)。这是英国第一部以五朔节为场景

---

① 历书传统至少可以追溯到古罗马诗人奥维德(Ovid)的《岁时记》(*Fasti*)，1379 年，法国国王查理五世委托人写了一部关于牧羊理论和实践的著述，原作已经失传，但简写版在 16 世纪初印出，简称为《好牧人》(*Le Bon Berger*)。该书逐月记载中世纪牧人的工作和责任，真实再现了牧人的生活和世界，影响了后世的牧人历书。直接影响斯宾塞的牧人历书是 15 世纪末由法语译成英语的《牧人历书》(1493)。

② 胡家峦：《〈牧人月历〉简介》，《国外文学》，1994 年第 4 期，第 91 页。

的田园剧，也是献给伊丽莎白女王的最早的、也是最优秀的一部田园作品，它在形式上也是创新的，将假面剧、牧歌和戏剧融为一体。他的《阿卡迪亚》为一部长篇散文体的浪漫传奇，也是田园牧歌文学的一部杰作，标志着古典牧歌与中世纪传统的完美融合。锡德尼其实写了两个版本，第一版于1580年完成，但1584年他又对原作进行彻底改写，改单线情节为错综复杂的结构，但直至去世时也未能完成改写，因而，文学史上将两个版本分别称之为《新阿卡迪亚》和《老阿卡迪亚》。故事讲的是马其顿王子与堂兄因海事流落到阿卡迪亚，与隐退在森林里的阿卡迪亚王的两个女儿谈情说爱，经过各种曲折，终成眷属的故事。但它远非是一个融合男扮女妆、私奔、暴力、计谋等传奇元素的浪漫故事，它有着清晰的政治和社会维度，表达了作家对帝国治理、宫廷政治、骑士美德、宗教信仰等诸多问题的思考。锡德尼认为田园牧歌首先是承载社会、政治和道德使命的文学，他对田园牧歌最大的贡献也在于，“恢复了为他所师承的前辈们舍弃的深切的社会和政治关怀”[①]。锡德尼在《为诗辩护》(*The Defence of Poesie*)中清晰地道出了田园牧歌社会和道德批评功能：“那简陋的笛子是被鄙弃了么？这笛子曾经在梅利伯的口里揭示人民在刻薄的主子和到处劫掠的军队之下的疾苦，而提屠鲁吹出了什么幸福低贱者能从贵人的善良中获得；有时狼和羊之类的动人故事里包含着关于恶行和忍耐的全面思考；有时指出为琐事争执只能得到无谓的胜利……”[②]再者，锡德尼也是第一位将阿卡迪亚与国家联系起来的田园作家，“从没有人将田园阿卡迪亚想象为这层意义上的‘国家’(state)”[③]，他笔下的阿卡迪亚其实投射出伊丽莎白帝国的政治理想。

---

① Helen Cooper. *Pastoral: Mediaeval into Renaissance*. Ipswich: D. S. Brewer Ltd., 1977, p. 146.

② 锡德尼：《为诗辩护》，钱学熙译，北京：人民文学出版社，1964年，第34、35页。译文稍作改动。

③ Helen Cooper. *Pastoral: Mediaeval into Renaissance*. Ipswich: D. S. Brewer Ltd., 1977, p. 146.

伊丽莎白时代田园牧歌作家群星璀璨，而涌现的作品也不可胜数，在众多的作家中，值得一提的还有莎士比亚，这不仅因为他的独特贡献，也因为他和斯宾塞及锡德尼一样，直接影响了霍桑对田园牧歌传统的理解和运用。莎士比亚无意创作单纯的田园牧歌作品，他更多的是在自己的戏剧中运用这一文学资源，在继承传统的同时，也翻陈出新，为这一文学样式注入了新的活力。莎士比亚与田园牧歌相关的作品主要有《皆大欢喜》、《冬天的故事》和《亨利五世》，尤其值得一提的是《皆大欢喜》，它主体上为田园剧，但又对传统本身表现出一种强烈的自省意识。《皆大欢喜》以 16 世纪英国作家托马斯·洛奇(Thomas Lodge)的牧歌浪漫传奇《罗藤林德》(*Rosalynde*)为蓝本写成，呈现了一个理想的牧人世界亚登森林(forest of Arden)，剧中有关田园与宫廷对照的格局、贯穿整出戏的田园意象、田园生活画卷，包括一整套想象和言说田园的方式都根植于这一文学传统。比如，在第一幕第一场中，查尔斯告诉奥列佛说被放逐的公爵已经在亚登森林了，形容他“在那边度着昔日英国罗宾汉那样的生活……逍遥地把时间消磨过去，像是置身在古昔的黄金时代一样”；在第二幕第一场中，公爵极力称赞田园生活的道德健全性：“我们的这种生活，虽然远离尘嚣，却可以听树木的谈话，溪中的流水便是大好的文章，一石之微，也暗寓着教训；每一件事物中间，都可以找出些益处来。”田园的淳朴与德性反衬出宫廷的堕落和社会的失序，重返田园，蒙垢的心灵将获得道德、精神重生的机会。显然，莎士比亚熟谙这一套文学话语，但在搬用这套话语的同时，他又借人物揭示田园生活的另一面，比如，在第三幕第二场中，试金石如此评议牧人的生活：

> 说老实话，牧人，按着这种生活的本身说起来，倒是一种很好的生活；可是按着这是一种牧人的生活说起来，那就毫不足取了。照它的清净而论，我很喜欢这种生活；可是照它的寂寞而论，实在是一种很坏的生活。看到这种生活是在田间，很使我满意；可是看到它不是在宫廷里，那简直很无聊。你瞧，这是一种

> 很经济的生活，因此倒怪合我的脾胃；可是它未免太寒怆，因此我过不来。①

的确，亚登森林里的生活并不逍遥，此间有寒风、猛兽，有贫穷困顿之苦，现实主义视角下的田园暗中消解着传统建构的田园幻象，两者形成一种有趣的张力。在熟练运用田园牧歌传统的同时，莎士比亚又将对传统自身的反讽和批评融入其中，从而获得更丰富、更复杂的表达。

田园牧歌在文艺复兴时期达到了后世难以企及的艺术高峰，它旺盛的生机在于古典和中世纪两大传统的汇聚，两者融会激发出纷繁的题材、意象和主题变奏。中世纪牧歌尤其是民族语传统，倾向于现实主义地书写牧人和牧人世界，它重自然、教化，强调人的责任和道德意识，再者，由于基督教文化的强力影响，中世纪牧歌重象征、隐喻，滑向寓言的模式，这些都造成牧歌文学诗意的失落。古典牧歌则偏向诗性和艺术的一端，为保持题材的诗意和主题的崇高，往往淡化牧歌固有的乡土特征，或者直接忽略不登大雅之堂的牧人及乡村生活；它强调文学的批评讽世功用，以对比黄金时代的方式，批判政治现实，抒发对清明盛世的向往；或者为执政者称功颂德，赞颂海晏河清宛如黄金时代重返，但无论是讽刺还是赞歌，古典传统始终局限于现世的层面。文艺复兴时期的田园牧歌深沉而博大，中世纪传统给它以内在的风骨，古典牧歌赋予它盎然的诗意；它承袭了古典牧歌的讽刺功能，又获得了中世纪传统神性的、超越的维度。正如库珀概括的，文艺复兴时期的田园牧歌是讽喻与浪漫传奇、现实主义与诗性想象的融合，它绝非是遁世或逃避主义的，它首先是介入社会和为人生的文学，它关注艺术如何反射和回应现实人生；就本质而言，它体现的是对无限和绝对理念的求索，从形式层面上看，它又开创了一种富

---

① 莎士比亚：《莎士比亚全集》(第二卷)，朱生豪译，北京：人民文学出版社，1994年，第107页、123页、143页。

于动感和弹性的文本结构，促使作家辩证地“演绎宫廷与城市、文化与淳朴乡村、天堂与苦难、无拘无束的自由与世俗生活之责任和限制以及艺术与自然之间的一系列冲突”[①]。这些可贵的品质使得文艺复兴传统独领风骚，令后世难望其项背。至17世纪早期，田园牧歌的两脉传统再次分离，中世纪一脉在英国内战前消亡，进入18世纪后，除蒲伯和安布罗斯·菲利普（Ambrose Philips）引发过短暂的复苏，并在弥尔顿、华兹华斯、雪莱等人的作品中偶放异彩外，田园牧歌文学大势已去，不可挽回地走向了没落。

霍桑深得文艺复兴时期田园牧歌文学的滋养，他的作品尤其是后期小说中充满丰富的田园意象、元素和场景，比如《欢乐山的五月柱》中的五朔节欢庆、《七个尖角阁的宅子》里被比作“五月”的菲比、花园、泉水意象，《牧神雕像》中对牧神和萨堤的指涉等，而《福谷传奇》整体上就是一出人物自编自导的田园剧，充满了诸如季节更迭、五朔节欢庆、阿卡迪亚、牧羊女和诗人等典型元素。但对霍桑而言，田园牧歌传统不仅意味着一种可以模仿和借鉴的文学样式、一套可随手取用的文学意象、典故、类型化的场景、人物、母题元素等，它更与作品的整体架构和主题的推演相关，是作家结构篇章、编码主题意蕴的重要手段。这与田园牧歌文学的特质相关，它本质上是作为一种思维模式、一种宏观的运思方式而存在的，作为思维方式，田园牧歌又是“贯穿欧洲心灵的一个特点”[②]。威廉·燕卜荪在《田园诗的几种变体》中提出，田园牧歌的作用在于“将繁复寓于简单之中”[③]，它以文学的小世界映射现实大世界，在两者的反差或对称中，照见现实的矛盾和缺憾，凸显为繁杂世相所遮蔽的冲突和悖论，也正如前文所呈

---

① Helen Cooper. *Pastoral: Mediaeval into Renaissance*. Ipswich: D. S. Brewer Ltd., 1977, p. 7.

② Helen Cooper. *Pastoral: Mediaeval into Renaissance*. Ipswich: D. S. Brewer Ltd., 1977, p. 2.

③ William Empson. *Some Versions of Pastoral*. New York: New Directions Publishing Corporation, 1974, p. 25.

现的，它是批评，也是寓言，它以隐喻或反讽的方式关联现实人生。可以说，霍桑从文艺复兴传统中受益的正是它对现实的关注，它关涉世界、思考社会的方式。这也提醒我们，单单关注霍桑作品中的田园牧歌元素是不够的——这也是国内外霍桑研究的一个局限，必须从整体上考察田园牧歌在霍桑创作中的意义，考察他如何将之作为一种反观时代问题的运思方式。

第二节　黄金时代与失乐园

在西方文化史上，人们常将伊甸园和黄金时代相提并论，席勒曾如此断言，“每一个有历史的民族都拥有一个天堂、一个纯真时代和一个黄金时代”[①]。的确，黄金时代和失乐园为西方并存的两大神话，前者属于古希腊罗马(Greco-Roman)传统，为艺术提供典范和灵感，而后者为基督教真义，关及宗教和道德信条。一般看来，异教神话与基督教信仰并不相干，但两者却有类似和呼应之处，而彼此也一直处于互渗交融的状态中。两者的融通可一直追溯到基督教兴起之初，深受古典文化影响的天主教父们或者试图将异教神话融入基督教的体系中，或者以基督教话语重新阐释异教神话，比如，早期基督徒将维吉尔的第四首牧歌解读为一则关于耶稣降临的弥赛亚预言。即便在基督教获得绝对的胜利之后，“两部经文——古希腊罗马和犹太基督教的，始终处于并存和融通的状态中”[②]。有趣的是，田园牧歌文学与黄金时代和伊甸园神话都有不可分割的联系，而它本身也成为衔接古典遗产和基督教文化的一个媒介，这在文艺复兴传统中表现得

---

① Friedrich Schiller, *Essays: Friedrich Schiller*, Walter Hinderer and Daniel O. Dahlstrom, eds. New York: The Continuum International Publishing Group Ltd., 2005, p. 228.

② Harry Levin. *The Myth of The Golden Age in the Renaissance*. Bloomington: Indianan University Press, 1969, p. 35.

尤为明显。由于古典和中世纪传统的融通，黄金时代、黑铁时代、伊甸园、天堂、堕落尘世的意象彼此重合或构成奇妙的映射关系。或许，正是得益于文艺复兴文学的影响，在霍桑的很多作品里，尤其是他的《牧神雕像》中，反复浮现出黄金时代和阿卡迪亚的意象，而黄金时代与失乐园的母题又彼此交织缠绕在一起，这些都提醒我们，需要回溯西方文学的源头，回到黄金时代和失乐园这两大文学母题上。

先从黄金时代谈起。在霍桑的作品中，黄金时代神话不仅在田园文学的语境中浮现，有时也以单独的意象或暗指的方式出现。鉴于此，我们这里将它作为一个相对独立的文化元素加以梳理。就田园牧歌文学而言，黄金时代神话构成它最核心的元素。田园牧歌本身是一种约束多、格局很有限的文学样式，它能拥有源远流长的历史，出现过辉煌一时的繁荣局面，这与黄金时代神话所蕴含的内在能量有关系。无论田园牧歌是否直接指涉黄金时代神话，它都构成这类作品的潜台词或幕前幕后的风景，正如蒲伯说过的，“田园是人们所言的黄金时代的一个意象”。黄金时代神话最早可回溯到古希腊诗人赫西俄德(Hesiod)的《工作与时日》(*Works and Days*)，但他并未将金属与时代直接联系起来，而是描述了人类五代族群每况愈下的演化状况，分别冠以金、银、黄铜和铁的名称。首先是与神混居的黄金族群，泰坦诸神领袖克洛诺斯(Kronos)在天上统治着世界，春天长在，大地丰饶，羊群果树自然生长，人类无须劳作，没有疾病，没有纷争，人活得长久，死亡毫无痛苦，死后变成高尚的灵魂在大地上游荡。之后出现了白银族群，克洛诺斯的统治被奥林匹斯众神推翻，出现了四季的划分，人类不再那么完美，彼此间出现了纷争；随后，宙斯(Zeus)创造出一个黄铜族群，他们身强力壮，嗜血好战，同类相残，最终毁灭了自己。继黄铜族群之后出现的英雄族群，是人类整体下降趋势中的一次回升，他们更为高尚，是底比斯和特洛伊战争中的英雄，后来成为半人半神式的人物(demigods)，在成就丰功伟业后，被宙斯送到遥远的福岛上，被放逐的克洛诺斯重新掌权，在他的统治下，英雄们过着幸福无忧的生活。第五代为黑铁族群，他们彻底堕落，贪婪狂妄，崇尚暴力，世间充满暴力、邪恶和不义，令羞愧女神艾多斯(Aidos)和复仇女神涅墨西斯(Nemesis)绝望，它们放弃世人逃到天上，赫西俄德预言罪恶将持续在人世间蔓延。

赫西俄德给出了黄金时代神话的基本轮廓，在后世的流传中，有关英雄的插曲被略去，简化为四个时代的演化模式，同时，又演绎出其他一些重要元素。古希腊诗人阿拉图斯(Aratus)首先增添了有关正义女神戴克(Dike)的细节：因为不堪忍受人类的堕落，正义女神逃到天上，变成遥远的处女星座(Virgo)，成为纯洁与公正的化身，她也就是后世诗人常常提到的少女阿斯特来亚(Astraea)。继阿拉图斯之后，古罗马诗人维吉尔对这个神话又做了两个重要改动。首先是将古希腊宗教元素加以罗马化，克洛诺斯的名字与时间之神(Chronos)混为一谈，他吞食子女的传说被诠释为一则关于时间的寓言，又因赫西俄德提到克洛诺斯在福岛重新掌权，维吉尔将其与古罗马的农业之神萨图尔努斯(Saturnus)联系起来，将罗马农神节(Saturnalia)视为农神复位、黄金时代短暂重临的节庆仪式。再者，如前文提及的，维吉尔在《牧歌集》第四首中以女先知西比尔(the Cumaean Sibyl)的“库玛谶语”为证，预言随着神之骄子的诞生，处女星和农神将再度降临人间，黑铁时代终结，而黄金的新人将遍及世界，人间重新进入黄金时代。第四首预言充满神秘色彩，两千年间引发了种种猜测和阐释，基督教徒将之解读为耶稣诞生的预言，无论如何，它的重要意义在于在黑铁时代开启了关于黄金时代重返的想象，换言之，使这个神话向未来敞开，如哈利·莱文所言，维吉尔将黄金时代神话移植到意大利，“在地理和时间的双重意义上将它重新定向”[①]。

然而，真正使黄金时代神话定型的是与维吉尔同时代的诗人奥维德(Ovid)，他在诗集《变形记》(*Metamorphoses*)中将之提炼为一个

---

① Harry Levin. *The Myth of The Golden Age in the Renaissance*. Bloomington: Indianan University Press, 1969, p. 19.

可被后世反复模仿、借用和改写的原型主题(topos)。[①]“四大时代”的故事紧承天神创世之后，奥维德这样描述黄金时代：

> 这个时代，没有人强迫它，没有法律，却自动地保持了信义和正道。在这个时代里没有刑罚，没有恐惧；金牌上也没有刻出吓人的禁律……兵士无用武之地，各族的人民生活安全，享受着舒适的清福。大地无须强迫、无须用锄犁去耕耘，便自动地生出各种需要的物品。人们不必强求就可得到食物，感觉满足……四季长春，西风送暖，轻拂着天生自长的花草。土地不需耕种就生出了丰饶的五谷，田亩也并不轮息就长出一片白茫茫、沉甸甸的麦穗。溪中流的是乳汁和甘美的仙露，青葱的橡树上淌着黄蜡般的蜂蜜。[②]

在这段引文中，奥维德先以一系列的否定句来陈述黄金时代的秩序，它没有法律、没有刑罚、没有战争，和平、正义自在自存，而无须任何外力的强制；诗人继而以诗性的意象描述黄金时代的丰美和富足，万物自生自长，五谷丰饶，乳汁、蜜汁遍地流淌。黄金时代投射了人们对于理想人世的全部想象，它是天生地长的丰美，是自在自为的和谐和正义。有趣的是，它没有四季的划分，它是永恒的春天，花草作物无边无际地漫漫生长，这其实是对季节流逝的否定，是对时间本身的否定和超越，如莱文所言，“没有四季的存在是一种悬置于永恒的状态”[③]。换言之，黄金时代其实是在时间之外、尘世之外的，因为人类

---

① 《变形记》一般公认是奥维德最好的作品，是一部汇集古典世界神话传说的叙事长诗，对西方文学和绘画艺术有深远影响。全诗共十五章，包括 250 多个神话故事，故事按照时间顺序叙述，由宇宙创立、人类出现开始，直至罗马建立，凯撒遇刺变为星辰和奥古斯都顺应天意建立统治为止。全诗不仅以叙述技巧衔接，而且以“变形”主题贯穿成有机整体。这些传说中的人物最后不是变成兽类，便是变成鸟形，或树木，或花草顽石。变形的哲学基础是罗马哲学家鲁克莱提乌斯朴素的唯物思想：一切都在变易。

② 奥维德：《变形记》，杨周翰译，北京：人民文学出版社，1984 年，第 3、4 页。

③ Harry Levin. *The Myth of The Golden Age in the Renaissance*. Bloomington: Indianan University Press, 1969, p. 21.

历史的退化，这个完美的时代业已遗失在时光的另一端，永远无法抵达。

奥维德对白银时代和黄铜时代的描写较为简略。白银时代的重要事件是出现了四季的划分："朱庇特把旧日春天的时间缩短，把一年分成四季，有冬有夏，有冷暖无常的秋天，有瞬息即逝的春季。"四季流转，严寒酷暑的天气变幻意味着艰辛劳作的开始。关于黄铜时代，奥维德仅仅以一个句子来描述："日子更加困苦，可怕的兵灾日渐频繁，但是人们还虔信天神。"[①]战争从此出现，接下来是急转直下、败坏不堪的黑铁时代，它是黄金时代的对立面，它意味着罪恶的全面爆发和道德的全部沦丧："谦逊、真理、信仰都从世界上逃走，欺骗、诡计、阴谋、暴力和可恶的贪婪代替了它们。"[②]此时，私有财产出现了，物欲贪婪也随之蔓延，铁是残暴、武力和战争的象征，而黄金这贵重金属也同样成了堕落的标志，"战争用铁也用黄金"，暴力和贪婪联手将尘世推向更深重的苦难，正义女神从此离开人世。奥维德因袭了四个时代的划分，但他简化了白银和黄铜时代的内容，同时，强化了黄金时代与黑铁时代的对比，使之发展为互为依存、彼此对立的两个鲜明意象。奥维德其实为后世文学开启了一种类型化的思维模式，黄金与黑铁时代成为一组互为参照和反衬的对立面，黄金时代照见现世的种种缺憾，而黑铁时代的焦灼又凝聚为黄金时代的幻象，指向现世憧憬而未能抵达的种种完美。可以说，在奥维德的诗篇里，黄金时代神话经历了一个模式化和符码化的过程，故事变得高度概念化，这决定了它的普适特征，因而，可被后世反复援引、转译、改写，植入形形色色的文本中。

实际上，无论田园牧歌以反讽还是寓言的方式展开，它内在的张力都隐含于黄金与黑铁时代的相互参照中。但田园牧歌与黄金时代的这种联系，其实也是田园文学传统历史演变的结果。最早将两者

---

① 奥维德：《变形记》，杨周翰译，北京：人民文学出版社，1984 年，第 4 页。
② 奥维德：《变形记》，杨周翰译，北京：人民文学出版社，1984 年，第 5 页。

关联在一起的是维吉尔的第四首牧歌，但真正将黄金时代神话与这一文学样式相融合的是桑纳扎罗的《阿卡迪亚》，他笔下的阿卡迪亚宛然如黄金时代的神话世界，诗篇里充满古典意象，回旋着古典神话的母题，“某些时刻，憧憬的新生似乎就在眼前，而阿斯特来亚也将从天庭重返”。至文艺复兴时代，黄金时代神话与田园牧歌文学严丝密缝地黏合在一起，也正因为此，后世的蒲柏可以断言田园是黄金时代的一个意象，蒲柏此言不仅道出了两者的密切关系，更重要的是，揭示了“空间与时间概念、美好地域与美好旧时光、理想化的地域如阿卡迪亚、西西里、或其他某个地方，与理想化的时代——已然逝去的或将要来到的——的某种联系”[①]。回望田园牧歌传统，如果维吉尔将黄金时代神话向未来敞开，使之获得了未来的维度，那么，桑纳扎罗则使之空间化，将它与不同的地域关联起来。这也就意味着，黄金时代神话拥有了时间和空间的双重属性。

基督教的失乐园与黄金时代神话的类似之处是很明显的，两者都预设了一种完美的原初状态，当理想的原初状态失落后，人类注定要承受现世的苦难、邪恶、死亡及其他种种缺憾。伊甸园又称“上帝的花园”，在词源学上可回溯到亚拉姆语，有“丰饶的，丰美的”(to be fruitful, fruitful)或“水源充足的”(to be well-watered)之意，这与希伯来圣经对伊甸园的描写是一致的，即水源充足的丰饶之地，伊甸园也由此成为丰饶肥沃的乐土的象征。[②] 圣经里关于伊甸园的描写主要出现在创世纪篇：上帝在东方开辟伊甸园，使土地生长蔬菜瓜果，使河水流过伊甸园，灌溉园中的植物。之后，亚当和夏娃违抗上帝命令，上帝将他们逐出伊甸园：“在伊甸园东边安排了基路伯，又安置了发出火焰、四面转动的剑，为要防止人接近那棵生命树。”(《创世纪》

---

① Harry Levin. *The Myth of The Golden Age in the Renaissance*. Bloomington: Indianan University Press, 1969, p. 43,7.

② Chaim Cohen, "Eden," In *The Oxford Dictionary of the Jewish Religion*, ed. R. J. Zwierblowsky and Geoffrey Wigoder. Oxford: Oxford University Press, 1997, p. 214.

3：24）堕落后的人类从此被迫为生存而艰辛劳作："土地要因你违背命令而受诅咒。你要终生辛劳才能生产足够的粮食。"（《创世纪》3：17）失去伊甸园的人类不仅"要汗流满面才吃得饱"，而且从此被抛入时间和历史中，失去了永生的可能："你要工作，直到你死，归于尘土；因为你是用尘土造的，你要还原归土。"（《创世纪》3：19）失乐园与黄金时代神话显然有着内在的呼应关系，两者都意味着一种完美状态的失落，伊甸园与尘世的对立也正是黄金与黑铁时代的反差，失乐园意味着尘世经验的开始，而尘世即黑铁时代的镜像，包括劳作的艰辛、道德的败坏以及无从逃避的时间和死亡。但不同于异教神话的是，基督教始终具有超越的维度，在天堂与人间、伊甸园与堕落尘世之间保持了巨大的张力关系。

如果说，黄金时代根本上是一个时间概念，伊甸园首先是一个地理概念。重返伊甸园和重返黄金时代的冲动一样深深扎根于西方文化心理中，在空间的维度上，表现为对世外福地或乐土的追寻，两者本质上都是一种文化的尚古主义，认为失落的史前岁月有可能在遥远的异域和荒蛮之地拾回，"当新的地域被发现、并被加以勘探时，人们总免不了从古希腊或希伯来神话的角度来看待那些原始居民"①，或者将之视为黄金时代的子民，或者将他们认作人间天堂的居民。研究者认为，寻找人间天堂的冲动与人类航海探险和殖民征服的历史纠缠在一起，否则，只从经济和政治的层面上无法解释探险和征服活动在民众中激起的巨大热忱。伊甸园或世外乐园的意象也总构成关于未知世界想象的一部分，当哥伦布发现新世界时，他在书信中的言辞表明他果真以为"发现了人类最古老的家园，即地上天国（Terrestrial Paradise）"②。

但在基督教体系内，占据主导地位的是向未来和超越的层面投

---

① Frank E. Manuel and Fritzie P. Manuel. *Utopian Thought in the Western World*. Massachusetts：The Belkap Press of Harvard University Press，1979，p. 37.

② Harry Levin. *The Myth of The Golden Age in the Renaissance*. Bloomington：Indianan University Press，1969，p. 43，59.

射的关于天堂和天国的祈望，“与其说是回到原初，一种循环的时间观念，天国意味着实现和完成”①。在圣经中，天堂是相对于尘世的概念，是上帝、神和天使的居所，有时也用来指称上帝，对犹太教而言，是义人死后灵魂的居所，而基督教则相信，所有虔诚的信徒死后都可升入天堂，因而天堂又是永生和来世的象征。尽管旧约也将上帝与王、王权和统治等概念联系起来，但“上帝的国”(Kingdom of God)的观念真正出现在福音书中，“上帝的国近了”是耶稣教义的核心，也是后世基督教的重要信条。比如，在《马可福音》中，耶稣在加利利传道时说，“时机成熟了，上帝的国快实现了”(1：15)。对观福音其实包括两种不同的关于上帝的国的宣告——将来临和已经来临的：“(1) 先知与启示作品所宣告的上帝的国，换言之，也就是‘历史世界的终点’即将到来；(2) 通过耶稣的中保，那些生活在永恒信仰中的人们已经预先生活在天国里面了。”②它可能是一种乌托邦的憧憬，也可能是基督徒内在的精神生活，但无论是哪一种形式，天国的降临都仰仗于神恩，是神的恩赐，而非人力之所致。尽管新约其他篇章没再明确提到“上帝的国”，但同样表现出末世论的色彩，而末世论也愈发清晰地呈现出基督论的形态，甚至有时直接将上帝的国等同于耶稣的国，忍受现世苦难的信徒们相信将在耶稣的天国中获得救赎。因而，在圣经传统中，有关未来天国的想象总是与末日审判、耶稣再临和千年王国等信仰缠绕在一起，而《启示录》为这一图景提供了最为具体的表达。根据它的描述，继末日审判之后将出现一个新天新地，而此间又有一座圣城从天而降，“我又看见圣城，就是新耶路撒冷，由上帝那里，从天上降下来，像打扮好了的新娘来迎接她的丈夫”。《启示录》以极为炫丽铺陈的意象描述了新耶路撒冷：在此，上帝将更新一切，“不再有死亡，也没有悲伤、哭泣，或痛苦”；它金堆玉砌、缀满珍

---

① Ian A. Mcfarland and Karen Kilby, ed., *The Cambridge Dictionary of Christian Theology*, Cambridge: Cambrige University Press, 2011, p. 206.

② 米尔恰·伊利亚德：《宗教思想史》，晏可佳等译，上海：上海社会科学院出版社，2004年，第708页。

珠宝石，没有黑夜，充满了上帝的荣光，生命之水从“从上帝和羔羊的宝座流出来”，而河边的生命之树上结满医治万国的果实(21—22)。《启示录》不仅呈现了一个美轮美奂的彼岸天国，也预言了耶稣千年王国的降临：天使将撒旦捆绑起来，投入无底深渊，信徒的灵魂复活，“跟基督一同作王一千年”(20：6)，千年之后，魔鬼被释放出来，与耶稣和圣徒展开决战，魔鬼被彻底击败，随即是上帝的最终审判。这一预言是基督教千禧年主义的主要源头，千禧年主义认为，随着灾变异象出现，末日将来临，而耶稣也将再度降临，在大地上持续统治一千年之久，建立一个和平、正义的王国。

如研究者指出的，“犹太基督和希腊文化为欧洲提供了两个互不相同、但可彼此融合的彼世图景”，黄金时代、阿卡迪亚、农神重返、伊甸园、天国、新天新地、新耶路撒冷的意象反复激起人们的乌托邦想象，而在两大传统中，又以犹太基督文化的乌托邦冲动更为强烈和持久，如学者所言，“犹太—基督形式的天堂已构成西方乌托邦最深的考古地层，活跃在大多数人的无意识中”①，在现代意义的乌托邦诞生之前，基督犹太传统中有关王国和弥赛亚时代(the Messianic Age)是最接近这个概念的。这与犹太基督末世论的强烈时间意识有关，如库玛所言，“犹太主义打破了希腊罗马世界的历史循环观念，它采取了单一的统一的历史观念，历史有开始、有结尾，是朝着上帝的意志和愿望前进的实现过程”②。曼纽尔夫妇认为，近代意义的乌托邦诞生于文艺复兴和宗教改革运动之后，得益于希腊和犹太基督传统的共同哺育，“基督犹太信仰一个与世界同时创造、又注定延续到尘世之后的天堂，希腊神话认为人类无须神助，甚至要经常违背神意为自己建造一个理想的、美丽的城邦，这两种古老的信仰形塑并滋养了

① Frank E. Manuel and Fritzie P. Manuel. *Utopian Thought in the Western World*. Massachusetts：The Belkap Press of Harvard University Press，1979，p. 17，37.

② Krishan Kumar. *Utopia and Anti-Utopia in Modern Times*. New York：Basil Blackwell Ltd.，1987，p. 29.

乌托邦，并深深嵌入了欧洲人的意识”[①]。

从某种意义上说，北美这个国家本身也诞生于一种乌托邦的冲动。清教徒视北美为上帝的“允赐之地”，认为在此落脚和建立殖民地的历史，完全是上帝神圣计划的一部分。清教先辈们频频以新伊甸园、山巅之城、新耶路撒冷的意象描述国家的起源和历史，这些已构成美国国家神话的一部分，深深地嵌入民族的集体文化意识中。至霍桑生活的 19 世纪上半叶，美国更是深深卷入了乌托邦的冲动中，它从不同的文化和宗教源流中迸发出来，如宗教复兴运动中可完善论、千禧年主义、波士顿文化人的超验主义、圣西门与傅立叶等人倡导的社会主义和乌托邦主义等，并汇聚为一种强烈的革新社会、打造人间天堂的强烈诉求，在与具体的社会和政治目标结缘后，便涌现为形形色色的改革运动。在回望历史之际，霍桑发现了美国现在与过去的关联，发现了贯穿其中的乌托邦冲动，而在审视这种乌托邦冲动的同时，他也发现了更为古老的乌托邦原型。或者说，现代乌托邦的前身，它是基督教的伊甸园和天国，也是异教神话里的黄金时代。立足于时代语境，我们可以更清晰地看出，霍桑作品中这些文学母题的幽微意味，看出它们与作家现实关切之间的隐秘关联。在他的作品里，时代的乌托邦冲动或者投射为黄金时代的幻影，或者折射为失乐园的焦灼，然而，正如曼纽尔夫妇指出的，尽管希腊罗马和犹太基督结合在乌托邦之中，它们毕竟是不相契合的两种传统，“两者的结合经常处于崩溃的边缘”[②]。如果说，霍桑以黄金时代和基督教的天堂意象影射时代的乌托邦冲动，他也以两者内在的裂痕瓦解时代的乌托邦图景。后面的章节中，我们将逐步剖析霍桑如何运用这些文学母题衔接和思辨时代议题。

---

① Frank E. Manuel and Fritzie P. Manuel. *Utopian Thought in the Western World*. Massachusetts: The Belkap Press of Harvard University Press, 1979, p. 17, pp. 16-17.

② Frank E. Manuel and Fritzie P. Manuel. *Utopian Thought in the Western World*. p. 17.

第三节 狂欢节庆与异教传统

纵观霍桑的创作，可以发现，节庆和狂欢场景出现在不少作品中，有的甚至占据核心地位，承载明显的主题和结构功能，较为核心的有《欢乐山的五月柱》中的五朔节、《我的亲戚，莫林诺少校》中的农神节狂欢、《豪的假面舞会》(*Howe's Masquerade*)中的总督府假面舞会、《小伙子古德蒙·布朗》里的“沃尔帕吉斯夜”(Walpurgisnacht)、《红字》结尾处的总督就职庆典、《七个尖角阁的宅子》中人物从阳台上看到的游行队伍、《福谷传奇》中的五月庆典和田园假面剧，当然，最引人注目的是《牧神雕像》中盛大的复活节狂欢场面。霍桑作品中描写的游行、欢庆和狂欢场面大多有民俗学渊源，有的本身为民间节庆，有的可间接回溯到民间传统，归根结底都属于欧洲民间文化尤其是狂欢节文化的一部分。民间节庆文化深刻雕塑了作家的想象力和创作意识，作家对民间节庆其实做过相当深入的了解，研究显示，他曾参阅过威廉·霍纳(William Hone)三卷本的《历书》(*The Every Day Book*)、约瑟夫·斯特拉特所著的《英国人消遣与娱乐活动》(*The Sports and Pastimes of the People of England*)等有关英国节庆传统的文献资料。但作家对狂欢节庆的兴趣更与文艺复兴文学的影响有关。巴赫金指出，广义上的狂欢节庆在历史上一直影响着文学的发展，尤其是文艺复兴时期的文学，更直接受到狂欢节的强力影响，文艺复兴甚至可被视为“人类意识、哲学和文学的直接狂欢化”①。可以肯定，通过拉伯雷、莎士比亚和斯宾塞等人的狂欢化文学传统，霍桑接通了欧洲狂欢民俗传统以及以民俗节庆方式留存的异教文化遗产。霍桑的作品中的狂欢元素大都为宽泛意义上的狂欢场

---

① Mikhail Bakhtin. *Rabelais and His World*. Trans. Helene Iswolsky, Bloomington: Indiana University Press, 1984, p. 273.

景，根植于欧洲中世纪和文艺复兴时期的民间文化传统，属于巴赫金所言的“仪式场面”(ritual spectacles)，即狂欢庆典和诙谐的广场表演。其中，最为可辨的民间节庆主要为五朔节和狂欢节。

五朔节是一个欢庆春天回归的节日，每年 5 月 1 日举行，为欧洲重要的民间节庆之一，可回溯到古希腊和罗马时代。尽管各地传统不一，但庆祝活动一般包括采集野花、绿色植物，编花环、推选五月王和王后，为之加冕，举行仪式婚礼，竖起五月树(May tree)或五月柱(Maypole)，饰之以花朵、彩旗和彩带，人们围着五月树或五月柱跳舞。人类学研究表明，这些仪式有着异教渊源，与古老的丰收仪式相关，旨在“确保作物丰产，牲畜和人类繁衍生息，但很多时候这些意味已慢慢失落了，仪式活动大多以大众节庆的方式流传了下来”①。在英国，人们把去乡间野外采摘野花和绿色植物的节庆仪式称为“迎五月”(bringing in the May, or going a-maying)，庆祝活动经常由官方和教会赞助，汇集了上至王公贵族下至平民百姓的各色人群。从爱德华四世(1547—1553 在位)时期开始，“迎五月”越来越多地受到宗教人士尤其是清教徒的抵制，主要原因在于它为年轻人提供了在林间放纵的机会。作为五朔节的标志，五月柱也常常成为攻击的目标。但后来英国历史上也不乏支持五朔节和五月柱欢庆的人士，1618 年英王詹姆斯一世曾颁布《娱乐书》(*Book of Sports*)，宣告五朔节为合法游乐活动，查理一世于 1633 年再版了这个公告。但从 19 世纪开始，五朔节传统在英国逐渐衰落。在新英格兰，清教徒认为它有异教和纵欲的色彩，因而遭到强烈抵制，未能在美国文化中扎根。

狂欢节主要见于信奉罗马天主教的国家，为四旬斋(lent)之前的狂欢庆典。四旬斋指复活节前为期 40 天的斋戒期，四旬斋期间，人们禁止娱乐，禁食肉食，反省、忏悔以纪念复活节前 3 天蒙难的耶稣。四旬斋之前，则是一段纵情欢乐的狂欢季，开始的时间各地不一，比

① “May Day.” *Encyclopædia Britannica*. Encyclopædia Britannica Online. http://search.eb.com/eb/article-9051569.

较多的是“始于圣灰日前(Ash Wednesday)的礼拜天，截止于圣灰瞻礼日(Shrove Tuesday)”[1]。狂欢节(Carnival)在词源上可回溯到中世纪拉丁语“carnem levare”或“carnelevarium”，即去肉食之意。研究认为，狂欢节发源于异教时代迎新年、庆大地回春的节庆活动，与古罗马的酒神节(Bacchanalia)、农神节和牧神节(Lupercalia)有密切联系，其渊源又可追溯到更为古老的丰产仪式和民间节庆中，尤其是古希腊的狄奥尼索斯仪式。基督教在罗马帝国获得正统地位后，异教渊源的狂欢活动尤其是农神节已根深蒂固，天主教会无力彻底清除，只能采取融合和转化的策略，将之纳入基督教的宗教庆典中，但教会最终整合了这些狂欢活动，使之成为与四旬斋密切相关的节庆，流行于中世纪的城镇中。由于受教会的制约，中世纪的狂欢节多少失去了它肆意欢闹的节庆色彩，而至 15 世纪，在文艺复兴时期的罗马，远古时代的“狂欢作乐、骇人之举”全面复苏，教皇保罗二世皮埃特罗·巴尔博(Pietro Barbo)为节庆增加了赛马和各项赛跑活动。[2]文艺复兴之后，狂欢节逐渐走向没落，1858 至 1859 年间，霍桑在罗马时看到的狂欢节其实已失去了往日的气象。

在中世纪和文艺复兴时期，五朔节和狂欢节都是民间节庆传统的一部分，通过文艺复兴文学，霍桑贯通了这一脉古老的欧洲传统。欧洲的狂欢节民俗有着深厚的异教文化渊源，是基督教与异教文化融合的结果，“在基督教顺应时势地破除犹太教的拘泥粘滞而融合古希腊罗马哲学以构建基督教神学体系的同时，希腊罗马神话和狂欢民俗亦浸染到基督教节日中，逐渐形成欧洲中古时期基督教土壤上的狂欢文化”。[3] 它在中世纪人们的生活中占据重要位置，在一些大城

---

① “carnival.” *Encyclopædia Britannica*. 2006. Encyclopædia Britannica Online. 17 Oct. 2013, http://search.eb.com/eb/article-9020411.

② 参见 David Kesterson, “Hawthorne's ‘Mad, Merry Stream of Human Life’: The Roman Carnival as Apocalypse In *The Marble Faun*”, in *Value and Vision in American Literature: Literary Essays in Honor of Ray Lewis White*, ed. Joseph Candido. Athens: Ohio University Press, 1999, p. 96.

③ 夏忠宪：《巴赫金狂欢化诗学研究》，北京：北京师范大学出版社，2000 年，第 65 页。

市里，每年举行狂欢庆祝的时间长达三个月之久。根据巴赫金的研究，除狂欢节这个特定的传统节庆外，中世纪的狂欢传统还包括“愚人节”(feast of fools)、“驴节”(feast of ass)、“复活节笑话”(Easter Laughter)等其他节庆；另一方面，几乎所有的基督教节日都染上了欢闹的民俗色彩，诸如谢肉节、圣诞节和复活节等都成为狂欢型的节庆，以集市和各种露天娱乐活动为特征的“教区欢庆日”(pastor feasts)也是如此。不仅如此，狂欢氛围也浸润了中世纪生活的很多层面，比如，上演宗教神秘剧和讽刺闹剧的日子、葡萄节之类的农事节日散发着狂欢的气息，甚至很多社会活动和日常庆典，诸如集市活动、宴席、婚礼、葬礼、洗礼仪式等也带上了民俗戏谑和欢闹的特征。值得注意的是，活跃于这些场合的有一类特殊的人物，他们是小丑、傻子、形形色色的杂耍艺人，此外还有稀奇古怪的人物，如巨人、侏儒、残疾人等，其中，小丑和傻瓜更是狂欢节庆不可或缺的人物，他们常在欢庆场合戏仿庄严仪式和庆典，如为竞技优胜者颁奖、领地权交接和骑士册封之类的仪式，或者在宴会上扮演纯属逗乐的“王和王后”的角色。所有这些狂欢节庆、滑稽的仪式和祭祀活动、小丑和傻瓜，巨人、侏儒和杂耍艺人等都属于巴赫金所言的“仪式表演”(ritual spectacles)，与各种诙谐的语言作品和广场语言共同构成了中世纪的民俗复合体，它们是狂欢的文化，是民间的诙谐文化，以笑为根基的大众节庆生活。欧洲的民间狂欢传统在文艺复兴时期达到巅峰状态，从 17 世纪起，狂欢文化走向衰亡，它逐渐失去了全民的性质，并沿着两个不同方向发展：一是继续存在于民间广场、民间游艺和怪诞诙谐文学传统中；另一个是逐渐脱离开原来的民间基础，从广场狂欢转向室内假面的道路，形成一种宫廷节日的假面文化。关于后者，有它自身的传统和发展历史，至 17 世纪早期在欧洲盛极一时，发展为辉煌壮丽的庆典游乐，在公共剧场上演，或者流行于王室和上流社会中。作为一种上流社会的节庆游乐活动，参与者戴面具、着戏装，有人手持火炬，引领队伍来到聚会之地，扮演者与来宾一起舞蹈欢闹。有时，假面仪庆只是简单的化装游行，有时表现为复杂的假面剧表演。假面剧演出时，诗歌、音乐、舞台场景和道具一应俱全，戴假面的表演者从游行队列中走来，与来宾狂欢共舞，以歌声和台词道别，再回到队列中。假面剧的题材一般为神话和寓言故事，或为象征意味的，或为赞颂到场的王公贵族所作。[①] 和广场狂欢一样，宫廷和室内假面文化同样起源于远古时期的宗教仪式及民间仪庆，在长期演化中，保留了戴面具、观众与演员相融合的基本特征。英国的假面文化盛行于16、17世纪，1600—1630年的宫廷假面和复辟时期的舞台假面剧为这一游乐传统的巅峰样式。霍桑作品中的狂欢元素及场景实际上包罗了这两种类型，既有民间狂欢节庆的再现，也有精致优雅的上层假面文化的投射。

在《拉伯雷和他的世界》(中译本书名为《拉伯雷的创作与中世纪和文艺复兴时期的民间文化》)一书中，巴赫金将欧洲民间诙谐文化或狂欢传统视为一种独立的文化形态，完全区别于"严肃的官方、教会、封建及政治的祭祀形式和庆典"，它在官方世界之外构建了"第二个世界和第二种生活"，展现了一种非官方、非教会和非国家的看待世界、人和人际关系的方式；它具有全民性和仪式化的特征，是人类节庆精神的真正体现，而节庆之所以成为节庆，在巴赫金看来，必然具备某种精神和思想的内涵。本质上，人类文化史上的节庆活动与时间的观念，以及死亡、再生等的危机或转折关头密切相关，因而，"死亡和再生、交替和更新的瞬间始终导向节庆的世界感受"，而中世纪的民间狂欢是真正的时间的节日，是不断生产、交替和更新的节日，它体现的是生命浑然一体、绵延不绝的整体感。正是在这种节庆性中，巴赫金洞悉了民间狂欢文化对现行秩序的颠覆意味及其内在的乌托邦气质。它将民众从实际的、功利主义中解脱出来，占据统治地位的真理，现有的制度，一切等级关系、特权、规范和禁令被暂时搁置和撤销，民众得以暂时进入全民共享、自由、平等和富足的乌托邦

① "Masque." *Encyclopædia Britannica*. 2014. Encyclopædia Britannica Online. 12 July. 2014, http: //global. britannica. com/EBchecked/topic/368090/masque.

王国，换言之，狂欢节庆表现的是“黄金时代对过去的胜利，是全民物质丰裕、自由、平等和博爱的胜利”[①]。显然，巴赫金是从政治的维度上理解和诠释中世纪狂欢民俗对于民众生活的意义的。有趣的是，他的理论观点与霍桑的某些洞见暗中相契合，这也使得我们可以借用巴赫金的理论视角，剖析霍桑作品中狂欢场景蕴含的丰富主题。比如，狂欢场景对于官方话语和意识形态的消解，它所隐含的乌托邦幻象，它与时间、死亡和更新等母题的关联等。但需要意识到的是，巴赫金以意识形态化的视角看待中世纪民俗，但其研究的重心并非狂欢民俗本身，而是狂欢化的文学传统。他认为，从 17 世纪下半叶起，“原先狂欢节的地位被已狂欢化了的文学及其影响所取代”[②]，因而，巴赫金侧重的是将狂欢作为一种纯粹的文学传统加以探析。但对霍桑而言，他关注的始终是作为民俗传统的狂欢节，或者，更确切地说，是由民俗所折射出的另一种生活形态，一种区别于 19 世纪上半叶美国主导价值的生活观念。如丹尼尔·霍夫曼指出的，包括霍桑在内的不少美国作家都对民间故事、神话和仪式庆典抱有浓厚的兴趣，“他们运用这些文化的遗存物以及原始或潜意识的经验模式，体现了他们……对前意识、前基督教价值、亚理性及常为反理性的意义形式的强烈关注”[③]。霍夫曼的观点从整体上揭示了节庆和狂欢元素对于霍桑创作的意义，它为作家提供了一套有别于基督教和理性主义的价值观念以及认知、经验世界的模式，它衔接起被基督教和近现代世界所压制的古典和异教的文化传统，并在作家的作品体系内构建了一种宏大的文化参照体系。

的确，在《拉伯雷和他的世界》中，尽管未做具体剖析，巴赫金也指出了中世纪狂欢民俗与“人文主义的希腊罗马古典文化”的联系。

---

① Mikhail Bakhtin. *Rabelais and His World*. Trans. Helene Iswolsky, Bloomington: Indiana University Press, 1984, p. 8, 276, 256.

② 夏忠宪：《巴赫金狂欢化诗学研究》，北京：北京师范大学出版社，2000 年，第 85 页。

③ Daniel. G. Hoffman. *Form and Fable in American Fiction*. New York: Oxford University Press, 1961, p. 1.

欧洲狂欢民俗实际上起源于古希腊罗马的神话和仪式，“是以酒神崇拜为核心不断扩展的深刻的欧洲文化积淀”[①]，只是至中世纪和文艺复兴时期，已失去了远古的祭祀和巫术意味。有意味的是，霍桑本人似乎也由狂欢节庆一路回溯到了古希腊罗马的酒神崇拜，《牧神雕像》充满了有关葡萄酒、酒神、牧神和酒神随从萨提尔的指涉。如果说古希腊的酒神崇拜构成欧洲狂欢传统最原初的内核，我们不妨梳理一下由酒神崇拜所折射的前基督教观念或价值。

酒神狄奥尼索斯(Dionysus)又名巴库斯(Bacchus)，他首先是葡萄酒之神，与葡萄酒的生产和酿制密切相关，也是迷醉、狂欢和癫狂之神。关于酒神的诞生存在两个传说：一说是狄奥尼索斯为宙斯和凡间女子塞墨勒的私生子，另一说认为他是宙斯与冥后珀耳塞福涅的儿子。在两个传说中，狄奥尼索斯都经历了两次诞生的经历，因而，后来与东方元素融合后，又衔接了死亡和复活的主题。关于狄奥尼索斯崇拜的起源学界至今仍未有定说，传统上认为他是源自色雷斯的神祇，但 20 世纪 50 年代由于线性文字 B 的破译，有学者认为“狄奥尼索斯崇拜根植于米诺斯—迈锡尼宗教，是希腊远古宗教的一部分”，在漫长的演化过程中又受到“东方文化尤其是其宗教神秘主义的影响”；最终形成了具有自身特点的宗教崇拜仪式。[②] 无论如何，可以肯定的是，从公元前 1500 年至公元前 1100 年间，古希腊已存在狄奥尼索斯崇拜了，但最初只是作为葡萄酒之神加以祭祀。与酒神崇拜相关的民间传统节庆有花月节、乡村酒神节和勒奈节。从公元前 7 世纪开始，酒神崇拜融入东方神秘主义文化元素，发展出了对来世的关注，此间酒神这位古老的神祇经历了一次复活，并逐渐走向城邦生活的中心。公元前 6 世纪末，雅典“创办了城市酒神节，上演酒神颂，以城邦的名义庆祝狄奥尼索斯的节日”，狄奥尼索斯跻身奥林匹斯十二主神之一，酒神崇拜从民间进入城邦，与城邦的主流文化融

① 夏忠宪：《巴赫金狂欢化诗学研究》，第 63 页。

② 魏风莲：《狄奥尼索斯崇拜研究》，复旦大学学位论文，2004 年，第 6 页、21 页。

为一体。[①] 城市酒神节的公众庆典包括祭献牺牲、纵情歌舞欢宴、阳具模型游行、体育竞技、酒神颂演唱和戏剧演出的比赛等。值得一提的是，狄奥尼索斯庆典直接孕育了古希腊的戏剧艺术。除酒神节庆典外，酒神崇拜也包括游离于城邦生活之外的神秘仪式，即巴库斯秘仪、奥尔菲斯教和厄琉西斯(Eleusis)秘仪。尽管仪式和内容多样化，狄奥尼索斯崇拜以狂欢、纵欲和迷狂为主要特征，在迷狂状态中寻求与神的交融与合一，这其中也包含很多野蛮的成分。比如，在巴库斯秘仪中，妇女们穿鹿皮制作的衣服，手拿权杖，在黑夜中游荡在山林间，围绕狄奥尼索斯的偶像疯狂舞蹈，在迷狂状态中把山羊和其他野兽撕成碎片，甚至把肉片生吃下去。古罗马继承了古希腊的酒神节日，不过古罗马人沿用了巴库斯这个名字，同样作为司饮酒和寻欢作乐之神加以尊奉。

显然，酒神崇拜在古希腊生活中占据重要地位，那么，它具体体现了什么样的希腊文化精神或价值观念呢？如酒神传说和酒神祭仪所显示的，酒神与欢乐、人生的乐趣、农耕社会的四季循环、生殖和丰产、死亡和复活等主题相关联，酒神祭仪上的阳具模型超越了男性淫荡的色情欲望，它指向的是人和自然界原始的生命力，旺盛的、永不枯竭的生命力。在《悲剧的诞生》中，尼采从哲学的层面上将狄奥尼索斯抽象为一种精神或原则，他对酒神精神所做的论述今天仍是我们绕不过的经典。尼采将酒神狄奥尼索斯区别于日神阿波罗，将两者视为对立而统一的关系，认为酒神世界构成了希腊日神文化的地基，是希腊人直面生之悲剧所表现出的民间智慧，是对西勒诺斯(Selenus)反讽的有力应答。在《悲剧的诞生》中，尼采转引了这个神话：弥达斯国王问酒神伴侣西勒诺斯，对人来说，什么是最美妙的东西，精灵发出刺耳的笑声，回答说："可怜的浮生呵，无常与苦难之死，你为什么逼我说出你最好不要听到的话呢？那最好的东西是你根本得不得的，这就是不要降生，不要存在，成为虚无。不过对于你还有

① 魏风莲：《狄奥尼索斯崇拜研究》，复旦大学博士学位论文，2004 年，第 28 页。

次好的东西——立刻就死。”[①]希腊人洞悉了“生存本身的恐怖(the horror of existence),却以生命意志的快乐创造了奥林匹斯山的诸神”[②],尼采认为这也正是希腊悲剧的精髓所在。酒神代表的是永恒循环的、无限的生命,在“个体化原则”崩溃之际,个体获得了与永恒的、原初的生命、与“世界本体融合的最高的欢乐”,所以,酒神的状态就是“一种痛苦与狂喜交织的癫狂状态”[③]。尼采认为,以悲剧为代表的酒神艺术为我们提供的正是这样“一种形而上的慰藉”,“使我们暂时逃脱世态变迁的纷扰”,使我们“在短促的瞬间真的成为原始生灵本身,感觉到它的不可遏止的生存欲望和生存快乐”[④]。再者,酒神崇拜的根本表现是狂欢放纵,如尼采描述的,“它的浪潮冲决每个家庭及其庄严规矩;天性中最凶猛的野兽径直脱开缰绳,乃至肉欲与暴行令人憎恶地相混合”[⑤],这其实是生命冲动对日常规范和秩序的颠覆,是本能对于理性原则的反动,这与罗素关于酒神崇拜的见解是一致的。罗素融合了弗洛伊德的洞见,认为文明人之所以与野蛮人不同,主要在于审慎(Prudence)或者深谋远虑(forethought)的习惯,“文明之抑制冲动不仅是通过深谋远虑(那是一种加于自我的抑制),而且还通过法律、习惯与宗教”,而巴库斯之所以在古希腊获得胜利,在于开化的古希腊社会“发展了一种对于原始事物的爱慕,以及一种对于比当时道德所裁可的生活方式更为本能的、更加热烈的生活方式的热望”。对于古希腊人而言,酒神崇拜意味着对于审慎的反动,在肉体和精神的迷醉状态中,被审慎所摧毁的强烈情感得以恢复,“他觉得世界充满了欢愉和美;他的想象从日常顾虑的监狱里面解放了出

---

① 尼采:《悲剧的诞生》,周国平译,桂林:广西师范大学出版社,2002年,第22页。

② 童明:《悲剧之力:尼采式转折上篇》,《外国文学》,2008年第1期,第123页。

③ 周国平:《代译序》,《悲剧的诞生》,周国平译,桂林:广西师范大学出版社,2002年,第2页。

④ 尼采:《悲剧的诞生》,周国平译,桂林:广西师范大学出版社,2002年,第138页。

⑤ 尼采:《悲剧的诞生》,第15页。

来”①。概言之，酒神精神是面对生之悲剧，对生命的强力肯定，也是生命冲动对理性审慎的反动。

从文化史的角度来看，希腊文化整体上表现为对感觉、肉体、生命和现世生活的肯定，它散发着一种生命的欢愉精神、一种原初的平衡和谐之美，这与后世的基督教和理性主义传统形成鲜明对比。尽管为基督教文化所取代，异教文化的欢愉精神和勃勃生机仍时时复活于欧洲古老的民间狂欢节庆中。回望旧大陆，霍桑实际上经历了一次逆流而上的文化之旅，经由文艺复兴文学，他得以重访欧洲古老的民俗传统，顺着民间文化的源流，又最终回溯到萨提尔和酒神的古典世界。至此，我们以抽丝剥茧的方式，层层梳理了霍桑作品中狂欢节庆场景所蕴含的繁复的文化意味；另一方面，霍桑对这类场景的运用也是复杂多变的，因而很难概括狂欢节庆元素的主题意蕴。但总体而言，正如霍夫曼指出的，狂欢场景为霍桑激活了一套异质的话语、一个被遗忘的他者世界，而在两者的参照和对峙中，作家找到了一条反观和思辨当代现实的途径。

第四节 莎士比亚、“黑暗的力量”与戏剧隐喻

毫无疑问，莎士比亚是对霍桑影响最为深刻的作家之一，对这一课题，评论家也有不少相关探讨，但这类研究多停留于文本细节、意象和人物等层面的梳理，比如，对《我的亲戚，莫林诺少校》对《仲夏夜之梦》的指涉、《福谷传奇》与《皆大欢喜》之间的互文关系都有相当多的探讨。但这里，我们关注的并非是霍桑对莎剧元素的具体借鉴或挪用，而是他与莎士比亚在思想上的某种相通之处。麦尔维尔可能

① 罗素：《西方文明史》(上)，何兆武，李约瑟译，北京：商务印书馆，2001 年，第 38 页、39 页。

是最早洞悉两者隐秘关联的评论人，在其经典论文《霍桑与他的青苔》中，他驳斥了关于霍桑的流行观点，揭示出一个不同于时人眼中的霍桑，在众人称道霍桑的温和可人时，他独具只眼，看到后者笼罩于重重黑暗之中的心灵："你或许被他的阳光迷住——陶醉于他在苍穹中为你建造的金色华宇，但那背后有着黑暗的黑影"，这也就是他所言的霍桑的"伟大的黑暗力量"[①]。麦尔维尔认为，正是这种黑暗将霍桑与莎士比亚联系在了一起，那么，需要进一步追问的是，这种黑暗究竟是指什么而言呢？的确，在提及"伟大的黑暗力量"时，麦尔维尔首先将它与加尔文主义联系在了一起，霍桑研究者也大多停留于这一层面的阐释，将这种黑暗与加尔文的原罪说、清教传统和霍桑的家族史勾连在一起，进而将之等同于"清教的阴郁"(puritan gloom)。比如，哈利·莱文在《黑暗的力量》一书有关霍桑的章节中基本上就采取了这一思路，认为霍桑"对人类的潜力抱着有限的观点，如果不是在神学上，那么在心理上，他也仍旧是一个加尔文主义者"[②]。但问题是，霍桑的黑暗不尽于此。在提出这一观点后，麦尔维尔随即对莎士比亚做了一段相当精彩的评述，但评论界对这段评议关注的不多：

> 是这种黑暗赋予他无限混沌的背景——也是在这样的背景下，莎士比亚展开了他最为恢弘的想象，正是这种东西成就了莎士比亚无比崇高、又极为鲜明的声名，这就是作为深刻思想家的莎士比亚。哲学家并不是将莎士比亚作为悲剧和戏剧大家来崇拜的……令莎士比亚之所以成为莎士比亚的，是内在于他的那些深处而遥远的东西，是他直觉的真理不时发出的闪光，是那向着真实的轴心所做的短促而急遽的刺探。通过那些黑暗人

① J. Donald Crowley, ed., *Nathaniel Hawthorne: The Critical Heritage*. London: Routledge, 1970, p. 116.

② Harry Levin. *The Power of Blackness: Hawthorne, Poe, Melville*. New York: Alfred A. Knopf Inc., 1958, p. 55.

> 物——哈姆雷特、泰门、李尔和伊阿古，他狡黠地道出或者曲折地暗示了我们觉得绝对真实的东西，但任何正直的人，在心智健全的情况下，倘若要说出那些，哪怕只是暗中提及，便只能坠入疯狂。李尔，这发疯的国王，被痛苦逼入绝境，撕下面具，道出了那同样疯狂的根本真相。①

显然，麦尔维尔并非只在加尔文主义的体系内诠释霍桑的黑暗，从他对莎士比亚的分析来看，这种黑暗指向的是一种悲剧性的哲学洞见，即人生虚无的真相。当然，莎士比亚的宗教或哲学观是一个过于复杂的论题，在此我们无意也不必深入这个问题。可以确定的是，莎士比亚有对生命整体的领悟，有对生存境况和生命真谛的追问，在戏剧中，他也的确让某些人物在特定情境下表达了这种黑暗的认知，比如，在《麦克白》中，在接到王后的死讯后，麦克白说出了这样一段经典台词："明天，明天，再一个明天，一天接着一天地蹑步前进，直到最后一秒钟的时间；我们所有的明天，不过替傻子们照亮了到死亡的土壤中去的路。熄灭了吧，熄灭了吧，短促的烛光！人生不过是一个行走的影子，一个在舞台上指手划脚的拙劣的伶人，登场片刻，就在无声无臭中悄然退下；它是一个愚人所讲的故事，充满着喧嚣和躁动，却找不到一点意义。"②

立足于后现代的语境，不难理解霍桑和莎士比亚所感受到的幻灭感，它根源于信仰的危机时刻。无论是因为世俗化进程的冲击，还是由于个体心灵的穿透力，总有些敏感的心灵会冲破宗教和文化编织的严密体系，直面存在的混沌和宇宙的神秘。在基督教的体系内，上帝是一切的本源和中心，是一切意义、秩序和价值存在的根基，如果信仰遭到质疑，古希腊人所感受过的"生存的恐怖"必将全面爆发，

---

① J. Donald Crowley, ed., *Nathaniel Hawthorne: The Critical Heritage*, London: Routledge, 1970, pp. 117 - 118.

② 莎士比亚：《莎士比亚全集》(第五卷)，朱生豪译，北京：人民文学出版社，1994 年，第 272—273 页。

人们不得不再次追问：生命是否具有内在的意义和目的？宇宙是否存在绝对的道德和伦理准则？甚至，人类是否可以抵达确切的认知和现实？这些问题的确容易把人引向虚无主义的深渊。有意味的是，尼采在《悲剧的诞生》中，同样提到了莎士比亚，由此我们看到一条清晰的思想脉络：

> 酒神状态的迷狂，它对人生日常界限和规则的毁坏，其间，包含着一种恍惚的成分，个人过去所经历的一切都淹没在其中了。这样，一条忘川隔开了日常的现实和酒神的现实。可是，一旦日常的现实重新进入现实，就会令人生厌；一种弃志厌世的心情便油然而生。在这个意义上，酒神的人与哈姆雷特相像：两者都一度洞悉事物的本质，他们彻悟了，他们厌弃行动……知识扼杀了行动，行动离不开幻想的蒙蔽——这才是哈姆雷特的教训……一个人意识到他一度瞥见的真理，他就处处只看见存在的荒谬可怕，终于领悟了奥菲利亚命运的象征意义，懂得了林神西勒诺斯的智慧，他厌世了。[①]

尼采将哈姆雷特引为酒神的人（the Dionysian man）的精神同路人，在他这里，黑暗的认知最终发展成虚无主义的哲学，所以，尼采宣称上帝已死，认为存在本身没有意义和目的，但不可避免地循环，没有终结，归于虚无，永远虚无，任何信仰，任何信以为真必然是错误的，因为根本没有一个真实的世界。同样，霍桑从莎士比亚的戏剧中感受了精神的亲缘关系，当然，他并非哲学家，无意构建自己的思想体系，也断然不能被贴上虚无主义的标签。在对这些相互投射的脉络关系进行梳理时，我们可以确认的是，霍桑分享了莎剧主人公的黑暗知识，而这种认知便是尼采所言的林神的智慧。

---

① 尼采：《悲剧的诞生》，周国平译，桂林：广西师范大学出版社，2002 年，第 53—54 页。

在《牧神雕像》中，霍桑借人物之口这样评论基督教："基督教信仰是一座巨大的教堂，窗上绘着圣画。站在外面，你看不见荣光，也无法想象任何荣光；站在内部，每一缕光线都映射出无比辉煌的和谐。"[①]他看到，栖居于信仰这恢宏的建筑内部，我们可以保持内心的安然和谐，未经检验的信仰毕竟是天真且浅薄的，但一旦逾越信仰的边界，获得的真知洞见又往往将人推向黑暗的深渊。1856年与麦尔维尔会晤后，霍桑这样评述他的朋友，"他既不能信，也无法安然不信；他太诚实，太富于勇气，因而绝不妥协，信或者不信"[②]。其实，该结论也多少揭示了他自身的宗教立场。欧文·豪对这个问题的评议也是一语中的，他指出，"终其一生，霍桑陷入我们现在所谓的信仰危机之中"[③]。《夜间随笔：雨伞下》(*Night Sketches: Beneath an Umbrella*)发表于1838年，是"最接近霍桑宗教观核心"的一篇随笔。[④] 它以雨伞为喻象揭示了这个道理：风雨之夜，叙事人"我"手持一柄雨伞，行走在风雨之夜，看见"黑色的、无法穿透的虚无"(p. 550)，看见更远处的"绝望沼"(Slough of Despond)，无边的暗夜中，主人公深切意识到"黑暗只有天国的光芒才可驱散"(p. 554)，他呼唤坚信的力量，然而，信仰和人类构建的文明到底只是一柄脆弱不堪的雨伞，人类注定要与混沌和虚无的力量时时对峙。实际上，在不少作品中，霍桑都揭示了这种信仰濒临崩溃的深渊体验，为我们塑造了一颗颗沉溺于虚无的痛苦灵魂，短篇小说《年轻人布朗》、《牧师的黑面纱》、《圣诞节的宴席》(*The Christmas Banquet*, 1844)和长篇小说《红字》等对此都有表现，比如《牧师的黑面纱》以黑面纱为核心隐喻将原罪的暗影与虚无的黑暗完美地糅合在一起，而《圣诞节的宴席》

---

① Nathaniel Hawthorne. *The Marble Faun*. London: Everyman, 1995, p. 245.

② Nathaniel Hawthorne. *The English Notebooks*. New York: Russell and Russell, 1962, p. 433.

③ Irving Howe. *Politics and the Novel*. New York: Horizon Press, 1957, p. 163.

④ Hyatt H. Waggoner, "Art and Belief," In *Hawthorne Centenary Essays*, ed. Harvey Pearce. Columbus: Ohio State University Press, 1964, p. 179.

中的杰维斯·黑丝廷(Gervayse Hastings)执着于对虚无的凝视，直至以整个生命来演绎虚无。

这里以《年轻人布朗》为例，这也是霍桑受评论关注最多的短篇之一，各家各派在其中读出了纷杂的意义，但它首先是一则信仰失落的寓言。主人公古德曼·布朗是个年轻单纯的清教徒，新婚不久，妻子名为 Faith，人名直接点出故事的寓言意味，新婚隐喻布朗的信仰状态，未经检验的信徒与信仰正可谓如胶似漆。某日的黄昏，受某种邪恶的诱惑，布朗告别新婚不久的妻子，进入森林世界，在小道上遇见手持蛇形拐杖的魔鬼和一些虔诚的信徒，最后发现几乎全村的人都聚集在魔鬼的祭坛前，甚至包括他纯洁的妻子。研究者认为，林中展现的是“沃尔帕吉斯夜”场景，与歌德的《浮士德》存在互文关系。[①]“沃尔帕吉斯夜”为德国民俗传统，为五朔节前夜的庆典，据传说，在这天夜里，女巫和鬼怪精灵赶往布罗肯山与魔鬼相会，彻夜肆意狂欢；也有学者认为，巫师夜会场景就是按教会流传的版本描写的，实际上是一种反耶稣的仪式，“是对基督教弥撒大不敬的戏仿”[②]。无论如何，可以肯定，在黑夜的密林深处，年轻人布朗遭遇了以巫师夜会形式爆发的混沌力量，将他猛力抛入一个上下颠倒的世界，这个世界赞颂邪恶，为撒旦所主宰，彻底颠覆了他的世界观、秩序感和价值体系。无怪乎布朗仓皇失措，发出绝望的呐喊：“我的 Faith 走了！尘世间无所谓善，而恶也只是徒有其名。”(p. 283)这是典型的虚无主义的呐喊，信仰崩塌，上帝缺席，中心不复存在，善恶徒有其名，整个神学或形而上学的体系解体。丧失了基督教信仰的布朗很快陷入虚无和绝望的泥淖，他感受不到天国的光辉，找不到善恶的根基，人“整个儿地变了个样”，变得“严厉，忧伤，苦思冥想，疑神疑鬼”，“临终的

① Hubert Zapf. “The Rewriting of the Faust Myth in Nathaniel Hawthorne's *Young Goodman Brown*,” *Nathaniel Hawthorne Review*; Spring 2012, Vol. 38 Issue 1 p. 29.

② Daniel Hoffman. *Form and Fable in American Fiction*. New York: Oxford University Press, 1961, p. 160.

时刻充满了黑暗”(p. 288)；森林之旅甚至瓦解了他的现实感，布朗回到村里，感觉到一种强烈的陌生感，他之前视为真实而固若金汤的东西都蒙上了一层虚幻的色彩。在故事的结尾，霍桑发问：“古德曼·布朗是不是在森林中睡了一觉，仅仅做了个荒诞的、同鬼巫聚会的噩梦呢?”(p. 288)梦与现实在此变得模糊难辨，梦与现实并置无疑是对现实本身的瓦解。其实，在霍桑的作品中，梦也是一个时常浮现的意象，而且，作家常刻意模糊梦境与现实的区别。短篇《亡者的妻子们》(*The Wives of the Dead*)就极具代表性，两位年轻妻子得知丈夫的死讯，但之后又各自接到丈夫还活着的消息，但喜讯究竟是两人的梦境还是现实，在故事中扑朔迷离。但相对于梦境而言，在霍桑的作品中，更为核心的是戏剧这个喻象，戏剧和梦境相通之处在于，它同样亦真亦幻，与现实场景并置时，会消解后者的真实感，甚至将现实逼向虚幻的境地，指向浮生若梦或人生如戏的永恒之叹。

在此，可以明确提出，莎剧对于霍桑的意义不仅仅是一套丰富的可供援引的文本资源，更在于“世界舞台”这一经典喻象，即以戏剧或舞台来隐喻白云苍狗、转瞬即逝的浮生或尘世。“世界舞台”之喻出现在莎士比亚的喜剧《皆大欢喜》中，有趣的是，《皆大欢喜》是直接影响霍桑小说《福谷传奇》的一部戏剧，而在霍桑的作品中，《福谷传奇》又是最具戏剧特征的：两者都运用了田园牧歌传统，和莎士比亚一样，霍桑在运用这一文学传统的同时，又在文本内部引入对田园传统的批评。在文本层面上，《福谷传奇》与《皆大欢喜》的互文呼应非常明显，其中最为关键的是卡佛台尔与杰奎斯之间的对应关系，关于这点我们在后文再做分析。在《皆大欢喜》中，杰奎斯又被称为“哭泣的哲人”，他忧郁、悲观、厌世，而使他陷入精神泥淖的正是莎士比亚的黑暗认知。哈里·莫里斯指出，在《皆大欢喜》中，杰奎斯和试金石两个人物在剧中的功用不仅是为亚登森林的一派欢乐祥和提供一点反衬、注入一点阴郁反讽的调子，而是直接衔接了“死神也在阿卡迪亚”(Et in Arcadia ego)之母题，使得全剧暗中回旋着关于时间、死亡和

虚空的低沉旋律。[①] 杰奎斯的悲剧意识在“世界舞台”,或曰“人生七阶”的经典台词得到了集中表达:

> 全世界是一个舞台,所有的男男女女不过是一些演员;他们都有下场的时候,也都有上场的时候。一个人的一生中扮演着好几个角色,他的表演可以分为七个时期。最初是婴孩,在保姆的怀中啼哭呕吐。然后是背着书包、满脸红光的学童,像蜗牛一样慢腾腾地拖着脚步不情愿地呜咽着上学堂。然后是情人,像炉灶一样地叹着气,写了一首悲哀的诗歌咏着他恋人的眉毛。然后是一个军人……爱惜着名誉,动不动就要打架……然后是法官,胖胖圆圆的肚子塞满了阉鸡,凛然的目光,整洁的胡须……第六个时期变成了精瘦的趿着拖鞋的龙钟老叟……他那朗朗的男子的口音又变成了孩子似的尖声,像是吹着风笛和哨子。终结着这段古怪的多事的历史的最后一场,是孩提时代的再现,全然的遗忘,没有牙齿,没有眼睛,没有口味,没有一切。[②]

杰奎斯所言的最后一个时期似乎只是指暮年,但从暮年到坟墓只是一步之遥,“没有一切”之语更让人联想到消解一切、吞没一切的死亡,莫里斯也考据出这段言辞中隐含的死神意象,认为“应当从字面上理解没有牙齿、眼睛、口味和一切之语,这些代表的是藏尸所骷髅的意象”[③]。在田园绘画传统中,骷髅就经常作为死神的标志出现在画面中,指向“Et in Arcadia Ego”这一母题,它告知世人,即便在恍

---

① 参见 Harry Morris. “As You Like It: Et in Arcadia Ego,” *Shakespeare Quarterly*, Vol. 26, No. 3. (Summer, 1975), pp. 269 - 275. “Et in Arcadia ego”为拉丁文,英文一般译为“Even in Arcadia, there am I”,最初见于法国画家尼古拉·普桑(Nicolas Poussin, 1594—1665)的绘画中,在其画作中,这句话为墓碑上的铭文,亦即即使在阿卡迪亚这样的乐土,死神也无从逃避。

② 莎士比亚:《莎士比亚全集》(第二卷),朱生豪译,北京:人民文学出版社,1994年,第139、140页。

③ Harry Morris. “As You Like It: Et in Arcadia Ego,” *Shakespeare Quarterly*, Vol. 26, No. 3. (Summer, 1975), p. 272.

然重返黄金时代的阿卡迪亚，也无从逃避死神，时间和死亡终究是我们不可分割的尘世经验。"人生七阶"台词道出的无非是希腊林神的智慧，在这点上，杰奎斯和哈姆雷特是一致的，知识瘫痪了行动的意志，剥夺了生活热情，无怪乎杰奎斯拒绝随公爵回宫，而是选择遁入修道院。概言之，莎剧的经典台词在霍桑的作品中浮现为一个核心隐喻，即我们所言的戏剧隐喻，它凝聚了作家关于人类的黑暗洞见；或者也可以说，霍桑伟大的黑暗力量最终在莎剧的经典台词中找到了一个完美的喻象。

这也解释了霍桑的作品何以灌注有强烈的戏剧意识。正如研究者注意到的，霍桑笔下的故事场景常表现出鲜明的戏剧感，或者呈现为舞台造型(Tableau vivant)的静态画面感，或者表现出舞台剧的冲突场面，有时，作家甚至直接以戏剧模式架构小说。比如，《红字》以三幕刑台场景为依托展开，高起的刑台宛如戏台，汇聚小说主要人物，又是人群目光汇集的焦点，看与被看的格局清晰呈现；《福谷传奇》整体上宛如一幕幕松散的戏剧场景衔接构成，典型的包括福谷中的晚餐桌、旅馆窗口的场景、艾略特讲道坛的一幕以及午夜波光粼粼的河面等。如果将霍桑的戏剧意识与戏剧隐喻联系起来，我们会意识到，霍桑作品呈现的戏剧特征绝不仅仅出于美学或形式上的考虑，而往往具有主题层面的意蕴，这就需要我们结合戏剧隐喻，探查作家背后的深意。

另一方面，在霍桑的作品中，戏剧场景又往往与狂欢场景并置或融合，这在他的一些短篇和几部长篇中都有体现。比如，《红字》最后一幕场景即融合了狂欢节和戏剧感极强的刑台场景；有时候，他的戏剧意象则直接表现为假面剧或假面狂欢(masque，masqurade)的场面，或者交融在一起，难以分辨。戏剧和假面狂欢的相通之处在于，它们都指向面具和角色扮演这一主题，"在人生的剧场里，人们根据情境做出相应的行为，这就是在扮演'角色'或戴上了面具"[1]。这些

① Efrat Tseëlon，ed.，*Masquerade and Identities: Essays on Gender，Sexuality and Marginality*. New York：Routledge，2001，p. 5.

元素的融合意味着，霍桑笔下的戏剧意象包含了更为繁复的意味，在本章第三节中，我们细致梳理了霍桑作品中的狂欢传统，指出它是生命欢愉精神的体现，指向异教的文化价值体系，当狂欢与戏剧并置或重合时，戏剧所唤起的浮世意象中融注了狂欢气质，使得这类场景既迷离若梦又散发出迷醉的欢愉气息，文本中隐含的戏剧隐喻也具有了更为繁复的思想意蕴。或许，霍桑有别于莎士比亚的地方，正在于戏剧与庆典、游行、狂欢节庆等元素的交融并置，在他的笔下，浮世更多的时候呈现为一幕假面剧。

随笔《人生的游行》(*The Procession of Life*, 1843)完美地体现了戏剧与狂欢的融合。从文化渊源的角度来说，这一短篇可视为中世纪"死亡之舞"(Dance of Death, or Danse Macabre)的改写。死亡之舞包括绘画和雕塑类作品，表现的是死神召唤各行各业的人向着坟墓进发，队列中一般包括教皇、帝王、儿童、劳工等，以提醒人们尘世生活的虚幻，寓言死亡的无可逃避。作家在该篇中将尘世展现为一场盛大的游行，叙事人在开篇提出，"人生之于我，就像一场节庆或葬礼的游行，每人都有自己的位置，朝着总司礼官指示的方向前行"。(p. 795)流动的游行队列里聚集了世间众生，他们来自不同的阶层和行业，有贫富贵贱，有良善、邪恶，愚笨、聪慧之分，叙事人试图寻找更为公平的原则对众生重新归队，在尝试过诸如疾病、智力、苦难和邪恶等原则之后，最终发现游行的司礼官原来是死神，死神消解一切，抹煞一切的区分差异，在死亡中，人类最终实现平等的联合。在该篇的结尾，作家浓墨渲染了一幅浮世的画面：死神一袭黑衣，巍然骑在《启示录》中提到的灰白马上，挥动统领全宇宙的权杖，引领包括全体人类在内的游行队列向前行进：

> 现在让我们前行！乞丐们穿着褴褛；国王们的紫色长袍在身后的尘土中拖曳；武士的头盔闪着光亮；牧师身披黑色礼袍；那白发苍苍的祖父走完了人生之旅，又重返孩提时代；那脸蛋红润、一头金色卷发的学童蹦蹦跳跳走在队列中；手工匠穿着毛织

夹克；贵族的外套上点缀着星星——整体上呈现出一派五光十色的景观，但又笼罩着一层幽暗的辉煌。前进，前进，向着那幽冥之处，时间之光一路照耀着游行队列，直至那幽冥之处，在众人的眼眸里微微摇曳！（p. 806）

这是中世纪死亡之舞的再现，同时，霍桑的描写也让人联想起莎剧中的台词，想起麦克白的“在舞台上指手划脚的拙劣的伶人”、想起杰奎斯的“全世界是一个舞台”——其中，祖父重返孩提时代之语也遥相呼应杰奎斯所言的暮年时期。喧嚣的游行队伍逶迤而来，又隐没在过去的墓穴里，它以其行进的流动感提示时间的真相，以衣着装扮揭示我们在尘世扮演的角色，浮世变幻无常，但也五光十色，散发着欢愉和喧闹的气息，自有一份荣耀与辉煌。此外，戏剧与狂欢的融合在小说《牧神雕像》中也表现得尤为明显，在这部以罗马狂欢节为重要场景的小说中，作家以“热腾、欢闹的生活之流”来指称狂欢的人群，显然，浮世自有其喜庆而欢闹的慰藉。

可以说，由于狂欢节庆传统的融入，霍桑的戏剧隐喻包含了更繁复的意味，浮世是个体的粉墨登场，也是全体盛大的假面剧，它是悲剧的，也是喜剧色彩的，它将反讽与抒情包容于一体，这些都提醒我们在考察霍桑作品中，关注作家的思想、题材与文化传统之间激荡出的重重意味。

第五节　加尔文主义

麦尔维尔最早洞悉了霍桑身上所蕴藏的“伟大的黑暗力量”，并将这一特性首先与加尔文教教义联系起来，詹姆斯也做出了类似的结论，指出“霍桑从他的清教根脉中发现了必要的黑暗，并将这种潜藏在美国清教历史和传统中的黑暗加以挖掘利用”[1]。霍桑与清教主义的关系一

---

① Henry James. *Hawthorne*. New York: St. Martin's Press, 1967, p. 13.

开始就是霍桑研究的核心议题，围绕这一议题，形成了所谓的“霍桑的清教重负”这一批评传统。霍桑的悲剧性洞见，他的宗教、道德观念，他在一系列时代问题上的保守主义立场似乎都可以回溯到清教主义的影响上，而研究者们又普遍认为，这一思想传统得益于霍桑的家族传承。但本书需要明确的一个根本观点是，清教主义并非以信仰的方式潜移默化地作用于作家的心理结构，而是他后天获取的知识和智性立场。第一章对于作家生活和创作经验的梳理已经表明，霍桑并非在清教浓重的阴影下写作，原罪并非深入其潜意识层面的梦魇，而是面对风云际会的时代风潮，作家回望清教历史时所发现的可供援引的思想资源。换言之，加尔文主义为他提供了一套有悖于主流信念的话语体系，使他足以反思和质疑诸如超验主义、可完善论和进步论等占主导地位的意识形态。

清教主义属于新教宗教改革运动中的改革宗（the Reformed Church），或称加尔文派（Calvinism），在 17 世纪英格兰历史中扮演重要角色，也深远影响了同期及以后新英格兰的宗教与政治观。为逃避英国国内的宗教迫害，自 17 世纪早期起，信奉加尔文主义的清教徒开始漂洋过海，向新大陆移民。史学家公认，1620 年普利茅斯和 1630 年马萨诸塞湾殖民地的建立为美国历史上的标志性事件，标志着美国思想和文化主流的发端。1660 年查理二世复辟后，清教徒运动在英国遭到压制，移民至北美殖民地的清教徒人数激增，加尔文主义在新世界得到广泛传播。据史料记载，美国革命前，大部分北美殖民地移民都有清教徒—加尔文主义的背景，“到 1776 年，北美 13 个殖民地的总人口约有 300 万，其中三分之二相信某种加尔文主义或清教徒的教义”，“最终加尔文主义在美国独立战争时期成为这个新兴混合民族的主导性的精神资源”[①]，不仅奠定了美国的信仰和文化基石，也参与形塑美国立宪及政体的形态。在一定意义上，加尔文

① 道格拉斯·F. 凯利：《加尔文主义与北美殖民地政府》，王怡，李玉臻 译，南昌：江西人民出版社，2008 年，第 155 页。

主义的播散与美国的建国史是一个交织并行的过程，有历史学家甚至将约翰·加尔文指认为“美国之父”。①

加尔文(John Calvin，1509—1564)是16世纪与马丁·路德齐名的宗教改革家，也是一名传教士和教会领袖，毕生对政治、政体和国家治理怀有强烈的兴趣。加尔文早年就读于巴黎蒙太古学院，后来受路德影响，兴趣从人文主义转向神学，在1533年至1534年左右，认信新教，成为一名新教徒。《基督教要义》(*The Institutes of Christian Religion*)是加尔文的第一部神学著作，初版问世于1536年，之后经过反复的修改和扩展，1559年出版的修订本篇幅已增加到初版的五倍。作为他神学思想的代表作，《基督教要义》系统阐释了他的新教观点，奠定了他在宗教改革史以及新教神学中的地位。1541年，加尔文重返日内瓦，投身政治、教会和神学的争论，大力推行自己的宗教改革思想，力求将日内瓦建成他理想的神权共和国。加尔文受奥古斯丁和路德思想的影响，反对罗马教会和教皇的绝对权威，视《圣经》为惟一的真理准则，主张“因信称义”，②坚定地捍卫“预定论”(predestination)。后世追随者对加尔文主义有形形色色的阐释，1618—1619年，为驳斥倾向于自由主义的阿米纽派教义(Arminianis)，荷兰多特会议上制定了多特信条(Canons of Dordt)，以条文的方式廓清并诠释了加尔文的基本思想。

今天，流传广泛的加尔文五要义之说(Five points of Calvinism)为我们把握加尔文神学思想提供了一种简便的路径，关于这五要义，普遍认为是对多特信条的简要概括，但也有神学家持异议。五要义

① 程新宇：《加尔文宗教改革的特点》，《法国研究》，2003年第2期，第113页。

② “称义”一词与“成为义”(to justify)这个动词的意思是“进入与上帝正确的关系中”或“如何在上帝眼中的义”，是基督教神学中关涉“拯救”和“救赎”的议题，要实现个人的救赎，则必须首先成为“义人”，也就是称义。路德提出“唯独因信称义”的教义，他的神学突破在于体认上帝提供了一切称义的所需，罪人要做的，就只是接受它。换言之，在称义中，上帝是主动的，而人是被动的，是“凭着恩典因信称义”(justification by grace through faith)。参见阿里斯特·麦格拉思：《宗教改革运动思潮》，蔡锦图，陈佐人译，北京：中国社会科学出版社，2009年，第101—109页。

为：① 人的全然败坏(Total Depravity)；② 无条件的拣选(Unconditional Election)；③ 有限的救赎(Limited Atonement)；④ 不可抗拒的恩典(Irresistible Grace)；⑤ 上帝保守圣徒终必得救(Perseverance of the Saints)。五条环环相扣，自成一个严密的整体。和路德一样，加尔文承袭并发展了奥古斯丁的原罪及恩典学说，认为由于亚当犯罪，人类原初的本性已经堕落，所有的人从出生的那一刻开始，都已受到罪的污染，因此，人类的本性是全然败坏的，人深陷罪行中无法自拔，灵魂永无得救的希望。救赎或称义完全仰仗于全能上帝的介入，上帝自由地按照他的旨意进行拣选，蒙拣选得救的为"选民"，注定永远受罚的为"弃民"，换言之，一个人能否得救完全取决于神意，取决于上帝的预定。预定是上帝永恒的法令，"是他亲自订立的关于每个人命运的契约，因为人受造的命运是不平等的，上帝预定一些人得永生，又预定其他人受永罚"(III. XXI. 5)[①]，上帝的恩慈在于他救赎某个个体而无视他的功德如何——"他拯救罪人而不问他们(irrespective)的功德"[②]，这也就是"无条件拣选"之意。上帝的救赎通过耶稣的中保实现的，基督道成肉身，代为受死，为选民赎罪，但他并非为所有人而死，只是为了蒙神拣选者而死——是为"有限救赎"，加尔文在此强调的是救恩的有效性。上帝以圣灵直接启迪预定的选民时，救恩不可抗拒，选民凭这恩赐产生得救的信心，信心又在"神秘的合一"(mystic union)里将选民联系于基督，由此导致了他的称义和重生。在此，加尔文回答了为何某些人对福音有回应，而另一些人没有，正如他在《基督教要义》中所言，"基督是那唯独能使我们毫不自欺且看见自己是否蒙拣选的明镜"(III. XXV. 5)。一旦选民因信称义，上帝会使之一直保有获救的救恩，直至获得永生，这其实是对上帝绝对权威和意志的确认，神的旨意和预定计划必然会实现。

---

① 约翰·加尔文：《基督教要义》，钱曜诚总编，台北：加尔文出版社，2007年，第720页。译文参照其他译本有所改动，下文出自该书的引文只在文中标注卷数和章节数。

② 阿里斯特·麦格拉思：《宗教改革运动思潮》，蔡锦图，陈佐人译，北京：中国社会科学出版社，2009年，第132页。

的确，加尔文教义强调上帝的恩典或意志，否认人类意志和行为在救赎中的作用，在人与上帝的关系中，上帝的全能对应着罪人的被动无能。这似乎会将信徒引向一种消极宿命、弃绝个体努力，甚至弃绝俗世的生活观念。然而，宗教改革运动却培育出一种积极入世的态度，在避世、禁欲、职业和工作等方面形成了一套新的价值伦理，并最终促成了现代西方秩序的转型，如麦格拉思指出的，和中世纪修道院式的基督教不同，宗教改革运动将基督徒生活的中心引向"俗世的城镇、市集和议事堂里"，认为"基督徒的真正天职是在世界中服侍上帝"，而非离群索居，在修道院中遗世独立。[①] 加尔文主义为这一转向贡献了尤为重要的思想资源。尽管从神学的角度来说，预定是个奥秘，信徒无法洞悉上帝的计划，确知自己究竟为选民还是弃民，但加尔文的预定论又为人的意志和行为留下了余地。和路德一样，加尔文也坚持因信称义，否认善功为预定的条件，但善行是蒙召的果子，"人身上体现的所有美德都是得选的果实"(III. 22. 2.)。换言之，善功是确认和展示选民身份的明证："他选中我们最终救赎要我们称为圣洁，并在他面前无可指摘……当他选中我们时，最终目的救赎我们应该如此……这应该成为我们所以日常生活的标志。"[②]这内在的逻辑就是，如果信徒成为义人，获得重生的话，那么，他必然会表现出美德和善行，而这反过来，也印证了他的选民身份。这其中的心理学效应非常明显，激励信徒以对基督的信心、以自身的德性与善功来获得预定的确证。正如研究者指出的，"加尔文的预定论完全把人的命运交给了上帝，使人成为神彰显自己意志的工具，但实际上，他却又巧妙地把人的命运交给人自己，鼓励人积极努力"[③]。

加尔文为人类意志留下运作的空间，同时，又充分肯定现世的方方面面，由此树立了一种积极入世、努力进取的宗教伦理。他认为现

① 阿里斯特·麦格拉思：《宗教改革运动思潮》，蔡锦图，陈佐人译，北京：中国社会科学出版社，2009 年，第 256 页。

② 转引自刘林海：《加尔文思想研究》，北京：中国人民大学出版社，2006 年，第 85 页。

③ 刘林海：《加尔文思想研究》，第 85 页。

世存在的一切，包括人、自然界、人类社会、社会制度乃至思想观念，都是上帝的造物，都源自全能的上帝，彰显了上帝的智慧和荣耀。世界虽然堕落，但并不邪恶。基督徒不可能抛弃世界，因为抛弃世界也就意味着抛弃上帝的造物，这显然有悖于上帝的意志，因而，基督徒需要委身于世界，“根据上帝创造的本意，充分发挥其功能，使其在服务于人的同时，荣耀上帝，彰显上帝的意志”。[①] 这其中深具影响力的就是加尔文的“召命”或“天职”(calling, vocation)观，这方面他实际上是承袭并发展了路德的思想。在中世纪，“召命”这个词原指修道或圣职的召命，路德开始用这个字眼指称俗世的责任，认为基督徒蒙召在社会中以某种特定的方式服侍他，每个人在尘世中的职业就是他的天职，“整个世界可以充满对上帝的服侍——不只是教会，还有家庭、厨房、地下室、工厂和田间”。由此，路德不仅消解了属灵与现世、神圣与俗世的分别，而且肯定了“工作根本就是一项赞美的行为”。诚如麦格拉思指出的，天职不仅是赞美和荣耀上帝的工作，更是一种“可以有生产力的赞美的行为”[②]，这为生产力的发展直接铺平了道路。在承袭路德思想的基础上，加尔文将天职与上帝的拣选直接联系起来，他指出，天职本身就是选民受拣选的印证，“上帝的拣选本身是隐秘的；主藉‘天职’把它展示出来，也就是说，他把这个天职之福赐给我们”[③]。这一观点同样适用于人类的经济学领域，经济和政治一样，不再是邪恶的，而是上帝意志的体现，为官为政、经商赢利、发家致富和担任神职一样，都是受召命于上帝。他认为只要谨守合法、公平原则，在道德上不违背《圣经》的约规，不放纵欲望，挥霍浪费，就应鼓励人积累财富，他甚至也不反对借贷和高利贷。财富不是罪恶，而是蒙恩受拣选的标志，而经商本身也是为上帝增添荣耀的天职之一种。由此，加尔文为经济活动正名，赋予金钱和商业以积极的

---

① 刘林海：《加尔文思想研究》，北京：中国人民大学出版社，2006年，第151页。
② 阿里斯特·麦格拉思：《宗教改革运动思潮》，第259页。
③ 转引自刘林海：《加尔文思想研究》，第85页

道德涵义。这里，我们可以引出马克斯·韦伯的经典论断，即新教伦理催生了一种"资本主义精神"——一种鼓励赚取商品和财富，但同时又对之采取禁欲主义的价值取向。其中，加尔文主义的根本贡献就在于与天职相联系的预定观念，它促使信徒专注于俗世的责任和事务，在克勤克俭的日常奋斗中获得预定得救和称义的主观确定性，"在职业的天职中无休止地工作被推荐为是获得关于个人属于选民之列的自信的最佳可能手段"[①]。由此，韦伯认为，加尔文的预定论，他关于天职、善功、拣选的观念为现代资本主义的发展提供了强大的心理动力，它培育出一批克勤克俭、冒险进取的新兴资本主义实业家，一个视工作为神圣的中产阶级，它也造就了一个安分守己、勤勤恳恳的劳动者群体。

回到美国的历史语境。早期英国清教移民不仅带来加尔文的教义，也参与形塑了殖民地的社会和文化形态，造就了一种鲜明的精神气质。在美国文学中，清教先辈们常被形容为虔敬、内省、恪尽职守、克己、禁欲、简朴、严峻、严苛。归根结底，他们承袭了英国清教徒的职业天职观念、现世禁欲主义和经济理性主义的伦理，正如史学家指出的，英国清教徒"克勤克俭的精神，崇尚实践的进取精神、在自由劳动基础上的禁欲主义……在北美大陆的新环境中找到了自己滋长的最合适的土壤，成为向上奋斗的小商人、自耕农、企业家在新环境中与大自然搏斗的有力的精神武器"[②]。无论清教始祖的初衷如何，一个显要的事实是，清教移民很快积聚其巨大的财富，清教殖民地经济开始勃兴，至独立战争之前，北美的生产总值增长了近10倍，即使与同期的欧洲相比，其经济发展水平也是相当高的。如果以信奉天主教的西班牙美洲殖民地做参照的话，可以看出，的确如韦伯所论证的，源自加尔文的宗教因素为北美现代资本主义的发展提供了有效

---

① 马克斯·韦伯：《新教伦理与资本主义精神》，苏国勋等译，北京：中国社会科学出版社，2010年，第70页。

② 罗荣渠：《美国历史通论》，北京：商务印书馆，2009年，第42页。

刺激。

实际上，从殖民地时期开始，世俗化和现代化的过程已悄然开启，步入18世纪后，这一历史进程不断加快。清教始祖的宗教精神在经过一代或两代人之后已经开始黯淡，无论第一代领袖抱着如何高蹈的宗教理想，他们的后代对宗教逐渐失去兴趣，漠视教会的清规戒律，越来越注重现世利益和物质享受；另一方面，随着经济和社会的发展，商业活动也日渐侵蚀宗教精神和伦理，作为"山巅之城"、"宗教殖民地"的新英格兰实际上已转变为"商业殖民地"。清教主义者终究难以力挽狂澜，与世俗化的力量相抗衡。当然，更直接的冲击来自以启蒙主义为主导的现代思想潮流，它有效消解了加尔文主义的神学根基和信仰体系。至18世纪后半叶，启蒙主义已经播散到北美殖民地，以詹姆斯·麦迪逊、约翰·亚当斯、托马斯·杰斐逊和本杰明·富兰克林为代表的新一代知识分子深受启蒙思想的影响，立足于北美特定的语境，他们发展并传播了关于天赋人权、理性、科学、进步、宗教宽容和开明政治等理念，有力推动了独立革命和美国的建国进程。之后的半个多世纪，也就是霍桑所处的历史时代，源于启蒙的乐观信仰已取代加尔文的决定论，成为时代的主旋律，人们普遍相信人性向善的能力、相信自我和社会的不断完善与进步。至此，我们看到两个时代思想图景的巨大差异，看到19世纪主流思想与加尔文教义之间的巨大裂痕，也只有在这样的视域中，我们才能更好地探索霍桑重提加尔文信条的深意。在这个问题上，需要确认的是，霍桑是基于智性而非信仰的立场回到加尔文主义的，再者，纵观他的作品，可以发现，他所专注的又是加尔文的原罪信条。那么，为什么是原罪观而非预定论或者其他呢？这一点意味深长，在后面的章节中，我们将逐步揭示原罪在霍桑思想体系中的意义，并深入探究他如何将原罪演绎为一种抵制性的话语体系。

回顾本章，在对霍桑作品中的传统元素进行梳理时，有时会溯流而上，来到貌似遥远的文化或思想领地，或许，会存在这样的疑问：

如此长焦距的考察，究竟是远离作品，还是深入了那意蕴丛生的文本腹地？但视角和视域始终关及阐释与认知，千丝万缕的意义缠绕，在拉长的镜头里，终究呈现出更为清晰的脉络与层次，以远观和回溯的方式，我们进入霍桑思想的腹地，看到一些别有意味的符码组合、一些回旋往复的母题旋律。如果可以用基石来比喻传统编织的语义符码，不妨将最为核心的两组归纳为原罪与狂欢，当然，这只是一种高度简化的提炼方式，既不能用来描述霍桑的创作面貌，更不可以此来定义作家的创作主题。在诸多影响霍桑的文化和文学元素中，之所以抽取这两者作为较为核心的符码，不仅在于它们代表了本土和欧洲资源的两个面向，更重要的是，原罪和狂欢分别指向霍桑思想的两条路径：一条围绕基督教的原罪信条展开，另一条指向非基督教的、以狂欢为特质的文化体系。前者固守人的罪性和有限性，以天国为望，固守基督教的超越性维度，以超越性的冲动为生命的驱动力，肯定道德和精神修为的重要性；后者回望旧大陆和古老的异教传统，肯定现世的维度，肯定笑与狂欢的力量，拥抱人类有限的尘世存在，张扬人的生命力，表现为一种世俗精神。这两条线索并非是截然对立的关系，它们交织缠绕，在霍桑后期的作品中，我们会看到，它们越来越多地呈现出一种互补的关系，而两者所关切的又都是作家念兹在兹的时代议题。

第三章

历史意识与历史叙事[①]

撇开失败的处女作《范肖》不谈，可以认为，霍桑的创作发端于短篇小说，而其短篇创作又以殖民地历史的探索为先声。比如，《威廉·菲普斯爵士》(*Sir William Phips*, 1830)、《哈钦森夫人》(*Mrs. Hutchinson*, 1830)、《布利旺医生》(*Dr. Bullivant*, 1830)和《威廉·佩珀雷尔爵士》(*Sir William Pepperell*, 1832)都属于最早的随笔系列，而这四篇实际上为殖民地历史人物传记；已知的最早创作的短篇小说如《温顺男孩》(1831)、《罗格·马尔文的葬礼》(1831)和《我的亲戚，莫林诺少校》(1831)等也都取材于新英格兰早期历史。如果将19世纪二三十年代界定为霍桑短篇小说创作的第一个阶段，那么这一时期，他在选材上明显体现出地域和历史的倾向，而这一创作取向与当时的文化语境密切相关。

在第一章里，我们已经指出，19世纪初叶的美国，民族主义情绪高涨，新一代的文化人迫切感到需要书写自身经验，构建属于自己的民族文化传统，而如何言说自身的历史、构建国家起源更是知识界面临的紧迫任务。就史学界而言，收集史料，编写历史是这一时期的重要工作，其中，史学家乔治·班克罗夫特(George Bancroft, 1800—1891)编撰的《美国史》(*History of the United States*)是这一时期的

① 本章部分内容曾以《霍桑与民族主义历史叙事——霍桑历史题材短篇小说研究》为题发表在《解放军外国语学院学报》2012年第5期。

宏图壮举，这部《美国史》多达十卷本，涵盖从美洲殖民开始到1778年独立革命期间的历史，从1834年第一卷问世到1874年最后一卷出版，中间跨越了整整40年的时间。在史学界致力于编史工作的同时，文化界也兴起了对书写历史的兴趣，殖民地历史成为当时文学界倡议的选材之一，风靡一时的司各特历史小说也直接激发了美国文人对地域和历史的兴趣。一些有影响的文人和批评家不仅直接呼吁书写历史，甚至在选材上也给出了具体的建议。1815年，《北美评论》（*North American Review*）的首位编辑威廉·都铎（William Tudor）提出，美国作家可以书写“从16世纪末到18世纪中叶这段历史”，他还列出了一些具体的历史事件和人物供美国作家参考，其中就包括霍桑后来写过的安妮·哈钦森；[①]1822年，威廉·加德纳（William Howard Gardiner）在一篇评论文章中就明确提出，美国小说家可以利用的三大历史素材为“殖民地历史、印第安战争和美国革命”。[②] 约翰·尼尔（John Neal）也是当时积极倡导本土文学的一位作家及评论家，霍桑深受他的影响，大学期间，他读过尼尔的全部作品，后来提起他时，霍桑感叹道：“约翰·尼尔，那个狂热的家伙，他的浪漫传奇蛊惑了我少年的心。”尼尔认为，“美国需要的是美国自己的作品，而非英国作品，也不是由英国人、或者伪英国人在美国创作的作品”[③]。1824年，尼尔在《布来伍德爱丁堡杂志》（*Blackwood's Edinburgh Magazine*）上发表的一篇文章中提议，哈钦森夫人、震颤派教徒、女巫、逃到新英格兰的参与宣判查理一世死刑的法官等，对美国作家而言都是“可供利用的过去”（usable past），是他们可以书写的题材。

在霍桑开始写作的年代，历史意识彰显，发掘历史和本土经验成为作家和评论界的共识，正是在这样的语境下，霍桑开始有意识地发

---

① Neal Frank Doubleday. *Hawthorne's Early Tales, a Critical Study*. Durham: Duke University Press, 1972, p. 22.

② Neal Frank Doubleday. *Hawthorne's Early Tales, a Critical Study*, p. 20.

③ Brenda Wineapple. *Hawthorne: a Life*. New York: Alfred A. Knope, 2003, p. 59.

掘新英格兰历史，寻找自己的创作素材和主题。研究也证实，19世纪20年代后期，霍桑广泛阅读了诸如新英格兰年鉴、报纸、年刊和审判记录之类的史料，对殖民地历史有着相当深入的了解。明确这一点非常重要，这就意味着霍桑是民族历史的自觉书写者，新英格兰历史对他而言不局限于背景、素材或史料的意义，在书写过去时，他必然要从民族国家的角度来反观某些具体的事件，也必然会触及一些宏大的问题。诸如，如何阐释和言说殖民地历史，如何看待民族和国家的历史进程，它的过去、现在与未来？时代的历史意识不可避免地投射在个体作家的心灵中，而敏感的个体又无不对时代的意识做出自己的回应。可以肯定，霍桑的历史书写与主流历史话语之间必然存在对话的关系。另一方面，很多研究者注意到，霍桑的历史题材作品常表现出矛盾、歧义和反讽的面貌，无论是他笔下的清教社区、清教先辈，还是殖民地及美国革命的历史场景，都隐含着繁复、暧昧的思想意蕴，但这些并不能简单地归结为清教后裔对于清教遗产的批判性反思。这类作品内在的冲突和含糊更多牵涉到对于历史本身的理解以及复杂的历史叙事机制，这一点也提醒我们，霍桑与主流历史话语的对话关系是相当复杂的，他不仅是民族历史的自觉书写者，更是这一历史的策略性书写者。本章关注的核心是霍桑的历史叙事，而非他对具体史料的运用，在辨析其历史叙事机制的基础上，进而探讨他的历史意识和历史观。鉴于此，我们将聚焦直接书写历史事件或折射历史进程的短篇小说，主要包括《恩迪科特与红十字》(1835)、《灰发勇士》(1835)、《我的亲戚，莫里诺上校》(1831)、《总督府的传说》(1838—1839)和《大街》等。需要深究的一系列问题是，霍桑是如何书写新英格兰历史的？19世纪上半叶美国的主导叙事模式是什么？如何定义霍桑本人的历史洞见或历史观？他的历史叙事与这一时期的主导历史话语又存在什么样的关系？

在试图回答这些问题之前，有必要先梳理一下19世纪上半叶的主导历史叙事，而班克罗夫特的《美国史》为我们提供了这一时期历史叙事的典范之作。但需要明确的是，这里引入史学视角的目的是提供一种范式的参照，而非确认班克罗夫特对霍桑的直接影响。在前者开始编撰《美国史》第一卷时，霍桑也正在书写有关殖民地历史的人物与事件，如果我们承认有时代精神、有一种总体性的思维或意识的话，班克罗夫特的编史和霍桑的创作是存在某种共通之处的。

第一节　班克罗夫特与民族主义历史叙事

1829—1837 年间为杰克逊总统任期，作为美国 19 世纪最有影响的总统之一，杰克逊开启了一个时代，在国家的政治和社会生活中留下深刻印痕，而且其影响力一直持续到任期之后的 19 世纪 40 年代，史学家将近二十年的这段时期统称为"杰克逊时代"。这是民族主义勃兴、国家意识彰显的时代，也正是美国人回眸历史，构建民族历史叙事的时代，在对自身历史的言说中，美国人试图把握一种集体的存在感，他们所共同衔接的过去和将会拥有的未来。正如米莉森特·贝尔所言，"南北战争之前，对过去这种缅怀式的追溯可以说是迎合了美国日益迫切的需要，即了解民族的发源，以界定多样化下的同一性意味着什么"[①]。杰克逊时代也是美国领土不断扩张的时代，随着领土的扩张，经济和社会生活的繁荣，新生的美国迫切需要塑造统一的民族意识，界定合众国的轮廓与边界，缔造整体的国家意识和身份，而历史编撰学是实现这一意识形态整合作用的重要手段。个人和历史社团都在致力于为编史收集和整理材料，重构历史的努力见于这一时期的流行文本和话语，如美国国庆节演讲、竞选日布道、竞选演讲、杂志与报刊文章、历史书籍等。殖民地历史、独立战争和建国后半个世纪的历史逐渐被纳入一种整体性的叙事框架中，纽伯里

---

① Millicent Bell. "Hawthorne and the Real," In *Hawthorne and the Real: Bicentennial Essays*, ed. Millicent Bell, Columbus: the Ohio State University Press, 2005, p. 12.

认为，这一时期历史编撰的重点在于“从殖民历史中构建出一种整合性的民主传统，以此合法化美国革命”①。新生的美国需要构建的是一整套的宏大历史叙事，一种统一的、连贯的历史范式，不仅合法化美国革命，更要整合民族和国家意识，确认美国历史与现在和未来的有机联系，甚至为“天命论”这一扩张主义的意识形态辩护。反过来，“天命论”本身也成为理解美国历史的一个关键词，为回望和言说历史进程提供了一种阐释性的视角。

“天命论”核心是关于“天命”(destiny)和“使命”(mission)的信念。使命感可追溯到殖民地之初，当清教徒初到北美大陆时，他们普遍怀抱有一种神圣的使命感，视自己为上帝在新时代的选民，而北美就是上帝的“允赐之地”，神意将他们送到这里，就是为了建立一个新的伊甸园，创建一种没有宗教压迫、符合《圣经》信条、纯洁而正义的宗教及世俗秩序。比如，被誉为“美国历史之父”的威廉·布拉福德(William Bradford)在《普利茅斯种植园史》(*History of Plymouth Plantation*，1856)中反复强调，移民在“蛮荒之处”建立殖民地的过程，完全是上帝的“宏伟计划”，神意要“这批‘上帝的选民’完成一次有如《圣经》中记载的犹太人所完成的事业，以开拓北美殖民地的成就来印证上帝之伟大和全能”②。至19世纪初叶，浪漫主义和民族主义的融合，催生了一种浪漫的民族主义信念，这种信念又越来越多地具有了领土扩张的意味。实际上，早在1784年，约翰·昆西·亚当斯(John Quincy Adams)就提出，新共和国“命中注定”要“扩张到全球1/4的北部(北美洲)”。③

但真正将“天命论”与领土扩张清晰地联系起来并使之成为一种强势话语的是民主党人、民族主义者约翰·奥沙利文。1845年夏

① Frederick Newberry. *Hawthorne's Divided Loyalties*. London and Toronto: Associated University Press, 1987, p. 59.

② 张冲：《美国文学史》(第一卷)，上海：上海外语教育出版社，2000年，第67页。

③ 转引自张友伦主编：《美国的独立和初步繁荣，1775—1980》，《美国通史》(第二卷)，2002年，第234页。

天，奥沙利文在他创办的《美国杂志和民主评论》上，发表了一篇论及得克萨斯兼并问题的社论，在该文中，他首次提出这个说法，指责欧洲国家干涉美国政策，"阻碍我们在大陆上扩张的天定命运，而上帝分派给我们这片土地，正是为了让我们每年以数百万计增长的民众们自由发展的"。1845 年 12 月 27 日，奥沙利文在纽约《早间新闻》(*Morning News*)上刊登了一篇关于俄勒冈争端的社论，再次提到"天定命运"之语，该文言辞尤为激烈，声称美国对俄勒冈的权力要求源自"天定命运"："为了发展托付于我们的这项关于自由和联邦自治政府的伟大实验，神意赐予我们这片大陆，在整个大陆上扩张，并占有它，就是我们的天定命运。"①提及"天命论"的两篇社论都与领土争议相关，在很多人的理解里，"天命论"甚至就直接等同于领土扩张了，尤其是奥沙利文的第二篇社论，在扩张主义者圈内引起强烈反响。1846 年 1 月 3 日，马萨诸塞州共和党参议员罗伯特·温斯罗普(Robert Charles Winthrop)在国会辩论俄勒冈问题时中首先使用了这一词汇。

此后，"天命论"不仅流行于政界，也深入普通民众心理。人们普遍认为美国领土的扩张是必然的，是上帝赋予美国的使命。它也具有清晰的政治维度，领土的扩张同时也意味着美国立国之核心理念的播散，正如默克指出的，所谓的天定命运，就是"在北美大陆范围内建立一个自由、联合、自治的共和国……它是基于各州联合的共和主义"②。"天命论"将领土扩张阐释为在空间内拓展民主体制的神圣使命，是对扩张主义进行辩护和合法化的说辞。作为一种意识形态话语，它无疑遮掩了美国扩张主义的种族主义倾向，也淡化了领土扩张

---

① Robert W. Johannsen, "The Meaning of Manifest Destiny," In *Manifest Destiny and Empire: American Antebellum Expansion* (*Walter Prescott Webb Memorial Lectures*), ed. Sam W. Haynes and Christopher Morris. College Station: Texas A&M University Press, 1963, p. 24, 26.

② Frederick Merk and Lois Bannister Merk. *Manifest Destiny and Mission in American History: A Reinterpretation*. Cambridge: Harvard University Press, 1963, p. 29.

的历史成因和外在机制，包括经济利益、市场、城市化、社会矛盾等方面的考虑。在“天命论”喧嚣一时之际，也不乏批评的声音，最为知名的人士有梭罗、纽约银行家菲利普·霍恩(Philip Hone)和乔治·凯特林(George Catlin)等。无论如何，天命论的流行进一步激发了美国的民族主义情绪，也深化了美国想象自我发源与使命的根本模式。

19 世纪上半叶的主导历史意识最终在历史学家乔治·班克罗夫特十卷本的《美国史》中获得集中表达。1834 年，《美国史》第一卷问世后立刻获得民众的广泛认可，至 1878 年已 26 次再版，第二和第三卷分别于 1834、1837 和 1840 年出版，《美国史》奠定了班克罗夫特在史学界的地位。班克罗夫特有“美国历史之父”之称，是第一个编写美国通史的历史学家，也是政治家和外交家，早年留学德国，接触过康德、黑格尔、赫尔德和兰克等人的思想，深受德国浪漫主义及民族主义历史学派的影响，率先将德国思想引进美国学术界，后来成为一统美国史学江山的“浪漫主义学派”，或称“早期学派”的主要代表人物之一。作为历史学家，班克罗夫特强调原始和一手资料的使用，广泛收罗史料，他对史料的熟悉程度，在当时首屈一指。就历史观而言，班克罗夫特受康德影响最深，康德认为“历史是个整体，历史的规律正是在历史的持续发展中显示出来”，“历史是不断进步的”，人类社会在持续不断的历史进程中臻于完善。[①] 在书写美国史时，班克罗夫特承袭了康德关于历史延续和进步的观点，强调美国与旧大陆的历史不可割裂，在《美国史》的第三卷，他写道：“正因为过去的时代与当今的现实密切相关，历史才具有感人的力量……它使生命之河生生不息，源远流长”；历史不仅是延续的，也是不断进步的，历史带给人类以希望，因为它不断向人类敞开光明的前景，他以诗性的笔触

① 张和声：《评乔治·班克罗夫特的历史观及其代表作〈美国史〉》，《史林》，1988 年第 2 期，第 140 页。

写道："花儿会凋谢，果实却成熟了。人类追求尽善尽美的愿望来自道义的力量。道义最终将战胜暴虐……历史只是在叙述着同一个故事，即人类追求进步的希望。物换星移，人物浪淘，历史的陈迹仅仅是人类通向理想境界的长梯中的一级。"①

受德国民族主义历史学派影响，班克罗夫特的历史编撰更接近于历史哲学，所谓历史哲学，在历史哲学家洛维特看来，意味着"以一个原则为导线，系统地揭示世界历史，借助于这一原则，历史的时间和序列获得了关联，并且与一种终极意义联系了起来"。换言之，历史是目的论的，世界是一个指向未来目标的、有意义的进程，个体的事件在这个体系内获得了各自的意义，贯穿历史进程的整体性原则可能是"上帝的意志和神明天意(Vorsehung)"，也可能是"人类的意志及其理性的筹划"。② 作为民族主义的史学家，班克罗夫特满怀爱国热忱，他相信神意指引并作用于人类历史，相信美国的独立是上帝的神圣旨意在人类历史中的展开，是神圣的宇宙计划中的一部分，美国的扩张和发展乃天命所定的历史必然，这构成他美国史的预定命题，由此，他"哲学地处理史料，将之纳入预定命题中"③。在《美国史》第一卷的序言中，作者直接揭示了这一预定命题："本书的宗旨是探究我们这片土地的状况如何发生变化，再者，既然国家命运并非命运盲目操纵的结果，本书也将追索神意如何佑助我们，召唤出我们的体制，一步步引导这个国家走向今天的幸福与荣光。"④在《美国史》第四卷中，他甚至如此质问："人们为何要抵抗上帝的伟大计划？"⑤

---

① 转引自张和声：《评乔治·班克罗夫特的历史观及其代表作〈美国史〉》，第140、141页。

② 卡尔·洛维特：《世界历史与救赎历史：历史哲学的神学前提》，李秋零，田薇译，北京：生活·读书·新知三联书店，2002年，第1页。

③ 参见"George Bancroft." *Encyclopædia Britannica*. 2009. Encyclopædia Britannica Online. 09 Nov. 2009，http://www.britannica.com/EBchecked/topic/51366/George-Bancroft.

④ George Bancroft. *History of the United States of America: From the Discovery of the Continent*. Volume 1, New York: Appleton, 1893, p. 3.

⑤ 转引自 Watt Stewart. "George Bancroft Historian of the American Republic," *The Mississippi Valley Historical Review*, Vol. 19, No. 1 (Jun., 1932), p. 82.

值得一提的是，在班克罗夫特的时代，民主常被视为一种宗教性的原则，是上帝旨意的一部分，民主的进军是天意的规定，也是历史的必然，企图阻挡民主等同于对抗天意。比如，在1835年出版的《论美国的民主》上卷中，托克维尔这样写道："身份平等的逐渐发展，是事所必至，天意使然。这种发展具有的主要特征是：它是普遍的和持久的，它每时每刻都能摆脱人力的阻挠，所有的事和所有的人都在帮助它前进。"[①]同样，在班克罗夫特的历史哲学中，美国的命运也与民主政体密切相连。班克罗夫特可谓民主、平等和自由等理念的坚决捍卫者，他曾任马萨诸塞州民主党领导人，其历史著作有"自由史诗"之誉，《美国史》的前几卷甚至被称为"自由和民主的赞歌"[②]。他相信美国的历史就是民主自由原则的不断发展和自我实现，甚至这个国家的起源都与之相关。班克罗夫特以《美国史》四分之一的篇幅记述了美国独立前殖民地的历史，认为清教徒移民北美正是出于对民主、自由的诉求，为摆脱压迫，他们远涉重洋，在踏上新大陆之初就播下了共和自由、民族独立的种子，在此基础上构建了一个崭新的国家。

再者，无论视历史为神意还是人类理性的展开，史学家都需要通过编史策略整合事件、构建合法化的历史叙事。海登·怀特在《元历史》中提到，历史学家不仅需要以情节化的方式组织史料，而且，要试图说明"所有事件的意义或最终的主旨"[③]，也就是需要对历史事件做出逻辑论证（formal argument）。根据怀特区分的四种逻辑论证范式，班克罗夫特的论证属于"整合性"的"有机论"（Organicist）模式，怀特指出，兰克及19世纪中叶绝大多数"民族主义的"史学家都使用这一解释策略，"按此模式写作的历史倾向于揭示某种目的或目标，

① 托克维尔：《论美国的民主》（上卷），董果良译，北京：商务印书馆，1988年，第25页。

② Michael Kraus. "George Bancroft 1834 - 1934," The New England Quarterly, Vol. 7, No. 4 (Dec., 1934), p. 678.

③ Hayden White. *Metahistory: the Historical Imagination in Nineteenth-Century Europe*. Baltimore: The John Hopkins University Press, 1973, p. 14.

而历史领域中所有过程都被假定朝向这一目的或目标运动”[1]，尽管史学家一般避免作历史终极目的(telos)的解释，但大多会确认一些临时性的目的，如民族、国家和文化这类中介性的整合结构。在班克罗夫特的历史叙事中，民族和国家就充当了这样一种临时性的目的或整合结构的功用。那么，相对于民族国家这个“目的”，独立战争无疑是美国历史中的一个核心事件，它构成殖民地历史叙事的一个支点，具有整合性的功能。在他同时代的史学家普莱斯考特(W. H. Prescott)看来，“班克罗夫特所编写的殖民地历史，说到底，是为更大题材即美国独立战争作铺垫的，这一题材可溯源到遥远的过去，而其影响又源远流长”[2]。作为一个叙事的支点，独立革命为殖民地历史的编写提供了一种回溯性的视角，有意思的是，这一视角在编史过程中又经常被伪装成一种前瞻式、预见性的目光，其策略意义在于它赋予美国的历史进程以一种连贯性和延续性。不仅如此，班克罗夫特也以貌似前瞻的回溯性目光从殖民地的源头中辨析自由民主的原则，认为它贯穿了民族历史进程的始终。由此，他以编史建构了一个整体的国家神话，将美国从殖民地向独立民族国家的过渡书写为从暴政和强权的压制下一步步走向独立、自由和民主的光辉进程，同时，将民族国家的发展确认为自由、独立和民主原则在时间和空间中逐步展开的历程。

作为民族主义的史学家，班克罗夫特的成功之处正在于他准确捕捉并传达了 19 世纪初叶美国普遍的历史意识，“捕捉到美国民众对自身所思所想和所言说的东西，并以真挚而热忱的信念向民众转述了这一切”[3]。《美国史》完美地表达了 19 世纪初叶美国民族主义

---

① Hayden White. *Metahistory: the Historical Imagination in Nineteenth-Century Europe*, p. 16.

② 转引自 Michael Kraus. "George Bancroft 1834 - 1934," *The New England Quarterly*, Vol. 7, No. 4 (Dec., 1934), p. 681.

③ J. Franklin Jameson. *The History of Historical Writing in America*. Boston, 1891, pp. 103 - 104.

的历史意识，它所构建的宏大历史范式又反过来印证了19世纪的主导历史观念。这一主导历史观念是进步主义的，也是目的论的，在班克罗夫特这样具有明显宗教意识的史学家那里，历史进程被阐释为神意的彰显，并与美国这个具体的民族和国家的使命融合在一起。民族主义的历史叙事赋予过去的事件以统一、连贯的意义，同时，又许诺一种连续的进步和发展，甚至，连扩张主义的"天命论"也从这一历史叙事中获得支撑，将领土扩张诠释为在空间内拓展民主体制的神圣使命。宏大历史叙事和激昂的爱国主义话语联手，共同塑造了这个时代的集体国家意识："美国革命标志着人类历史的转折点"，是上帝神圣旨意在人类历史中的显现，是对"自由和民主之美德"的喻示；[①]而美国这个国家则体现了人类理想的制度构建——"标志着人类在形塑完美国家的历程中所达到的高点"[②]。

第二节　霍桑历史题材短篇与民族主义历史叙事

有意思的是，霍桑和班克罗夫特存在一定的交集，班克罗夫特不仅是卓越的史学家，也是一位重要的政治活动家，和霍桑同为民主党人，在班克罗夫特担任波士顿港征税官期间，曾委任霍桑以波士顿海关司磅员一职，霍桑后来仕途受阻时，他的朋友也曾积极谋求后者的援助。至1840年代，班克罗夫特成为新英格兰民主党集团中举足轻重的人物，为波洛克(James Knox Polk)赢得民主党总统候选人提名

---

① John P Jr. McWilliams. "Hawthorne and the Puritan Revolution of 1776," in *Norton Critical Edition of Hawthorne's Tales*, ed. James McIntosh, New York: W. W. Norton & Company, 1987, p. 372.

② "George Bancroft." Encyclopædia Britannica. 2009. Encyclopædia Britannica Online. 29 July. 2010, http: //www. britannica. com/EBchecked/topic/51366/George-Bancroft.

立下汗马功劳，在波洛克当选总统后，得以出任海军部长和英国公使等重要公职。可以肯定，霍桑不仅知道班克罗夫特这个人，对他的政治立场和史学观点也是有所了解的，当然，这种交集并不能证明两人在史学思想上的渊源关系，但的确提示了我们，两人所呼吸的时代精神是相通的。和班克罗夫特一样，霍桑敏感于时代的精神，擅于从时代的流行话语中把握民众对于国家起源和发展的集体想象。作家在19世纪二三十年代的历史书写向时代敞开，其文本展现的是现在与过去鲜活的对话关系，而非向晦暗的历史的单向逃遁。细究其早期历史题材作品，不难看出，霍桑不仅在其作品中呼应了这一时期的主导历史话语，包括以独立、自由、民主和进步为关键词的民族历史言说方式，更重要的是，在具体史料的组织和书写上，他也策略性地运用了这一时期宏大历史的叙事机制。

一、殖民地历史

霍桑大部分历史题材短篇以新英格兰殖民地历史为素材，在这类作品中，作家沿袭了本土历史的一种分期，将之划分为两个阶段：第一阶段即从清教徒建立殖民地之初到1684年，根据1629年的英王特许状，马萨诸塞湾公司获得建立殖民地并行使政治管理的权利，这一时期殖民地享有一定程度的自治，总督、副总督、助理和代表等各类官员均由民选产生，其政体多少带有混合平衡的性质；第二阶段从1684年开始到独立战争结束，为强化对殖民地的管辖，查理二世撤销特许状，将马萨诸塞变为王室直辖殖民地，由英王委任总督管理，从1686年起至1729年的四十多年间，英王先后任命了六位总督。因而，第二阶段更多地与君权和暴政等政治含义联系在一起，而在民族主义者看来，作为立国根本的民主自由之原则可直接回溯到殖民地初创的第一阶段。这种历史分期的视角贯穿了霍桑殖民地系列作品。这里，我们选取《恩迪科特与红十字》和《灰发勇士》两篇作为分析对象，不仅因为它们具有代表性，也因为这两篇体现出如何言说历史的敏感，两个短篇都巧妙地运用了民族主义历史叙事的机制。《恩迪科特与红十字》和《灰发勇士》直接取材于史料，霍桑借鉴的历史文本主要有托马斯·哈钦森的《马萨诸塞历史》、约翰·温斯罗普的《日志》和约瑟夫·菲尔特的《塞勒姆年鉴》等。较之史学家，霍桑有更大的自由编辑史料，为作品构建符合民族主义历史叙事的情节架构，也就是说，对史料进行别有深意的剪辑、拼贴或情境改写处理，使原本孤立、意义含糊的历史事件获得民族主义的政治意味，然后，将之纳入民族历史的宏大叙事框架中，构成殖民地民众反抗母国君权暴政，走向独立、自由和民主的光辉进程的一个环节。

《恩迪科特与红十字》最初于 1837 年发表在《珍藏与大西洋纪念》(*The Token and Atlantic Souvenir*，1838)上。主人公约翰·恩迪科特(c. 1588—1665)是早期清教徒的代表，1628 年率领一批移民首次向新英格兰移民，定居地很快发展为后来的塞勒姆镇，1630 年在约翰·温斯罗普获得任命前，担任马萨诸塞湾殖民地总督，在 1644 至 1665 年间又四次出任总督一职。恩迪科特在霍桑的多篇作品中出现，除此篇外，还包括《欢乐山的五朔节》、《大街》、《温顺男孩》和《哈钦森夫人》等，其中，在《欢乐山的五朔节》中被作家描述为"清教徒中的清教徒"。就史料而言，短篇所依据的主要是恩迪科特挥剑毁损英国国旗这一事件：事情发生在 1634 年 11 月的某一天，当时恩迪科特为殖民地政府的助理官，在殖民地民兵集合操练之际，恩迪科特挥剑刺破英国国旗上的红十字。另一相关事件见于约翰·温斯罗普 1634 年 9 月 18 日的日志：温斯罗普当天接到查理一世的一份委任状副本，据称其用意是"强迫殖民接受一位新总督，以加强英国国教在殖民地的控制"[①]。研究者指出，殖民地清教徒把任何使用神圣标志的行为都视为偶像崇拜；再者，当时的清教徒也越来越多地把红十字与天主教联系在一起，而不再把它看作基督教标志，恩迪科特扯下

① Neal Frank Doubleday. *Hawthorne's Early Tales: A Critical Study*. Durham. N. C: Duke University Press, 1972, p. 102.

红十字的行为更多出自一种“宗教的动机或谨慎”，并没有明确的“政治意味”。[①] 霍桑并未拘泥于历史的细节真实，而是将两件发生在不同时间段的事件并置，将故事时间模糊地确定为两个世纪前的某个秋天，由此，将恩迪科特毁损国旗的行为与殖民地的政治局势直接挂钩，在接到新总督委任状这一特定情势下，事件的宗教意味被有意淡化，而政治性得以凸显，以此为前提，使事件以符合 19 世纪主流历史叙事的模式展开。

故事一开始，作家即交代了历史背景，即英国内战前、查理一世统治期间。查理一世政治上专制，宗教上倾向于天主教，他任命的大主教威廉·劳德提倡天主教的教义及礼仪，迫害压制清教徒，两方面的矛盾造成斯图亚特王朝的紧张局势，也直接威胁到新英格兰殖民地的安危。叙事人指出：“有记载证明，我们的先辈觉察到他们的危险境地……决意要抗争一下，捍卫这襁褓中的国度（infant country）。”（p. 542）“襁褓中的国度”之语具有强烈的政治意味，殖民地在此被明确定义为国家和民主政体的雏形，但实际上，如史学家指出，北美 13 个殖民地居民的“共同体意识发育相对迟缓”，民众具有强烈的“地域观念和本地意识，人们往往自称是马萨诸塞、弗吉尼亚人、纽约人，而长期缺乏整体的认同”[②]，然而，在历史的回眸里，新英格兰似乎从一开始就具有鲜明的国族意识，故事的民族主义和爱国主义主题也由此确立。如霍桑描述的，恩迪科特接到消息后，立即召集士兵，慷慨陈词：“我们为何抛弃故土……来到这崎岖的土地、这严寒的天空下，不就是为了享受我们的公民权利吗？不是为了有凭自己良心敬拜上帝的自由么？”（p. 546）恩迪科特以公民权利和自由的名义召唤殖民地民众，接着，将攻击的矛头直指英王查理一世和大主教劳德：“英格兰的查理一世，还有劳德——这位坎特伯雷大主教、我

① Neal Frank Doubleday. *Hawthorne's Early Tales: A Critical Study*, p. 101.
② 李剑鸣：《美国的奠基时代（1585—1775）》，《美国通史》（第二卷），北京：人民出版社，2002 年，第 515—516 页。

们最大的迫害人，决意要对我们穷追猛打……把新英格兰连头带脚绑起来，拱手送给他的主子！”(p. 547)恩迪科特的言辞极富煽动力，民众一时间群情激昂，激愤之中，他令旗手降旗，自己拔出剑来，一下刺穿英国国旗，把红十字扯了下来。由此，在霍桑的笔下，殖民地与宗主国的这场冲突成为脱离母国走向民族自由及国家独立的历史性抗争，而恩迪科特则无可置疑地成为“高贵的美国自由的开创者”[①]。

《灰发勇士》最初刊登在1835年1月的《新英格兰杂志》上，在时间上算《恩迪科特与红十字》的续篇。故事同样取材于殖民地历史，与两个历史事件相关：其一，1689年波士顿民众叛乱，反抗以埃得蒙·安德罗斯(Sir Edmund Andros)为总督的殖民政府；其二是所谓的“哈德利天使传奇”(Angel of Hadley Legend)，据说参与宣判查理一世死刑的三位法官在斯图亚特王朝复辟后逃到新英格兰，因为后来有被马萨诸塞当局缉拿的危险，三人一直潜藏在马萨诸塞的哈德利地区，1675年哈德利遭印第安人袭击，其中一位突然现身，领导小镇居民击退印第安人，随后隐身不见。在马萨诸塞殖民地现身的弑君法官原本领导的是抗击印第安人的斗争，但作家故意倒错时空，将人物移植到1689年的波士顿事件，塑造了“灰发勇士”这样一个神话式的人物，想象性地再现了波士顿叛乱的一幕。如纽曼指出的，“将弑君法官与殖民地独立精神相联系几乎成了1820年间美国历史罗曼司的一个文学传统，但将弑君法官传奇与1689年波士顿叛乱事件并置却是霍桑对这一传统的独特贡献”[②]。通过史料的剪辑处理，作家有意将法官身上体现的“弑君”意味移植到波士顿叛乱事件中，由此强化波士顿叛乱在民族史上的政治意义，暗示该事件是殖民地颠覆宗主国统治之“弑君”革命的先声，并在民族主义历史叙事的框架

---

① Fredrick Newberry. *Hawthorne's Divided Loyalties*. New Jersey: Associated University Press, 1987, p. 39.

② Lea Bertani Vozar Newman. *A Reader's Guide to the Short Stories of Nathaniel Hawthorne*. Boston: G. K. Hall, 1979, p. 140.

内展开了故事的叙述。

作家开篇即把读者带入特定的历史时空，故事时间大致为詹姆斯二世在位至英国光荣革命期间。在描述殖民地状态时，霍桑娴熟地运用了时代的历史叙事话语，将这一时期界定为备受王室压迫和暴虐专制的历史。詹姆士二世继位后，政治上退回君主专制，并准备恢复天主教，同时，为巩固专制王权，“先后把一系列业主或自治殖民地改由英王直辖”，其中，马萨诸塞于 1684 年成为直辖殖民地，[①]埃得蒙·安德罗斯爵士取代布雷兹特里特(Bradstreet)成为新总督，如文中交代的：“詹姆斯二世……撤销了所有殖民地的特许状，派来一个严厉而无所忌惮的武士剥夺我们的自由，危害我们的信仰”(p. 236)。埃得蒙·安德罗斯总督的统治被形容为不折不扣的暴政，作家就此罗列了一系列残暴和非正义的行为。不难看出，这番言辞的背后是洛克的天赋人权等理论，霍桑实际上将一个世纪后为美国独立革命辩护的一套合法化话语移植到了 1689 年的波士顿叛乱中。直接引发殖民地民众与统治者冲突的是这样一条消息：奥兰治的威廉(William of Orange)登陆英国，宣布将恢复所有被撤总督的职务。[②]殖民地民众倍感振奋，而以总督为首的统治者则感到某种潜在的威胁，于是，1689 年 4 月的某个下午，安德罗斯总督率亲信召集红衣卫队走上波士顿的大街，队列行进的鼓点也吸引民众从四面八方赶来聚集到国王街(King-street)。双方对峙的紧张局势由此形成，场景仿佛一幕静止的舞台剧：一方是面色阴郁、身穿深色衣服的信众们，另一方是专制的统治者、喝得醉醺醺的英国国教会神职人员以及雇佣卫兵们。霍桑指出，“这幕场景就是新英格兰状态的图景，它的寓

① 何顺果：《美国历史十五讲》，北京：北京大学出版社，2007 年，第 14 页。马萨诸塞的特许状被查理二世撤销，詹姆斯二世于 1685 年继位，在位期间，继续强化王室对殖民地的控制。

② 1688 年受议会两党邀请，詹姆士二世之女玛丽和女婿、当时的荷兰执政者威廉赴英执政，1688 年 11 月 5 日，威廉率军在英国登陆，国王被迫逃往法国。12 月 18 日威廉进入首都伦敦，这次政变没有经过战争、没有造成伤亡，史称“光荣革命”。

意是：任何不合事物本性和人民天性的政府必然是畸形的”(p. 239)。这里，作家援引的依然是启蒙主义的政治话语。紧要关头，神秘的“灰发勇士”突然现身，他横握手杖，仿佛权杖在手，以一人老迈之躯，喝住行进中的队列。老者的身份扑朔迷离，直到老者慷慨陈词时，才点明他弑君法官的身份：“不久前，我曾经令一位国王停住行进的步伐。”(p. 242)灰发老人接着预言了英国的光荣革命，声称过了今夜，詹姆斯二世的名字不过是个笑柄，而总督的权力将就此终结，老人随即隐没不见，和他突然现身一样，给世人留下难解的谜题，而他则成为反抗暴政的永恒的精神化身。

另一方面，和班克罗夫特的《美国史》一样，霍桑的历史叙事同样表现出一种貌似前瞻的回溯式视角。在回溯式的反观中，将殖民历史中的某些事件和人物预见(追认)为民族独立的先声，将独立、自由、民主等理念确认为贯穿并推动殖民历史发展的根本原则，换言之，美国的历史，也就是在神圣旨意指引下民主自由等政治理念得以展开和显形的历史。纽伯里将这一叙事机制界定为清教预表论(typology)，经意识形态化后，成为国家政治的一种言说方式，即所谓的“国家预表论”。从修辞学的角度来说，预表论其实是一种隐喻的修辞模式，它起源于圣经阐释学，预设旧约和新约的连贯性。在这一阐释体系中，旧约时代的人、事、物被认为除了本身具有历史性的意义以外，还隐含着未来的意义，与新约时代的人、事、物有前后呼应的关联，这样，前者便可视作后者的预表(type)。霍桑时代的预表论是“圣经阐释学的政治学改写”，也被班克罗夫特运用于其历史编撰的编码。如果说圣经预表论将旧约中的人物和事件视为耶稣救赎使命的预表，那么，在政治预表论的话语体系中，“殖民地历史中人物和事件则预示着一种世俗的救赎使命，即脱离英国和建立民主体制”①。在《恩迪科特与红十字》中，预表论在文本内部构成一种奇特的貌似

① Fredrick Newberry. *Hawthorne's Divided Loyalties*. New Jersey: Associated University Press, 1987, p. 19.

前瞻的回溯式视角，在历史回溯性的目光里，恩迪科特被确认为独立革命英雄的预表，而他毁损国旗的举动则被界定为美国独立革命的先声。在故事的结尾段，叙事人如此揭示恩迪科特和这一事件在美国历史上的界标意义："回首云烟岁月，我们认识到，从新英格兰的旗帜上扯下那个红十字，是父辈们完成的解放事业的最初征兆，而彼时，这位严厉的清教先辈已经长眠地下一个多世纪了。"(p. 548)由此，作为独立革命的最初征兆，这一事件提前140年预示了一个国家的诞生，它也就意味着，继此之后，类似的革命"事件相继而来，一种连续性由此合法化独立革命和其他先兆性的预表事件"。[①] 政治预表论在《灰发勇士》中同样彰显了这一语法功能。在国王街的那幕对峙场景中，霍桑这样写道："近一个世纪之后，这里注定将见证另一场英国军队与一个奋起反抗强权的民族之间的冲突。"(p. 237)这里，我们看到别有意味的回旋式目光：作家从19世纪的时间点上回顾1689年的某个时刻，而同时又立足于这一刻，在想象中瞻望1770年的波士顿惨案，在回溯和想象性的前瞻中，反复确认殖民地从被压制和奴役状态走向独立和自由的建国进程。再者，作家在这样的改写中想象性地重塑了作为历史人物的法官。和恩迪科特一样，"灰发勇士"也被刻画为美国革命功勋的预表。作家有意将挺身而出的灰发老人神话化，声称他在80年后的波士顿惨案和五年后的独立战争中再次现身，并把他化身为"一种新英格兰传承的精神，在危险迫近时，他行进的灰暗身影将许诺，新英格兰的子孙们将为他们的先辈复仇"(p. 243)，如马丁概括的，"在对美国殖民史的沉思中，霍桑以想象力洞见并勾勒出美国独立革命精神的延续性"[②]。在历史的回溯目光里，"灰发勇士"与恩迪科特等清教先辈们一起被追认为开国元勋的预表，列入合众国的英雄谱系。预表论的阐释模式赋予美国民族史一种延续

① Fredrick Newberry. *Hawthorne's Divided Loyalties*. New Jersey: Associated University Press, 1987, p. 34.

② Terence Martin. "The Method of Hawthorne's Tales," In *Hawthorne Centenary Essays*, ed. Roy Harvey Pearce. Ohio: Ohio State University Press, 1964, p. 14.

性,不仅合法化美国独立革命这一历史事件,而且,许诺美国历史一种延续性的未来。

如两则故事展示的,霍桑不仅熟悉19世纪初叶的民族主义历史话语,而且自觉运用了这一叙事模式。作家有意识地编辑改写史料,使事件在民族历史大叙事的情节架构内展开,凸显殖民地民众反抗暴政走向独立、自由和民主这一宏大历史主题,同时,借用政治预表论这一传统在文本内确认国家历史的内在连续性,或者,追索一种内在精神及理念的传承。

二、美国革命

撇开他的儿童故事不谈,《总督府传奇》是霍桑唯一以美国革命为素材的历史系列短篇,也是最早书写美国革命的作品之一,但相对而言受到的评论关注不多。《总督府传奇》包括四个短篇:《豪的假面舞会》(*Howe's Masquerade*)、《爱德华·伦道夫的肖像》(*Edward Randolph's Portrait*),《埃莉诺小姐的斗篷》(*Lady Eleanore's Mantle*)和《老埃丝特·达德利》(*Old Ester Dudley*),前三篇发表于1838年,最后一篇于1839年1月刊出。《豪的假面舞会》和《老埃丝特·达德利》两篇发生在美国革命期间,《爱德华·伦道夫的肖像》和《埃莉诺小姐的斗篷》的故事时间分别为1770年和1721年。霍桑是将《总督府传奇》作为一个整体来构思的,四个短篇不仅创作时间上挨得很近,在主题和结构上也存在内在的联系。作家在这个系列使用了嵌套式结构,叙事人"我"在已成为酒店客栈的殖民地总督府[①]内听老人回忆往昔、讲述过去的传奇,前三篇的故事讲述人为一位名为贝拉·蒂法尼(Bela Tiffany)的酒店老主顾,最后一篇假托由一位老

① 建于1679年,原为私人宅邸,1716年由马萨诸塞殖民地政府出资购买,1718至1776年间充当殖民地总督的官邸,美国革命后新政府曾在此短暂办公,但很快转为私人所有,1835—1851年间由托马斯·怀特(Thomas White)作为酒栈经营,1864年毁于一场大火。

保王派亲口讲述，听故事和讲故事的场景构成整个系列的外框架，内部即四个相对独立的、以美国革命为大背景的故事。框架故事以老总督府为场景，总督府是一栋极具沧桑历史感的建筑，是一个抚今追昔的理想所在，它兼具形式的功能，是统摄系列短篇的一个核心意象，或者说，凝聚戏剧冲突和情绪的中心焦点。鉴于此，我们将《总督府传奇》作为一个整体来探讨，逐一分析四篇内嵌故事如何书写美国革命，如何回应主流话语，或策略性地运用革命叙事机制。

在具体剖析前，有必要交代一下它的创作背景。第一章中，我们提到，霍桑与激进的民主党人、民族主义者奥沙利文私交甚好，1837年10月，奥沙利文创办党派刊物《美国杂志与民主评论》，在刊登政论文的同时，大力扶持本土文学，力求弘扬民主信条，将民主精神灌注到美国文学中。之前，这一年的4月，奥沙利文已写信向霍桑约稿，10月创刊后，霍桑即开始向该杂志供稿，《总督府传奇》属于他在该杂志最早发表的作品系列。不少研究者认为，《总督府传奇》有刻意迎合奥沙利文的嫌疑，“明显具有奥沙利文说教式民族主义的调子”，如果读者觉得《恩迪科特与红十字》和《灰发勇士》民族主义情绪的结尾有点生硬的话，那么，比较而言，《总督府传奇》的“某些段落就可谓刺耳了”。① 当然，霍桑绝非奥沙利文式的激进民族主义者，任何将作品等同于政治宣传的解读都是简单、粗暴的，但另一方面，我们也无须刻意忽略作品的创作语境，将政治与美学彻底割裂开来。霍桑既是应奥沙利文之邀为《美国杂志与民主评论》供稿，这就意味着他多少了解后者的政治立场和办刊宗旨，在创作上也多少会兼顾到杂志的意识形态取向。在奥沙利文那一代文化人的理解里，文学创作与民族国家存在密切的联盟关系，文学既是民族特质的集中表达，也是形塑民族身份和国家意识的重要手段，换言之，它必然具有明确的政治性。具体而言，这个政治性就是书写美国民主自由的立国理

① Neal Frank Doubleday. *Hawthorne's Early Tales: A Critical Study*. Durham. N. C: Duke University Press, 1972, p. 120.

念、作为民主政体的国家特质以及它所肩负的崇高历史使命。在杂志的创刊号上，奥沙利文将民主界定为美国文学的根本特征；在《伟大的未来的国度》(*The Great Nation of Futurity*)一文中，他宣称，美国文学必须"呼吸着我们民主体制的精神"，"灌注以神圣的智性自由的灵感"，同时，书写美国在世界民族之林"所拥有无可匹敌的崇高地位——我们崇高的使命"。[①] 无须否认，《总督府传奇》首先是文学民族主义大气候下的创作，是美国"最早书写独立革命的作品之一"[②]，霍桑以自己的方式实践了奥沙利文的文学理想，系列短篇整体上回荡着激昂的民族主义和爱国主义的调子，构成美国关于国族自我想象的一部分。

上节指出，在殖民地题材作品中，美国革命构成叙事的一个支点，叙事人常以伪装成前瞻视角的回溯性目光审视殖民地事件的历史意味，进而组织事件的叙事，将独立的事件组合进殖民地反抗暴政走向独立、自由和民主的宏大叙事框架内。然而，在《总督府传奇》里，美国革命本身已不成为叙事的支点，它已然成为一个既定的或迫在眼前的历史事实，这就意味着，作家的叙事策略和重心会随之出现调整。纵观四个短篇，可以看出，一个预设前提是，美国革命的胜利乃历史的必然，是不可阻挡的神圣进程，在此前提下，冲突的双方——英王势力和北美居民——胜负已分，事件的意义随之被明确为顺应大势的正义之举，或逆历史潮流而动的徒劳企图。另一方面，两个阵营的对立也表现为两种理念或价值的冲突，即民主的、自由的、平等的与专制的、等级制的和贵族的对立，在革命胜利的荣光里，这种冲突即被书写为前者取代后者的必然的历史进程。这一视角隐含的是19世纪进步论的史观，然而，在民族自信心极大膨胀的情境

---

① John L. O'Sullivan. "The Great Nation of Futurity," http://en.wikisource.org/wiki/The_Great_Nation_of_Futurity. 原文载于《美国杂志与民主评论》1839年11月期。后文引文均出于该网络资源，不再一一标注。

② Julian Smith. "Hawthorne's Legends of the Province House," *Nineteenth-Century Fiction*, Vol. 24, No. 1 (1969), p. 31.

下，这种进步日渐被诠释为一种断裂式的进步，而非康德和班克罗夫特等人所理解的延续性进步。如果说史学家强调的是过去、现在和未来的有机联系，认为“我们是历史的儿女和历史的继承人，过去和未来都与我们息息相关”[①]，但在激昂的民族主义话语里，美国革命更多地被理解为一种飞跃式的发展或转折，它掀开崭新的历史篇章，俨然许诺了一种割裂过去、摆脱历史重负的新天新地。在《美国杂志与民主评论》的创刊词中，奥沙利文这样写道：“人类的眼睛自然是朝前看的；他被时间和真理前进的步伐带着向前，如果他扭头向后，目光胶着于过去的思想和事物，那么，他极可能跌跤或迷路。我们在民主的旗帜下感到安然，上帝以无形之手持着旗帜，带领我们的族群向前，迈向崇高的使命……”[②]之后，在《伟大的未来的国度》一文中，奥沙利文再次宣告：“我们国家的诞生标志着崭新的历史的发端，也见证了一个前所未有的政治体制的建立与发展，它将我们与过去割裂开来，而只与未来联系在一起”；“我们是人类进步的国度，谁会，谁又能够，限制我们前进的步伐？”奥沙利文在此表达了一种急切地抛开过去，拥抱未来的热切渴望，在线性的时间坐标上，过去和历史的意义被彻底消解，时间只向未来一维敞开。霍桑显然是熟悉这类论调的，在《总督府传奇》中，他不仅将美国革命的宏大叙事作为架构短篇的总体框架，也在文本中有意融合了奥沙利文激进主义的话语。四个短篇都是在言说美国革命的整体范式中展开的，而其叙事的重心则转向既定历史进程下具体的人物及事件的审视，当然，作家在其中书写出了饱含矛盾与反讽的丰富意蕴，写出了人性的复杂、道德评判的含糊乃至历史本身的混沌之处。但无可否认，霍桑的书写首先贴合了意识形态的总体图景，在某些预设的前提下组织素材、架构情节，这些基本预设为：美国革命是不可阻挡的历史进程，是从专制、

---

① 转引自张和声：《评乔治·班克罗夫特的历史观及其代表作〈美国史〉》，《史林》，1988年第2期140页。

② 转引自 Neal Frank Doubleday. *Hawthorne's Early Tales: A Critical Study*. Durham. N. C: Duke University Press, 1972, p. 132.

暴政向民主、自由和独立的光辉转折，美国的立国是神意在历史中的彰显，标志着人类历史的巨大进步，甚至许诺一种断裂式的发端。接下来，我们将梳理《总督府传奇》内嵌故事的爱国主义或革命式的书写。

《豪的假面舞会》发生在波士顿之围（the Siege of Boston）的后期。波士顿之围始于1775年4月19日，是美国革命战争的开始阶段，此战中新英格兰民兵（后来成为大陆军的一部分）包围了波士顿镇，阻止驻守城中的英军调动，11个月的围城之后，英军指挥官威廉·豪（William Howe）认识到无法继续守住此镇，于1776年3月17日下令撤离。短篇故事以一场盛大的假面舞会为核心，叙事人交代，为缓解紧张局势，安抚人心，时任总督威廉·豪爵士在总督府举行了一场据称是“当局史上最盛大、最奢华”的假面舞会。假面狂欢暂时冲淡了兵临城下的阴云，然而，却无力粉饰太平，亲英和亲美利坚的两股势力暗中较劲，殖民地的时局清晰映现于假面剧中。首先是保王派们穿上七拼八凑、破破烂烂的军装假扮美利坚军官，其中，有人高高瘦瘦，挥舞着一把奇长无比的锈剑——这位据称是乔治·华盛顿将军，其他重要军官诸如盖茨、李、帕特南、斯凯勒和希斯等个个显得邋里邋遢、滑稽可笑，叛军首领与英军司令官的会面以滑稽仿英雄的风格上演，此幕场景博得亲英分子的满堂喝彩。这一刻，英军和保王派似乎占尽上风，然而，情势突转，总督府外传来缓慢而低沉的葬礼进行曲，随即从楼梯平台上走下一列人，在人们困惑不解之际，乔立夫上校（Colonel Joliffe）——一位持辉格党政见、亲美利坚人的老军人充当起解说员，向众人解释出场者谁，同时杂以评议。先下来的一列是以恩迪科特为首的清教徒总督们，他们被称为“原初的古老民主政体的统治者”；[①]继之而来的是在马萨诸塞成为直辖殖民地后由英王指派的历任皇家总督，走在队列最后的一位衣装、神情和举

① 在1684年查理二世撤销特许状之前，总督、副总督、助理和代表等各类官员均由民选产生；马萨诸塞成为王室直辖殖民地后，由英王委任总督，总督为王权的代表，因此，故短篇中的人物将第一个阶段称作“民主政体”，而后一阶段界定为“君权统治”。

止与现任总督一模一样，威廉·豪揭起斗篷看到他遮住的面孔，惊惶失色，显然，这最后一位扮演的正是他本人。一个有趣的细节是，第一列总督以胜利的姿态挥手离去，这仿佛暗示，发源于清教殖民地时期的民主、自由原则终将获得胜利，而当第二列的末任总督于绝望震怒中绝尘而去时，它已宣告了君权的破产和革命的胜利。正如人物所言，“这些久远的总督的鬼魂被召集来为新英格兰的君主统治举行葬礼游行”(p. 634)。在总督队列隐没之际，城外恰巧传来攻城的炮火声，仿佛在预告“在这个古老的省份里，[①]不列颠帝国已经奄奄一息”(p. 638)。历任总督的神秘化装游行寓意鲜明，假面舞会上的葬礼游行犹如一则政治预言，预示殖民当局无法阻挡历史前进的步伐，大英帝国在殖民地的统治即将随葬礼进行曲步入历史的坟墓。与《恩迪科特与红十字》和《灰发勇士》一样，《豪的假面舞会》同样确认了民族主义历史叙事的逻辑，书写了美国革命的必然胜利，由此体现出鲜明的民族主义和爱国主义立场。

《爱德华·伦道夫的肖像》以波士顿驻军事件为历史素材，波士顿驻军是波士顿大屠杀的导火线。1770 年，英王下令向位于波士顿港口的威廉堡(Castle William)派驻军队，威廉堡原本由殖民地的民兵把守，殖民地民众强烈反对这一决定，尽管如此，代理总督哈钦森还是在文件上签字，将威廉堡移交给英军防守。哈钦森也是一位历史学家，对殖民地历史深有研究，著有《马萨诸塞历史》。另一与该短篇相关的历史人物为爱德华·伦道夫(c. 1632—1703)，他在新英格兰历史上留有恶名，因为他在撤销特许状的问题上负有一定责任，霍桑在《灰发勇士》中提到过该人，称之为“我们的头号敌人”，认为他“推翻了我们古老的政府”(p. 239)。故事的情节很简单，作家运用了神秘画像这样一个哥特式的元素，告知读者，总督府内挂着一幅黑乎

---

① 文中的“省”，指的是英属北美马萨诸塞湾省(The Province of Massachusetts Bay)，1692 年 5 月 14 日正式成立，由英国王室直辖，包括马萨诸塞湾殖民地、普利茅斯殖民地、缅因省及其他一些区域。

乎、辨出轮廓的古老画像，围绕画像有种种传说，其中，最耸人听闻的是，它具有某种神秘的预言力量，每逢公众有难便会显形。这些传说引起了哈钦森侄女艾丽丝的强烈兴趣，不过哈钦森告诉她，他研究后发现，画像里画的是历史人物爱德华·伦道夫。艾丽丝利用她在意大利掌握的技术复原了画像，希望借助阴森的传说来阻止哈钦森在文件上签字，但哈钦森仍选择效忠英王，忠于职守，在文件上签下了自己的名字。实际上，霍桑对哈钦森是怀抱同情和理解的，他深知"时代和忠诚在变化"[①]，也深知保王派的忠诚自有其高贵之处。关于这点，他在儿童读物《祖父的椅子》中有更直接的表达，借祖父之口，作家问道："为了忠诚，保王派人士宁愿背井离乡，抛弃友情、财富以及所有的一切，而不愿背叛他们的国王，你们不觉得这忠诚原则是可尊重的么？"[②]如果说霍桑理解并同情哈钦森的内心冲突的话，在该短篇中，他的同情是相当克制的，这种克制显然是出于主题及意识形态取向上的考虑。有研究者认为，该作品的失败之处在于作家未能充分呈现哈钦森的道德困境，使得作品缺乏悲剧的力度，其实，这恰好也证明霍桑确有迎合奥沙利文的倾向。故事依然沿着美国革命宏大叙事的逻辑展开。作为土生土长的新英格兰人，哈钦森对本土怀有深沉的情感，这种情感是"他的全部政见和原则都无法完全压抑下去的"(p. 645)，但他忠于英王，忠于自己的阵营，或许，他的言辞充满偏见，甚至扬言："暴徒的喧嚣与我何干？国王是我的主人，英国是我的祖国！有他们强大的武力作后盾，我就把那群乌合之众踩在脚下，与他们相对抗！"(p. 648)显然，霍桑有意将哈钦森的形象塑造得更为反面，这也符合革命叙事中敌我的对立。当哈钦森在文件上签字时，他已经背叛自己的民众，"践踏了一个民族的权利"(p. 649)，落到与爱德华·伦道夫同样的境地，两人都被钉在了美国历史的

---

① Julian Smith. "Hawthorne's Legends of the Province House," *Nineteenth-Century Fiction*, Vol. 24, No. 1(Jun., 1969), p. 35.

② Nathaniel Hawthorne. *The Whole History of Grandfather's Chair: And Biographical Stories*. Boston and New York: Houghton, Mifflin & Co., 1900, p. 218.

耻辱柱上，在民众的诅咒中痛苦地死去。由是观之，《爱德华·伦道夫的肖像》立场鲜明，是一篇相当典型的爱国主义作品，作家有意避开情境和道德复杂意味，将叙事线条简化为非此即彼的大是大非上。

《埃莉诺小姐的斗篷》发生在舒特上校任总督初期（1716—1728），如果将天花的线索考虑进来，可认为发生在1721年，因为该年波士顿爆发了天花。和前两篇不同的是，《埃莉诺小姐的斗篷》更具寓言意味，也更重象征意蕴的经营，但它依然延续了美国革命的主流话语或意识形态的架构，可以被读作一篇抨击贵族体制和贵族式骄傲的故事。主人公埃莉诺小姐把贵族的高傲推到了极致，她高高在上，孤芳自赏，固步自封于小小的上层圈子。当她抵达总督府时，竟然踩着爱慕者匍匐在地的身躯，走下马车，这瞬间的姿势"无比恰当地标志了贵族和世袭的高傲对人类同情和共同天性的践踏"（p. 656）。作家在此娴熟地运用了美国革命的话语模式，借克拉克医生之口，叙事人谴责埃莉诺小姐："如果这位女士不蒙羞受辱，我简直要怀疑上帝是否有正义可言了"（p. 656），尽管言辞激烈，但在美国革命的大背景下也显得贴切，贵族的高傲必遭天谴，贵族体制也是有悖神意的。哈利·莱文正是在政治话语的体系内解读该幕场景的，认为"贵族与民主之间的政治问题被演示成一幕具有象征意味的静态舞台造型"①。然而，不可否认，故事的后半部分悄然偏离政治话语体系，文本内部呈现出一种离心的张力，或者说，一种挣脱既定话语体系的倾向。埃莉诺小姐拒绝从圣餐杯中喝酒，放弃了与人类和解的机会，最终遭到可怕的报应。病毒从她华美的斗篷里传播开来，天花以她为源头在波士顿爆发开来，在故事的结尾，埃莉诺小姐先前的爱慕者领着一群乌合之众，摇晃着一面代表瘟疫的红旗，将裹着绣花斗篷的女人像付之一炬。这一幕其实是中世纪死亡之舞的变形，显然，

① Harry Levin. *The Power of Blackness: Hawthorne, Poe, Melville*. New York: 1968, Alfred A. Knopf Inc., p. 51.

其中象征的意味已超越原先的政治话语体系，无论是将瘟疫解释为摧枯拉朽的美国革命的象征，或者将故事的结尾看作民主对于贵族的胜利，都显得勉强。戴波迪敏锐地看出文本的内在紧张，他在文章中提出："我们不得不追问，这个故事如此接近他信条和思想的核心，却为何写得如此生硬费劲。这或许是因为《总督府传奇》有明确的创作目的，促使他将原本为道德信念的东西套上了政治的外衣，他在此表达的观点似乎是：骄傲之罪是个阶层问题，关系到贵族的自命不凡，而民主的信条可以匡正之，但这有言不由衷之感。"[①]戴波迪将这种内在的紧张视为道德主题与政治目的的冲突，这在一定程度上也是准确的，但根本原因在于，霍桑在此实践的是一种策略性的写作，考虑到刊物宗旨和奥沙利文的立场，作家策略性地运用了美国革命的主流话语，但暗中又在改写或消解这一话语。故事的后半部分其实接入了霍桑关于人类平等的独特理解：瘟疫和死神无视高低贵贱，横扫一切，真正实现了一视同仁和众生平等的理念，在短篇《人生的游行》中，霍桑演绎了这一主题。

《老埃丝特·达德利》在时间上回到了美国革命末期，此时，英军已战败，末任总督威廉·豪爵士即将撤离总督府。故事主人公为年迈的达德利夫人，她出身显赫的古老世家，在总督府度过漫长的光阴，她是一位忠心耿耿的忠君人士，即便在大厦将倾之际，仍拒绝随威廉·豪离开，临行之际，豪将总督府的钥匙交到了老妇手里保管，因为她已然成为"那腐朽的往昔的完美代表——那个时代已经逝去，连同它的风尚、观念、信仰和情感，统统被遗忘或者受到嘲弄"(p. 670)。霍桑以浪漫传奇的手法描绘了英军撤离后她在总督府内的生活，简言之，她把过去转化为现实，与昔日政权的幽灵们为伍，在年迈的昏聩与疯癫中，幻想英军节节胜利，而王室总督最终回归，从她手中接过总督府的钥匙。的确，她以个体的存在"体现着一段历

---

① Neal Frank Doubleday. *Hawthorne's Early Tales: A Critical Study*. Durham. N. C: Duke University Press, 1972, p. 130.

史，象征着一个逝去的旧制度"(p. 671)。故事对达德利夫人的描写是富于同情的，但在胜负已分，大局已定的形势下，这也无关痛痒。就叙事脉络而言，短篇完全顺应了美国革命的宏大叙事：历史的进步势不可挡，民主政体替代了过时的君主制，美利坚人已站在历史的新起点上，迈向光辉的未来。在故事的结尾，达德利夫人迎来马萨诸塞州的民选州长约翰·汉考克(John Hancock)，面对悲痛欲绝的老夫人，他作了一番慷慨陈词，将她所代表的一切归为一钱不值的往昔，而把以自己为代表的这些人视为未来的、新生的力量："我们代表新的族群，我们不再生活于过去，也几乎不生活在现在，我们将生活投向未来……我们信仰和原则是奋力向前、向前！"(p. 676)在故事的结尾，汉考克仿佛鸣响了向未来进发的号角："公民同胞们，前进，前进！我们不再是过去的子孙。"(p. 677)这段言辞深得奥沙利文的精髓，它以饱满的激情宣告了割裂过去、倾情拥抱未来的情怀，而这又根植于断裂式的进步史观。对于这段说辞，评家众说纷纭，大多认为它不符合霍桑本人对于历史的看法，是反讽的，或者，揭示了作家本人对于美国革命的矛盾或含混态度，但如果从策略性书写这个层面来看，问题其实豁然开朗。

如上所述，在以殖民地及美国革命为素材的历史题材短篇中，霍桑的确是敏感于民族主义历史话语的，他的作品回荡着时代的主旋律，而他的叙事也自觉以贴合主流叙事机制的模式展开。然而，他的伟大之处在于，他既参与了民族文化的建构，又策略地保持了自己思想者的本分，正如克鲁斯所言，"霍桑不是革命品格的宣传家……他以反讽观望对立的双方，看到双方捍卫自我的说辞都了无意义。他的言下之意是，任何夺取权力的人都会变成暴君，历史由一系列无足轻重的翻云覆雨构成，反叛者替代暴虐的统治者，而自身也很快走向非正义"[①]。这一论断的关键之处在于，克鲁斯洞悉了问题的症结所

---

① Frederick C. Crews. *The Sins of the Fathers: Hawthorne's Psychological Themes*. New York: Oxford University Press, 1966, p. 42.

在，即霍桑并不认同19世纪民族主义叙事话语中的主流史观。1843年发表的《新亚当和夏娃》里有关美国革命的一段议论更能透露他真实的立场：新亚当和夏娃在末日后空无一人的地球上漫游，路过邦克山纪念碑(Bunker Hill Monument)——这是美国最早的纪念碑之一，用以纪念1775年6月17日在此发生的邦克山战役，该战役在美国革命历史上具有重要意义，是英军与北美殖民地民兵之间的第一次重大冲突。天真无邪的两个人将之误认作祈祷的场所，作家随之做了这样一番评议："他们能否猜想到，他们此刻如此平静地站立于其中的这片绿草地，曾经一度尸横遍野，鲜血将土地浸染成紫色，同样会令他们震惊的是：一代人彼此残杀，而下一代人会以胜利者的姿态纪念这次大屠杀。"(p. 760)放到末日的语境里，这样的议论并不突兀，其实，这也是作家心声的真实流露。正如克鲁斯看到的，霍桑超越了民族主义历史叙事的立场，更准确地说，他看待美国历史的方式是非政治性和去意识形态化的，而这一立场取决于他接近虚无主义的历史观。

第三节　虚无暗影下的历史观[①]

在第二章中，我们提到，麦尔维尔认为霍桑所拥有的"伟大的黑暗力量"不仅指向他的清教遗产，更与莎士比亚的黑暗认知暗中相通，它是对浮生若梦的体认，是林神西勒诺斯所言及的智慧。在步步紧逼的现代性面前，诸神远去，和他那个时代的很多人一样，霍桑也感受到信仰的困惑、疑虑与危机，感觉难以凭借坚信之力应答所有形而上的谜题，存在之虚无是敏感的心灵不得不一次次直面的深渊。

① 霍桑的历史题材短篇小说除《大街》外基本发表于19世纪二三十年代，因而，不像他关于改革运动的系列短篇那样，有意识地将原罪运用为一种抵制性的话语，更多的时候，他在历史中体认到的是一份深沉的虚幻和虚无之感，这也从另一个方面说明，霍桑的原罪观是搁置天国、抽离了基督教体系依托的一种信条。

这种黑暗的知识首先体认为对时间的敏感，光阴流逝，世事无常，死亡消解一切，这是人类堕落之后的存在状况，是人类原罪的标志，也是奥古斯丁所谓“尘世”的根本特征。在上一章，我们也提及，霍桑对尘世的理解跟奥古斯丁大体是一致的。奥古斯丁认为所谓尘世“本身就意味着‘世俗’(saecularia)，而‘世俗’意味着转瞬即逝”，“尘世意味着一种‘为客旅的状态”，[①]尘世生活的意义不在此间，而在未来的天国，换言之，只有天国之望才赋予尘世的客旅生活以全部的意义。然而，不同于奥古斯丁的是，生活于19世纪上半叶的霍桑并没有对天国的坚实信仰，就人类历史而言，也无从执着于基督教神学的整体图景，即从创造、堕落、道成肉身、直至最后审判与复活的整体性基督教史观。如果抽空了信仰的根基，同时，又敏感于尘世转瞬即逝的根本属性，那么，转而拥抱的可能就是林神的智慧了。以此观照个体的生命，会有浮世若梦之叹，尘世中的客旅果真就是人生一世、草木一秋的客旅，而以此反观整个的人类历史，又何尝没有一份巨大的混沌与虚无呢，或者，至少也催生出一种深刻的反讽和怀疑意识？研究者大多看到霍桑的历史书写常有含糊、反讽和矛盾之处，常致力于表现历史黑暗、断裂和无序的一面，但问题又不尽于此。如果承认他的历史书写与宏大叙事存在抵牾之处，同时，我们也必须看到，这并非因为他更多地关注了历史的阴暗面，或者刻意被官方话语压制乃至改写的一部分历史，问题的根本在于，他否认时代乐观主义的历史信仰，他所持有的乃是一种接近虚无主义的史观。

先从霍桑对时间的敏感谈起，时间和死亡是其作品中反复浮现的一个母题，这一母题有时又变形为对长生药和永生的探索，《婚礼上的丧钟》(*The Wedding Knell*, 1835)和《海德格尔医生的实验》(1837)都是这一主题的经典表达。众所周知，犹太基督传统开启了奔涌向前的时间意识，启蒙运动播散了关于人类文明进步和发展的

---

① 夏洞奇：《尘世的权威：奥古斯丁的社会政治思想》，上海：上海三联书店，2007年，第81页。

理念，至霍桑所处的时代，进步论已深入人心，成为时代的坚实信仰，如威廉斯所言，“尽管根源于 18 世纪，作为历史法则（‘进步势不可挡’）的进步理念，在 18 世纪晚期和 19 世纪的政治与工业革命中才获得它全部的意义”[①]。从美国的立国和蓬勃发展中，具有神学倾向的人士看到了神意在历史中的昭显，看到了世界历史整体向前的确凿证据，而世俗倾向的民众则欢呼经济的繁荣、科技的发展和物质的富足，相信以美利坚为首的人类族群正大踏步走向玫瑰色的未来，奥沙利文的《伟大的未来的国度》可谓这一时代的最强音。无论如何，在众人看到时间携手进步之际，霍桑看到的是时间深处的琐屑庸常，是世间白云苍狗的变幻。

《时光的肖像》（*Time's Portraiture*, 1838）和《流年姐妹》（*The Sister Years*, 1839）是两篇值得关注的随笔，均以拟人化的时间为描写对象，而且与《总督府传奇》大致创作于同一时期，如果说《总督府传奇》整体上以贴合民族主义历史叙事的模式展开，那么，在这两篇随笔中，作家则更自如地表达了他对时间和历史的理解。《时光的肖像》假托为新年之际，报童对《塞勒姆报》订户的讲话。报童称自己为“时光老人的跑腿”，向订户传达时光老人在过去一年中的活动，时光无所不在，介入人间一切事物，他貌似苍老，却永远追逐风尚，他心性无常，稍纵即逝，流水的光阴映现出俗世的琐屑和庸常，而由此反观我们自以为是的现世生活，是很能消解政治和历史的庄严意味的。作家以诙谐的笔触写道，政治风云、时局之变不过是时光老人的蜚短流长：“一个月前，他满嘴里说的都还是辉格党的辉煌胜利……至于这故事明年是否还算数，只有看他自己怎么说了。这会功夫，他对加拿大的革命运动有很多话要说；对于东北边界问题，他稍稍做了一番恫吓……只要有人提出废奴问题，他就变得相当激动，之所以如此，恐怕是因为他还没拿定主题站在哪一方。”（p. 681）这段文字折射的

---

① Raymond Williams, *Keywords: A Vocabulary of Culture and Society*. Rev. ed. New York: Oxford University Press, 1983, p. 245.

是1837年的时局片段，时光老人轻浮任性，成就的是一部世事纷扰的人间图景，从中我们很难看出民族主义历史叙事承诺的庄严目的。从基督教的角度来看，时间与尘世联系在一起，光阴的历史就是人类的历史，时间开启的是堕落尘世的惨淡图景："从他走出伊甸园大门的时候，直到现在这一刻，他在大地上纵横驰骋，双手染满鲜血，犯下无数的罪行，给他自己和整个人类带来苦难。"(p. 591)貌似简单的随笔中其实隐含了霍桑对人类历史的看法，时间贯穿人类堕落后的尘世历史，时光老人已然苍老，但并没有随之变得良善或睿智，人类包含罪恶与困难的历史并无进步可言。有趣的是，1839年元旦，霍桑发表了另一篇以时间为题材的随笔《流年姐妹》，同样运用拟人化的手法，将悄然来临的1839年和即将逝去的1838年分别比作新年和旧年两姐妹，在辞旧迎新之际，两姐妹相会于塞勒姆的市政厅前，疲惫不堪的旧年姐姐向新年妹妹讲述自己过去一年的所作所为。《流年姐妹》延伸了《时光的肖像》中的一些思考。在此，霍桑对美国政坛有着更为直接的批评，借旧年之口，他感叹政坛的翻云覆雨："我得承认，我在政治问题上有点摇摆不定，有时倒向辉格党人，有时又令执政党欢呼胜利，随后又高举起反对派那几乎倒下的旗帜"(p. 680)，旧年厌倦了政界风云，直接把政治称作游戏，认为民族国家是研究人类性情和品格的绝妙舞台。更重要的是，以旧年的名义，霍桑直接抒发了他对进步论的批评：

> 我看人间事务，最令我沮丧的，是看到饱满的精力被浪费，人的生命和幸福被葬送；而这常常是为了某些无谓的目标，很多时候，这些目标根本未能实现。然而，人类中的智者贤者无不抱着这样坚定的信念：人类正向前、向着更高处进步，路途中的艰难困苦会抹去那不朽的朝圣者身上的缺陷，而缺陷完成自身的使命后，将不复被人感受到。(p. 680)

霍桑道出了人类的徒劳和进步的虚妄，之所以如此，在于进步论的许诺根本有悖于尘世的属性,这里,隐含于字里行间的依然是占据其思想核心的原罪话语:失乐园之后,人被抛入尘世,罪性、缺陷和有限性是人类与生俱来的胎记,因为罪与罚,尘世生活注定充满罪恶和不幸,正如旧年所言,“我们这些不凡的时光之子注定要饱经忧患的,人们说,快乐只存在于永恒的殿堂。”(p. 683)

短篇小说《大街》是最能体现霍桑虚无主义历史意识的作品之一,它发表于1849年,也就意味着,是作家发展出原罪话语之后完成的短篇小说,放在这里分析,是以反观的方式来分析霍桑的历史观。《大街》以塞勒姆历史为题材,发表时正值约瑟夫·菲尔特所著的《塞勒姆年鉴》第二版问世,而它“以抵制约瑟夫·菲尔特本土历史叙述的方式再现了塞勒姆的早期历史”[①]。有研究者注意到,在短篇中作家将历史图景表现为一组“流动的意象”[②],一幕幕流动的景象(panorama)。主人公是位艺人,借助某种机械装置,以类似放映电影的方式,召唤出两百多年来塞勒姆的变迁史,换言之,历史在此被具象化为景象或景观(spectacle)。在放映过程中,作家有意突出演示者、观看者和评论者的不同声音,由此提醒读者关注看与被看的事实,这一策略首先制造了一种疏离的视角。另一方面,将历史以艺术幻象的方式演示出来,这本身就别有意味,从故事的一开始,艺人“我”即交代,“我打算把多姿多彩、绚丽斑斓的‘过去’召唤到观众面前,再现一幕幕的历史事件,让他们看到先祖的幽灵”(p. 1023),而在放映过程中,“演出”、“场景”和“幻象”等字眼反复浮现,这些都提醒观众历史与戏剧的暗中关联。在第二章中,我们分析过戏剧意象在霍桑作品中的意味,它常用来隐喻白驹过隙的浮生、变幻无常的尘世,指向的是霍桑关于存在的黑暗知识。如果以戏剧做喻象,人类历

---

① Michael J. Colacurcio. *The province of piety: moral history in Hawthorne's Early Tales*. Durham: Duke University Press, 1995, p. 3.

② Ladislav Nagy. "The Moving Pattern of Images: The Discourse on History in Hawthorne's 'Main-Street'," *Litteraria Pragensia: Studies in Literature and Culture*, 2000(19), p. 23.

史也无非是一幕幕人间戏剧的叠加或串联，其实，这正是贯穿《大街》这一短篇的潜隐主题。

演出开始，艺人不断摇动装置的把手，一幕幕呈现塞勒姆的历史景象，场景的变幻对应着线性时间的流动：蛮荒的森林，白人殖民者到来，印第安部落消失，街道出现，城镇扩张，殖民地刑罚景观，迫害贵格会教徒、审巫案的血腥场景等。艺人展示的景观无疑挣脱了合法化历史叙事的逻辑，得以更明确地展示历史暴力和强权的一面，挑战目的论和进步论的宏大叙事，也挑战以自由、独立和民主为圭臬的民族主义话语。更令人深思的是，在作为景观被展示的历史中，人类作为历史主体的角色被淡化，而被渲染的却是时间在历史中扮演的角色。在某个间歇里，艺人停下来做了一段颇为激昂的演说：

> 向前进，向前进，时间啊！在这里建起新的房屋，拆毁你昨日腐朽生苔的工程！把牧师唤到少女的住所，让他为她和那快乐的新郎主婚！让年轻夫妇把新生儿抱到教堂，接受洗礼仪式！去敲门吧，身穿丧服的送葬队伍即将从这家走出！请让一代又一代的年轻人降临，让他们在大街上谋生、聊天、争执，或者友好地相伴着走过大街，就像他们的父辈那样！时间之父，在这大街上做你寻惯常所做的一切吧，经过这么多年，你的脚步已经使大街蒙尘……(p. 1043)

这段言辞自有一种悲剧的况味。艺人以艺术幻象方式召回的历史犹如戏剧一般虚幻，但退一步来想，历史何尝又没有虚幻的一面？在此，时间被拟人化，被尊为时间之父，俨然成为人生的主宰者和历史的缔造者。然而，时间催生一切，又埋葬一切，个人与族群的历史莫不如此，从这个意义上说，历史无非是时间在尘世上演的一幕幕戏剧而已。在故事的结尾处，霍桑以一场大雪为喻进一步揭示了历史虚无与虚幻的主题。艺人将时间推进到 1717 年的大雪，皑皑白雪覆盖了整座城镇，“仿佛整条大街、我们仔细观察到的所有发展迹象……

被转眼间抹去，比当初森林覆盖时显得更为萧瑟，更荒无人烟”，于是乎，“先前的痕迹和至此成就的一切都被清除干净”(p. 1049)。的确，时间的推进意味着创造和变革的可能性，更激进一点的是推倒重来，就像大雪一笔勾销过去，展现给人们一个开放性的历史空间，“人类可以自由地踏上新的征程，以新的律法为指引”——这折射的正是霍桑时代的集体历史意识，即割裂过去的崭新开始，它源于美国新伊甸园、山巅之城的起源神话。然而，任何细心的读者都很难忽略艺人在感喟中隐含的反讽和悲凉意味，时间如大雪湮没所有的人工之力，改写的历史被抹杀，开放性的空间随之闭合，历史进程似乎必然隐含着这样一种徒然的虚无感。一个有意味的细节是，机器出了故障，艺人无法接下去演示后来的历史，场景停滞在 1717 年大雪的一幕。艺人解释说，如果机器不出故障的话，他本欲将时间机器推进到“阳光灿烂的现在”，“展现正从我们身边飞逝的生活”，甚至推进到未来，“展示明天在大街上行走的人，或者他们的葬礼”。这话貌似激昂，但不难听出言外之意，这令人联想起千年前孔子的感喟——“子在川上曰：逝者如斯夫”，在时间和生命的体验上，人类的精神是相通的。艺人将演示停顿在大雪的一幕，这本身也极富象征意味，时间川流不息，又如大浪淘沙，卷走一切。在同时代人为进步和未来欢欣雀跃的时候，霍桑看到的是葬礼、死亡和最终湮没在时间里的徒劳；人类的整个历史，从某种意义上说，始终摆脱不了“赫库兰尼姆和庞贝的命运”(p. 1049)。

在《元历史》中，海登·怀特指出，19 世纪史学思想反拨的是启蒙晚期史学的反讽意识和怀疑论，但是，“它并不反对被视为启蒙运动历史哲学的主要特征，即它设定的‘乐观主义’和与之相伴的进步原则”，而且，其目标在于“在深知 18 世纪史学思想家已经失败的情况下，继续为信仰进步和乐观主义寻求充分的理由”[①]。相对于以班克罗夫特为代表的民族主义史学家而言，霍桑深具启蒙晚期的反讽

---

① Hayden White. *Metahistory: the Historical Imagination in Nineteenth-Century Europe*. Baltimore: The John Hopkins University Press, 1973, p. 47.

和怀疑意识，从根本上质疑启蒙历史哲学树立的进步原则，在对历史的体认上，他更倾向于一种虚无主义的观点。耐人寻味的是，这与他对原罪的理解有一定的关系。本书第二章指出，霍桑重新激活加尔文主义的原罪观，其根本目的在于抵制进步论和乌托邦的许诺，否定人类能以理性之光和意志之力臻于完美之境，由此消解人类举措的积极意义，也否定了人类在历史中的主体地位。但问题的吊诡之处在于，他的原罪观是从基督教神学体系中剥离出来的一环，抽空了坚实的基督教信仰，因为缺乏体系的支撑，他也无法像民族主义的历史哲学家那样，将人类历史的一环嵌入神学历史的链条中；另一方面，对原罪的固守，又使得他无法像启蒙主义者那样，拥抱人类进步的宏大历史叙事，肯定过去、现在与未来的延续性及整体意义。如此，霍桑在所难免地陷入了悲观虚无的泥淖，虚无的混沌与原罪的黑影混合在一起，投射出浓重的黑暗，“伟大的黑暗的力量”赋予他以反讽和批判的力量，但同时也剥夺了他的信念与热忱。在虚无和原罪的暗影下，他看到的是人类徒劳的努力，是缺乏意义和目的的碎片化的尘世历史。这在他《牧神雕像》中表现得更清晰。尽管如此，我们仍必须肯定，霍桑的虚无自有其历史价值，在进步、民主、神意和天命论等激昂论调的喧哗中，他直觉出时间和死亡消解一切的力量，他看到人类的愚行、有限性和徒劳，更重要的是，怀疑论、反讽以及虚无的历史洞见使作家得以摆脱民族主义和爱国主义历史叙事的束缚，更为客观和公正地评价美国的革命史和建国史，并以一种超越的目光叩问历史形而上的意味。

第四节　策略性的消解：霍桑历史叙事的另一面

霍桑的历史叙事是复杂的，也是策略性的，单纯地把他视为民族历史的书写者或批判者都是不对的。作为民族文学的构建者，霍桑有意识地呼应时代主流话语，以顺应大历史叙事的方式书写新英格兰殖民地历史，谱写美国革命的光辉进程，但他的历史观与 19 世纪初叶主导历史意识存在深刻的冲突，这决定了他势必会突破主导话语的束缚，暗中挑战并消解时代的宏大历史叙事。在这一节里，我们将结合具体文本，细究霍桑如何实践他对大历史叙事的暗中消解，这种消解一般从两个层面展开，作家或者挑战其隐含的进步史观，或者颠覆其民族主义的预设命题。

还是从《总督府传奇》谈起，这一系列之所以值得重视，是因为其策略性写作的特征非常明显。系列故事应奥沙利文之邀而作，刊登于党派刊物《美国杂志与民主评论》，在本章第二节，我们谈到过该系列的创作背景，并指出，一方面，霍桑不可能完全无视刊物的政治立场，但另一方面也不会只顾卖文将作品降格为宣传。这就意味着，他的写作是富于策略和机巧的，而作为阐释者，也需要用心发掘文本内隐藏的深意。在系列故事中，霍桑写出了饱满的人性和历史本身的复杂，但更重要的是，在顺应美国革命话语的同时，他其实已经挑战了以线性时间为根基的历史进步论，尤其是彻底割裂过去的奥沙利文式的进步史观。有研究者注意到，四个短篇时间始于独立战争期间，中间两篇回溯到 18 世纪更早的时候，而末篇又回到美国革命期间，总体上呈现为环形的结构，象征着历史的循环往复，而非线性进步，这本身就耐人寻味。

更值得探究的是霍桑在该系列中运用的嵌套结构，它明显具有形式的功用和意味，框架部分叙事人抚今追昔的怀旧情绪与故事饱满激昂的政治情怀是暗中冲突的：前者依赖的是一种疏离的视角，一种静观的审美距离，霍桑在框架中刻意强调层层转述的用意也在于此；后者需要的是立场的选择，是认同和倾情卷入的姿态。两者在目的和文本策略上都是相矛盾的，如果说内嵌故事呼应时代的主旋律，确认了关于人类进步和不断向前发展的宏大叙事，那么，在框架结构部分，叙事人钟情于历史的阴影，整体上暗示了另一种关于时间和历史的观念，外部框架的视角在一定程度上限制、修正了内部民族主义立场的叙事。在外框架部分，作家以相当多的笔墨描写了总督府的旧貌与今颜。总督府本身已成为一个象征，见证了历史的沧海桑田，它迎来过一任任皇家总督，见证了权力的交接，而如今沦落为偏安一隅的酒店，昔日的荣光已经黯淡，会聚于此的有满肚子陈年旧事的老客人和满腹辛酸的老保王派，人与物都衔接着历史的云烟，衔接着霍桑的同胞们正急欲割裂或者以为已彻底摆脱的过去。关于总督府，作家又言及，这栋宅邸的内部结构已经朽烂，但砖石外墙和大梁依旧结实，人们正考虑把里面彻底拆掉，在"古老的框架和砖石结构内再建造一座新的房屋"(p. 628)。这一细节也是有深意的，有研究者把它视为"欧洲与美国的一个类比，或者，隐喻了特定历史情境下的革新之举"[①]。房屋和建筑在霍桑的作品中常有隐喻色彩——《七个尖角阁的宅子》就以古宅作为小说的核心喻象，就总督府而言，它的现状及改建计划隐喻的无非是历史的延续性、是不可割裂的历史的重负或遗产，人类的任何革新或革命创举只能是继往开来，而无法一蹴而就地打造出新天新地。在《爱德华·伦道夫的肖像》的框架场景中，叙事人一边匆匆赶路，一边遥想过去对比今朝街景的变迁，当他抬头望天空时，想到"独立前新英格兰人看见的同样是这黑压压的天空"(p. 640)，耳边一样是冬季的狂风呼啸，而老南方教堂的古老尖塔也同样刺向黑暗的夜空，在世事的变迁中，叙事人提醒读者，尘世有亘古不变的一面，有人类无法摆脱的一些属性，或者说，时间无法带走的、进步无法超越的属于尘世存在的特质。接下来，叙事人提到教堂的大钟，"它曾经告诫一代又一代的人们，生命何其短暂，而此刻又沉重而缓慢地向我讲起了这条无人理会的道理"(p. 641)。联系到霍桑的时间和原罪主题，不难领会到此段字里行间的深意，钟声提醒人们的是为客旅的存在境况，是人类深刻的尘世属性，在别人看到时间携手进步的光明前景时，霍桑看到光阴的无常和历史的虚无。

---

① Margaret V. Allen. "Imagination and History in Hawthorne's 'Legends of the Province House,'" *American Literature*, Vol. 43, No. 3, Nov., 1971, p. 433.

外框架隐含的视角始终在暗中修正、消解内嵌故事的线性历史观，也正因为此，在《老埃丝特·达德利》中，当汉考克慷慨陈词，召唤“公民同胞们，前进，前进！我们不再是过去的子孙”时，读者普遍感觉到这段说辞的生硬与刺耳，反过来，这也证明，霍桑成功实践了自己的策略性写作。

相对于《总督府传奇》的嵌套结构，狂欢元素以更有效、也更为隐蔽的方式消解和颠覆历史的宏大叙事，评论家指出，“在霍桑的整个创作生涯中，狂欢始终占据其意识，并激发他的想象力”。[①] 在第二章中，我们将狂欢节庆作为霍桑创作的一个重要文化元素进行了梳理。《总督府传奇》的首篇《豪的假面舞会》和《我的亲戚，莫林诺上校》都将革命和狂欢场景联系了起来，值得深究的是狂欢场景何以使得民族主义的历史叙事变得疑难重重？

就历史叙事而言，狂欢的颠覆作用主要在于它独特的时间逻辑，它本质上是超越当下历史情境的，或者向未来敞开，或者指向时间之外，向永恒的神话或非历史的领域逃遁，这为霍桑打破 19 世纪主导史观提供了一种途径。上节指出，霍桑在历史体认上接近一种虚无主义的观点，历史，如果果真彰显神意，也是在人类理性和认知可以把握的疆界之外，而历史呈现给人们的，更像是混乱无序的景观，是罗马层层叠加的废墟，是时间和死亡无所不在的消解力量，霍桑的历史洞见决定他势必寻求一种超越民族主义政治的表达。狂欢的时间逻辑得以让作家摆脱构成民族主义历史叙事的线性时间观念，将事件引向时间和历史之外的领域。另一方面，狂欢场景尤其是假面剧又指向人生舞台的经典隐喻，凸显角色扮演的事实，将历史和政治事件推向剧场幻象的边缘；而狂欢的理念又与严肃的政治现实背道而驰，它以欢笑和开放性消解政治现实的严肃性和对单一真理的坚持。

① David Kesterson, “Hawthorne's ‘Mad, Merry Stream of Human Life’: The Roman Carnival as Apocalypse in The Marble Faun”, In Joseph Candido, ed. *Value and Vision in American Literature: Literary Essays in Honor of Ray Lewis White*. Athens: Ohio University Press, 1999, p. 102.

概言之，两个短篇在顺应时代历史话语的同时，都以狂欢场景实现了对民族主义历史叙事的消解。

先看《豪的假面舞会》，占据故事核心的是末任总督豪举办的假面舞会场景。前文提及，殖民地的时局以假面剧的形式浮现于整场欢闹中，沿着革命叙事的逻辑，读者自然会从中解读出鲜明的民族主义意味，在两方的假面对峙尤其是历任总督的队列游行中，看到英军必然的溃败以及美利坚人的最终胜利。然而，在假面狂欢的整体语境中，这样的解读是天真而浅薄的。豪的假面舞会是欧洲假面狂欢传统在殖民地的再现，在第二章中，我们对假面狂欢有简要的介绍，它包括假面游行和假面剧表演等形式，主要特征为戴面具、穿戏装，演出者常扮演神话或寓言人物，演出者和观众的距离被打破，宾主双方一起参与到舞蹈欢闹中。故事中的这段描写向我们呈现了假面舞会的盛况：

> 灯火通明的房间里，挤满了各色各样的人，有的仿佛像从历史画像黯淡的画布上走下来的，有的像从浪漫传奇富于魔力的书页里飘过来的，或许，寻常些的，也像是从伦敦某家剧院里直接飞来的，连衣服也来不及换。威廉征服时期身披盔甲的骑士、伊丽莎白女王治下留着胡须的政治家，以及她宫中穿着高高的皱领衣裙的宫廷贵妇们，和喜剧里的人物混杂在一起，其中有穿杂色衣的小丑（Merry Andrew），摇晃着他的帽子和铃铛，有莎剧中的福斯塔夫，几乎和他的原型一样令人忍俊不禁，还有一位堂吉诃德，把一根给豆子搭架子的杆子当长矛，拿着锅盖当盾牌。（p. 629）

在此，我们看到假面舞会的角色扮演，来宾们不仅假扮神话传说、历史及文学中的人物，也直接把当时的风云人物搬入假面狂欢中，整个狂欢场景中，虚构人物与真实人物杂然共处，历史人物与时代鲜活的人物比肩。假面狂欢首先挣脱了线性时间的束缚，营造了一种共时的幻象。弗瑟姆也曾分析过假面舞会的非历史特征，指出“一个垂死的政权希望借助假面止住时间的流动，维持过去虚假的荣光”，因此，他把假面舞会看作殖民者借以逃避现实的工具，因为“时间只能在假面剧中停止”①。更确切地说，假面狂欢表达了一种挣脱线性时间、虚幻化当下现实的努力。这里，需要对舞会上演的反英假面剧做进一步的分析。的确，历任总督的葬礼游行是对线性时间逻辑的确认和恢复，但评论者忽视的一点是，总督葬礼游行仍以假面剧的形式上演，并构成整个舞会狂欢中的部分场景，这也就意味着，乔立夫上校渴望恢复的线性时间逻辑暗中被改写，总督假面剧所预言的政权更替同样被纳入整个假面狂欢的共时或非历史的领域中。更重要的是，随着狂欢渐入高潮，舞会整体上呈现出一种虚幻或梦幻的气质，它不仅勾销了时间的界标，也抹杀了真实与虚构的界限，或者说，它将殖民地政局、将正在发生的历史置入一种假面剧恍惚迷离的情境中，从而消解了现实政治的意味。作家实际上在暗示，殖民地当下的历史无非也是时间上演的一幕假面剧，在故事中，叙事人明确将角色扮演与政见立场联系了起来。在提及乔立夫上校时，作家这样描写道：“这位严厉的老人在一片欢笑和戏谑玩闹中挺立着，成了这场假面舞会中扮演得最成功的角色，因为他出色地表现了他家乡的古老精神。”(p. 630)乔立夫上校不戴面具，他是狂欢的冷眼旁观者，然而有趣的是，作家仍把他视为一位假面演出者，他扮演的是新英格兰冷峻的清教徒形象，这一看法完全符合假面狂欢自身的逻辑，它把一切都纳入其独特的时空中，不仅消解真实与虚构的界限，也彻底取消了演出者与观众的分别。以自然脸孔出现的假面者以更直接的方式提醒我们，人生不过是一场假面剧，在世界这个舞台上，我们扮演各自的角色，然后匆匆结束为客旅的一生。从这个角度再看历任总督的葬礼游行，可以发现更为幽微的含义，葬礼游行揭示的何尝不是人类

---

① Robert H Fossum. “Time and the Artist in ‘Legends of the Province House’,” *Nineteenth-Century Fiction*, Vol. 21, No. 4. (1967), p. 339, 340.

存在的真相，在民族主义者欢呼英王统治终结、历史大踏步前进时，霍桑提醒我们，川流不息的时间将湮没一切，包括走马灯似的政权交替。可以说，假面舞会在呼应革命话语的同时，以狂欢的时间逻辑和假面剧的浮世隐喻彻底颠覆了民族主义历史叙事，消解了美国革命的宏大政治意义。

《我的亲戚，莫林诺上校》属于霍桑的早期作品，1831 年发表于《珍藏》，原为霍桑计划推出的《殖民地故事》中的一篇，后收入短篇小说集《雪影》(1851)。和《恩迪科特与红十字》和《灰发勇士》一样，该作品也取材于殖民地历史，以马萨诸塞湾年鉴和《马萨诸塞历史》的相关记载为蓝本，故事的具体时间应当在 18 世纪二三十年代，“事件发生在将近一百年前的一个夏日的夜晚”(p. 68)。不过在史料的处理上，霍桑并未完全拘泥于细节的真实，作家所描写的事件和氛围更接近 1765 年《印花税法》颁布之后的殖民地政治局势；再者，也不存在与莫林诺少校完全对应的历史人物。[①] 在开场白中，霍桑援引两部史书记载，交代了马萨诸塞殖民地的时局，这套用的显然是民族主义大历史的言说方式。如作家所言，1684 年旧特许状被撤销后，总督由英王直接任命的决定引起民众的不满，自詹姆斯二世继位到 1729 年的四十多年间，由英王直接任命的六位总督在殖民地遭遇抵制，陷入重重困境，而殖民地权力机构中的下层官员“在群情激昂时，日子也好不到哪里去”(p. 68)。民众的普遍愤怒引发了波士顿的一次暴动，而暴动的直接受害人莫林诺少校就是这样一位下层官员。尽管政治暴动构成故事的中心事件，但和《恩迪科特与红十字》和《灰发勇士》两篇不同的是，它并不直接书写民族主义的政治抗争，而是聚焦于天真主人公罗宾的寻亲之旅，将个人和心理的因素与政治、历史和神话奇妙地融合在一起。

无论如何，作家对殖民地史料的运用使得研究者无法忽视作品

---

① Lea Bertani Vozar Newman. *A reader's Guide to the Short Stories of Nathaniel Hawthorne*. Boston：G. K Hall Co.，1979，p. 218.

的政治维度，因而倾向于在美国革命的叙事框架内观照人物和事件的历史和政治意味。Q. D李维斯可能是最早提出这一解读模式的评论者，她将莫林诺少校看作英国殖民统治的代表，把罗宾视为年轻的殖民地的化身，由此，罗宾的成长故事被转化成美国走向民族独立的政治寓言。她认为，为避免误读，霍桑完全可以用“美国成年”(America Comes of Age)作为故事的副标题。[①] 然而，霍桑在文本内表现出的对美国革命的矛盾态度又促使一些评论者寻求更为复杂和微妙的阐释途径。很多评家认为，作为年轻美国的代表，罗宾最终决定脱离亲戚的帮助而独自走向自立，尽管霍桑赞赏这一决定，但他并不美化斥诸暴力的革命手段，无论是针对英国还是殖民地这一方而言，因而，作家对上校和暴动首领的描写充满了有趣的反差。[②] 其实，这些解读都预设了霍桑民族文学和民族主义历史书写者的身份，因而未能充分揭示霍桑隐藏于文本中的反民族主义历史叙事的话语冲动。

如研究者指出的，罗宾为天真年轻人的典型，其夜旅符合追寻和成长的神话原型模式，是从天真走向经验，从熟知的小天地走向陌生而迷乱的世界的心灵之旅。罗宾独自踏上投奔亲戚莫林诺少校的旅程，抵达波士顿时已是夜间，他迷失在纵横交错的街道间，逐步陷入诡异离奇的情境中。在混乱的梦幻感中，罗宾遭遇殖民地的一场政治暴动，奇特的是，暴动以农神节狂欢的形式展开：喧嚣声渐渐逼近，装扮得光怪陆离的游行队伍涌来，领头人将面孔涂得半红半黑，俨然“人形化的战神”(p. 84)，而此时，代表英国统治势力的莫林诺上校已经被革命党人赶下台，浇上混着羽毛的沥青，押在敞篷车里游街示众。霍桑对这一事件的书写一直令评论者费解，因为殖民地的一

① Q. D. Leavis. “Hawthorne as Poet,” In James McIntosh, ed. *Nathaniel Hawthorne's Tales: Authoritative Texts, Backgrounds, Criticism.* New York: W. W. Norton & Company, 1987, p. 367.

② 参见 Lea Bertani Vozar Newman. *A reader's Guide to the Short Stories of Nathaniel Hawthorne*. Boston: G. K Hall Co., 1979, p. 226.

桩政治事件被改写成了一出仪式剧。研究者对故事中的仪式化元素进行过相当深入的梳理，比如，M. L. 柯塞尔林指出，霍桑关于莫林诺上校倒台的相关描写来源于斯特拉特的《英国人消遣与娱乐活动》一书，据书中记载，献祭替罪王（the Scapegoat King）是罗马农神节欢庆活动的组成部分；[①]霍夫曼也支持把莫林诺上校作为"替罪王，王室替罪羊"的解读，认为暴动人群的领袖人物扮演的是农神节"暴动王"（Lord of Misrule）的角色。[②] 霍桑对这些神话和仪式元素的使用显然是自觉的，游行队伍、化装的人群、盛大华丽的场面、狂热的喧嚣和欢闹，种种细节把革命奇异地变成了一场农神节的狂欢。在狂欢的人群里，罗宾抛开亲戚受辱和被逐的悲剧事实，加入了人群的欢笑。罗宾的笑也是让研究者备感困惑的一个问题，但如果和狂欢节联系起来，他的反应也就顺理成章了，他实际上是被抛入了一个狂欢的世界，被不自觉地卷入了一场狂欢的仪式中；或者，如霍夫曼分析的，罗宾的笑是一种放纵，是成年仪式和替罪羊献祭仪式的一部分，与再生这一原型母题是一致的。

那么，接下来的一个问题是，霍桑将一出政治事件改写为仪式剧的用意何在？仅仅是为了表现罗宾的惊惧而混乱的心理图景吗？或者，仅仅为了赋予罗宾的成长以神话原型的意味吗？实际上，问题要复杂得多，作品不仅仅关及个人和心理的经验，故事具有不容忽视的历史和政治维度。霍夫曼援引弗雷泽的观点分析说："替罪王作为仪式剧中角色承担两个功用，一是驱逐邪恶，再者，能力衰退的国王被献祭，新生在其继任者身上获得实现。"[③]就本质上而言，仪式献祭和农神节的欢庆与时间、农业季节、季节更新以及生命复苏相关。在对政治事件仪式化的过程中，霍桑实际上把变动与新生的母题引入了

---

① M. L. Kesselring. "Hawthorne's Reading, 1828 - 1850," *Bulletin of the New York Public Library*, 1949(53), pp. 55 - 71.

② Daniel Hoffman. *Form and Fable in American Fiction*. New York: Oxford University Press, 1961, p. 118.

③ Daniel Hoffman. *Form and Fable in American Fiction*, p. 118.

文本内部。从某种意义上说，霍桑甚至在巴赫金之前已经洞察到狂欢节的颠覆潜力，这种洞察力来自他对民间传统和节庆习俗的了解以及对拉伯雷等文艺复兴作家的阅读经验。如巴赫金指出的，狂欢节在颠覆的意义上更新，它独特的逻辑在于颠倒秩序，迎来一个纵容放任的时期，“流行的真理和既定的秩序被暂时抛开”，“一切等级秩序、特权、规范和禁令被搁置”。[①] 在这个故事里，官方的等级秩序显然被暂时颠覆，新生在人群和罗宾忘乎所以的欢笑里得以实现：

> 笑声在人群里蔓延，突然间，罗宾也被感染，放声大笑起来，笑声在街道间回荡；每个人都在捧腹大笑，笑得上下不接下气，而罗宾笑得最响亮。人群的欢闹直冲云霄，惹得云精灵从它们银光闪闪的岛屿上偷眼来瞧！月中人听到下面鼎沸的人声，“哦呵，”他说，“古老的地球今晚在嬉闹呢！”(p. 86)

在《拉伯雷和他的世界》里，巴赫金对民间幽默与节庆笑声做了非常精到的分析，他将笑声定义为一种康复与新生的普遍原则，认为笑与时间和季节的流转休戚相关：

> 这一笑声倾注了人民对更美好的未来、更公正的社会、经济制度以及更新的真理的憧憬。节庆的欢笑就像罗马农神节表演黄金时代重返一样，展现全体人民物质丰裕、平等和自由这个更美好的未来。[②]

狂欢令古老衰落的世界复苏，人们在笑声和迷醉的月光中感受

① Mikhail Bakhtin. *Rabelais and His World*. trans. Helene Iswolsky, Bloomington: Indiana University Press, 1984, p. 10.
② Mikhail Bakhtin. *Rabelais and His World*, p. 81.

到秩序解除后的自由和平等。对于被殖民的人民而言，季节性的更新意味着独立革命以及新国家和全新秩序的诞生。故事里描述的政治事件似乎与狂欢节的颠覆意义完全一致，与殖民地人民的政治目标也相符合。然而，正如很多评论家感觉到的，这一仪式化的政治寓言有其令人不安的一面。问题的根本在于狂欢节内在的逻辑上，如巴赫金指出的，狂欢节是“时间的盛宴、发展、变化和更新的盛宴”，“与一切永恒的和业已完成的事物相敌对”；[①]它在迎接新秩序埋葬过去和现在的同时，永远指向未来，从这个意义上说，它是超越现时的历史和政治框架的，这也是政治事件与仪式的根本区别，前者与特定的政治目标和国家意识联姻，而后者超越具体的历史框架，拒绝与任何政治和民族目标联盟。霍桑在将殖民地暴动仪式化的同时已经将该事件从特定的政治领域推向了普遍的神话领域。游行头领的双面形象也暗示了狂欢节与时间的独特关系，Q. D. 利维斯看到这个人物与罗马神话里的两面神有相似之处，但她未提及其与时间的关系。有趣的是，巴赫金在探讨中世纪节庆时也提到了两面神的意象：“它把代表官方和教会的一副脸孔转向过去，承认现存秩序，然而，代表市场民众的一面却欢笑着，看向未来。”[②]故事里驱逐英国长官的政治事件，经仪式化和狂欢化处理后，从特定的、狭隘的历史政治语境中分离出来，它必须接受狂欢节的内在逻辑，服从于狂欢与时间的特殊逻辑；换言之，必须始终朝向未来敞开，必须承认所有的真理和秩序都是暂时的、变化的，可更新的，甚至包括它自身努力缔造的秩序和权威。狂欢节的内在逻辑显然与独立革命的原则背道而驰，后者要求民众视这一事业为固定不变、不可动摇的真理。由此，霍桑在通过狂欢节引入更新母题、合法化殖民地暴力革命的同时，已经暗中颠覆了主流历史叙事，将政治事件置于一种超越历史、民族和国家的情境中，使民族主义和爱国主义的话语暗中失效。也许正是考虑到《我的

① Mikhail Bakhtin. *Rabelais and His World*, p. 10.
② Mikhail Bakhtin. *Rabelais and His World*, p. 81.

亲戚，莫林诺少校》的彻底颠覆性，霍桑直到 1851 年才将其收入他的最后一部故事集中。

概言之，在《豪的假面舞会》和《我的亲戚，莫林诺少校》两个短篇中，狂欢场景都营造出一种虚幻感和疏离的气质，消解并颠覆了民族主义的宏大历史叙事。如果说前者以共时的历史景观和假面剧的狂欢幻象将殖民地政治局势推向剧场的疆界，那么，后者则以诡异的化装游行、古老的仪式剧和月光下的狂欢制造出恍惚迷离的梦幻感，将政治事件推向时间和历史之外的神话领域。这其实都昭示了作家深刻的历史虚无感，提醒人们从民族主义和爱国主义的热忱情绪中脱离出来，以稍微疏离的角度审视民族和国家的历史进程，从人类整个历史的舞台上，观照权力更迭和政权易手的政治戏剧。

至此，我们可以确认，霍桑是美国历史的策略性书写者，其历史题材短篇与主流历史叙事存在复杂的对话关系。一方面，作家有意识地在呼应时代话语，通过对殖民地和美国革命的想象性书写参与民族主义的历史重构，由此奠定了其作为民族文学代表的地位；但更多时候，作家热衷于发掘主流历史叙事所遮蔽、忽略或压制的一部分历史，比如清教徒的宗教迫害，塞勒姆审巫案等，因而，其文本表现出充满歧异和反讽的面貌。但仅仅注意到这一点是不够的，霍桑与主流历史叙事的冲突并不局限在揭示或凸显被时代忽略的历史阴暗面，这一冲突的本质在于两种截然对立的历史观，是民族主义进步论的史观与虚无历史意识的尖锐冲突，但在文学民族主义的大气候下，他对宏大历史叙事的消解只能以隐蔽的、策略的方式实现。概言之，霍桑已经背离启蒙主义的思想路线，否认人类完善自我和社会的可能性，拒绝拥抱人类进步的宏大历史叙事；但另一方面，他的原罪观又缺乏基督教神学体系的坚实依托，无法将人类历史的一环嵌入神学历史的整体链条中，可以预见，霍桑必然会为怀疑论、反讽和虚无意识所困扰，而这也预示着他向保守主义发展的可能性。

第四章
改革运动与原罪话语

如果将 19 世纪二三十年代视为霍桑创作的第一个阶段，那么，从 30 年代后期开始，在延续一些核心关注的同时，他的创作出现了明显的转向，逐渐从历史题材的书写转向对当代文化风潮和社会图景的关注。30 年代后期到 1850 年《红字》发表前的这段时期，对霍桑尤为关键，我们不妨将之划为其创作的第二阶段，这是作家思想与艺术的成熟期。这一时期不仅催生了包括《新亚当和夏娃》、《通天铁路》、《老苹果贩子》、《幻想大厅》、《胎记》、《地球上的火劫》、《人生的游行》、《拉帕西尼的女儿》等经典篇章，也如潜隐的地下河流哺育了他后期的长篇小说创作。如果将"历史"定义为霍桑第一阶段创作的焦点，"改革"和"改革运动"无可置疑地成为这一时期的关键词。第一章提到，南北战争前的二三十年间，美国爆发出巨大的改革激情，宗教乌托邦主义与世俗乌托邦主义合流，播散了打造理想新世界的理想，改革举措五花八门，令人应接不暇，而其中，超验主义又为之贡献了最具活力的思想资源。风云际会，个体生命的律动应和着时代的节拍。1837 年，《重述的故事》问世后，霍桑在文坛开始崭露头角，由"幽室"的边缘走向文化的中心地带，逐渐进入波士顿及超验主义的文化圈。1841 年 4 月至 11 月间，在布鲁克农庄的经历是他个人历史中浓墨重彩的一笔，而 1842 年迁居古屋后，他其实已经身处超验主义文化风暴的中心，与以爱默生为代表的康科德文化群体多有交集。回望历史，可以断言，这是霍桑个人的机缘，也是美国文学的历史机缘，它将一颗敏锐的心灵置于文化风暴眼的中心，使之接通了时代的精神命脉。作家感受到一代文化人的火热情怀，见证了席卷美国文化界的思想革命，更重要的是，得以贴近了观察由这场思想革命而触发的改革运动。

霍桑对改革运动的批判是显而易见的，而这最终导致了他政治上的保守主义，这在霍桑研究中已是公论，但将之简单地归结为清教心灵的审慎则根本是对作家的误读。研究者特纳认为，霍桑对改革运动的态度经历了一个发展的过程，“在 1840 至 1843 年间臻于成熟”，其 30 年代的作品表明，他意识到了改革者触及的种种问题，但起初只是“温和的怀疑、缺乏信心”，但至 1841 年亲历过布鲁克农庄实验后，才形成自己的定见，即“顽固的怀疑和绝对的否定”。① 特纳的分析是有道理的，霍桑明确批评改革的几个经典短篇都发表于布鲁克农庄经历之后；但另一方面，也应承认，霍桑对改革从一开始就是有明确态度的，与其说他是逐渐形成定见，不如说他是在“改革时代”的特定语境中，逐渐发展成熟了自己的言说方式，他以基督教的原罪观为核心，构建了一套抵制性的话语体系。从他早期的作品来看，霍桑从未对人类的理性和进步抱有信心，从未倾心拥抱过启蒙主义的乐观信条，信仰危机使他很早就拥有了黑暗的深渊体验。如第三章里谈及的，在众人欢呼时间携手进步之际，霍桑看到光阴的易逝、人世的无常乃至历史的虚无，其早期历史题材短篇小说对民族历史的书写就很能说明问题。的确，霍桑是一位相当早熟的作家，很早就形成了自己的哲学洞见和思想体系，其中，对黑暗、虚无、人自身限度的体认都是贯穿其创作生涯的主题脉络，以此来观照霍桑有关改革的系列短篇，他的立场完全是可以预期的。《小镇水泵的自述》(*A Rill from the Town Pump*)是一个很好的例证，该篇发表于 1835 年，可能是最早言及改革和改革者的短篇之一。它假托为城镇水泵的一席告白，其中谈到当时的戒酒运动，声称自己被“当成了这个时

① Arlin Turner. “Hawthorne and Reform,” *The New England Quarterly*, Vol. 15, No. 4 (Dec., 1942), pp. 700 - 714.

代最伟大的改革家”，从戏谑夸张的言辞中，不难看出作家的反讽意味。倡导戒酒的改革者视酗酒为人类的万恶之源，似乎只要摧毁葡萄园和酒厂，戒除饮酒恶习，便可肃清贫穷、疾病和罪恶，以这样的逻辑来看，小镇水泵的确就是伟大的改革家了：“从我的喷口，或类似我这样的喷口中流出来的水，可以净化我们的地球，将无数的罪恶和痛苦涤荡干净，而这些罪恶、痛苦的根源正在于酿酒厂喷出的火泉。”(p. 312)更重要的是，霍桑在该篇中同样援引了基督教的原罪观：谈及戒酒，小镇水泵提到人自身的罪性，而酗酒无异于放纵内在的罪性：“直到今天，人类血液中代代相传的狂热还在肆虐作乱，只要再喝上几口液体的火焰，就会在新一辈人的血液里重新点燃这种疯狂。”(p. 312)作家认为，只有当内在的火焰熄灭后，狂热的激情才会冷却，而战争才有可能消失。显然，问题的根本在于尘世人自身的属性，这与他在《地球上的火劫》中所做的论断是一致的。这有力地说明，霍桑从一开始就对改革的乌托邦许诺不抱任何希望，如果说 40 年代的系列短篇对改革运动的批判尤其尖锐，其根本原因在于，他激活了古老的加尔文思想资源，找到了自己对抗主导话语的言说方式。

概言之，在第二阶段的创作中，霍桑立足于“改革时代”的文化土壤，在个体与集体心灵的交响共振中，发展出言说改革议题的原罪话语，形成了保守主义的基本立场。本章将首先回望美国南北战争前的改革运动，结合这一时期的经典短篇，梳理作家对改革时代整体气质的把握，包括它所体现的乌托邦冲动和折射的乌托邦愿景，在此基础上，揭示作家如何激活古老的加尔文教义，将原罪观发展为一套异质话语体系，将批判的矛头直接指向康科德文化圈引领的超验主义，并借此消解进步论和乌托邦的许诺。

第一节　内战前的改革运动

1840 年 10 月 30 日，爱默生在致卡莱尔的信中写道：“无数社会改革方案摆在我们面前，人们都有些疯狂了。凡是读过书的人，口袋里都有一份对新社会的构想……乔治·雷普利正在鼓吹一个由农民和学者构成的社会，并宣扬掌控土地和知识。有人断然宣布不再吃肉，有人要废除货币，有人要废除家庭雇佣服务，还有人要废除国家制度。"[①]爱默生在信中言及的是1830—1850年间席卷美国北部的改革运动，史学家将内战前这钟情于改革的二三十年称作"改革时代"。正如爱默生描述的，这一时期，美国爆发了形形色色的改革运动，声势浩大的有废奴运动、女权运动、反酗酒运动、监狱改革、劳工运动，此外，还有和平主义运动、素食主义，致力于普遍教育，废除死刑、债务法，改善精神病人及残障人士等边缘群体境况的改革举措。但改革运动并非一场统一的运动，改革者身份驳杂，而各自的思想资源、改革方案和政治诉求都不尽相同，把五花八门的改革实验联系在一起的是涌动的乌托邦冲动，改革者们普遍相信，通过改革设计，可以彻底消除罪恶，打造一个理想的新社会。从根本上说，改革运动是宗教乌托邦主义与世俗乌托邦主义的合流，也是启蒙运动和理性主义发展的必然逻辑。

这里，我们简单梳理一下改革运动的基本源流与脉络。19世纪的宗教复兴运动是对"理性时代"的反拨，福音派教会发起的"第二次大觉醒"运动(the Second Great Awakening)重新唤起了人们的宗教热忱，很多新教教派开始活跃起来，有的试图"按照上帝的法则重新组织人类社会"[②]。查尔斯·芬尼(Charles Grandison Finney)等人宣扬的千禧年主义流行一时，千禧年主义以《启示录》第20章1—7节为依据，其信奉者相信末日即将到来，而耶稣将再度降临，开启千年人间天国的统治。耶稣再临派(the Millerites)的领袖人物威廉·米勒(William Miller)宣称耶稣将于1843年再度降临，后来又将末日界定为1844年10月22日，这一教派活跃于1830—1840年间，吸引

① 卡莱尔，爱默生：《卡莱尔、爱默生通信集》，李静滢等译，桂林：广西师范大学出版社，2008年，第217页。

② Timothy L. Smith. *Revivalism and Social Reform in Mid-Nineteenth-Century America*. Nashville: Abingdon Press, 1957, p. 955.

了几十万信众。千禧年主义是对黄金时代、大同社会的憧憬，本质上是宗教乌托邦主义。唯一神教在新英格兰地区影响深远，它摈弃三位一体论、原罪观和预定论等信条，恢复新教关于个人责任的根本原则，摆脱了教条对清教徒思想上的束缚，是一场具有深远意义的自由主义运动。唯一神教吸引了很多文人知识分子，为后来的超验主义提供了思想资源。此外，值得一提的，还有这一时期的完善论(Perfectionism)运动。完善论相信可立即、彻底地消除罪恶，尽管"对社会改革运动的推进程度不容易判断，但它的影响却已经渗入了当时的革命活动"[①]。约翰·诺伊斯(John Humphrey Noyes)是完善论的倡导者，创办了《完善论者》月刊，影响了包括加里森在内的一批废奴主义者。诺伊斯宣称，人间教会将与即将到来的天国会合，而这取决于与上帝的直接沟通，人类将由此达到至善至美、从罪恶中完全救赎出来的境地。简言之，无论是千禧年主义、完善论，还是唯一神教的启蒙主义信条，其共同之处在于，敞开了对于未来的憧憬，对变动、革新和新生的向往。宗教复兴运动也创立了一些乌托邦实验社团，比较著名的有震颤派社团和诺伊斯创立的欧奈达公社(Oneida community)。欧奈达公社的改革举措包括群婚、生育控制和优生学等。震颤派社团 19 世纪 40 年代曾兴盛一时，相信基督再临说，承认人皆有罪，他们过着公社式的生活，主张财物公用，素食务农，信徒男女分开，保持独身，已婚者必须首先放弃婚姻才能加入该教派。因为禁止和摒弃性和婚姻，这一团体最终走向消亡。

超验主义(Transcendentalism)是 19 世纪 30 年代至 60 年代间以康科德(Concord)为策源地的一场文学、哲学与政治运动，标志着美国浪漫主义的全面繁兴，由一群新英格兰文化人发起，核心人物包括爱默生、梭罗、奥尔科特(Amos Bronson Alcott)、玛格丽特·富勒、伊丽莎白·皮博迪、乔治·瑞普利、帕克(Theodore Parker)、钱宁

① 沃依·路易·帕灵顿：《美国思想史》，陈永国等译，长春：吉林人民出版社，2002 年，第 641 页。

(William Henry Channing)和赫奇(Frederic Henry Hedge)等。超验主义承袭了唯一神教对于人性和个人的信条,并赋予人性以巨大的潜力,如帕灵顿指出的,“新英格兰年轻一代的知识分子抛弃了上帝选择与惩戒的黯淡教条,推翻了愤怒的上帝,取而代之的是博爱的上帝,掌握了充满生机的自由探求真理的原则……他们都是唯一神论者——新一代的超验主义者——和牧师”[①]。超验主义将个人主义作为最核心的信条,相信个人的无限性,但它又“将一种关于个人的哲学转化成了社会良心”[②],认为社会的整体变革取决于个体的更新,这也是它理论上的独特之处。超验主义者参与了诸如废奴主义、妇女运动、教育改革等以社会平等和公义为目标的改革运动,其中,梭罗、爱默生和帕克热心于废奴运动,富勒和索菲亚·瑞普利是妇女权利的倡导者,奥尔科特和皮博迪致力于教育改革。1840年间,超验主义者成立的著名的乌托邦实验社团有布鲁克农庄和佛路特兰兹。布鲁克农庄由乔治·瑞普利创立,最初以超验主义为理论根基,1843年后转向傅立叶主义,曾尝试过一些经济改革方案。比如,把农业作为首要产业,实行劳动自愿制度,将劳动与文化有机结合起来,以求实现阶级联合、社会平等和个人的自由发展。佛路特兰兹(Fruitlands,1840)也是基于超验主义原则的乌托邦合作社团,主要创始人为奥尔科特和雷恩(Charles Lane),社团购置农庄耕种,旨在通过教育和劳作实现“身体、智性和德性的和谐发展”,但七个月后就解散了。

另一方面,19世纪上半叶的美国也经历了欧洲社会主义和乌托邦主义的冲击。资本主义发展不仅引发尖锐的阶级矛盾,也带来了社会弊病。在对资本主义的反思中,欧洲的改革者有的试图从整个体制的层面改革社会,比如取消私有制,尝试平等友爱的社会组织形式等。这方面代表人物有圣西门、傅立叶和欧文等,他们的思想都传

① 沃依·路易·帕灵顿:《美国思想史》,陈永国等译,长春:吉林人民出版社,2002年,第679页。

② Tiffany K. Wayne. “Introduction,” *Encyclopedia of Transcendentalism*. New York: Facts On File, Inc., 2006, p. ix.

播到了美国，并被付诸实践。威廉·福斯特指出，“这些乌托邦计划虽然主要是在欧洲创始的，却在美国获得了最广泛的发展。仅仅几年间，至少有200个乌托邦计划在美国实施”，福斯特认为美国的政治、经济土壤有利于这些计划的开展，而且“对伟大的独立革命经验记忆犹新的群众很容易赞成社会改革的尝试和实验”[①]。欧文亲赴美国建立他的理想社区。1825年1月，他在印第安纳州建立起一个占地3万英亩的移民点——“新和谐村”(New Harmony)，但公社很快陷入纷争，至1827年6月宣告解散，欧文的实验以失败告终。19世纪40年代，傅立叶主义在美国流行一时，1844年4月4日，纽约举行了傅立叶主义者的全国大会，乔治·瑞普利当选为主席，他将傅立叶主义引入了自己创立的布鲁克农庄。在众多的傅立叶公社中，阿伯特·布里斯班(Albert Brisbane)创办的北美法朗吉(The North American Phalanx)维持了12年之久，是最有影响的社团之一。

形形色色的改革运动中，影响深远的有反酗酒、妇女权利和废奴运动，而女性又在其中扮演了重要角色。反酗酒运动主要由女性倡导，妇女大力宣传饮酒对于家庭、健康和工作的危害，1826年美国反酗酒协会(American Temperance Society)第一分会成立，之后十年间，全国出现了几万个分会，有效减少了酒的饮用和销售。19世纪上半叶的妇女在为宗教复兴、反酗酒、教育、废奴主义等各种目标奔走的同时，逐渐转向对自身政治权利的关注，她们尤其从废奴运动中汲取了灵感和思想资源。早期妇女运动的领袖人物主要有卢可莱蒂娅·莫特(Lucretia Mott)、伊丽莎白·斯坦顿(Elizabeth Cady Stanton)、苏珊·安东尼(Susan B. Anthony)。1848年举行的塞内卡瀑布城女权大会(Seneca Falls Convention)标志着美国早期妇女运动的一座里程碑，斯坦顿在会上发表意见宣言(Declaration of Sentiments)，提出两性平等，呼吁妇女争取选举权。玛格丽特·富勒是美国早期女权运动的最富才华的文化人和作家，她的《19世纪

---

① 威廉·福斯特：《美国共产党史》，北京：世界知识出版社，1959年，第11页。

的妇女》为19世纪的女权主义者及改革者倡导两性平等尤其是智识上的平等提供了重要思想资源。

最为声势浩大的当属当时的废奴运动，当然，废奴主义涉及区域间更深层的经济、政治和意识形态冲突，但同样得益于内战前改革冲动的推力。北方的废奴运动在1812年战争后迅速兴起，废奴主义者们成立了各种废奴组织，出版了很多有影响的废奴主义刊物，在民众间激荡起强烈的废奴情绪。废奴主义者的立场和观点并不一致，有激进派，有主张渐进变革的温和派，著名的废奴主义者有威廉·劳埃德·加里森(William Lloyd Garrison)、约翰·惠蒂尔(John Greenleaf Whittier)和约翰·布朗(John Brown)等。弗雷德里克·道格拉斯(Frederick Douglass, c. 1818—1895)是当时最有影响的演说家、作家、废奴运动的主将之一，以雄辩的口才和个人魅力著称，1845年发表的《弗雷德里克·道格拉斯：一个美国黑奴的生平自述，本人亲笔》(*Narrative of the Life of Frederick Douglass, an American Slave, Written by Himself*)畅销英美，影响巨大，斯托夫人报刊连载的《汤姆叔叔的小屋》是废奴运动中涌现的另一部影响深远的文学作品。

19世纪上半叶的改革运动体现了美国对于自身不完美的敏感，它是社会良知的呼唤，也是一种理想主义的自我检视。

第二节　康科德的批评者

1842年7月，霍桑新婚后携妻子迁入康科德古屋，从某种意义上说，“闯入了爱默生的世界”，势必要“面对爱默生的个性和影响力”。[①] 三年间，霍桑与以爱默生为首的康科德文化人常有往来，但始终保持了一定的距离，保持了自己旁观者和批评者的身份。关于这段生活，霍桑

---

① Larry J. Reynolds. “Hawthorne and Emerson in ‘The Old Manse,’” *Studies in the Novel*, Spring 91, Vol. 23 Issue 1, p. 60.

后来写了一篇回忆性的散文《古屋杂忆》，不仅以诗意的笔触追忆了古屋岁月、康科德的旖旎风光和人物风流，也相当坦率地抒发了他对爱默生和超验主义的看法。因为属于散文体裁，霍桑在《古屋杂忆》中的相关言论值得重视，它无疑是作家心声的直接表露。在文中，霍桑忆及爱默生的盛名，作为思想家，他当时已具有巨大的号召力，将各色人群吸引到康科德，“从来没有哪个贫穷的小村庄中簇拥着这么多打扮怪异、举止奇特的人”；他不无揶揄地描写人们争相来朝拜爱默生的情形：

> 这些有血有肉的怪物们被一位富于创见的伟大的思想家吸引到这里，他的影响日渐深远，他尘世的居所就在村子另一端的尽头。他的思想如同奇妙的磁场，作用于某一种特定类型的心灵，吸引很多人不远千里前来朝觐，同他面谈……那些彷徨不定、困惑而真诚的流浪者们，于精神世界的午夜里，看到他智慧的火光，仿佛看到山顶点亮的灯塔，在爬上陡峭的山坡后，怀着前所未有的希望注视着周遭的混沌。灯塔的光芒映照出从未见过的景象——群山、波光粼粼的湖泊和混沌之中一掠而过的生灵；但是，不可避免地，它也吸引了蝙蝠、猫头鹰，一大群夜间活动的鸟，它们在这些人的眼前扑腾着灰蒙蒙的翅膀，有时让人们误以为是长翅膀的天使。每当真理的灯塔照亮时，这样的错觉总盘亘于附近。(p. 1147)

霍桑将爱默生的追随者形容为“怪物”，说他们奇装异服、举止怪异，这也说明前来拜访的人群身份驳杂，有的属于边缘群体，并不限于知识分子精英群体或“改革自由派”等某个特定的话语集团。其思想在当时已具有相当广泛的影响力，[①]他关于人性和个人主义的信条迎合并推进了启蒙运动奠定的理念，而其乌托邦式的憧憬与时代精神、集体的焦虑也暗中契合。然而，对于爱默生，霍桑坦承，敬重他“为一位

① 戚涛在《主流或边缘——场域视野下爱默生超验主义再探》一文中，援引了布迪厄的场域理论，分析了爱默生所处话语场域的生态，将北方划分为五大话语阶层：（转下页）

具深沉之美和朴素柔情的诗人，但作为哲人，从他那里没有什么可获益的"①。对于爱默生的思想，他并不看重，认为算不上真正深刻的哲学，但作为一种新鲜的学说，超验主义像新酿的酒一样令人迷醉，但这种影响在于精神气质的感染，而非思想本身的魅力，只要靠近他，就"无法不或多或少地吸入一些他那崇高思想的高山云气"(p. 1146)。霍桑在文中指责，超验主义作用于某些特定的心灵结构，在易感的精神状态下，他的追随者把陈词当新意，浅薄作新知，于是忘乎所以，连仅具常识的人也敢于亵渎那些近百年之久的信条和真理了。尽管他避免将矛头针对爱默生个人，但这一番批评可谓尖锐，不仅直指超验主义的浅薄，也抨击了其学说的流弊——它令人意乱神迷，激起改革的狂热。超验主义"赋予人性以巨大的潜力，使其成为全能上帝的居所"②，作为一种唯心主义，它倚重于"神性的独立存在，倚重于心灵自身的神性"③。超验主义反复讲述的是个体的潜能和无限性，它在理论上的独到之处，又在于在个人与社会之间构筑起桥梁，"将一种关于个人的哲学转化成社会良心"④，坚信社会的整体变革取决于个体的更新。由此，既给个体完善提供了一条路径，又将个人的激情导向社会层面，转化为社会改革的巨大动力，哺育了面向未来的乌托邦冲动。超验主义推动了诸如废奴主义、妇女运动、教育改革等以社会平等和公义为目标的改革运动，在"改革时代"五花八门

(接上页)世俗自由派、改革自由派、特权保守派、自由保守派、平民保守派，认为他未在当时任何主要话语集团充当代言人的角色，其超验主义只是一种边缘话语。但完全否认爱默生在当时的影响值得商榷，话语场域并非封闭的体系，话语间播散、影响作用及对话的机制也很复杂，再者，尽管众声喧哗，但某个特定的时代，也在一定程度上存在某种整体的价值取向，否则，我们将无法言说作为思潮的启蒙运动、浪漫主义等等。

① Nathaniel Hawthorne. *Nathaniel Hawthorne: Tales and Sketches*, New York: the Library of America, 1982, p. 1146.

② 沃依·路易·帕灵顿：《美国思想史》，陈永国等译，长春：吉林人民出版社，2002年，第679页。

③ Armen T. Marsoobian and John Ryder. *The Blackwell Guide to American Philosophy*. Malden: Blackwell Publishing Ltd., 2004, p. 25.

④ Tiffany K. Wayne. "Introduction," *Encyclopedia of Transcendentalism*, New York: Facts On File, Inc., 2006, p. ix.

的思潮中，成为乌托邦幻景最有力的刻画者之一。

值得回味的是，霍桑常以空气、烟雾、月光之类的喻象来比喻超验主义，认为它缥缈、虚幻。比如在《古屋杂忆》中，提及爱默生的崇高思想时，他用了“高山云气”之语（the mountain atmosphere）；更广为人所知的是《通天铁路》中的月光、烟雾之比喻，霍桑把超验主义比作一个比例失调的怪物、一堆幽暗的烟雾、以月光烟雾为食的巨人，讽刺超验主义者虚无缥缈，不切实际，这主要是针对其唯心主义的哲学而言，也是对乌托邦主义的批评。在《自然》导言中，爱默生如此宣告：“宇宙是由自然和灵魂两部分构成的”，“人意识到，在他的个人生命的内部或背后，存在着一个统摄一切的灵魂”。[①] 超验主义推崇感官之外的、“超验的”存在，而康德等的哲学又为经验世界的人沟通理念世界提供了理论路径，超验主义者相信能以理性（Reason）或心灵直觉的力量，超越感官经验的边界，直接沟通理念的世界，把握道德或其他超验的真理。爱默生在《自然》中的经典隐喻“透明的眼球”完美表达了这种出离尘世、与宇宙精神合一的神秘体验：

> 站在空旷的土地上，我的头脑沐浴在清爽的空气里，思想被提升到那无限的空间中，所有卑下的自私都消逝了。我变成了一个透明的眼球，我是一个“无”，我看见了一切，普遍的存在进入我的血脉，在我周身流动。我成了上帝的部分或分子。我最熟悉的朋友的名字此时听起来也觉得陌生和偶然；此时，成为兄弟，成为熟人，成为主人或仆人都显得那么琐屑，都是一种无谓的纷扰。我是无可争辩的、永恒的美的热爱者。[②]

在这灵性灌注的一刻，“我”超越了有形的、肉体的存在，超越了时空的束缚，进入永恒的精神的国度，作为个体的“我”不复存在，化为一

① 爱默生，《自然沉思录》，博凡译，上海：上海社会科学院出版社，1993 年，第 21 页。
② 爱默生，《自然沉思录》，第 6 页。

个“无”，与上帝、精神融为一体，但与此同时，“我”依然保留了清晰的自我意识。“透明的眼球”这一著名喻体极其准确地传达了这一神秘而精妙的体验：个体与世界的疆界已然消失，“我”却不可思议地分享了上帝洞悉一切、包罗宇宙的澄明视野，洞见意味着神的智性，由此，“我”摆脱世俗的羁绊，超越了自身卑劣、自私以及种种拘泥心性的东西，实现了精神的完善和灵魂的新生。的确，超验主义给人一种高蹈出尘的感觉，在对精神、性灵、超越层面的绝对追索中，它进一步放大了西方二元论传统中的内部裂痕。但这种超越性的冲动建立在贬抑和否定人类肉身、物质性和俗世性的基础上，在个体层面，可能导致道德洁癖或禁欲主义的倾向，而在社会生活层面上，则转化为高蹈的乌托邦冲动。超验主义自身的历史已经证明，在启蒙信念的支持下，以科技和经济的巨大能量为助推力，社会性的超越冲动被投向未来，与政治目标联姻后，转化为打造尘世天国的努力，个体精神和社会的超越性冲动都源于根植于二元论的思维模式，两者存在内在的关联，超验主义以它内在的逻辑包罗了时代诉求的一体两面。但在霍桑看来，这种二元割裂的思维、凌空蹈虚的姿态根本是虚幻和虚妄的。无怪乎在《幻想大厅》中，霍桑将改革家与诗人、艺术家一并列入幻想大厅的居民。

回到《古屋杂忆》，古屋岁月看似闲散幽静，但康科德远非寄情山水之地，作为超验主义文化圈的聚集地，霍桑从纷扰的人群和躁动的气息中，感受到这个国家整体的精神气质。他深知，这与栖居康科德的这位哲人、与他倡导的学说相关，康科德是时代整体气质的投射，也参与酝酿了集体的焦虑与憧憬，小村的潜流与时代的潮汐息息相通。对于这个洋溢着乌托邦激情的国家，霍桑深感忧虑，他觉得整个国家已经误入歧途，陷入痴人说梦的癫狂，而当务之急，是摆脱幻景和错觉，恢复朴素的对错观：

> 这个世界应当把它的大脑袋就近靠在枕头上，睡上漫长的一觉。因为病态的活跃，世界已经心神错乱，它异乎寻常地警醒，却又为幻景折磨，这些幻景现在看似真实，然而，如果好好休

> 息一阵子，让一切重回正轨，它们将显出其真实的面貌和性质。这是摆脱旧错觉、避免新幻想的唯一办法；是更新民族，让它如新生儿一般从甜梦中适时醒来的唯一办法；也是使我们恢复朴素的对错观，并一心一意实践之的唯一办法；很久以来，我们丧失了认知和意志力，因为目前世界的病症在于，心智疲于思考，而心灵或者丧失了激情，或者过于热烈……(p. 1145)

他直言，与其受益于改革者的设计规划，不如“祈求世界在目前最坏的精神状态和物质形态下石化、凝滞不动”(p. 1147)。《古屋杂忆》完成于 1846 年 4 月，作为一种追忆，它概括了霍桑对爱默生和超验主义的看法，这为我们把握霍桑的观点立场提供了直接依据，再者，从该文的角度回望 40 年代早期的一些作品，可以清晰地看到作家对改革时代集体乌托邦想象的批判。不过，需要提醒的是，改革时代的乌托邦幻景背后存在驳杂的思想资源，超验主义只是其中之一。古屋岁月对于霍桑的意义在于，身处康科德文化圈，以此为制高点，他得以更清晰地观察和感受席卷美国北部的改革运动；而对爱默生和超验主义的反思，又使得他找到了最直接的批判目标。在爱默生不断言说“个人的无限性”时，霍桑反复告诫的是人的罪性和有限性；在爱默生反复宣扬自立和绝对的个人主义时，霍桑始终在提醒我们人类的兄弟情义和纽带关联，比如《自我主义；或心底之蛇》和《伊桑·布兰德》等篇章都隐含着对爱默生式绝对个人主义的批评。可以说，正是在与康科德文化圈的激烈思想交锋中，霍桑理清了自己的思想，发展出了属于自己的话语体系，他的四部长篇小说或多或少地得益于这一时期的思想积淀。

第三节　“改革时代”的乌托邦冲动

在第一章中，我们指出，霍桑致力于短篇小说的 20 多年间，正是美国经历深刻变革的时代：科技和交通迅猛发展，资本主义经济勃兴，领土不断扩张，移民大量涌入，工业化、城市化和市场化进程持续推进，以进步、理性、个人主义为核心的价值观渗透到社会各个领域，民族主义情绪高涨，年轻的美国洋溢着乐观自信的精神。另一方面，剧烈的变革在撕扯这个年轻的国度，政治经济秩序变动，社会结构重组，阶层变动，利益群体分化，阶级矛盾激化，这一时期的美国急需寻求解决问题、救治时弊的方案，从社会学的层面来说，这是改革激情高涨的首要原因。但改革诉求背后必然存在深厚的思想和文化根基，如果说18世纪的启蒙运动广泛播散了关于平等、进步和权利的信念，那么，19世纪上半叶的宗教复兴运动、超验主义、欧洲社会主义和乌托邦主义的流布则直接点燃改革的激情，敞开了对于变革、未来和新生的憧憬，正如研究者所言，“这是一个酝酿着乌托邦冲动，涌动着革新世界之计划、方案、规划和愿景的时代”①。自然，改革运动并非一场统一的运动，其援引的思想资源、具体实践和最终诉求都不尽相同，而且，改革者群体身份驳杂，其归属的阶层和团体有时也难以划清。但霍桑并非社会学家，也无意在作品中对改革运动做社会学的具体剖析，他以艺术家的敏感从整体上把握时代的精神气质，其19世纪40年代的系列短篇无不紧扣时代的脉搏，再现南北战争前波澜壮阔的社会图景，折射出其驳杂多变的气质，它们以“改革”和“改革运动”为主要关涉，其成功之处正在于，在时代的喧嚣躁动中，准确把握了这个国家的乌托邦气质和它所追逐的迷离幻影。本节将以《胎记》、《老苹果贩子》、《幻想大厅》、《通天铁路》和《地球上的火劫》五个短篇为对象，具体辨析作家所呈现的乌托邦冲动和愿景，细究其潜隐的思想源流与脉络，以在一定意义上复原当时活跃的话语场域。

一、40年代乌托邦主义的合流

19世纪40年代的乌托邦主义汇聚了复杂的思想源流，既有本土

① Gorman Beauchamp. “Hawthorne and the Universal Reformers,” *Utopian Studies*, Vol. 13, No. 2002(2), p. 38.

资源，也有欧洲社会主义和乌托邦主义的影响，既有启蒙运动的精神传承，也有古老的基督教传统的复活，理性主义和进步论张扬着人类的自信心，科技和工业革命的巨大成就托起一个时代的壮阔梦想；另一方面，有关未来天国、千年王国的想象依然深入人心。霍桑独具穿透力，在40年代初期的作品中已经清晰呈现了时代乌托邦冲动的多元面目，它是世俗与宗教元素、科学与神话、理性主义与神学信念的奇特混合。

或许，历史的悖论之一是，人类最狂妄的梦想并非来自空中楼阁的想象，而往往扎根于最粗俗、最坚实的物质土壤，启蒙运动播散的关于理性和进步的理念在工业革命的壮阔图景中得到验证，反过来，又进一步激励了人类改造社会、设计未来的雄心和野心。物质的与精神的、梦想的与现实的，奇妙地联结在一起，科技的发展持续激发起深沉的乌托邦激情。在一些启蒙哲人看来，科学甚至是引导人类向前的驱动力，而科学家则是进步的先驱者。法国哲人孔多塞(Marquis de Condorcet, 1743—1794)就是这一信念的代言人，在《人类精神进步史表纲要》(*Sketch for a Historical Picture of the Progress of the Human Spirit*, 1795)中，他提出人类历史不断进步的观念，深远影响了后世。他认为，在人类的进步中，“领先于同胞，走在前排的，是科学界的精英，他们以不断加快的速度冲锋向前……伟大的科学家前进的冲力如此巨大，以至拖动整个人类前行。随着科学家在时间中前进，人类将越来越健康、幸福、感官更为敏锐，思辨力愈发精确，财富和机会越来越均等，而人们的道德行为也更为高尚”[①]。置身于一个科技大发展的时代，尽管未曾尝试过科幻小说的创作，霍桑直觉出科学与乌托邦的亲缘关系，看到技术和工业革命的巨大成就如何敞开了面向未来的想象。比如，《胎记》、《幻想大厅》和《通天铁路》等短篇都将科技的进步与乌托邦的冲动紧密联系在一

① Frank E. Manuel and Fritzie P. Manuel. *Utopian Thought in the Western World*. Massachusetts: The Belkap Press of Harvard University Press, 1979, p. 517.

起。值得注意的是，霍桑对火车这个物象的关注。在第一章中，我们提及美国1812年战争后所经历的交通运输革命。1830年，美国仿制蒸汽机车成功，从1830年到1840年，仅仅10年间，美国已拥有了相当数量的蒸汽机车和车辆，而铁路长度已跃居世界第二位。在《老苹果贩子》中，霍桑首次描写了火车和站台的意象，该文发表于1843年1月号的《新月刊》(*New Monthly Magazine*)，后收录于短篇小说集《古屋青苔》。作品透过叙述者"我"的视角，以人物素描的手法，描写了一个在火车站做生意的老苹果贩子。作家在短篇中生动再现了火车进站的场景：

> 火车冲进车站时，引擎尖啸，好似蒸汽魔鬼在吼叫，人类已经用魔法降服了蒸汽魔鬼，驱使他像负重的牲畜一样为人类干活。它一路向前飞奔，掠过河流，冲过森林，一头扎入群山的心脏，转瞬间从城市到沙漠，又抵达另一个遥远的城市，迅疾如流星，转瞬间不见了踪影，而它的呼啸声依然在耳际回响。(p. 719)

火车是现代技术和物质文明的标志，是速度、效率和能量的体现，它深刻改变了人们的时间概念，进一步凸显了犹太基督传统中隐含的乌托邦观念，如研究者指出的，"希伯来上帝是动态的，他直接介入历史……希伯来思想主要在时间中展开……犹太思想正是将这种历史发展(historical becoming)的观念引入了乌托邦传统：即一种向着福地运动的目的论的时间"。[①] 在19世纪的特定语境下，火车的新速度与有关进步的宏大叙事紧密相连，时间奔涌，而人类历史似乎突然加速发展，正如霍桑敏锐洞悉的，"仿佛整个世界，从精神到肉体都脱离了巍然不动的古老状态，而开始飞速运动起来"(p. 719)。从火车呼

① Krishan Kumar and Stephen Bann, ed., *Utopias and the Millennium*. London: Reaktion Books Ltd., 1993, p. 82.

啸向前的姿态中，霍桑感觉到，古老的静止的世界图景已被打破，连乘客的身上似乎都感染了火车的动力，借助科技的伟力，人类飞速进步，人间天国仿佛已经指日可待。然而，霍桑始终看到火车的对立面，看到进步的阴影，如他在故事的结尾描写的，周遭的世界飞速前进，老苹果贩子年复一年地坐在站台上，“他和蒸汽恶魔互为对立面：后者是所有进步的典范，而老人则是一个忧伤的阶层代表，某种悲哀的魔法使得他们注定永远不能分享世界雀跃欢呼的进步”。老人灰蒙蒙的身影代表的是这个讲求效率和进步的世界的另一面。在《通天铁路》中，霍桑再次运用了火车这一经典意象，并借此讽喻了时代的乌托邦梦想，后文将具体分析由通天铁路所折射的乌托邦幻影。

科技发明所激发的乌托邦冲动在短篇小说《幻想大厅》中有更清晰的体现。该短篇创作于 1842 年秋，最初发表在 1843 年 2 月的《拓荒者》(*The Pioneer*)杂志上，后收录于《古屋青苔》。叙事人“我”有次在构思故事时突然闯入了幻想大厅，故事主体则部分由“我”在“幻想大厅”的所见所闻以及“我”和同伴所作的评论构成。所谓“幻想大厅”显然是梦想或想象世界的代称，在幻想大厅里，“我”先后邂逅了诗人、蓝图的设计者、发明家、逃避现实的避难者、形形色色的改革者，最后还有耶稣再临派的领袖人物米勒神父。进入幻想大厅的这些人显然都钟情于梦想世界，或者受制于过于发达的想象力，也都或多或少地体现出某种乌托邦的冲动。在布洛赫(Ernest Bloch)看来，乌托邦冲动本身就基于人类的白日梦，基于人类对更美好未来的梦想，霍桑将设计家和发明家列入幻想世界，更清晰地点出了科技与时代乌托邦冲动的关系。蓝图设计者将荒诞不经的规划涂抹成日常的模样，叙事人举了几例这样的狂想：“在人迹罕至的森林中央，像施展魔法似的，建设起一座座的城市；在海涛汹涌的地方铺设街道；将奔腾的河水困在河道中，用它来转动棉纺厂的机器”(p. 739)。这类设计灵感来源于 19 世纪上半叶工业革命的成果，其中棉纺织业是最早实现大规模机器生产的产业。接下来，叙事人谈到机器发明家陈列的奇幻成果，如空中铁路、海底隧道的模型、提炼月光热量的机器、永动机之类的“乌托邦式的发明”。这些狂想足以令人感受到科技开启的巨大梦想空间，在现代性的宏大叙事下，理性无所不能，技术所向披靡，而人类正勇往直前地向着未来的国度进发。

值得注意的是，在《幻想大厅》中，霍桑将蓝图设计者、发明家、改革者和米勒神父相提并论，一并列为幻想大厅的居民，这本身就揭示了改革时代乌托邦主义的混杂气质，它光怪陆离、亦真亦幻，如后现代的拼贴画。如果说科技开启了技术乌托邦的幻景，与具体的社会政治目标联姻的改革计划同样敞开了关于美好未来的想象。改革者抱着启蒙运动奠定的乐观信念，或者诉诸基督教的大同理想和德性原则，或者基于某些教派的独特信仰，向诸如酗酒、贫困、犯罪、罪恶、战争、奴隶制、性别歧视等各类社会痼疾宣战，以期实现社会普遍的公平、正义、富足与和平。我们提到，“第二次大觉醒”是19世纪上半叶改革运动的重要动因，在很大程度上，教会和信徒的宗教热忱转向了世俗层面的社会改革，宗教乌托邦主义和世俗乌托邦主义合流，以各自的理念对社会进行理性主义和世俗层面的规划和设计。在《幻想大厅》中，作家以相当的笔墨描写了栖身于幻想大厅的改革者，叙事人提到，他们背景各异，“物理学界、政界、伦理学界和宗教界”的人士都有，他们无一例外地是进步论的“使徒和领袖”，是“一个激动不安的时代的代表”，在这个时代，“人类正努力抛弃古老习俗的全部遗存，就像扔掉一件褴褛的旧衣一样”(p. 740)。改革者投身种种理论，设计出形形色色的方案，希望“在地球上实现比目前所拥有的更美好、更纯洁的生活”。有研究者看到，在该短篇中，“霍桑并未像他惯常的那样，将一意孤行的改革者们描写为一群危险的傻瓜蛋，而是对他们做了相当宽厚的评价”①，对他们的憧憬和追求表示了相应的尊重，但尽管如此，他对改革者的批评未变，对改革运动的根本立场也

① Richard Predmore. “The Development of Social Commentary in Nathaniel Hawthorne’s Works: 1828 - 1844,” *Colby Quarterly*, Volume 20, Issue 1, March, 1984, p. 16.

没有丝毫改变。他批评改革者偏狭，各自抱着一孔之见，执着于各自的信念与计划，结果是众声喧哗，异说杂陈："这里有成百上千种不同的善与恶、信与不信、智慧与胡说。"(p. 741)较之整齐划一的技术乌托邦，改革者规划的美好蓝图可谓五花八门，花样百出。对此，霍桑一律斥之为痴人说梦，坚称改革者无异于迷失于幻景的梦中人，透过幻想大厅的彩绘窗户看世界，整个世界都"染上了幻想大厅那特有的朦胧而瑰丽的色调"，乃至以为打造完美世界的计划都是可行的。其实，在《幻想大厅》中，作家充分肯定了想象力的作用，但同时也认为，过于活跃的想象力令人误入歧途，陷入幻觉或错觉，改革时代的病症正在于此，这跟他在《古屋杂忆》中表达的观点是一致的。叙事人批评改革者未能真正认清地球或尘世生活的本质："如果改革家真正了解了他们置身其中的这个世界，他们就不会再透过彩绘的窗户往外张望"(p. 741)，但改革者不仅坚持做梦，还错把梦幻的调子当作白花花的阳光。换言之，作家认为改革者在尘世打造人间天堂，无异于是痴人说梦，因为乌托邦的企图根本是违背尘世的属性的，这一立场仍旧指向霍桑一贯坚持的原罪观。

霍桑在《幻想大厅》中也触及了宗教乌托邦主义的另一面向。第二次大觉醒运动中，基督教传统中的千禧年主义、末世论等学说重新抬头，如第二章中提及的，有关未来天国的想象总是与灾变异象、耶稣再临、末日审判和千年王国等信仰缠绕在一起。至 19 世纪 40 年代，千禧年主义流行一时，很多信众相信"上帝的国"近了，耶稣再临已迫在眉睫，其中，威廉·米勒领导的耶稣再临派更是这一学说的热心传播者。一方面，耶稣再临的信念激发了巨大的宗教激情，促使基督徒投身改革运动，以上帝的法则重新组织社会，准备耶稣的降临；但另一方面，这一信仰无疑也刺激了关于末世的想象，米勒神父更是推波助澜，他一度预言，耶稣再临已经指日可待，最迟将于 1843 年实现。《幻想大厅》发表时，米勒的学说已经在美国的东北部广为播散，其追随者坚信，地球将毁于烈焰中，而新耶路撒冷随之将从深渊中升起。米勒神父能做出这样离奇的预言与当时整体的宗教氛围有关，正如研究者指出的，“宗教复兴的火焰点燃了耶稣再临的希望，使之达到了白热化的程度，而米勒就在这样一个关头出现”，他只不过将很多牧师的信念以更耸人听闻的方式表达了出来而已。[①]米勒的学说无疑将民众的乌托邦想象导向了另一条路径，即对末日想象和千年王国的期待。正如霍桑在《幻想大厅》中描述的，1840 年间的美国呈现出一幅奇特的景象，在改革者致力于打造人间天堂时，以米勒为代表的宗教人士们却在宣告世界的毁灭，两者形成了鲜明的对比。在《幻想大厅》里，他这样写道：改革者们“寻求的是人类尘世的完美……而这边，来了可敬的米勒神父，那冷酷的理论只是一吹，就把他们的美梦都吹散了，仿佛狂风扫过落叶一般”(p. 742)。千禧年主义与近代意义上的乌托邦背道而驰，乌托邦本质上意味着“以更完美的原则组织社会政治体制、规范和个人关系”，而千禧年主义则仰仗于神恩，寄希望于上帝对人类历史的强力干预，它意味着坦然接受“毁灭人力对社会施加的全部设计”，接受上帝的绝对意志、权威与自由，“侍奉上帝必须抛弃所有尘世的形式和俗世机构，在末日的瞬间，屈从于上帝不可预知的，且看似反复无常、独断专行的意志”。[②] 改革者的一切规划设计自然也在人力范围之内，属于人类对尘世生活施加的形式范畴，正如霍桑所言，在千禧年主义的逻辑里，末日降临，改革者的心血也将随之灰飞烟灭。然而，作家设问，难道这颗古老的地球果真没有值得留恋之处么？他提醒我们尘世生活中包含的善与美，和奥古斯丁一样，霍桑并不否定尘世，认为尘世是一个善恶并存的所在，而人性在罪性之外，也存在向善和超越的一面。借叙事人之口，霍桑声明，古老的地球倘若毁灭，他深感惋惜的正在于“其尘世的

① Timothy L. Smith. *Revivalism and Social Reform: American Protestantism on the Eve of the Civil War*. New York: Harper & Row, Publisher, 1957, p. 228.

② J. C. Davis, “Formal Utopia/Informal Millennium: The Struggle between From and Substance as a Context for Seventeenth-century Utopianism,” In Krishan Kumar and Stephen Bann, ed., *Utopias and the Millennium*, London: Reaktion Books Ltd., 1993, p. 17, p. 21, p. 32.

属性，那是任何其他星球或存在状态都无法恢复和补偿的”(p. 743)。米勒神父预言的末日并未降临，有趣的是，这并未消减千禧年主义的影响，“实际上，米勒主义引发的主要反应是，千禧年后论(postmillennialism)迅速成为狂热的信仰，以适应时代普遍的乐观主义情绪”。千禧年后论与千禧年前论(premillennialism)相对，认为基督再临发生在千年王国之后，基督徒通过传教和教化活动逐渐实现一个虔敬、和平、美好的千年王国，之后，耶稣降临，对罪人进行审判，而后引领信徒进入永恒的神的国度。研究者认为，千禧年后论有力推动了包括废奴运动在内的社会改革，“各个门派的传教士转而相信，他们的使命是以福音为指导，把世界打造成耶稣的国度，以迎接他的降临”。①

显然，19 世纪 40 年代乌托邦的主流并非末世的想象，而是对完美社会的憧憬与规划，而霍桑主要关注的也是世俗层面的改革运动。40 年代的乌托邦主义支流汇聚，以众声喧哗的方式共同敞开了面向未来的想象。

二、改革激情与乌托邦愿景

从《幻想大厅》中，我们得以一窥 19 世纪 40 年代驳杂的乌托邦冲动，《通天铁路》和《地球上的火劫》两个短篇则生动折射了 40 年代想象未来的广阔疆界，前者以铁路为核心意象，呈现科技联手超验主义召唤的乌托邦愿景，而后者则以大火为喻，描写改革者扫荡旧秩序、打造新天新地的激情，两个短篇从不同的侧面揭示了当时集体的乌托邦想象，彻底割裂过去、扫荡历史遗存的决心与新天新地新人的梦想相伴相生。两个短篇都运用了寓言这一体裁，在呈现乌托邦冲动与愿景的同时，也讽刺了其内在的狂妄与虚妄。研究者指出，霍桑

① Timothy L. Smith. *Revivalism and Social Reform: American Protestantism on the Eve of the Civil War*, p. 228.

倾向于“以隐喻和象征而非直白的方式呈现改革者的计划”，常常“将改革者置于抽象而遥远的时空……或纯粹的寓言世界中”，而不触及时代的具体问题或特定境况。[①] 作家的体裁选择与他的主题关注或许相关，他关心的是改革运动整体投射的乌托邦冲动和愿景，而非纠结于改革的具体细节，寓言体裁的优势在于它提供了一种通向普遍和抽象性的途径。

《通天铁路》最初发表于1843年5月的《美国杂志与民主评论》，后收入1846年版的《古屋青苔》。《通天铁路》一般被视为一则讽刺性寓言，与约翰·班扬的《天路历程》存在明显的互文指涉关系，不仅沿用了原作关于朝圣之旅的情节架构，在人物、场景、细节等方面也存在有趣的对应关系。和班扬笔下的“基督徒”一样，故事里的叙事人“我”由“毁灭城”(City of Destruction)出发，踏上了通向“天国城”(the Celestial City)的朝圣之旅。然而，得益于时代的科技发展，快捷舒适的火车之旅取代了“基督徒”艰难险阻的步行跋涉，19世纪的朝圣者们坐在车厢里谈笑风生，一路轻松地穿越“绝望沼”、“困难山”、“耻辱谷”、“死亡阴影之谷”，流连于喧闹的“浮华市集”，最后只需乘蒸汽轮船渡过“死亡之河”，光辉的“天国城”便在眼前了，然而朝圣者们惊慌地发现，通天铁路最终把他们引向了地狱而非“天国城”。和班扬一样，霍桑也把旅途表现为一场梦境，在故事结尾，主人公从噩梦般的场景中醒来，叹曰“感谢上帝！原来是一场梦”(p. 824)。

《通天铁路》展现的是现代科技与以超越主义为代表的乐观信念联手开启的乌托邦愿景。一方面，以火车为标志的科技伟力赋予人类前所未有的力量；另一方面，乐观主义的主流信仰彻底抛弃了古典主义关于人类限度的体认，其中，超验主义以时代的最强音确认了对无限性和超越性的追索。可以说，在该短篇中，物质和精神共同敞开了通向乌托邦的捷径。先从观念层面谈起。如评论家洞悉的，《通天

① Gorman Beauchamp. “Hawthorne and the Universal Reformers,” *Utopian Studies*, Vol. 13, No. 2 (2002), p. 42.

铁路》嘲讽的对象为"包括超验主义和唯一神教在内的宗教现代主义，因为它缺乏对罪恶的认识，以走捷径的救赎方式取代班扬设想的艰难旅途"[1]，的确，这也证明，霍桑对改革运动的整体思考始于他与康科德文化圈的思想交锋，在对以超验主义为代言的时代主潮的思辨中，霍桑廓清了自己的立场和观念。如第二章里言及的，至18世纪后半叶，启蒙主义已经播散到北美殖民地，强力冲击了加尔文主义的神学根基，另一方面，清教主义自身也经历了一个世俗化的过程。历史发展到霍桑所处的19世纪上半叶，启蒙逻辑进一步推进，浪漫主义凯歌全面奏响，人们对人性之善深信不疑，甚至将神性置于人性之中。《通天铁路》将矛头直指唯一神教和超验主义，嘲讽了改革时代的乐观主义信仰。唯一神教萌发于18世纪后半叶，为基督教自由主义的一派，1740年间宗教大觉醒运动期间，与正统基督教信仰分离开来，融合了启蒙运动的一些原则，否认原罪信条，"根据新的自由主义原则重新审视了古老的加尔文教教义，用上帝的仁慈和人的完美的天平衡量了上帝的选拔和摈弃论"。它"改变了加尔文教的思想历程"，"播下了超验主义、社会乌托邦主义、唤醒整个新英格兰知识界的种子"。[2] 超验主义继承并推进了唯一神教的根本信条，肯定了人性之善和上帝的仁慈，但抛开后者冰冷的理性主义，恢复了宗教个人和心理体验的层面。关于超验主义的核心原则，前文已多有介绍，这里不再详述，仅需指出一点：超验主义以内在神性和个体无限的原则彻底驱散了清教主义的阴影，加尔文教的原罪观和堕落说被抛到一边，个体的完善和社会的新生救赎转瞬间成为伸手可及的梦想。

如前文所言，19世纪上半叶的乌托邦梦想也扎根于坚实的物质土壤，进步论在现代科技的进步中得到了最有力的印证。在《老苹果

---

① Neal Frank Doubleday. "Hawthorne's Satirical Allegory," *College English*, Vol. 3, No. 4 (Jan., 1942), p. 325.

② 沃浓·路易·帕灵顿：《美国思想史 1620—1920》，陈永国等译，长春：吉林人民出版社，2002年，第623，627页。

贩子》中，霍桑首次描写了火车和站台的意象，并敏锐洞悉了它所具有的隐喻意味，它所激发的强烈的乌托邦冲动。在《通天铁路》里，火车成为统摄全篇的核心意象，而《天路历程》中的朝圣之旅在此演变为风驰电掣的火车之旅，速度、进步、精神净化、救赎和天国被奇异地联系在一起。亨利·亚当斯曾如此回忆铁路带给19世纪的冲击："不再存在拦路的不可能了。人生因不可能而丰富。在这男孩满六岁之前，他已经看到四个业已成现实的不可能——远洋轮船、铁路、电报和银板照相。"[①]以火车为标志的现代科技不仅是速度和力量的象征，似乎也许诺了一种畅通无阻的状态，铁路四通八达，火车风驰电掣，的确，如亚当斯所言，不再有拦路虎，不再有任何的障碍物，人类以呼啸的姿态飞驰向前，径直抵达完美的天国。对霍桑那个时代的人而言，充满动感的火车足以激发出无限宽广、饱含诗意的联想。有意味的是，火车和它所代表的技术力量，不仅是物质层面的，也不仅仅局限于有形的、物理的世界，对19世纪的心灵而言，科技往往具有一种精神化的力量，许诺人们以道德和精神净化的捷径。比如，《胎记》中的主人公艾尔默所理解的自然科学并非是唯物主义或纯粹机械论的，他相信科学最终能使人类达到更高的智慧阶段，从科学奇迹中，艾尔默发现了一条或许能抵达精神性或更高存在的途径。霍桑在《七个尖角阁的宅子》里也提到了火车的精神化力量。在该小说中，克利福德坐在火车中赞叹道："铁路为我们平添了羽翼，免除了征尘之苦，使旅行超凡脱俗了！"[②]由这句话来反观《通天铁路》，火车之旅的深意豁然开朗，它意味着快捷的超越和新生的可能，借着科技的力量，人类仿佛果真能如超验主义者宣告的那样，超越物质和尘世，快速进入纯粹的精神的、神性的领地。概言之，超验主义、启蒙信念与科技奇迹共同开启了时代的乌托邦憧憬，在19世纪40年代的集

① Henry Adams. *The Education of Henry Adams: An Autobiography*. Oxford: Oxford University Press, 1999, p. 403.

② 霍桑：《霍桑小说全集》(第3册)，胡允桓译，合肥：安徽文艺出版社，2000年，第217页。

体想象里，个人的净化、社会的新生和人类的进步已然成为可以迅速抵达的未来。

在《通天铁路》里，我们看到，19 世纪的朝圣者们已不再为原罪问题所困扰，“基督徒”肩负的重负变成了装满衣裳、贵重物件的行李包，而行李又被方便地装进了行李车。朝圣者们轻松愉快地踏上了通向天国城的路程，比之往日衣衫褴褛、心情忧郁的朝圣者们，如今“朝拜天国城的人们情绪已发生了可喜的变化……好像不过是一场夏日旅游似的……”(p. 810)“基督徒”当年穿过的“窄门”旁建起了一座宽敞的火车站，19 世纪的天路客由此登上畅通无阻的朝圣之旅，当年令“基督徒”历经磨难的绝望沼、困难山、耻辱谷、死亡阴影之谷等艰难险阻一律被科技的伟力超越。绝望沼上架设了一架精巧的小桥，困难山修通了一条穿山隧道，“高耸的拱顶，宽敞的双行轨”见证了工程的奇迹，而挖出的土石又正好填入耻辱谷；死亡阴影之谷里修筑了堤道，隧道里铺设有四排气灯，原本阴森黑暗的峡谷一片灯火通明，而光明来源于谷中弥漫的硫磺火焰，地狱的诅咒已被科技转化为光明。然而，一些不和谐的细节描写又始终在削弱科技的伟力，暗示其奇迹背后的不祥意味。比如，在谈到峡谷中的照明时，叙事人交代道：“这光明刺眼，令人迷惑……与自然光相比较的话，恰似真理与谬误的区别。”(p. 814)班扬笔下的人物角色也发生了有趣的扭转，“基督徒”的老朋友如今做了火车站的售票员，他的敌人亚玻伦取代勇敢先生成了通天铁路的火车司机，充当了朝圣之旅的引领者。班扬笔下的德性人物，如“谨慎小姐”、“虔诚小姐”、“善心小姐”等一概被奚落为过时的、守旧的老古董。《通天铁路》通篇围绕与《天路历程》的对照展开，刻意经营的反差构成了对现实的反讽，而第一人称叙事人自始至终缺乏洞见的评论又加深了故事的反讽效果，有评论者认为，他对应着班扬笔下的“无知”，而非基督徒。[①]

---

① Lea Bertani Vozar Newman. *A reader's Guide to the Short Stories of Nathaniel Hawthorne*. Boston: G. K Hall Co., 1979, p. 46.

《通天铁路》在呈现乌托邦愿景的同时，也寄寓了作家深刻的怀疑和忧思。它提醒人们，天国并不是一趟火车之旅就可以抵达的，人类一蹴而就的新生梦想根本上是虚妄的，而这主要是针对超验主义的批评展开的。作家对超验主义的批评穿插于文中细节。首先值得一提的是排忧解难先生(Mr. Smooth-it-away)这个人物，研究者认为他是对“爱默生巧妙的漫画式嘲讽”[①]。排忧解难先生为铁路公司的董事和大股东，如他的名字所揭示的，其使命是为19世纪新时代的朝圣者们排除困难，化解困难，以确保朝圣之旅畅达无忧。他轻松自信的语气、一切都不在话下的姿态自然让人联想到超验主义高蹈的信条。乘客坐马车过绝望沼上的小桥时，排忧解难先生解释道，桥基非常结实，因为他们“往泥沼里扔了不少书，诸如伦理学、法国哲学和德国理性主义方面的、小册子、布道文、现代牧师的大作、柏拉图、孔夫子、印度哲人的选文，还有对《圣经》的精辟注解”(p. 809)，超验主义融合了德国理念主义、新柏拉图主义和东方神秘主义等思想资源，这一段文字形象地点出了它杂糅和折衷主义的特征。排忧解难先生声称，“所有这些，经过某种科学处理，都变成了花岗岩一般坚硬的东西”(p. 809)，同时他说，这东西可以用来填充整个泥沼，仿佛超验主义果然就是一剂疗治人类心灵的万应药。然而霍桑看到，作为一种理论或信仰，超验主义并不是坚实的，它有着不切实际的一面，对人性和人类经验的体认都建立在一厢情愿的、理想主义的想象图景上；而它的唯心主义倾向、内部隐含的二元割裂思维、对物质和尘世的彻底否定，都是霍桑无法认同的。和班扬所描写的一样，走出死亡阴影之谷后，19世纪的朝圣者们也来到一处洞穴，然而当初驻守在此的两个巨人——教皇和异教徒，如今已被另一位令人生畏的巨人所代替。作家调侃道：“这巨人为日耳曼血统，大名超验主义者”，

---

① Larry J. Reynolds, “Hawthorne's Labors in Concord,” In *The Cambridge Companion to Nathaniel Hawthorne*, ed. Richard H. Millington. Cambridge: Cambridge University Press, 2004, p. 17.

他“专捉诚实的旅人，将他们养肥，摆上餐桌，与烟、雾、月光、生土豆和锯木屑一道下咽”(p. 817)。作家将超验主义与月光、烟雾之类的东西相提并论，巧妙地讥讽了超验主义虚幻而缥缈的一面。

颇有反讽意味的是，19世纪40年代的乌托邦愿景又与时代的喧嚣浮华相映成趣。《通天铁路》里的浮华市集俨然是一个新崛起的商业社会的缩影，霍桑对浮华市集的描写颇有浮世绘的格调，生动地再现了19世纪上半叶美国的社会、文化和精神风貌。班扬笔下基督徒与市民的冲突不复存在，“新铁路带来了兴隆的生意，外乡人不断涌入，浮华市集的主人正是铁路的主要赞助人，而城里的资本家们则是铁路的大股东”(p. 817)。在这个资本主义勃兴的时期，霍桑敏锐地看到时代的变迁，看到资本无所不在的力量，这里，物欲横流，人们被五光十色的商品所迷惑，为五花八门的虚幻事物所诱骗，由此丧失了自己最宝贵的东西，甚至不惜出卖道德良心。比如，漂亮姑娘用水晶般透亮的心换来一颗一文不值的宝石心，人们不惜一切代价抢购镀金的链条，国会议员会出卖选民来填充自己的钱袋，而天国城的大片土地和金色住宅被廉价交易，以换取浮华市集破旧公寓的几年租期。作家写道：“一种股票还是证券的东西，叫做良心，看来供不应求，用它几乎能买到一切东西。”(p. 819)浮华市集也折射出19世纪上半叶的文化图景，各色思想和学说在这里兜售，形形色色的人士竞相向人们推销所谓的真理和智慧，如作家描写的，“权贵，智者，机智的、有名望的、各行各业的人，包括王公、总统、诗人、将军、艺术家、演员、慈善家等等，都在浮华集市摆摊经营”(p. 819)。的确，这是一个思想活跃、文化繁荣的时代，然而，作家却看到其浮躁、浅薄和急功近利的一面。“浅薄的深刻先生”(Mr. Shallow-deep)、“绊住真理先生”(Mr. Stumble-at-truth)、“糊涂先生”(Mr. Clog-the-spirit)、“教义之风先生”(Mr. Wind-of-doctrine)这些别有意味的名字本身就表达了作家对所谓精神启迪者的揶揄。牧师和文化人迫不及待地向人们兜售轻而易举的精神启迪法门，似乎“不用学会认字，便能获取五花八门的大学问”；流行一时的讲演将一切沉甸甸的知识转化成轻飘飘的声音，直接送入听众的耳朵，而道德完善似乎可以以批量生产的方式迅速完成。19 世纪 40 年代的美国似乎充满悖论，一边是涌动的乌托邦激情、驳杂的乌托邦愿景，而另一边是五光十色的浮华市集，连文化和思想界都沾染了商业主义的光色。霍桑有意以强烈的对比、尖锐的反差暗示两者内在的关联，或许，它们是一枚硬币的两面，各自投射出时代浮躁、浮华且功利主义的气质。寓言寄托了霍桑深刻的忧患意识，故事的结尾暗示，这个时代追随的或许是一趟误入歧途的列车，它的终点可能是地狱而绝非天国。

《通天铁路》将天国之梦具象化为一趟快捷的铁路之旅，1844 年 5 月发表于《格雷厄姆杂志》上的《地球上的火劫》则以大火隐喻扫荡一切历史遗存的乌托邦激情，前者是面向未来的憧憬和建构，后者为对历史和现存的破坏，两者貌似相反，但实则为乌托邦冲动的一体两面。正如历史反复证明的，打造美丽新世界的激情很可能转化为否定历史、推倒重来的毁灭性冲动，与其是在现存的基础上修补改造，乌托邦主义者更乐于清空一切，在清场后的虚空中展开理想蓝图的构建。在当时的集体意识中，过去和历史似乎成了未来的对立面，是乌托邦冲动必须首先克服的对象，或许，在美国特定的语境下，这种取向与断裂式的进步史观具有内在的联系。在第三章中提到，19 世纪激进的民族主义历史叙事，将美国革命视为人类历史的飞跃或转折，从此掀开崭新的历史篇章，奥沙利文的《伟大的未来的国度》就是这一观点的集中表达，他将美国称为"未来的国度"、进步的国度，彻底摆脱了历史和过去，而只与未来发生联系。乌托邦冲动无疑呼应并放大了否定过去、只向未来敞开的民族心理。对于改革者而言，扫荡旧世界的遗存无疑是通向理想新世界的第一步。《地球上的火劫》以寓言的形式揭示了乌托邦愿景的另一面，故事中的大火无疑是当时风起云涌的改革运动的隐喻。然而，如果不忽略作品中另一些指涉更宽泛的细节的话，我们会发现"大火"隐喻的并不局限于美国改革运动这段历史，在对改革运动的反思中，霍桑发掘出这种乌托邦激情的历史根源，它可以一路回溯到 18 世纪横扫欧洲的资产阶级革命、回溯到启蒙运动奠定的现代性宏大叙事中。如我们所知，霍桑成长于19世纪上半叶，他所处的时代和刚刚过去的18世纪正是一个个摧枯拉朽、激烈变革的大历史时期，贵族体制的解体、资本主义的勃兴、欧洲北美的政治革命与复辟逆流以及民族解放运动等时代风云正如一场席卷世界的大火，熊熊烈焰仿佛要焚毁一切旧的体制和秩序，而新天新地似乎可以从历史的灰烬里脱胎而出。无论如何，"大火"的历史意味显然不容忽视，而语境化的解读方法显然更利于梳理作品历史意蕴，正如瓦格纳指出的，该寓言"适合于，实际上也需要，最好由历史研究提供的那种阐释，因为它对霍桑所处时代的很多重要潮流和历史事件做了嘲讽式的评论"[①]。

这里，我们结合历史语境，解读作家在文中展现的扫荡一切的乌托邦冲动。故事采用第一人称叙事，叙事人"我"从旁观者的角度交待大火的进展，同时，插入自己和另一旁观者的对话，由此，作家借叙事人和旁观者的两重声音传达了自己对时代变革的观点。值得注意的是，叙事人为一位天真的年轻人，随改革烈焰的蔓延，他的态度发生了微妙的变化，起初的热忱渐渐让位于疑虑；旁观者为一位更为睿智的老者，常以不动声色的嘲讽评议改革者的狂热和后果，而在场的另一些人则传达了激进的改革者的声音。由此，冷静的质疑与时代的主流话语之间形成一种对话的关系，作家的立场在对话中慢慢呈现。研究者认为，霍桑的巧妙之处在于先从"19世纪读者普遍认同的对君主制和贵族特权"的清扫开始，以此为起点，焚烧逐渐升级，被投入火堆的东西越来越多，从酒、私人物品、军火武器，到象征法律的刑罚刑具和以钱币、账本、地契为代表的财产私有制，再到书籍和它体现的文化传统，最后大火蔓延到宗教信仰上，对《圣经》的焚烧最终将清扫的逻辑推向令人震惊的极致，作家由此转入对改革运动的直接质疑，继而推出自己的观点。[②] 无论这行文的脉络是不是一种文本

① Hyatt Waggoner. *Hawthorne*. Cambridge: Harvard University Press, 1963, p. 19.

② Gorman Beauchamp. "Hawthorne and the Universal Reformers," *Utopian Studies*, Vol. 13, No. 2 (2002), pp. 38 - 52.

策略，可以肯定的是，霍桑明确将时代的变革潮流与摧毁封建秩序的欧洲资产阶级革命联系在了一起，并在两者间发现了一种历史的延续性，这的确体现出霍桑敏锐的历史意识，从本质上说，改革者清理旧世界的激情无异于资产阶级革命者扫荡旧秩序的革命意志，而两者又都源于启蒙运动树立的现代性理念。

如作家描写的，大火点燃后，人们首先往火堆里扔进贵族家族的纹章、家谱、骑士徽章、欧洲王室的标识等，此外，还有“德国伯爵男爵、西班牙大公、英国贵族的特权证明，从征服者威廉签署的已被虫蛀的证书到新近受封的伯爵的崭新羊皮纸文件”(p. 888)，统统被扔进火焰里，吞没这些历史陈迹的大火无疑喻指摧毁整个封建秩序、扫荡贵族阶层的欧洲资产阶级革命。围观的平民发出欢呼声，“那是他们胜利的一刻，经过漫长岁月后，他们获得了对特权阶层的胜利，后者同属血肉之躯，有同样的心灵弱点，却因为上天的眷顾而胆敢持有特权”(p. 888)。一位老者站出来以文化、艺术和精神生活的名义为贵族制辩护，然而，他的声音立刻被人群压倒，贵族血统论被启蒙主义的平等和民主理念取代，“从今天开始，没人能靠着祖宗的朽骨来要求地位和别人的尊重了！”(p. 889)在战争和革命的扫荡下，欧洲各国的君主体制或者摇摇欲坠，或者解体和垮台，王室和王权的象征被纷纷扔进大火中：奥地利皇帝的斗篷被当成了引火物，法国王室的梁柱变成了一堆炭火，沙皇的节杖被用来翻动火堆，随后也被扔进烈焰中。(p. 890)

接下来，作家将观察的目光转向美国的改革运动，摧毁欧洲君主制的革命烈火随即演变为改革运动清扫旧世界的烈焰。爱默生在1840年写给托马斯·卡莱尔的一封信里提到，“无数社会改革方案摆在我们面前，人们都有些疯狂了”。[①] 同年，波士顿举行了会集各色人群的“卡顿街全面改革之友大会”(The Chardon Street Convention

① R. 卡莱尔，爱默生：《卡莱尔、爱默生通信集》，李静滢等译，桂林：广西师范大学出版社，2008年，第217页。

of Friends of Universal Reform)，写作该短篇时，“霍桑自然想到了此类活动，但他可算不上‘全面改革的朋友’”。[①] 作家首先提到了当时华盛顿人运动，即1840年成立的一个禁酒协会。这一协会成员运来无数酒桶和酒瓶，一股脑儿扔进火堆中，这一举措令酒徒们扼腕叹息，继美酒之后，抛入火堆中的是烟草和咖啡。焚烧不断升级，地球上的武器装备悉数被扔进火堆，火药被抛入海底，战争似乎将从此在地球上绝迹，与此同时，法律、刑具，还有被视为罪恶渊薮的金钱和财产私有制也统统被扔进大火中。然而，作家的质疑不时通过人物的对话传达出来，在观点的交锋中，作家不动声色地嘲讽了时代狂妄的信念。比如，焚烧武器时，一位老将军预言：“战争存在的必要比那些诚实的先生们想象的要根深蒂固得多。”(p. 895)又如，在焚烧绞刑架时，改革者认为只有抛弃以绞刑架为标志的法律制度，人类律法才能培育出爱与仁慈的品质，对此，一位旁观者反驳道，“在原初的天真和人类重返纯洁和完美的历程之间”，死刑并不是可以被轻易抛开的念头。

当焚烧进展到对书籍、文化和宗教的全面清理时，作家暗中嘲讽了以爱默生为首的超验主义者。对于焚书之举，“一位现代哲人”如此表达他的赞许：“现在我们应该摆脱死人的思想压迫，它一直以来沉重地压迫了活人的心智，以至于活人的心智无力有效施展出来”(p. 898)；当一位书虫悲叹再无书可读时，叙事人“我”安慰他说，“难道自然不比书本更好吗？——难道人类的心灵不比任何哲学体系更深刻吗？”(p. 901)很明显，这些话影射的是爱默生有关文化独立的言论，在《自然》、《论自立》和《美国学者》等篇章中，他反复呼吁国人摆脱对传统、故纸堆、权威和习俗的依赖，直接从自然中获得精神启迪，如霍桑敏锐洞察的，这一立场本身也隐含了割裂历史、抛开过去的乌托邦冲动。在改革者焚烧一切的大火面前，宗教传统也无法幸免于难，宗教的标志物、器物和用具被焚毁，之后，“革新的巨人……将手

① Neal Frank Doubleday. “Hawthorne's Satirical Allegory,” *College English*, Vol. 3, No. 4 (Jan., 1942), p. 333.

伸向了它的大梁，我们整个道德和精神大厦的支柱"(p. 903)，圣经随即被扔进火堆，因为《圣经》被视为"压制人类意志的传统权威的象征"。[1] 对于这一行为，即便是一直持赞许态度的叙事人也开始感到困惑，"除了这一堆余烬和灰烬，明早我们还会留下什么吗?"(p. 904)在改革者清理掉物质、制度层面的传统遗存时，烈焰随即焚毁了人类精神文明的大厦，包括一切的文化、道德和信仰传统，当扫荡旧世界的乌托邦冲动被推到极致后，它内在的荒谬也暴露无遗。在故事的最后，作家再次援引了原罪观，指出改革运动终归是一场徒劳，因为改革者无法改变人心："人心——人心——这小小的而又无边无际的疆域隐藏着原初的罪恶，而外在世界的罪恶和苦难无非是它的表征。"(p. 906)如果人心保留，人心所包含的原罪不被清除，那么，任何致力于完善世界的举措都于事无补，即便整个地球被烧成灰烬也是徒劳。在该短篇中，原罪已具备了对抗性话语的重要意义，原罪的存在，任何企图净化世界的乌托邦图谋必然是虚妄，作家以原罪直接消解了乌托邦的愿景。在下一节，我们将系统梳理霍桑对于原罪话语的阐释和演绎。

另外，需要指出的是，尽管乌托邦始终朝向未来敞开，但它并不意味着对过去和现在的压制与否定，在《希望原则》中，布洛赫始终强调乌托邦冲动与现在和过去的联系，认为历史包含着未能实现但可供选择的可能性，现在潜伏着未激发的潜能，预示着未来的方向和趋势，"尚未意识"(not-yet-conscious)从过去、现在和未来三个维度上，预见并把握未来拥有的可能性。但正如《通天铁路》和《地球上的火劫》揭示的，乌托邦的愿景和实践往往表现为否定历史、扫荡旧世界的冲动，这在美国特定的历史语境中表现得尤为明显。或许，19 世纪 40 年代的乌托邦愿景折射并深化了美国面向未来的自我定位，无论是爱默生、奥沙利文，还是后来发展出来的"美国卓异论"

---

① Gorman Beauchamp. "Hawthorne and the Universal Reformers," *Utopian Studies*, Vol. 13, No. 2 (2002), p. 45.

(American exceptionalism)都在确认美国断裂式的发展史观，似乎从一开始，在美国的自我想象里，就设定了一种割裂历史和传统的国族身份定位，但实际上，“美国的历史始终与世界其他地区的历史、尤其是欧洲的历史紧密联系在一起，这种联系比美国普遍意识到的要紧密得多，直到今天亦是如此”。[①] 在时人急切确认美国的未来属性时，霍桑始终在提醒国人，历史的重负不可摆脱，正如人类始祖亚当的原罪代代相传，美国也无法切断与过去的联系，径直奔向崭新的未来。必须承认，对于他的时代，霍桑表现出卓越的洞察力和思考力。

第四节　原罪话语的演绎

纵观霍桑从 19 世纪 20 年代末到 40 年代后期的短篇小说创作，可以看到，加尔文主义的原罪观一开始并没有受到格外关注，早期在文学民族主义的文化语境中，作家从殖民地和美国革命进程中发掘素材，对民族主义的历史叙事话语多有呼应。从 40 年代初开始，作家转向关注当代社会图景，尤其是在布鲁克农庄和康科德古屋的经历之后，对改革运动及推动它的思想风潮多有反思。实际上，正是在这一阶段，霍桑才频频言及原罪，且特地创作了几篇从不同角度阐发原罪的作品，将原罪观演绎为一套包括意象、象征和命题在内的抵制性话语体系。必须看到，霍桑是在改革运动的大语境中，重新发现了基督教原罪观的重要意义，在一个自由主义话语占主导的世俗化时代，作家重提原罪，绝非出于宗教的审慎，而是基于深刻的思考，有着明确的针对性。他以原罪观对抗时代的乌托邦冲动，尤其将批判的矛头指向宣扬人内在神性的超验主义思潮。从这个角度反观《红字》，甚至可以推断，这部小说在主题层面上延续了 40 年代的主题脉

---

① Godfrey Hodgson. *The Myth of American Exceptionalism*. New Haven and London: Yale University Press, 2008, p. 16.

络，在原罪与乌托邦冲动之间，作家确立了自己的保守主义立场。

一、《胎记》与原罪寓言

在霍桑19世纪40年代创作的短篇小说中，《胎记》是直接阐发原罪的一则短篇，它创作于1842年至1845年霍桑与新婚妻子索非亚居住于“古屋”期间，最初刊登在1843年3月《拓荒者》(*The Pioneer*)杂志上，后收录于1846年版《古屋青苔》。在第一章中我们已经指出，古屋居住期间，霍桑已从“幽室”的边缘进入文化界的主流，彼时的康科德正是超验主义运动的中心，作家或多或少地卷入了康科德的文人圈。考虑到这样的创作语境，就不会简单地把《胎记》视为他清教心灵的反复回响，或者说，加尔文主义幽灵的顽固再现。《胎记》的创作有着更深的用心，它是对时代文化风云的自觉回应，是作家重启加尔文思想资源的一则寓言。作家在这里讲述了一个科学家的悲剧故事，主人公艾尔默(Aylmer)新婚不久，但随即为妻子乔琪安娜(Georgiana)左颊上的一块胎记所困扰，认为这块形似小手的绯红色胎记破坏了她的完美，为此他纠结不已，不能释怀。为彻底消除自己心头的阴影，他想方设法提炼药液去除妻子脸上的胎记。乔琪安娜服下药水之后胎记逐渐消失，而她本人也随之香消玉殒。

和霍桑很多经典短篇一样，《胎记》具有丰富的阐释空间，评论家大多将它视为一则追求绝对完美而遭受挫败的寓言，而其中又寄托了作家对理性和科学崇拜的批评。先从霍桑的科学批评谈起。《胎记》寄寓了一位浪漫主义作家对19世纪科技大发展的忧思，科学技术的进步释放出自然界巨大的能量，赋予人类前所未有的干预自然和重塑现实的能力，人类源自启蒙运动的自信心和野心得到进一步的张扬。在霍桑的人物谱系里，艾尔默属于偏执、狂热的科学家类型，他崇尚知识，痴迷于科学研究，以毕生的精力探索自然的奥秘，钻研人体的秘密，“在各门自然科学中都负有盛名”(p. 764)，自诩已经掌握了提炼黄金元素(the Golden Principle)和长生药(the Elixir

Vitae)的诀窍。作为一名优秀的科学家，艾尔默俨然具有了呼风唤雨、点石成金的神力。但有意味的是，即便如此，他也深刻意识到科学或人类自身的限度，他不得不承认，"我们伟大的创造万物的自然母亲……非常小心翼翼地保守着自己的秘密，尽管她假装坦诚，但展示给我们的只有结果"(p. 769)。造物主允许人类破坏，但很少允许我们弥补，更绝对不许人类创造，倘若有人违背这条真理，早晚会栽跟头。需要追问的是，如果说艾尔默深知人类的限度，他何以明知故犯，逾越本分，而企图修补造物的缺陷，将妻子打造成完美的女性范本？

这需要从艾尔默对于科学的理解谈起。这个短篇小说并不停留于对科学和科学家的单纯批评，它触及一种更为深沉的人类精神冲动，或者说，浮士德式的冲动。值得一提的是，霍桑写作《胎记》之际，歌德的《浮士德》在康科德文化圈正风靡一时。《浮士德》的首个英文译本问世于 1833 年，"1830 至 1840 年代间出现了一波名副其实的'浮士德复兴'，爱默生、玛格丽特·富勒和朗费罗都是歌德的崇拜者，尤其推崇《浮士德》"。[①] 霍桑无疑是熟悉这位德国文学大师的，在《幻想大厅》中，借叙事人之口将他归为不朽的作家之列。和歌德笔下的《浮士德》一样，艾尔默体现了人类意志的力量和不断求索、超越的努力。艾尔默推崇科学，但他迷恋的并非知识本身，甚至也不是科技伟力本身，而是因为他相信科学探索将不断提升人类的"智性、想象力、精神，甚至心灵"(p. 764)，最终使人类达到更高的智慧阶段。换言之，对于他而言，科学不是最终的目的，而仅仅是人类超越自身的手段，从科学奇迹中，他发现了一条或许可以抵达精神性或更高存在的途径。所以，对他而言，自然科学并非是唯物主义或纯粹机械论的，而是具有精神性的一面："他研究客观事物，仿佛事物之外别无其他，但又将客观事物全部精神化，凭着对无限强烈而热切的憧憬，他将自己从唯物主义中救赎了出来。"(p. 774)艾默尔不惜以僭越为代

① Hubert Zapf. The Rewriting of the Faust Myth in Nathaniel Hawthorne's "Young Goodman Brown," *Nathaniel Hawthorne Review*; Spring 2012, Vol. 38, Issue 1, p. 23.

价，渴望在不断的求索中实现自我，超越自我，抵达人类堕落之前的神圣境界。乔琪安娜看到了他这种高贵的冲动，为之深深感动，最终冒险喝下艾尔默配置的药剂，以生命为代价成就了他对梦想的追逐。很明显，霍桑对人类超越性的理想是充满理解，并怀抱同情的，但他同样看到其潜在的危险，更重要的是，他看出这种理想所包含的内在的逻辑缺陷。换言之，不能简单地把《胎记》视为浪漫主义心灵反对科学的产物，而应看到它所包含的更深层的哲学命题。霍桑是一位深具哲学思维的作家，有研究者指出，他熟悉柯勒律治、康德等哲人的思想，对“洛克的感觉主义心理学、苏格兰常识派，以及之后继续强调理性官能的联想主义者”都有所了解，①对当时浪漫主义哲学的一些议题，诸如物质与精神、理性与情感的关系、心灵对于现实的意义等都有言及。这里，我们无须追索霍桑思想与具体哲学流派的关联，但这点也启发我们，在分析艾尔默的悲剧时，需要关注它所触及的哲学思维。

归根结底，艾尔默的超越性冲动根植于西方源自柏拉图的形而上学传统，并且以其激烈的方式折射了二元论思维模式的内在紧张，这种紧张即源自主体与客体、精神与物质、肉体与灵性等一系列的对立与割裂。柏拉图的理念论奠基于实在与现象的区别上，他把先于经验的概念世界视为最高世界，把这个超越的世界称为“真实世界”，基督教文化传统延续柏拉图的二元世界观，着意区分“人的灵魂与肉体、内在世界与外在世界、精神（宗教）生活与世俗生活、来世命运与现世境遇、天堂幸福与世俗幸福”，并“赋予人的精神生命以某种高于世俗秩序的神圣意义和超脱世俗秩序的独立价值”。② 二元论的思维模式贯穿了西方两千多年的文化史，造就了西方根深蒂固的主导价

---

① Frederick Newberry. “The Artist of the Beautiful”: Crossing the Transcendent Divide in Hawthorne’s Fiction,” *Nineteenth-Century Literature*, Vol. 50, No. 1 (Jun., 1995), p. 95.

② 丛日云：《在上帝与凯撒之间——基督教二元政治观与近代自由主义》，北京：生活·读书·新知三联书店，2003 年，第 39 页。

值体系，这个体系维系在本质与现象、天国与尘世、理性与感性、精神与物质、真理与生命、科学与艺术的一系列区分上，前者为重，后者为轻，体系内部隐含着秩序和等级，如德里达指出的，“在经典哲学的(二元)对立中，我们遇到的不是(两者)彼此和平共处的关系，而是一个暴力的等级秩序”。[①] 在浪漫主义，尤其是超验主义的语境下，二元论内部的裂痕被进一步放大。如爱默生所言，超验主义实质上是一种唯心主义，超验主义者相信感官之外的、“超验的”存在，超验主义是对18世纪启蒙理性主义、唯物论以及洛克经验主义和感觉主义的反动，也是对古老的加尔文教思想的挑战。超验主义在个体层面助长了德性和精神自我完善的冲动，爱默生憧憬的自立、自我完善，他所宣扬的“个人的无限性”(the infinitude of the private man)无不体现着浮士德的精神，当然，这种冲动也可能转为一种道德洁癖或表现为禁欲主义的倾向。在社会生活层面上，超越性的冲动与政治的乌托邦精神又具有奇妙的亲缘关系，在启蒙信念的支持下，又因科学技术和经济发展的助力，社会性的超越冲动被投向未来，与政治目标联姻后，转化为打造尘世天国的努力。这种结合已经由超验主义自身的历史所证明，正如研究者所言，“超验主义的悖论是这种关于自我的哲学如何转化为社会的良心，因为19世纪中叶的美国也是改革的时代，剧烈的社会变化如工业化、城市化、移民潮和西进运动引发了种种问题，美国人致力于从哲学、精神和社会层面上寻求问题的解决方案”[②]。无论就个体还是社会而言，源自二元论思维的超越性诉求都有完美主义的倾向，这种完美主义都建立在贬抑和否定人类肉身、物质性和俗世性的基础上，它隐含着一种森然的压制性的权力结构，也可能导致对他人和群体的暴力倾向。霍桑的深刻就在于他洞悉了个体精神洁癖与社会乌托邦企图之间的内在关联，也正是基于此，他

---

① 转引自童明：《解构》(上篇)，《外国文学》，2012年第5期，第100页。

② Tiffany K. Wayne. “Introduction,” *Encyclopedia of Transcendentalism*, New York: Facts On File Inc., 2006, p. iv.

重新激活了古老的加尔文主义的原罪观。

从这个角度再切入《胎记》，可以看到霍桑在这个短篇中寄寓的深刻哲思。首先，艾尔默体现了典型的二元论的思维模式，他视自己为精神性的代表，他“颀长的身材，苍白、焕发着智性的面庞，也恰好是人类精神素质的范本”；另一方面，他把自己的实验室助手阿米那达布(Aminadab)看作纯粹物质性的化身，相当粗暴地称呼他为“人形的机器”(human machine)、“泥土做的人”(man of clay)、“土块”(clod)、“泥塑的一团”(earthly mass)等等，有意思的是，这与他的外形气质也相对应，“他力大无穷，头发乱蓬蓬，面孔作烟火色，周身笼罩着一种难以名状的粗俗味儿，这使得他成了人类物质属性的代表”(p. 770)。两个人物分别代表了物质与精神、肉体与灵性、尘世与天国的两极，而这原本应和谐地统一于人类的生命存在及尘世生活中，霍桑的脸谱式人物其实已经暗示了西方文化传统中的内在断裂。自始至终，艾尔默执意以二元割裂的方式看待他人与世界，当他看到去除胎记的药剂初显成效时，他颇为张狂地高呼：“物质和精神、尘世与天国，都在这里尽到了本分。”(p. 780)然而，在对绝对精神性的追求中，艾尔默无可避免地陷入一种悲剧性的情境中，任何辉煌的成就在其高蹈的理想面前，都显得微不足道，“他自己觉得，与他无法触及的无价珍宝相比，他最夺目的钻石不过是鹅卵石而已”。乔琪安娜可谓艾尔默真正的知己，她翻阅那本记录其成就的记事簿，但从册页间读出的是这个人深沉的无奈与悲伤。艾尔默的失败是必然而非偶然，因为他的追求根本上有悖于他作为人的属性。有意味的是，作家以“合成人”(the composite man)一词来指称艾尔默，当然，这个字眼也适用于全体的人类。何为合成人，即精神与肉身合一的生命存在，“精神为泥土所负累，并通过物质而运转”，令他绝望的是，凌虚高蹈的求索注定为肉身所拖累，“更崇高的天性发现自己为肉身痛苦地挫败”(p. 775)。如果说艾尔默已经历过足够多的挫败，且有足够的智性领悟自身的困境，那么，他为何最终依然陷入万劫不复的境地，问题的症结何在？

胎记正是切入问题的关键。在艾尔默的眼中，乔琪安娜脸上的那枚胎记并不仅仅是她美貌中的一点瑕疵，和清教先辈一样，他惯于对事物做隐喻模式的解读。在他眼里，胎记首先是一个确凿无疑的隐喻，它标志着人类固有的缺陷："它是人类的致命缺陷，大自然以这种或那种的方式，给她所有的造物打上这不可磨灭的印记，或者以此暗示它们是短暂易逝的、有限的，或者由此提示，只有历经艰辛劳苦才可抵达完美之境。"(p. 766)胎记指向人类的不完美、有限性、在尘世中劳作以及在时间中必死的命运。这只绯红色的小手以强力的方式暗示：死亡乃人类共同的命运，无论高低贵贱，都无法逃脱它的掌控。借艾尔默之口，霍桑强调，死亡的共同命运构成人类内在的纽带关联，人之形骸最终将归为尘土，最高贵的、最卑贱的概莫能外。在死亡面前，与兽类也没有两样——其实，在创作于同一时期的随笔《人生的游行》中，霍桑更集中地书写他对死亡的这种理解。妻子脸上的这枚胎记之所以令艾尔默寝食难安，正因为它以如此醒目的方式揭示了人类的根本属性——"如此，他认定这是妻子难免罪孽、悲伤、衰败和死亡的象征"(p. 766)。艾尔默在做这些解读时，援引的语汇具有明显的基督教的意味，确切而言，他是在基督教原罪观的体系内做这一番阐释的。

那么，何为原罪？从新英格兰的清教遗产中，霍桑发现了严峻的加尔文主义，在对加尔文主义的梳理中，我们已经指出，加尔文神学承袭了奥古斯丁的原罪观。这里，先简要介绍一下奥古斯丁的原罪观。简言之，奥古斯丁在此回答的是"何以世上有恶"这个问题，这个问题对于奥古斯丁尤为迫切，因为他的神学坚持基督教的两个根本论点，即上帝从虚无中创造出世界，一切自然本性皆为善，他需要解释的是"上帝所造的善的世界何以有恶"。受保罗书信的启发，奥古斯丁将"罪的普遍性与'人类始祖'的过错联系起来，就形成了'原罪'教义"，[①]由此，将罪的起源归因于理性造物的自由意志上，这就意味

① 周伟驰：《奥古斯丁的基督教思想》，北京：中国社会科学出版社，2005年，第205页。

着，上帝无须为人的堕落和世界的罪性负责。如前文指出的，基督教的伊甸园是异教文化中黄金时代的对位，预设了一种原初的完美和谐状态。人类始祖亚当和夏娃在乐园中快乐无忧，身心和谐，没有匮乏、疾病、衰老和死亡的困扰，但上帝对乐园生活是有要求的，即人必须服从上帝的命令，当人滥用意愿的自由犯罪时，上帝则对人做出了公正的惩罚，这个后果就是“死亡与淫欲的惩罚”。奥古斯丁以“种质/种相”的概念来揭示原罪的遗传性，全部的人类都起源于亚当，在种相上具有同一性，在“始祖犯罪时，人类的种质本性（natura seminalis）已经受到了伤害”，“后世的每一个人都是从这个种相中生出来的，因此每一个人都与生俱来地处于罪的状态之中”。始祖的罪必将遗传给他们的全部后代，使人类陷于原罪之中，而原罪带来原责，上帝对于始祖的惩罚也株连了后世的每一个人，失乐园之后，“人类就进入了‘劳作、悲伤、死亡与尘世的各种痛苦始终不断的历史阶段’”[①]。在奥古斯丁的神学话语中，这个历史阶段“就是尘世（saeculum）”，即“人类在堕落与最后审判之间的历史和世界”，因为罪与罚，尘世生活注定充满罪恶和不幸，“他们全部的生命恰似一个朝向死亡的行程”[②]。联系到《人生的游行》，可以看出霍桑所理解的尘世与奥古斯丁的暗中相通之处，俗世人生就是一场奔赴死亡的盛大的假面游行。另一方面，奥古斯丁并不否定尘世生活，尽管尘世充满罪与悲苦，但它也拥有源自造物主的善。总体而言，“‘尘世’是一个善恶并存的所在”[③]，这与霍桑对于尘世的理解也是一致的。霍桑的尘世是堕落的，然而，也有其内在的崇高，它凄苦惨淡，但也隐隐散发着某种狂欢的气质，以作家自己的比喻来说，尘世是“大理石和烂泥巴”的混合，是罪孽与圣洁的奇异纠结，正如他笔下的海丝特·白兰，罪孽深重却又恍若圣母。或许，这是一个有价值的线索，在重启

---

① 夏洞奇：《尘世的权威：奥古斯丁的社会政治思想》，上海：上海三联书店，2007 年，第 74 页。

② 夏洞奇：《尘世的权威：奥古斯丁的社会政治思想》，第 75 页。

③ 夏洞奇：《尘世的权威：奥古斯丁的社会政治思想》，第 76 页。

原罪观时，霍桑在历史和社会观上是否会表现出某种奥古斯丁主义的倾向，这个问题留待后文深究。

归根结底，《胎记》是一则关于“原罪”的寓言，主人公追求完美而不能，这一悲剧正是对原罪及“堕落之后”(postlapsarian)尘世境况的确认。原罪正是我们与生俱来的胎记，是我们人之为人的全部属性，包括我们的脆弱、缺憾、有限性以及无可逃避的死亡之定数。可以想象，艾尔默渴望摆脱肉体的负累，向那澄明的精神之境飞升，而胎记却时时提醒他人之为人的限度和缺憾，胎记折磨他，唤起他心中深沉的悲伤和挫败感，但也同时激起了他的潜藏的野心。艾尔默选择与天命或法则博弈，当然，他全盘皆输，酿成大错。他让乔琪安娜饮下自配的药剂，药剂令胎记逐渐变淡，隐没不见，在胎记消失的同时，乔琪安娜的生命也随之终结。在故事里，霍桑交代，虽然胎记看起来只在皮肤的表层，但却深入乔琪安娜生命的核心，从隐喻层面来说，作家意在揭示，原罪的胎记与生命同在，是人类尘世存在境况的一部分，消除胎记等同于毁灭生命本身。原罪的印记无法抹杀，我们必须学会接受它，接受原罪，也就意味着接受人之为人的全部属性，接受人类尘世生活的一切境况。归根结底，霍桑是以原罪抵制浪漫主义时代对于“无限性”的拥抱，以基督教的罪性制约人类无限超越的狂妄梦想和野心。但另一方面，也要看到，霍桑否定的并非人类超越性的冲动本身，他始终认为，在坦然面对自身尘世性的同时，人类依然需要保持向上的精神和道德向度。在19世纪40年代创作的其他短篇小说中，我们将清晰地看到，霍桑逐步将原罪观演绎为一套抵制性的话语体系。

二、“人心”与内在的罪性

如《胎记》所明示的，原罪最根本、最核心的信条即对人自身罪性的体认，在思辨改革运动时，霍桑反复援引的正是这一根本信条，他以人与生俱来的罪性驳斥改革者的乐观主义信念。自启蒙运动以来，人性向善、人的可完善性已经成为主流信仰，至19世纪上半叶，包括超验主义者在内的浪漫主义者更是坚信人性之善，而倾向于将恶归咎为社会和文明的影响力。众所周知，浪漫主义文学的一个核心母题就是：人在自然状态中可以保持原初的美好本性，而罪恶在于过时的、不合理的社会体制，社会侵蚀人性，造成人的堕落。这一观点也深刻影响了当时的改革者，改革者将巨大的激情投向体制的改革上，认为只要摧毁过时的、罪恶的体制、习俗、传统和机构，新天新地新人便呼之欲出，《地球上的火劫》展现的正是这种扫荡旧世界的乌托邦冲动。当然，霍桑对人性从未抱着如此天真乐观的信仰，与超验主义和浪漫主义者比较，他更认同清教先辈对于人性的见解，在加尔文的原罪观中，他找到了思想的契合点。如我们上一节分析的，在《地球上的火劫》中，霍桑将"人心"指认为原罪的寓所，指出外在世界的罪恶不过是内在之罪的投射而已，借撒旦之口，作家指出改革者的错误在于无视原罪之本源，而只专注于摧毁旧世界的体系，包括从物质到精神层面的一切人工设计，这无异于舍本逐末，缘木求鱼。他提出，与其焚毁整个人类社会，不如专注于内心的净化，除非人类找到办法"净化那个污秽的渊薮"，否则世界还是那个古老的世界，"形形色色的罪恶和痛苦"还会从人心的内部萌生(p. 906)。但问题是，人心亘古不变，人类始祖犯下的原罪代代相传，在《英国笔记》里，他这样形容人心："人心是顽固的保守主义者，从古至今保持原样。"[1]人心既然无法根除内在的罪性，那么，任何针对外在世界的乌托邦改革企图都是无济于事的，这是他对乌托邦改革运动的基本诊断。在《地球上的火劫》中，他清晰地表达了这一观点，但"罪在人心"这一论断可回溯到1843年2月发表的短篇《新亚当与夏娃》中，下文将结合该短篇，分析霍桑如何颠倒改革者的命题，将包含原罪的人心指认为万恶之源。

---

① Nathaniel Hawthorne. *The English Notebooks*. Ed. Randall Stewart. New York: Russell and Russell, 1941, p. 45.

《新亚当和夏娃》实际上是《地球上的火劫》的姊妹篇，如研究者指出的，“霍桑创造未染原罪的新亚当夏娃，提供了改革不可或缺的净化人心，从这个意义上说，这篇更为乐观的末日故事是对那篇更阴郁、更惨淡的故事的‘补充’”。[①] 但《新亚当和夏娃》的侧重点不在于以人类的新生展开对未来的乌托邦想象，而是以纯粹的外部视角，反观人类社会的弊病，并探察其错误的根源，这也就是形式主义者所言的“陌生化”技法。其实，霍桑在短篇的开始就揭示了自己的创作意图，作家感慨，人类深陷自己打造的文明体系之中，已失去了分辨自然与非自然界限，所谓非自然即人工所成就、但不合自然天性的部分，也就是“人类扭曲的智性和心灵增设的结果”（p. 746）。英文的“nature”这个单词，既指向外在的自然，也指人类的自然本性，从基督教的观点来看，所谓堕落即是对受造之初善的本性的背离，亦即霍桑所言的“扭曲的智性和心灵”。作家设想，末日之后，上帝造出新的亚当和夏娃，将之抛入尘世，但他们心灵纯洁，未受原罪沾染，对人类文明一无所知，未被人类陋习和错误的价值误导，仅凭本能和直觉做出反应，仿佛试金石一般，检验出人类文明的谬误及乖常之处，并由此诊断其根源所在。显然，在《新亚当和夏娃》中，霍桑从另一个角度探索了“罪在人心”的命题，正是基于该短篇的论断，霍桑在《地球上的火劫》中，以“人心”驳斥了改革者扫荡旧世界的乌托邦冲动。

故事读来仿佛一幕幻想剧：米勒神父所预言的世界末日到来，整个人类灭绝，但人类文明的物质形式都被保存了下来。次日清晨，新的亚当和夏娃在波士顿这座现代城市的中心诞生，两人从日出到日暮在空无一人的波士顿城中游荡，依次参观了丝绸店、教堂、法院、立法院、监狱、富人的府邸、银行、珠宝店、图书馆，最后，在奥本山公墓结束了一天的游历。霍桑一方面通过新亚当和夏娃的外部视角，审视并评判了人类社会这个人造体系，映现出文明的荒谬和堕落之

---

① Lea Bertani Vozar Newman. *A Reader's Guide to the Short Stories of Nathaniel Hawthorne*. Boston: G. K Hall Co., 1979, p. 234.

处；另一方面，借助叙事人之口，作家越来越直接地指出，人类社会的一切弊病和缺陷都源自人心，源自人类始祖犯下的原罪。作家以相当多的笔墨描写了新亚当和夏娃参观法庭和监狱的过程，这两者是人类堕落状态最直接的象征，脱胎于人类自身的罪性，同时，在遏制罪恶的同时，又直接或间接地制造了罪恶。关于法庭，作家评议道："不是由心中的纯洁所建立的，也不是基于自然的朴素，而是由皱纹满面的、心肠冷酷的人，以尘世堆积如山的冤屈为地基建成的。"(p. 751)堕落尘世的法庭远非正义的代表，它起源于罪恶，却无法消除罪恶，更无力实现普遍的正义。对霍桑而言，监狱似乎凝聚了堕落尘世的全部黑暗，它是占据作家想象力的一个鲜明意象。提到监狱，我们自然会联想起《红字》中的经典描述，作家将之形容为文明社会的黑色花朵，它起源于罪恶，与堕落尘世相伴相生。作家对监狱的敏感与美国监狱体系的形成和监狱改革运动有关。如福柯在《规训与惩罚》中指出的，从 18 世纪 60 年代开始，整个刑罚体系经历了一个现代的转型期，"在这段时间里，无论在欧洲还是在美国，整个惩罚体制在重新配置"[①]，旧的法律和惯例被废弃，出现了一整套有关法律和犯罪的新理论，而惩罚机制也采用了新的运作方式，1840 年间美国兴起的监狱改革是这一历史进程的推进。在《新亚当和夏娃》中，作家对监禁和监狱这种现代刑罚方式已经展开了思考，他将监狱比作麻风病院，他以麻风病喻指遗传自始祖的原罪，作为亚当的后裔，尘世之人，包括其中最纯洁的兄弟，都免不了受到感染，都无一例外地"患有这名为罪恶的瘟疫"，被定罪的犯人不过是被标上了"麻风病的外在印记"。监狱的荒谬之处在于，同为罪人的尘世人却诉诸歧视和仇恨原则，对犯人加以隔离和幽禁，以恶制恶。叙事人感叹，人类用尽一切办法，"医治和根除这种疾病"，"却从未尝试过以爱来疗治罪恶"。(p. 752)新亚当和夏娃随后看到监狱外的绞刑架，本能地感到恐惧和

① 米歇尔·福柯：《规训与惩罚》，刘北成，杨远婴译，北京：生活·读书·新知三联书店，2010 年，第 7 页。

悲伤，作家将之称为“人类整个体系的典范”，旨在唤起恐惧，实施惩罚、打击和报复。概言之，人类的体系是基于堕落尘世的现状，基于罪恶普遍存在的事实而设计的，尤其是法律、监狱和刑罚体系所代表的这部分体系更是直接针对罪恶而打造的。所以，在《地球上的火劫》里，当改革者焚毁绞刑架时，作家暗示，这根本无济于事，因为刑具和监狱原本因罪恶而产生，是堕落的产物，改革者可以焚毁有形的刑具，却无法触及人类自身的罪性，只要罪性存在，被理想主义者废弃的制度和体制会卷土重来，而致力于完善制度设计的改革同样无济于事，因为任何一种制度设计都无法触及人心深处的原罪，人心亘古不变，原罪是人类与生俱来的胎记。但另一方面，霍桑认为，尽管法律和刑罚体系是堕落尘世的产物和标志，它们依然有存在的必要，在后期的作品里，可以发现，霍桑越来越倾向于维护传统、秩序和权威，这和奥古斯丁也有近似之处。

新亚当和夏娃的漫游为读者呈现了人类为欲望所羁绊的生存状态，锦衣玉食、珠光宝气、豪宅美舍对两人毫无意义，相对于奢华繁丽，他们本能地选择自然的简朴和鲜美。但有趣的是，透过两人的反应，可以看出，霍桑并不否认人工之美，也不否认人类物质文明成就的辉煌，他所反对的其实是放纵欲望，沉溺于贪欲，而忘却精神的向度，灵魂为肉体、欲望和物质囚禁，正是堕落尘世之经常误入的歧途。借新亚当和夏娃步入商业区之际，霍桑抨击了现代商业社会的金钱贪欲，揭示其虚空和荒谬的本质。如果说监狱和法庭起源于罪恶，以证券交易所和银行为重要组成部分的资本主义经济体系依托的是人性里的私欲与贪婪。在第一章中，我们提及，“杰克逊时代”见证了美国资本主义经济的勃兴，经济的繁荣刺激了人们的物欲和金钱欲，拜金主义侵蚀了传统伦理观念，这也使得以爱默生为代表的一代文化人深感忧虑，从某种意义上说，转而强调精神和性灵的超验主义和浪漫主义也是对当时甚嚣尘上的物质主义的反拨。末日之后的正午时分，新亚当和夏娃走过大街，这原本是证券交易忙碌的高峰时刻，但此刻一片沉寂，末日的号角使得世间的财富失去了意义。作家嘲讽道,那些精明的资本家难道能“那么粗心,居然不向天堂的现金出纳员交纳他们所去国度的货币,不上交任何汇票,也不上交向地球上穷人贷款的凭证吗?”(p. 757)新亚当和夏娃随后走入一家银行,金币纸币在他们天真简朴的心灵里引不起任何反应,然而,对于深陷金钱欲的人类而言,黄灿灿的金币曾经拥有巨大的魔力,“足以动摇人的心灵,迷惑他们的道德意识”;而纸币也曾法力无边,俨然可以呼风唤雨,造起空中楼阁。作家感慨,金钱已然成为人类整个体系的“主流、生命和本质”,“这个体系已经与人类的要害器官融为一体,以它致命的力量抑制了人类的原初本性。”(p. 758)霍桑将金钱欲界定为人类整个体系的核心,反过来,又腐蚀人心、败坏人性,人类社会仿佛陷入一个没有出口的迷宫中,人类的罪性衍生出病态、扭曲的体系,而体系又进一步激发人性深处的罪恶,两者纠结缠绕,无法剥离。的确,尘世图景在霍桑的眼中可谓惨淡阴郁,不容否认,这也最终导致了他的宿命情绪和无为主义。在该短篇中,作家提到了人类社会的贫富不均和阶层问题,叙事人揣摩,新亚当和夏娃该如何理解这种状况:一处住宅破烂寒酸,而另一处却富丽堂皇?一部分人过着骄奢淫逸的生活,而广大民众却为了糊口而劳作不休?霍桑将贫困、压迫和剥削等社会弊病同样归结为人心而非制度设计的缺陷,堕落的尘世人已经彻底“背弃了那原初的爱的律令”,所以,人们会抛开手足之情,觊觎和侵占兄弟的财产。叙事人承认,除非新亚当和夏娃失去天真,否则的话,他们纯洁的心灵无法理解这类罪恶的行径,但果真如此的话,取代灭绝人类的将是另一个堕落的族群。

此外,值得一提的是霍桑对人类知识的尖锐批评。作家安排他的幻想主人公走进哈佛大学的图书馆,借机对人类的知识体系半开玩笑地评判了一番。他将人类的知识比作“另一株善恶树上结的毁灭性禁果”(p. 761),认为会导致新亚当的堕落,因为人类知识不外乎妄言、诡辩、虚假的智慧、片面而狭隘的道理、误导人的原则和实践等等,这些知识把地球变成云雾缥缈之国,把人变成虚幻的影子。尽管这段言论不无风趣,但仍透露出作家真实的想法:人类的理性和认知能力是有限的，人类的知识也是片面而充满谬误的，人类无法凭借有限的理性和知识实现自我和世界的更新，这一判断同样是基于基督教的原罪观，即对人类自身有限性的确认。

有意思的是，关于新亚当和夏娃，作家发现，他们所能发展出的人类文明其实是不可想象的，甚至对于没有罪性的亚当和夏娃，除了他们的纯洁、简朴、虔敬和高洁的精神性之外，作家能告诉我们的也不多，我们的认知和文明无疑都根植于人类特定的存在状况。仅凭这点也可以断定，《新亚当和夏娃》不是关于未来的乌托邦想象，而根本上是对人类自身及社会的检视，它是针对改革者的一次反驳，以幻想剧的形式揭示人心而非外在体系是人类社会的症结所在。《新亚当和夏娃》以内在的罪性颠倒了改革者关于社会问题的诊断，《胎记》和《拉帕西尼的女儿》则更为充分地演绎了基督教原罪观的丰富内涵，在后两个短篇中，作家其实以原罪彻底否定了人类的乌托邦之梦。

三、尘世：善恶的混合体

霍桑在《新亚当和夏娃》中，设想的是未曾堕落、但被抛入尘世的一对新人，然而在基督教的神学体系内，原罪必然与尘世结合在一起。所谓尘世，指的是介于堕落与最后审判之间的历史和世界，尘世经验对应着人类“堕落后”的存在状况，因为原罪和由此招致的惩罚，尘世生活注定充满罪恶、痛苦和缺憾，而尘世中的人，已经背离自然本性，失去灵与肉的和谐，意志分裂，理性和认知能力受限，深陷欲望和罪恶中，无法摆脱衰老和必死的命运。无罪的新人类和纯洁的尘世经验确乎难以想象，如果说《新亚当和夏娃》揭示了基督教关于人自身罪性的根本信条，《胎记》则以胎记隐喻人类堕落后的存在状况，主人公的悲剧向我们揭示：人类僭越的野心注定一败涂地，因为原罪是我们与生俱来的胎记，消除胎记等同于毁灭生命本身，我们必须学会接受它，接受原罪，也就意味着接受人之为人的全部属性，包括我们的脆弱、缺憾、与生俱来的罪性、有限性以及死亡之定数。

整体上,《胎记》的寓意相当明显,它以原罪确认人类自身和尘世生活不可逾越的限度,以此来抵制和消解时代强势话语孕育的乌托邦冲动。比较而言,《拉帕西尼的女儿》在思想意蕴上要复杂得多,但它同样延续了关于原罪主题的探讨,我们不妨将两个短篇看作姊妹篇。

《拉帕西尼的女儿》于1844年刊登于《美国杂志与民主评论》,后收录于1846年版的《古屋青苔》。故事发生在意大利北部的小城帕多瓦(Padua),主人公乔万尼(Giovanni Guasconti)从南部来帕多瓦大学求学,在一座古旧的贵族宅邸内赁屋而居,从这间寓所的窗户,可以俯瞰楼下拉帕西尼医生的花园。乔瓦尼认识了常在花园里侍弄花草的拉帕西尼医生的女儿比特丽丝(Beatrice),两人坠入爱河。比特丽丝美丽动人,自小作为父亲的实验品,被父亲隔绝在花园里,在毒花药草的滋养中长大,全身充满致命的毒素。乔万尼不顾拉帕西尼的对手、医学教授巴格里奥尼(Baglioni)的警告,和比特丽丝相爱,并频频在花园里和她相会。不久,乔万尼惊恐地发现比特丽丝"已将一种猛烈而微妙的毒素灌输到他的体内"(p. 986),面对乔万尼愤怒的指责,比特丽丝喝下了巴格里奥尼送给乔万尼的解毒剂,倒在她父亲和乔万尼的脚下死去。《拉帕西尼的女儿》是霍桑受评论关注最多的经典短篇之一,有评论家将之称为"霍桑最难懂的故事之一"。[①] 无论是人物、还是事件和情境都呈现出晦暗不明、模糊难辨的特征,这也使得研究者众说纷纭,莫衷一是,尤其是对于偏爱有机统一的新批评思维而言,故事繁复矛盾的叙事肌理的确很挑战研究者的把握能力;另一方面,文本中触及到的科学、女性、性和心理等问题也使得它备受当代评家的偏爱,但因理论视角、研究方法和侧重点不同,当代研究者往往忽略文本中隐含的含糊和歧义。其实,故事的欧洲背景很值得关注,它表露了作家对于古典文明的兴趣,这个留待以后再

---

① 转引自 Lea Bertani Vozar Newman. *A Reader's Guide to the Short Stories of Nathaniel Hawthorne*. Boston: G. K Hall Co., 1979, p. 263.

谈，这里先从原罪的思路切入，我们会发现，很多困扰传统研究者的矛盾和冲突其实迎刃而解，故事的主题也意外清晰地浮现。

《拉帕西尼的女儿》是一篇充满基督教意象、象征和指涉的作品，而其中最为核心的是对伊甸园的呼应，作家精心营造了一个堕落后伊甸园的意象，这就是拉帕西尼医生的花园。作家在文中以设问的方式有意点出这种对应："那么，这座花园，是当今世界的伊甸园么?"(p. 979)在解读该作品时，有的评论家执着于寻求花园与伊甸园一一对应的寓言关系，以各种方式诠释四位主要人物的伊甸园原型和彼此间的关系，有的甚至读出乱伦的寓言意味，[①]但很多解读有过于牵强之嫌。霍桑无意书写一则失乐园的寓言，他关注的其实是堕落后、沾染了原罪的尘世存在境况，而它由现世伊甸园这个意象浓缩地表达了出来。如作家描写的，花园中间"有座大理石喷泉的废墟"，尽管大理石雕已经破碎，但泉眼依旧汩汩地喷出泉水，仿佛"一个不朽的精灵，不停地在歌唱，而无视周围世事如何变迁"(p. 978)。出于医学研究的目的，拉帕西尼医生在花园里精心培育了种种奇花异草，园中涌出的泉水滋养灌溉了这些植物，医生本人也正像伊甸园中的始祖亚当，以园艺为业，精心侍弄花草。的确，这些细节都刻意呼应圣经中有关伊甸园的描写：主上帝在东方开辟伊甸园，把他造的人安置在里面；有一条河从伊甸流出，灌溉园子；主上帝把那人安置在伊甸的园子里，让他栽种看管园中的一切。(2：8，10，15)然而，尘世中的花园到底不是伊甸园，拉帕西尼医生更非伊甸园里的始祖亚当，园艺在此也已丧失创世之初的单纯与欢乐。和天真亚当不同的是，医生以科学家探究的目光审视每一棵草木，仿佛要看穿、看透植物内在的结构和隐秘，不仅如此，他所培养的植物多为毒花恶草，侍弄花草时，他必须谨慎地避免与植物亲近，举止间仿佛"在邪恶的力量，诸如野兽、毒蛇或恶魔中穿行一般"，叙事人感叹，"这个男人，自己亲手栽

① 参见 Oliver Evans. "Allegory and Incest in 'Rappaccini's Daughter'," *Nineteenth-Century Fiction*, Vol. 19, No. 2 (Sep., 1964), pp. 185 - 195.

培起的植物,却如此警惕于受它们的伤害,他是亚当吗?"(p. 979)拉帕西尼医生属于霍桑笔下邪恶科学家的人物谱系,比《胎记》中的艾尔默更冷血,他将对科学和知识的求索完全置于人、生命和伦理准则之上。不言而喻,他是堕落尘世里的亚当,沾染了原罪,是尘世全部罪人的代表。另一方面,园中的花草已非神原初的造物,也不再是大自然的纯洁儿女,具有了罪恶和邪恶的意味。在《新亚当和夏娃》里,作家将文明体系中视为人工的产物,其中一部分源于"扭曲的智性和心灵",同样,在一定程度上,医生花园也得益于人工之力的打造,扭曲的心智培育出恶花毒草,它们是医生僭越的野心和智性的骄傲产物。这些植物都是有毒的,其中,毒性最烈的是园中一株开紫花的灌木,一滴毒汁足以令蜥蜴毙命,毒性之强令医生也敬而远之。在故事的隐喻体系内,毒素和毒性指向道德上的罪和邪恶,表现为活跃的恶的原则,它们与蛇的形象联系在一起,"有些像蛇那样在地上蔓延,或者凭借各种物件攀爬上高处"(p. 978)。再者,园中植物也是诡异和乖常。初次步入园中的乔万尼发现,这些花草显得过于艳丽狂野,长得不够自然,"有几种会使天性敏感的人感到震惊,它们看起来很不自然,表明是几种植物品种杂交的结果,其结果已经不是上帝的造物,而是人类堕落的幻想力的骇人产物,散发出一种邪恶的仿冒的美丽"(p. 991)。植物的怪异与野性暗含着性乖常的意味,这与杂交(adultery)这个概念有关,如研究者指出的,"直到18世纪,园艺学家仍时常觉得他们的工作是邪恶的……人们似乎普遍相信,不同品种间的杂交是不道德的变态行为,培育新品种是对神大不敬的冒犯,是对创世的暗中批评"。[①] 霍桑有意引入有关杂交的这层联想,以性乖常的意味突出尘世花园的堕落本质。显然,拉帕西尼医生的花园是堕落尘世的一个缩影,它充斥着罪恶,是人类罪性的外在投射,是扭曲和堕落人性的外在表达,它涌动着欲望,混杂着人类的骄傲、野心

---

① Charles Boewe. "Rappaccini's Garden," *American Literature*, Vol. 30, No. 1 (Mar., 1958), p. 44.

和恶念。

但《拉帕西尼的女儿》的复杂之处，在于它并非只是呈现出人类罪性或尘世阴暗的一面，而是致力于呈现尘世令人眩晕的混杂特质。尘世中，美与丑并存，生命与死亡同在，罪恶与良善交织，它仿佛是一个巨大而迷离的混合体，成就了人类生活的全部复杂性。这里，我们仍然在花园的意象体系内进行分析。在霍桑的笔下，花园并非只是罪恶的渊薮，它本身就是一个奇妙的混合体，有毒花，也有纯洁的少女，有涌动的生机，也有潜伏的死亡暗影。花园中有泉水，泉水喷涌不断，滋养园中的植物，它象征着纯净的精神和永恒的生命原则；但另一方面，园中充满致命的毒素，毒素令生物毙命，令花园散发着不详的、诡异的氛围。作为罪恶符号的毒素总是与最美丽、最纯洁的奇特地纠结在一起，而将这两者完美糅合在一起的是园中一株开紫花的灌木和医生的女儿比特丽丝。有趣的是，少女和植物又被描写为一对姊妹，在本质上具有某种同一性。作家告诉我们，这株灌木长在泉水池的中央，开满宝石般的紫色花朵，光华夺目，仿佛"没有阳光，也能照亮整个花园"(p. 978)；在《创世纪》中："耶和华神使各样的树从地上长起来，能悦人的眼目，也好作食物。园子中间又有生命树，和知善恶树"(2：9)。故事中的伊甸园类比令我们无法忽略这株树的隐秘意味，在堕落后的花园里，这株灌木既非生命树，也非知善恶树，始祖食用禁果后，罪性已经成为我们生命的一部分，这株树隐喻的正是生命与罪恶同在的堕落后状态。比特丽丝与紫花灌木情同姐妹，她悉心照料这株树，拥抱它，称呼它为"我的姐妹"，以它致命的气息滋养自己，两者的生命息息相通。和紫花灌木一样，比特丽丝将美和毒完美糅合在一起，如作家指出的，"花与少女本是两物，然而，又难分彼此，各自的形体里都充满某种奇异的危险"(p. 980)。少女美貌如花，朝气蓬勃，乔瓦尼直觉出她精神的纯净："她的精神在他面前像清新的河水奔涌"，心灵如澄净的水面，倒映出天光云影。然而，作为父亲的实验品，她又具有致命的毒性，呼气令昆虫毙命，手指的触摸甚至能灼伤乔瓦尼的皮肤。从心理分析和女性主义的角度来看，比特丽丝的毒性意味着性的致命诱惑，“疯魔了帕多瓦全城小伙子”(p. 983)，和园中的植物一样，性是堕落最直接的印证，她无疑是堕落后的夏娃，将美与毒、灵与肉、纯洁与堕落、天使与恶魔的对立面统统集于一身。正如研究者洞悉的，“从一开始，比特丽丝……就是基督教核心悖论的化身——天使一般，但堕落有罪，美丽不可方物，却又万劫不复”。[①] 可以说，通过比特丽丝这个人物，霍桑表达了他对凡俗之人、人性以及尘世的全部理解。我们提到，霍桑与奥古斯丁对于尘世和人性的理解有相通之处，但这种混合体的洞见更多得益于弥尔顿的影响。在政论文《论出版自由》(*Areopagitica*，1644)中，弥尔顿这样论述尘世混合杂糅的特质：

> 我们知道，在这个世界中，善与恶几乎是无法分开的。关于善的知识和关于恶的知识之间有着千丝万缕的联系和千万种难以识别的相似之处，甚至连赛克劳碌终生也拣不清的种子都没有这样混乱。在亚当尝的那个苹果的皮上，善与恶的知识就像连在一起的一对孪生子一样跳进世界里来了。也许正是由于这一劫数，亚当才知道有善恶，也就是说从恶里知道有善……的确，我们带到世界上来的不是纯洁，而是污秽。使我们纯化的是考验，而考验则是通过对立物达到的。因此，善在恶的面前如果只是一个出世未久的幼童，只是因为不知道恶诱惑堕落者所允诺的最大好处而抛弃了恶，那便是一种无知的善，而不是一种真纯的善。[②]

显然，在谈及原罪时，霍桑强调的不仅仅是人类普遍的罪性，更是罪恶并存的尘世根本属性，国内研究往往忽略了这一观念在霍桑思想体系中的重要性。实际上，在他的短篇和长篇作品中，霍桑都反

① Roy R. Male Jr., “The Dual Aspects of Evil in ‘Rappaccini's Daughter’,” *PMLA*, Vol. 69, No. 1(Mar., 1954), p. 101.

② 弥尔顿：《论出版自由》，吴之椿译，北京：商务印书馆，1958 年，第 18 页、19 页。

复陈述了这一基督教的洞见。比如，在同年发表的短篇《情报中心》(*The Intelligence Office*, 1844)中，他也表达了这一见解。在故事中，他假想了一个记录有世人心灵欲求和憧憬的簿册，认为较之活生生的戏剧，“簿册里记录的善更多，恶也更多；记录的无德之人的赎罪之善更多，而有德之人的过错也更多，灵魂飞升得更高，也堕落得更深；简言之，册簿中善恶杂糅，比我们从外部世界中观察到的更令人困惑”(p. 883)。换言之，善人有恶，而恶人也有德性的一面，尘世善恶杂糅，彼此纠缠，难以剥离；不仅如此，善与恶之间互为转化，处在动态的变化中，“圣洁而慷慨的愿望像香烟一样从纯洁的心灵向天国飘升，却将芬芳浪费在罪恶时代的风潮上了；肮脏、自私而歹毒的欲望从腐烂的心灵上蒸腾而出，却经常飘进精神的领域中，没有转化为尘世的劣迹”(p. 883)。善恶混杂注定我们无法以非此即彼、非黑即白的方式来认知世界和他人，这也决定了人类无法以扫荡或净化的方式一劳永逸地实现灵魂的净化，正如弥尔顿所言，“纵令我们可以用这种办法消除罪恶，但应当注意的是我们像这样消除了多少罪恶，就会破坏同样多的美德。因为德与恶本是一体，消除其中之一，便会把另一个也一起消除了”[①]。在《通天铁路》和《地球上的火劫》中，他否定的正是这种基于非此即彼思维的乌托邦幻想，改革者以除恶的方式臻于至善的道路根本上是走不通的。也正是基于这样的洞见，我们发现，故事中的四个主人公各自都表现出人性复杂的双重性，没有完美的理想人物，也没有纯粹的恶棍。

归根结底，《拉帕西尼的女儿》致力探讨的主题是如何面对善恶混杂的尘世境况，它向我们揭示的并非基督教或西方文化传统中的对立二元，诸如“善与恶，灵与肉，天使与恶魔，英雄与恶棍等一系列简单的二元对立”[②]，而是如何超越这种二元论的思维模式，实现精神

① 弥尔顿：《论出版自由》，吴之椿译，北京：商务印书馆，1958 年，第 25 页。

② 尚晓进主编：《霍桑短篇小说选读与评述》，上海：上海大学出版社，2010 年，第 554 页。

和道德的成长。沿循这条思路，我们可以更清晰地理解乔万尼的问题所在。在故事中，乔万尼是天真年轻人的代表，和年轻人布朗一样，当他来到小城，与拉帕西尼医生和女儿比邻而居时，就已经踏上了一次冒险与成长之旅。遗憾的是，和布朗一样，他未能经受考验，实现精神成长。在故事的开头，有关但丁和《神曲》的指涉暗示了乔万尼所面临的考验及其心灵之旅的性质。作家告诉读者，乔万尼所租住的旧宅，属于一个古老的家族，而这个家族的一位祖先，“曾被但丁在《地狱篇》中描写为永恒的受难者”(p. 976)。当老妇人让乔万尼“把脑袋伸到窗户外头去”(p. 977)时，和但丁一样，年轻人即将踏上一条充满挑战的朝圣之旅，而医生花园中的比特丽丝中原本也可以充当《神曲》中理想女性的角色，指引他抵达更高的信仰。在陷入与比特丽丝的爱情后，乔万尼为疑虑和惶恐困惑，为矛盾的情感所撕裂。他的情感复杂难言，这情感既不是爱，也非恐怖，“而是爱与恐怖结合后产生的疯狂苗裔，两者都融合于其中，燃烧起来像爱情，颤栗时又像恐怖”(p. 987)。他在恐惧与希望之间挣扎，对立的情感让灵魂充满痛苦，仿佛置身于炼狱的火焰中。

乔万尼情感的分裂源自认知上的分裂，作家以相当多的笔墨描摹了他充满疑难的认知过程。乔万尼的认知困境代表了堕落后尘世人的内在缺陷，其感官经验和理性推断都不可靠，难以形成客观明晰的认知和判断。在《牧神雕像》中，霍桑更深入地探讨了人类的认知局限。根据奥古斯丁的观点，原罪使人陷入无知的状态，“人内心充满骄傲，以为凭着自己的能力就可以认识真理，认识真理就可以凭着道德修炼达到完善。但实际上，他们既不能认识真理，也不能臻于至善，反倒是陷在‘无明’和‘无能’之中”①。不仅如此，乔万尼的问题还在于二元论的基本预设，总是以非此即彼的思维来把握认知对象，但比特丽丝的复杂性超越天使与恶魔的对立。乔万尼的感官经验为他呈现了一个少女致命而邪恶的一面，他看到她与致命的灌木拥抱、看

① 周伟驰：《奥古斯丁的基督教思想》，北京：中国社会科学出版社，2005 年，第 220 页。

到花束在她手中枯萎、昆虫死于她的呼气。然而，乔瓦尼又深感感官经验的不可靠，他怀疑自己的眼睛，也不愿相信城中的流言。在他就自己的怀疑向比特丽丝求证时，少女的答复是："忘掉你对我的有关幻想。即便就外在的感官来说是真实的，但在本质上可能是虚假的。但是比特丽丝·拉帕奇尼口中说出的话，是发自她的内心深处的。这些你可以相信！"(p. 992)值得注意的是"幻想"(fancy)这个单词，在描写乔万尼的个性时，作家也用过这个字眼，形容他"幻想来得快"(p. 986)。在浪漫主义的语汇里，幻想属于较为低等的认知范畴，以原初的记忆和印象为素材，在不改变其组成元素的基础上，将之进行时空的重组。比如，柯勒律治就将幻想界定为感官意象的重组功能："幻想……除了固定和明确之物外，没有其他东西可把玩。的确，幻想无非是从时空秩序中解放出来的一种记忆的模式。"[①]霍桑显然熟悉幻想的这层意味，和同时代的浪漫主义者一样，他区分经验的与超越的世界，认为更高的、形而上的真实需要借助心灵的直觉和想象力把握。在某些瞬间里，乔万尼的确以心灵的眼睛(his mental eye)穿透表象、抵达了更高的真实，他看到姑娘透明的灵魂，看到她的纯洁与善良，也看到她灵魂的深度。霍桑肯定人类精神纯洁的可能性，和弥尔顿一样，认为人类有从恶中抵达善的精神力量，且必须在恶的经验中实现精神的成长。在《情报中心》中，他曾写道："有时候，精神的源泉凭借内在的智慧得以保持纯净，它波光闪耀，融入天国的光辉中，虽从地层中喷涌而出，却不染一丝尘埃"(p. 876)，比特丽丝就是如此。但囿于非此即彼的思维，乔万尼无法接受善恶同体的堕落后夏娃，也无法理解堕落尘世的根本属性；他的灵魂原本缺乏深度，考验反而激起了其内心的恶毒之情，这也说明道德成长之艰难。最后，当乔万尼妄想以解毒剂洗净比特丽丝时，他否定的无疑是生命本身，

① 引文出自 Samuel Taylor Coleridge. *The Project Gutenberg EBook of Biographia Literaria*，10th edition，http：//www. gutenberg. org/cache/epub/6081/pg6081. html.

正如故事中所言，“毒性已成为她的生命，强烈的解毒药就是死亡”(p. 1005)。

和《胎记》一样，《拉帕西尼的女儿》也否定了人类通过清洗罪性而实现人性与社会更新的努力。针对时代乐观主义的信念，霍桑立足于基督教的原罪观，指出的是另一条具有灵魂深度，但也更为艰辛的灵魂净化之路。它要求人类接受堕落后的尘世状况，接受罪与生命同在的事实，在善恶并存的现世生活中，本着爱与同情的原则，实现精神的飞升和成长，但它致力于追索的是灵魂的厚度和道德的高度，而非一切世俗或宗教改革者祈望的人间天国。继《新亚当和夏娃》中对人类内在罪性的指认，到《胎记》中以原罪确认人类的尘世属性，再到《拉帕西尼的女儿》中探索善恶杂糅的尘世境况，可以清晰地看到一条思想脉络的推进，而这条脉络的思考无疑是针对时代的乌托邦改革运动而展开的，我们将之概括为霍桑的原罪话语。有意思的是，也正是在演绎这套抵制性话语时，霍桑找到了他最为经典的主题，即霍桑研究概称为“清教主义重负”的这部分遗产，包括人性的阴暗、隐秘的罪恶、负罪感、罪的后果、道德的含糊性和精神的成长等等，从某种意义上说，他是将针对外部世界的乌托邦冲动转化为向内的道德修为和精神求索。

四、搁置天国的原罪话语

在众人言说进步和光辉未来之际，霍桑激活了加尔文主义的古老思想资源，提醒我们铭记人性的黑暗、历史的阴影和自身的有限性。但必须承认的是，这毕竟是一个经过世俗化和现代性浪潮洗礼的时代，霍桑无法像中世纪的教父那样，安然栖居于基督教体系的内部，他无法享有正统基督教徒的坚实信仰。在第二章中我们谈到始终困扰霍桑的信仰危机，他的宗教怀疑、焦虑与不确定感，他既不能信，也不能安然不信的内心挣扎；他或多或少地分享了林神的智慧，与莎士比亚在精神上有相通之处。霍桑把基督教信仰比作一座巨大的教堂，内部充满和谐和荣光，但站在外部，则无法感知内部的辉煌。的确，他具备敏锐的洞察力，也拥有足够的勇气，直面教堂之外的混沌与黑暗，将心灵推向信仰濒临崩溃的深渊地带。欧文·豪相信，霍桑一生深陷信仰危机之中，传记作家们留意到，1849年7月，霍桑经历了丧母之痛，深感生之无奈，死之虚无。母亲垂危之际，他在日志中写道："暮年是一生的终结，然而，却如此凄凉混沌，并未向我们敞开天堂的愿景"，继深刻的虚无之后，我们看到坚信的努力："如果大限之后别无其他，上帝不会让生命终结得如此黑暗凄惨……让生命如此痛苦地灰飞烟灭，这是天理难容的——它是一种侮辱。所以，正是在死亡的悲苦中，我找到更高存在的甜美慰藉。"[①]但正如研究者指出的，永恒或永生是霍桑必须"反复巩固的信仰和信念"[②]，这种灵魂的挣扎一直持续到他的暮年。比如，1855年在利物浦任领事期间，他再次思忖了永生的可能性："除非赐予永生，否则，上帝本人也无法补偿我们生之为人。此间忍受的苦难给我们足够的权利索取另一次的生命，不仅如此，还有全部的幸福，因为真正的幸福在尘世之外，而它也非凡人所能享有的。"[③]与其说这表达了一种确信，莫若说是一种焦灼的愿望或意志力的吁求。在霍桑的作品里，对死亡和永生的关注有时变形为关于长生药的想象，兰德尔·斯图尔特将长生药列为霍桑作品的第四大主题，认为尽管"这一主题没有催生像《拉帕西尼的女儿》、《伊桑·布兰德》和《七个尖角顶的宅子》这样的杰作"，但也时常浮现于他的作品中，甚至在两部残稿《赛普提缪斯》和《多利维浪漫传奇》中，作家还在执着于长生药的探讨。这也证明，直至辞世前，霍桑仍困惑于信仰问题，他渴望得到有关来世、天国和永生的承诺，

① Nathaniel Hawthorne. *The American Notebooks*, in *The Centenary Edition of the Works of Nathaniel Hawthorne*, ed. William Charvat et al. 23 vols. Columhus: Ohio State University Press, 1962-1997, Vol. 8, p. 425, 429.

② Rita K. Gollin. "The Fairest Hope of Heaven': Hawthorne on Immortality," In *Hawthorne Bicentennial Conference*. Salem: Massachusetts, 2004, p. 75.

③ 转引自 Richard Euggene Mezo, *Hawthorne's The Marble Faun: A Re-appraisal*. Dissertation. com, 1972, p. 13.

以彻底驱散虚无的浓重黑影。由此，我们发现，霍桑的确处于一种微妙的思想史情境中，他无法追随19世纪的世俗化的乐观主义信念，但在重启加尔文思想遗产时，他也无法回到那个古老的基督教世界。一方面，他反复言说原罪，坚持人的罪性和人类生活的有限性，但不同于传统基督徒的是，他无法从天国之望中获得尘世生活的全部意义，也无法以基督教的时间/永恒这一悖论超越死亡的消解性力量，因而，在言说原罪的同时，只能暂时搁置基督教关于天国和永生的许诺。需要追问的是，这给他的原罪话语带来什么样的意味？

一个值得注意的问题是，在霍桑的作品中，原罪的黑暗常与虚无的暗影叠加在一起，关于恶的认知常伴随着信仰崩塌的绝望。弥尔顿认为，没有恶的知识，善便是无知的善，人类由对恶的体认抵达善和美德。但霍桑敏感于问题的另一面，这与他自身经历的宗教怀疑密切相关，作家深知罪恶本身即为一种混沌黑暗的力量，它足以挑战人的信仰体系，颠倒个体眼中的秩序图景。这一条思路是围绕原罪展开的哲性思辨，尽管并非直接针对改革运动展开，但贯穿于主要作品中，是其整体思想图景不可割裂的部分。在《年轻人布朗》、《牧师的黑面纱》和《红字》等作品中，霍桑都呈现了罪恶所触发的心理危机图景，布朗、胡珀牧师和丁梅尔斯代尔这三个人物的共同之处在于，在人生的某种时刻，因为某种机缘，突然遭遇了生活中潜伏的罪恶力量，天真失落，获得了对黑暗的认知，但与此同时，也被抛入深刻的精神危机中，或者悲伤绝望，或者厌世憎世，深陷孤独之中，甚至滑向虚无的深渊。在第二章中，我们已经分析了年轻人布朗的悲剧性体验，这里结合另外两个人物的经验，对罪恶投下的双重暗影稍作分析。

《牧师的黑面纱》属于较早时期的作品，1835年发表在《珍藏与大西洋纪念》上，是最早、也是最直接陈述原罪信条的作品之一。故事的情节很简单：一个安息日的早上，教民们像往常那样到教堂做礼拜，惊异地发现胡珀牧师脸上蒙了一块黑面纱。黑面纱让教民心生恐惧，将牧师与教民隔绝开来，人们试图说服牧师取下面纱，但遭到拒绝。直到临终之际，牧师仍不肯摘下黑面纱，面纱最终与牧师的尸体一起在坟墓中化为黑土。作为故事中的核心象征，黑面纱的寓意扑朔迷离，仿佛一个飘浮的能指，支持各种解读的可能，有评论者甚至宣称“黑面纱的终极寓意不可透析”①。无论如何解读，必须承认，该短篇揭示了作家“最核心的关注，即人如何接受罪恶在他自身及世界中的存在”②，黑面纱首先指向罪恶，“与其说黑面纱让人恐惧，不如说，面纱背后隐约的深意让众人感到不安和惊恐”③，它以直观的方式揭示了人们所不愿面对的真相，即基督教的原罪信条。牧师的临终之言揭示了黑面纱的这层寓言：

> “男人们避开我，女人们不同情我，孩子们见到我吓得尖叫、逃窜，难道仅仅因为这块黑面纱吗？是什么令一块面纱如此骇人，不正是因为它隐约象征了某种神秘的东西吗？当朋友、爱人间坦诚相见、推心置腹时，当人们不再徒劳地避开造物主的目光，处心积虑地隐藏自己秘密的罪孽时；那么，我一辈子都戴着这个标记可真是个怪物了！我环顾四周，啊，瞧！每张脸上都有一块黑面纱。”(p. 384)

无论出于什么样的原因，胡珀牧师获得了对罪恶或者以恶为代表的黑暗力量的深刻理解，和年轻人布朗一样，他被恶的知识击倒，深陷绝望之中，如作家描写的，“充满了内心的战栗和对外界的恐惧，时而在自己的灵魂黑暗中摸索，时而透过那层薄雾，凝望着惨淡的世界”。(p. 380)牧师戴上黑面纱的举动，本身就是一种决绝的姿态，他无法

---

① N. S. Boone. “‘The Minister's Black Veil’ and Hawthorne's Ethical Refusal of Reciprocity: A Levinasian Parable,” *Renascence*, Vol. 57, No. 3 (Spring 2005), p. 165.

② Lea Bertani Vozar Newman. *A reader's Guide to the Short Stories of Nathaniel Hawthorne*. Boston: G. K Hall Co., 1979, p. 208.

③ 尚晓进主编：《霍桑短篇小说选读与评述》，上海：上海大学出版社，2010 年，第 221 页。

接受罪恶的普遍存在，乃至彻底否定尘世，将自我与他人隔绝来看，独自在悲伤绝望中沉沦。临终之际，当神父请求他在“进入天国之际”，“在永恒的帷幔掀起之前”，为他摘下脸上的黑面纱时，他拼力拒绝这一请求，他的回答是——绝不，在尘世里，绝不摘下！显然，和暮年的布朗一样，胡珀牧师至死也无法达成与他人、尘世乃至上帝的和解，他看不到天国之光，执拗地戴着黑面纱，以拒绝的姿态辞别了人世。

如研究者普遍认同的，胡珀牧师与《红字》中的丁梅斯代尔具有很多相似之处，两人都专注于罪恶的凝视，而且，从对罪的体认中，都获得了穿透人心的力量，因而拥有了出色的布道能力。丁梅斯代尔的痛苦是作家浓墨重彩渲染的内容，这里有齐灵沃斯的因素，但和胡珀一样，他的痛苦有更为深层的因素。首先，必须看到的是，丁梅斯代尔是一位虔诚的牧师，个体的气质和心灵结构决定了他属于那种以信仰为生命支撑的虔信者：

> 丁梅斯代尔是一个真正的牧师，一个真正笃信宗教的人，具有高度的虔诚的情操和大力推动自己沿着信仰的道路前进的精神境界，并且随着时间的流逝还在不断增强和提高。不论处在哪种社会里，他都不能称为是一个具有自由见解的人；他只有在时刻感受到信仰的压力时，才心安理得；信仰既支持了他，又将他禁闭在铁笼里。[①]

但他却犯下了被列为摩西十诫之一的通奸罪，对这位虔诚的牧师而言，通奸罪是打破宗教秩序的第一步，信仰成了肉欲的败兵，他无法接受这一事实，无法接受自身的罪性，这本身足以动摇他的信仰体系。丁梅斯代尔还有爱名、虚荣、懦弱的人性弱点，没有勇气公开坦诚自己的过错，当他以布道的方式向公众坦诚自己是最恶劣、最邪恶的罪人时，他表达的正是对自己罪性的深刻体认。他把自己关在密

---

① 霍桑：《红字》，姚乃强译，南京：译林出版社，1996 年，第 109 页。

室苦修，以鞭打和斋戒惩罚自己，但这并未带来灵魂的净化和安宁，原因在于，他的信仰受到了严峻的挑战，但信仰的裂缝不是苦修和忏悔可以弥补的。甚至七年之后，丁梅斯代尔仍未获得真正的悔悟，抵达内心的宁静，在密林幽会的场景中，牧师向白兰痛苦地道出了自己的困境："讲到忏悔，我已经做得够多的了！可是悔悟呢，还没有一点！否则，我早就该抛开这貌似神圣的法袍，向人们显露我真实的面貌，就像他们在最后审判席上看到我的形象那样。"①严格地说，悔悟(penitence)和忏悔(penance)是两个不同的宗教概念，这里，有必要细究一下。悔悟指"罪人追悔自己的罪行，从此转向公义的行为，由此，获得神的慈恩"；尤其是在后来的新教神学体系内，它被定义为"由圣灵赐予的内心变化，包括对自身罪性的羞愧和随即而来的信"。② 简言之，悔悟与皈依和灵魂的转化相关，是幡然醒悟、弃恶从善，从此虔信上帝。而忏悔是针对罪行的惩罚，有公开的忏悔仪式，也有私人性质的行为。丁梅斯代尔苦修忏悔，但却无法回到上帝的怀抱。弗洛伊德主义者认为，他之所以无法悔悟，在于他无法遏制性的欲望，这点是非常准确的。从基督教的角度来说，性欲是原罪的后果，是罪的集中体现，不受理性控制的性欲望表明，堕落之后，"意志、理性、身体之间不再像堕落前那样和谐一致，而是呈现出分裂的状况"③。丁梅斯代尔无法清除自身的罪性，也无法接受罪恶普遍存在的尘世存在，他看不到天堂之光，和森林之旅后的布朗一样，为一种虚幻感所困扰，开始质疑自己的存在和周围世界的真实性。在密室苦修中，他看到形形色色的幻影，"对于不真实的人来说，整个宇宙都是虚假的，不可捉摸的，从他的掌握中化为乌有。而他本人，至少在虚假的光线中映现出来的他自己，就变成了一个影子，或者更准确地

---

① 霍桑：《红字》，姚乃强译，南京：译林出版社，1996 年，第 174 页。

② Ian A. Mcfarland, et al. eds. *The Cambridge Dictionary of Christian Theology*. Cambridge: Cambridge University Press, 2011, p. 443

③ 周伟驰著：《奥古斯丁的基督教思想》，北京：中国社会科学出版社，2005 年，第 217 页。

说,已不复存在了"[①]。"影子"(shadow)这个字眼令人联想到莎士比亚的经典台词——人生不过是一个行走的影子,丁梅斯代尔的小世界分崩离析,原本坚固的现实虚幻如梦,而他本人也恍惚如一个虚幻的影子,霍桑在此为我们生动描绘了一幅处于崩溃边缘的心理图景,对一个虔信的基督徒来说,这种深渊体验无疑是信仰崩溃的结果。

关于《红字》,神学方面的研究很多,但霍桑并无意探索严格的神学教义,他只是宽泛地探索信仰问题,或者更准确地说,他真正关注的是在一个日渐世俗化的时代,如何理解罪、人性和尘世生存的根本问题。正如尼娜·贝姆指出的,霍桑小说中并未真正复原"清教神学",包括天堂与地狱的基督教宇宙图景、诸如工作伦理和订约之类的核心话语,它反复言说罪恶和罪引发的一系列问题,对清教信仰和生活的其他方面却少有言及。实际上,作家以"19 世纪感伤式的虔敬之情取代了清教主义。小说中的上帝是一个遥远的、模糊的、偶尔浮现的概念,只在最后时刻或危难之时,被作为一种象征召唤出来。这个上帝并非清教徒生活和观念中的那个万有主宰,那种无可逃避的、贴近个体的强大存在"[②]。更值得玩味的是,尽管丁梅斯代尔沉溺于罪的意识,为负罪感反复折磨,但上帝并未真正占据他的心灵,尼娜认为,"虔诚的清教徒凝思之际,必然会感受到神的强力存在,他们迫切渴望融入上帝,匍匐在他的脚下,消融在对神的爱中。然而,在丁梅斯代尔的心灵生活中,上帝几乎是缺席的"。[③] 尼娜·贝姆关于丁梅斯代尔的分析非常有洞见,尽管她本人论证的是另一个问题,但这些洞见也为我们本节的观点提供了有力支持。霍桑真正关注的并非是神学或虔信的问题,而是在信仰遭遇危机的状态下如何理解自身的罪性问题,与其说小说探索的是个体清教徒经历的宗教考验与

---

① 霍桑:《红字》,姚乃强译,南京:译林出版社,1996 年,第 130 页。后文出自该译本的引文只在括号内注明页码,个别译文有所改动。

② Nina Baym. " Passion and Authority in The Scarlet Letter," *The New England Quarterly*, Vol. 43, No. 2 (Jun. , 1970), p. 213.

③ Nina Baym. " Passion and Authority in The Scarlet Letter, ", p. 211.

挣扎，毋宁说是在19世纪后启蒙的历史语境中，在基督教逐渐世俗化的前提下，如何言说原罪观，在无法确认终极意义和目标的前提下，如何看待它对于人类和社会持久的意义。回到故事中，丁梅斯代尔最终选择登上刑台，坦承罪恶，死在了加尔文上帝的怀抱中，需要追问的是，牧师果真重新坚定了信仰么？如何理解他最终的言行呢？又是什么促使他违背与白兰的承诺，而独自做出这样的选择呢？

林中幽会之后，丁梅斯代尔内心不啻于发生了一场剧烈的革命，作家这样描写道，“他内心里的那个人又给了他别的一些证据，证明他的思想感情发生了一次大革命”，其心灵的风暴堪比改朝换代，彻底颠覆了伦常纲纪。霍桑对于人类心理的把握的确接近于现代心理学的洞见，他看到丁梅斯代尔的内心分裂，密林幽会之后，他已完全为“内心的那个人”(his inner man)所支配。以弗洛伊德的术语来表述，我们可以说，本我的冲动已击破自我的防御机制，力比多的力量主宰了一切，牧师的心理结构完全处于失衡和失控的局面。作家这样描写道：“他每走一步，总是想作出这样或那样奇怪的、狂野的、邪恶的事，可是又觉得那样做既非自愿却又故意为之；一方面是不由自主，另一方面又出于比反对这种冲动更深层的自我。”(p. 198)对现代读者而言，这段描写的心理学意味极其鲜明，林中幽会对牧师具有一种解放性的力量，将他从清教社区法律及道德律令的束缚中解脱出来，但这个后果也是颠覆性的。当他意欲逃离清教社区时，他其实是放弃了超我道德原则的约束，在外力和内因的双重折磨下，丁梅斯代尔原本已处于崩溃的边缘，当外在的约束力消失后，力比多的能量喷涌而出，牧师发现已无法遏制作恶的冲动，一路上禁不住想冒犯、亵渎他人，正如霍桑指出的：

> 他受到美梦成真的诱惑，经过周密的选择，居然一反常态，屈从于明知是罪大恶极的行径。于是罪恶的传染性毒素便非常迅速地渗透到他整个精神系统里去，把一切神圣的冲动都麻痹瘫痪，把全部的恶念唤醒活跃起来。轻蔑、狠毒、邪恶、无端的恶

> 言秽行，以及对善良和神圣事物的嘲弄，这一切全都给唤醒了……(p. 202)

在这段文字中，霍桑再次使用了“毒素”(poison)这个字眼，令人联想到他的短篇《拉帕西尼的女儿》，罪恶是人类与生俱来的胎记，也是一种活跃的毒性力量。显然，在此霍桑又回到了对罪恶的整体性思辨上。林中幽会之后，丁梅斯代尔的确获得了一种顿悟式的认知，这超越狭隘的通奸罪的层面，而上升到关于人的普遍罪性的认知。的确，这是他“经过千辛万苦才能获得的知识”(p. 203)，从这个角度来看，最后一幕刑台场景呈现出更为深沉的意味。

在总督就职的庆典上，丁梅斯代尔在结束布道后登上刑台，向公众吐露自己的隐秘罪孽，公开承认了自己和白兰及珍珠的关系。霍桑的象征和含混手法令这幕场景意蕴丛生，而评家对牧师的公开忏悔众说纷纭，而宗教方面的研究对公开忏悔在清教社区中的实践、意义、它对牧师本人的意味以及主人公最终得救与否都有深入探究。但就这幕场景而言，它的首要意义在于，以极其戏剧化的方式捍卫了基督教的原罪信条。它是小说叙事逻辑的自然闭合，也是作家意志的强力体现。促使他走上刑台的力量与神性的宗教体验无关，而直接来源于其密林幽会后的失控体验，来源于他对人性之恶的深刻认知。他看到意志力或外在的约束力一旦消除，人性中的恶必然喷涌而出，颠覆伦理纲常、世间秩序。在刑台场景中，当他袒露胸口，向公众展示红色烙印时，无论这烙印是真实存在，还是仅存在于其想象中，我们都可以肯定，这是对通奸罪责的担当，更是一种新的面对罪恶的姿态。在备受煎熬的心灵之旅后，丁梅斯代尔最终接受了原罪的印记，和他笔下的黑面纱和胎记一样，红 A 字和牧师胸口的烙印无疑也是人类原罪确凿无疑的标记。刑台之上，当白兰问及来世相聚的可能时，牧师拒绝了所有来世的慰藉，而只是强调他们犯下的罪孽，同时，表达了对上帝的赞美、对上帝权威以及世俗权威的认可。从临终告白来看，可以认为，“丁梅斯代尔在早逝之际，抵达了谦卑与悔悟之境”①。但需要强调的是，丁梅斯代尔抵达的是一种意志力的坚信，是基于罪而抵达的坚信。《红字》以罪人忏悔的场景收束整个故事，有意味的是，《牧神雕像》同样以一对恋人的认罪和悔罪终场，这无疑暗示了霍桑主题的内在关联和演进。这也提醒我们，从 19 世纪 40 年代直到其创作生涯的终结，霍桑始终捍卫了原罪这一根本信条。

就霍桑本人而言，这是经过现代性洗礼之后，在一个基督教的宇宙图景日益模糊的时代，作家所做出的哲性和伦理选择。这一选择就是：在搁置天国的前提下，执着并捍卫原罪的基本信条。这一选择也使得霍桑的作品呈现出一些独特的思想面貌。诚然，作家是具有强烈的宗教精神的，在一个世俗化的时代，他敏感于罪恶，敏感于人类自身的限度，他对人类罪性的探索使得他的作品彰显出沉郁的道德意味，而时代革新外部世界的乌托邦冲动，在他这里，也被转化为一种向善的精神动力，或者说，个体道德完善的努力。另一方面，因为终极意义被悬置，作家在反观尘世图景时，也多了几分悲怆而苍凉的感觉。但他始终抗拒虚无的暗影，他的作品明显融汇了异教的文化精神，在保持基督教超越维度的同时，也肯定生命的欢愉与尘世内在的意义。

---

① Bruce Ingham Granger. “Arthur Dimmesdale as Tragic Hero,” *Nineteenth-Century Fiction*, Vol. 19, No. 2 (Sep., 1964), p. 203.

第五章

保守主义的思辨

19 世纪 40 年代，在与康科德文化圈的思想交锋中，霍桑的保守主义立场愈见分明，这一时期，加尔文的遗产为他提供了思想进路，在针对改革运动的思索中，他发展了一套抵制乌托邦冲动的原罪话语，找到了一种回应时代议题的有效话语体系。他的四部长篇小说都以这一时期的思考为根基。从《红字》开始，作家开始在小说中集中诠释他的保守主义观念。《红字》和《七个尖角阁的宅子》都以保守主义的思辨为核心。尽管《红字》以 17 世纪的新英格兰殖民地为背景，但小说与 19 世纪语境之间的关联在评论界也多有探讨，研究者公认，女主人公白兰以美国女权运动的先驱玛格丽特·富勒为原型，而她对两性问题的激进观念也或多或少呼应了富勒的思想。然而，在男女主人公的回归与和解中，我们看到作家对权威、律法和秩序的明确捍卫。可以将《红字》视为以原罪话语对抗乌托邦冲动的系统尝试，清教主义的原罪观无疑是贴合一个清教世界的，这使得主题思辨以非常自然和自如的方式展开。在这一尝试成功之后，霍桑显然获得了新的自信，直接转向当代题材。《七个尖角阁的宅子》是直接面向当代发话的一部小说，也是霍桑首次系统运用田园牧歌传统的一部作品。在小说中，作家以更为娴熟的运思、更为繁复的编码手段，对乌托邦改革运动做出否定性的应答，选择站在传统、制度和惯例的一边；同时，以田园牧歌传统衔接时代议题，在阶级融通的田园幻景中想象性地解决了时代尖锐的阶级矛盾。可以说，在《七个尖角阁的宅子》中，霍桑的保守主义思想得到进一步的发展，从《红字》中对权威和秩序的捍卫，走向了关于人类遗产及传承的总体性思辨。

那么，何为保守主义？作为一个政治哲学概念，“保守主义”这个词汇是在1815年法国波旁王朝复辟之后，由保王党人最早提出的，其中，夏多勃里昂（Franqois-Auguste-René, vicomte de Chateaubriand）最先赋予该词以明确的意义，他把自己一本旨在宣传僧侣和政治复辟观念的期刊命名为《保守主义》（*Le Conservatueur*）。1830年，英国政治家和作家约翰·威尔逊·克罗克（John Wilson Croker）首次用这个词来指称英国的托利党。作为政治理念的保守主义可回溯到法国大革命，18世纪晚期，在回应大革命的动荡和巨变中，保守主义才真正发展为一种明晰可辨的政治态度和运动。一般认为，英国政治家和政治理论家埃德蒙·伯克（Edmund Burke）最早阐发了保守主义理论，使之成为一种系统性的意识形态，尽管他本人并未使用过这个词语。在《法国革命感想录》（*Reflections on the Revolution in France*）一文中，伯克批判法国大革命，捍卫等级制和私有制，强调宗教的作用，反对革命的平等观念，把社会视为一个有机体而非机械体，主张“必须同过去保持连续性，尽可能使变革逐步进行和尽可能不去打乱原来的正常秩序”[①]。如塞西尔所言，伯克是“阐释‘保守主义’的第一个、也许是最伟大的大师，他以非凡的修辞才能倾写出反对革命信仰的篇章，赋予‘保守主义’运动以哲学信条的尊严和宗教十字军的热情”[②]。

简言之，保守主义反对一切激进的革命和革新，拒绝自由主义者和激进主义者对社会的“理性蓝图”设计，主张节制政治，以妥协手段调和各种社会势力的利益冲突，是“一种强调传统制度及惯例价值的政治信条”。保守主义并不是反对变革，只是倾向于自然的、渐进式

---

① 休·西塞尔：《保守主义》，杜汝楫译，北京：商务印书馆，1986年，第30页。
② 休·西塞尔：《保守主义》，杜汝楫译，北京：商务印书馆，1986年，第25页。

的演变，而非突然爆发的革命；它维护传统和惯例，认为现有制度和习俗是自然演化的结果，是历史延续性和稳定性的见证。这一主张基于社会的有机论，即认为社会不仅是个体的集合，而一个具有内在生命的有机体，由紧密相连、互相依存的部分构成，整体离不开部分，而部分也不能离开整体而独立生存。社会肌体错综复杂，政府的干预、社会工程的设计往往是徒劳、危险的，或者带来难以预测的后果。就哲学渊源来说，保守主义的立场与它对人性的根本理解密切相关，"具有基督教背景的保守主义者则援引原罪观来表达这一观点"①，认为人在本质上有缺陷，并非完全是善和理性的，而是受制于欲望与激情，而人类历史，无论处于何种政治和社会境况下，都充满种种罪恶。所以，保守主义拒不接受人类能以政治和社会变革实现道德提升的乐观信念，这也是它与自由主义及激进主义的根本区别。保守主义者主张以传统的政治制度、文化体系来遏制人类卑劣、毁灭性的冲动，认为政府有责任约束人类的欲望和冲动，在法律之外，家庭、教会和学校须教人以自律；他们相信，如果没有制度的束缚，人类会行为失范、滥用自由，没有伦理道德可言。

诚然，19 世纪是一个有悖于保守主义信念与精神的时代，启蒙运动树立了人类对于自身的信心，播散了关于进步的乐观信念，工业革命、科学发展和技术突破敞开了人类憧憬未来的疆界。在美国，进步、个性更是成为时代的关键词，浪漫主义一代作家见证了这个民族急欲割裂过去，奔向未来的激情与雄心。如研究者指出的，以启蒙原则为根基的"理性主义政治拥抱了政治领域的宽广地带，涵盖自由主义改革运动、工会社会主义（或曰社会民族主义），还有马克思主义"②，在欧洲

---

① Terence Ball. "Conservatism," *Encyclopædia Britannica*. 2014. Encyclopædia Britannica Online. 10 Oct. 2014 http: //global. britannica. com/EBchecked/topic/133435/conservatism.

② Terence Ball. "Conservatism," Encyclopædia Britannica. 2014. Encyclopædia Britannica Online. 10 Oct. 2014 http: //global. britannica. com/EBchecked/topic/133435/conservatism.

和北美，自由主义、激进主义无疑是这个时代的主潮。在这样的时代语境中，霍桑的保守主义对美国文化自有其特殊的意义。以保守主义的政治原则来衡量霍桑的思想，无论是他对人性、传统和权威的理解，还是他对乌托邦改革的深刻怀疑，乃至他对人类历史的总体看法，霍桑都可谓是一位不折不扣的保守主义者，当然，这也是霍桑研究的共识。在此，我们感兴趣的是，霍桑如何介入时代议题，如何通过文化和文学传统的编码与对话，对时代主潮做出自己的保守主义回应？其保守主义思辨对美国文化的价值何在？在本章中，我们将结合《红字》和《七个尖角阁的宅子》两部小说，具体探析霍桑对于时代的保守主义应答。

第一节 《红字》与欧洲激进主义

自《红字》出版的一个半多世纪以来，它的经典地位从未受过挑战，无论是就思想性还是艺术性而言，都堪称美国文学史上一部伟大的小说。小说将历史与虚构相融合，再现了 17 世纪清教神权统治下的波士顿社会。根据小说中指涉的历史人物和事件，文学史家将故事时间界定为 1642 年至 1649 年间，但这并不妨碍作家所处时代的生活影像、观念、意识和关切向小说时空渗入。不少研究者都探索过小说与 19 世纪时代语境，尤其是与 1848 年欧洲革命的关联，这为我们探讨作家的保守主义立场奠定了基础。在小说的《海关》序言中，霍桑如此形容《红字》脱胎的背景，“这个故事形成的时间正处于革命尚未完成，社会动荡不安，一片紊乱的时期”。[①] 表面上，霍桑指的是《红字》成书时，因卷入党派政治漩涡而失去公职的经历，即他所谓的被“砍头”(beheading)的经历，但如雷诺兹指出的，“在所有这些指涉背后，还有被忽略的另一些东西：真正的革命，过去的与现在的革

① 霍桑：《红字》，姚乃强译，南京：译林出版社，1998 年，第 37 页。

命，在过去近20个月的时间里，霍桑一直在阅读并沉思的革命。这些构成了《红字》的政治语境，形塑了作品的结构、人物和主题”[①]。伯科维奇同样将《红字》与1848—1849年欧洲革命联系了起来，认为小说是对19世纪50年代政治焦虑的回应，指出“反复浮现的1848—1849年革命意象，包括绞刑架和断头台的指涉，使得‘海关序言’和小说整体上都充满了一种政治影射”[②]。伯科维奇从表征的层面，将《红字》视为自由主义话语意识形态遏制功用的范例，认为小说遏制、中和了变革社会的激进能量，这一论断与我们探讨的方向是一致的。但我们关注的是作家整体的意识形态立场，再者，认为其作品都被自由主义话语所招安和修正，也是值得商榷的。正如贝里斯指出的，自由主义话语并非一统江山，“霍桑的浪漫传奇也致力于削弱自由主义意识形态，以有关激烈分歧及意识形态斗争的故事来对抗美国卓异论和国家进步的自由主义叙事”。[③] 的确，霍桑不仅是针对1848年革命所体现的激进主义表现了保守的一面，而且是对源自启蒙运动的现代性总体原则表达了深刻的质疑。回到《红字》，如果说小说投射了1848年的革命风云，那么，在其17世纪的故事框架内，霍桑显然融入了他关于激进主义的思考，而且，首次系统地阐发了他的保守主义观念。

在第四章的第三节中，我们谈到丁梅斯代尔在密林幽会之后，获得了对于罪性的深刻认知，以此为路径，他抵达了一种意志力的坚信，最终在总督就职庆典之日，登上刑台坦承了自己的罪则。这一选择无疑是对原罪信条的确认，同时，也意味着对世俗权威和律法的服从。与丁梅斯代尔的转变相呼应的是海丝特·白兰多年后的人生抉

① Larry J. Reynold. “The Scarlet Letter and Revolutions Abroad,” *American Literature*, Vol. 57, No. 1. (Mar. 1985), p. 44.

② Sacvan Bercovitch. “Hawthorne's A-Morality of Compromise,” *Representations*, No. 24, Special Issue: America Reconstructed, 1840 - 1940. (Autumn, 1988), p. 4.

③ Peter J. Bellis. “Representing Dissent: Hawthorne and the Drama of Revolt,” ESQ: A Journal of American Renaissance 41, No. 2 (1995 2nd Quarter), p. 98.

择，相对于前者，海丝特的转变更有力地说明了作家的保守主义立场。在此，我们将首先聚焦海丝特这条线索，揭示她所体现的激进主义意识形态，在此基础上，分析霍桑对于律法、秩序和权威的捍卫。可以说，当霍桑基于原罪信条，反对变革社会秩序的激进举措，并选择站在传统和惯例一边时，他的保守主义思想已真正成熟。

一、海丝特、富勒和1848年欧洲革命

作为霍桑作品中的经典人物，海丝特已被反复探析过，她代表着人类情感、野性和激情的一面，是霍桑笔下美貌、性感而富于诱惑力的女性类型，被视为特立独行的超验主义式个体，其僭越的勇气深得女性主义研究者的青睐。如果我们关注作品的政治性，就不应当忽略她与玛格丽特·富勒的关联。富勒是美国最早的女性职业报刊评论人、文学批评家和驻外记者，也是19世纪三四十年代波士顿文化圈最富思想活力的知识女性，今天已被公认为美国早期女权运动的先驱。研究者普遍认同，富勒是海丝特的原型人物之一，比如，卡恩斯分析过两者相似的一些细节，指出两人都因私生子问题而陷入尴尬的社会处境，孩子都有贵族血统，而两人又都关注社会改革和妇女问题。[1] 当然，海丝特与富勒最重要的呼应在于革命和激进主义倾向这一点上，而从其保守主义立场出发，这也是霍桑需要以文学想象的方式应对和解决的问题。

在布鲁克农庄时，霍桑与富勒建立起了友谊，之后与她有相当深入的交往，富勒显然既吸引他，也挑战他，令他着迷，也令他困惑。1846年8月，富勒被《纽约论坛》派往欧洲，成为驻外记者，在伦敦、巴黎和爱丁堡游历过几个月后，侨居于罗马，之后四年间，发回一系列关于欧洲文化和时局的通讯报道。1849年，霍桑开始着手《红字》的

---

① 参见 Francis E. Kearns. "Margaret Fuller as a Model for Hester Prynne," *Jahrbuch für Amerikastudien*, 1965(10), 191 - 197.

创作时，富勒仍滞留在欧洲，亲历了意大利的政治风云。历史学家将1848年称为“红色恐怖之年”，其中，标志性事件有：英国再度高涨的宪章运动，法国的二月革命，《共产党宣言》的发表，比利时、德意志、波兰、奥地利、意大利、捷克和匈牙利等地对抗君权的武装起义，革命浪潮席卷整个欧洲，仅少数国家未被波及。1848年革命造成各国君主与贵族体制的动荡，但最终革命以失败收场，至1849年秋天，所有羽翼未丰的共和国都被保守和反动势力颠覆。在罗马，富勒成了革命领导人朱塞佩·马志尼(Giuseppe Mazzini)共和主义的热烈拥护者，亲历了罗马共和国从建立到崩溃的短暂历史。较之同时代的美国文化人，富勒在情感和政见上都显得尤为激烈，旅欧的经历实际上加深了富勒的激进主义，如学者指出的，她期待着“一场比‘变革’还要激进的‘革命’”，不仅需要“政治上的解放”，还需要“更大规模的社会和经济的解放”。[①] 在给《纽约论坛》的通讯报道中，她热情洋溢地赞扬马志尼的事业，描述罗马的抗争，呼吁美国给予支持。比如，1849年春天，她写道：“现在，民主原则与已失去合法性的古老势力之间的斗争已全面、彻底地展开了，古老的暴政所做的每一次挣扎，其阴险伎俩、贪婪的欲望，还有他们对开明人士的囚禁与处决，只是挑起更多了争端……”当战役在罗马打响后，富勒投身伤员护理工作，同时竭力为罗马寻求美国的援助，她写道：“我请求你们做点什么……送来钱，送上喝彩，——承认那些代表民众的人士为合法的领袖和统治者……”[②]1849年7月，罗马失陷，法军进驻罗马，富勒携家人辗转返回美国，但不幸遭遇海难。

如果说1848—1849欧洲革命构成《红字》的潜台词，而富勒又时常浮现于作家心灵中，那么，海丝特这个人物无疑投射了时代的激进主义意识形态。海丝特作为反叛者的形象是我们所熟悉的，但传统

① 萨克文·伯科维奇主编：《剑桥美国文学史》(第二卷)，史志康等译，北京：中央编译出版社，2008年，第538页。

② 转引自 Larry J. Reynold. “The Scarlet Letter and Revolutions Abroad,” *American Literature*, Vol. 57, No. 1. (Mar. 1985), pp. 46 - 47.

上，习惯于将她的反叛视为个性气质的表达，在浪漫主义情感与理性、个体与社会冲突的框架内加以诠释，而或多或少地忽略了其政治的维度。小说的时间框架为1642—1649年间，这一时间的选择别有深意，因为这正是英国内战或清教革命发生的时段。虽然小说并不以1848—1849年革命为背景，但叙事时间段的选取同样暗示了革命的主题。更重要的是，无论是清教革命，还是后来的法国大革命及1848年欧洲革命，从西方历史进程的角度来看，都是自文艺复兴及启蒙运动以来西方现代性转折的一部分，而这一进程中，最核心的斗争都表现为新兴资产阶级对君权、贵族阶层乃至整个封建体制的挑战和颠覆。在小说的第13章中，作家明确将海丝特的思想变化与时代思潮联系了起来，作家这样写道：

> 当时正处于人类思想刚解放的时代，比起以前的许多世纪，思想更活跃，更开阔。军人推翻了贵族和帝王，比军人更勇敢的人则推翻和重新安排了——在理论范围之内，而非实际上——旧偏见的完整体系，这个体系与旧的原则密切相关，也正是贵族和帝王的真正藏身之地。海丝特·白兰汲取了这种精神。她采取了一种思想自由的态度，这在当年的大西洋彼岸本是再普通不过的事……(pp. 146 - 147)

毫无疑问，海丝特沉思是政治性的，如作家所言，这种僭越的态度，倘若为清教社区的人们所知，一定会认为“比红字烙印所代表的罪恶还要致命”，因为这意味着对她置身其中的清教社会整个体系、结构、秩序和伦理的挑战。和富勒一样，海丝特的思考又多聚焦妇女和性别问题，反复萦绕于其心灵的一个问题是：“女人甚至包括她们中最幸福的人，其生存果真有价值吗？”(p. 147)显然，她已经超越个体经验，上升到对女性整体命运的思考，而在这一思索中，她得出的论断也是绝对激进主义的。她看到：要改变女性集体的命运，首先必须推倒重建整个社会制度，其次，要彻底改造男人的本性，即“已经变成本性的，长期沿袭下来的习惯要作彻底的改造”，最后，女性还需要自身的个性，“才能利用这些初步改革的成果”。(p. 148)从当代女性主义的视角来看，海丝特的这番诊断可谓中肯而犀利。她意识到，妇女问题的根源在于两性不平等的权力结构，是制度和体系化力量的产物，男人和女人又因文化和习俗的力量自觉内化男尊女卑的性别意识，而这反过来，又进一步延续并巩固了性别壁垒。所以，海丝特认为，女性地位的改善依赖于外部体系的重建，也涉及男性和女性自身意识的更新。

即使放在小说当时的历史情境中，海丝特的这番思考也是显得颇具激进主义色彩的，如研究者指出的，她的观点明显是对富勒女权思想的呼应。作为美国妇女运动的先驱，富勒鼓励女性寻求独立，试图将超验主义的自立原则和改革思想引入妇女问题，1845 年，出版了具有深远影响的著作《19 世纪的妇女》。这是美国第一部女性主义的理论专著，为 19 世纪的女权主义者及改革者倡导两性平等尤其是智识上的平等提供了重要思想资源。该书是“富勒针对斯宾诺莎在《神学政治学》(*Tractatus Politicus*)的某些段落中的蛮横推理所做出的系统问答”[①]，斯宾诺莎以本质主义的观点看待男尊女卑的现象，认为是自然而非习俗的原因导致了性别的等级秩序，既然女性天然低于男性，其从属地位也是合理的。富勒将这些段落附在她的书后，针锋相对地做出了回应，提出男尊女卑现象的根源在于习俗或文化的力量，女性先天劣于男性不仅是谬见，更会危害两性关系及双方的幸福，因而，质疑习俗、文化对于性别差异的建构作用，认为改善女性境况最终也会促进男性自身的发展。海丝特的思考与富勒的这些观点无疑有着内在的一致性，两人都主张性别的平等，将不平等视为文化、习俗和制度的原因，因而，都相信外部世界的革新是通向性别平等的根本途径。对现有秩序的挑战必然伴随着对未来的憧憬，换

---

① 萨克文・伯科维奇主编：《剑桥美国文学史》(第二卷)，史志康等译，北京：中央编译出版社，2008 年，第 526 页。

言之，激进主义的另一面是乌托邦的憧憬，这在富勒和海丝特那里都有充分的表现。关于《19 世纪的妇女》一书，有学者认为，与其说它是“一本表达抗议的书，倒不如说是一本充满期望的书……那是‘千年王国’的期望”[①]。但在富勒这里，“千年王国”从来都是具有鲜明的政治性的，她将性别压迫与种族压迫相提并论，希望借此唤起民众对女权运动的认同；她倡议社会改革，探讨了当时流行的各种改革理论，尤其是傅立叶的学说，1848 年塞内卡瀑布城女权大会的召开与富勒的影响是有一定的关系。显然，富勒在性别平等上是不排斥行动主义的。有意味的是，在《红字》里，海丝特的激进主义最终被化解成宗教千禧年主义式的想望，而伴随这一转向的是，女主人公与清教社区的和解，是她对权威和律法的顺应与服从。海丝特的回归与丁梅斯代尔刑台悔罪的选择在性质上是相同的，两者都是一种富于象征意味的举措，意味着对宗教和世俗权威的顺从或归顺，作家的保守主义意识形态在小说的叙事逻辑中表露无遗。

二、清教社区的政治形态

的确，海丝特的激进主义从未有机会转化为政治行动，也未能与群体联接，进入党派或组织的层面，而《红字》本身也未触及革命或社会运动的议题，小说围绕僭越个体与社区之间的冲突展开。研究者普遍注意到，小说男女主人公与清教社区的关系以截然不同的方式发展：海丝特以社会罪人、弃儿和放逐者的形象出现，她蒙受羞辱，遭人唾弃，但在赎罪和善行中，得以重建个人与社会的关系，并最终赢得世人的宽恕；而丁梅斯代尔通过掩藏罪责得以停留在社区内部，保有了他在教士阶层中的位置，但因为双重的精神折磨，他与社会的纽带关联多停留在形式的层面，灵魂深感疏离、孤独和彷徨，只在临终之际，再次确认了个体在社会秩序中的位置。但仅注意到这一层

---

① 萨克文・伯科维奇主编：《剑桥美国文学史》(第二卷)，第 527 页。

是不够的，考虑到上一节分析的小说隐含的政治意味，可以肯定，霍桑在此探讨的主题绝非只停留在社群关系重建的层面上，在个体与社会这对关系中，作家实际上诠释了其保守主义的立场。在具体剖析这对冲突之前，我们先深究一下作家在小说中为我们呈现的波士顿清教社会。

在创作《红字》时，霍桑大量查阅了相关史料，相当真实地再现了清教社区的社会结构和生活，其历史准确性也受到评家的普遍公认。但历史再现不等同于历史复原，在虚构作品中，作家无疑比史家享有更高的自由，而且，作家的观照视角也必然受其创作意图的影响。因而，在研究他笔下的清教社区时，与其纠结于历史的真实，莫若追问：他意欲给读者展现一个什么样的清教社会？他刻意凸显了清教生活的哪一方面？相信任何读过《红字》的读者，都会将波士顿殖民地视为一个律法严苛、过于压抑人性的社会。尼娜·贝姆认为，霍桑笔下的波士顿抽空了清教主义的整体世界观，并未体现出温斯罗普在《基督教博爱模式》(*A Model of Christian Charity*)中提出的"山巅之城"的崇高理想，[①]小说中描写的只是"一个带有维多利亚式道德观念的专制政体"，一种"寡头统治"，权力掌控在一小群牧师和地方长官手中，呈现出"分散的，非个人化的格局"；整个清教主义运动的态势"明显是专制和保守的"。[②] 贝姆的把握可谓准确，霍桑在此刻意凸显的正是清教统治权威、专制和强力的一面，换言之，作家关注的重心在于波士顿的政体形态或权力的组织方式。尽管后世学者常从早期殖民地政治中寻求美国民主和宪政的因子——比如，凯利认为，马萨诸塞湾公理会教派的治理模式"对美国在政治学及其实践上的影响

---

① 约翰·温思罗普(John Winthrop，1587—1649)：为马萨诸塞湾殖民地的建立过程中的关键人物和首任总督。1630年4月，率领近千名移民移居塞勒姆，登岸前，在"阿贝拉号"上做了《基督仁爱之典范》的著名布道演讲，提出以基督之爱联接彼此，以契约为仁爱的保证，团结协作，组成适当形式的政府，建立起一个"山巅之城"。之后近20年间，又多次出任总督，对殖民地创建及社会结构的形成产生过重要影响。

② Nina Baym. "Passion and Authority in *The Scarlet Letter*," *The New England Quarterly*, Vol. 43, No. 2 (Jun., 1970), p. 214.

也十分巨大，尤其体现在立宪政体的'人民主权'的色彩上"，[①]然而必须承认，对契约、权威和律法的强调是早期殖民地政治的重要组成部分。为建立一个高度一致的清教社会，初到北美的清教徒看重律法和秩序，强调维护现有的等级和服从格局，这点尤其体现在温斯罗普的执政理念中。作为马萨诸塞殖民地的重要创建者和领袖，温思罗普深刻影响了早期殖民地的政治，而《红字》折射的也正是殖民地初创阶段的政体格局。

如研究者指出的，契约在温斯罗普的政治思想中是一个核心内容，"一方面契约是确立使命、实现统一与服从的工具；另一方面，契约所要求的责任又是自愿的：每个人承担上帝委任的职责，每个人对整个社群负有责任，因而清教事业的成败依赖于每个人的表现。"[②]在契约的观念下，温思罗普阐释个体为共同目的而紧密团结，个体服从集体目标的社群原则。在《基督教博爱模式》中，他强调，为建立"山巅之城"的崇高目的，"我们必须在这项工作紧密联接成一个整体，我们在兄弟般的友爱中包容彼此"，"公众的利益必须支配所有私人方面的东西"，而这点"不仅有良心，更有公民的政策在约束我们"。[③]在另一篇演讲《小言论》(*Little Speech*)中，温思罗普结合契约精神，论述了权威与自由的关系，他区分出"与生俱来的"自由和"公民的或联邦的自由"，前者与权威毫不相容，使人变得愈发邪恶和凶残；而后者"指上帝与人之间的契约"，"指人自身之间的政治契约和宪法"。公民的自由涵盖神圣和世俗两个层面，是"权威的正当目的和目标"，是在"屈从于权威的同时得以保持和实行的"。[④] 换言之，公

① 道格拉斯·凯利：《自由的崛起：16—18 世纪加尔文主义和五个政府的形成》，王怡，李玉臻译，南昌：江西人民出版社，2008 年，第 157 页。

② 张瑞华：《约翰·温斯罗普的意义：从海丝特为温斯罗普总督守灵说起》，《外国文学》，2011 年第 1 期，第 95 页。

③ John Winthrope. "A Model of Christian Charity", http://www.john-uebersax.com/pdf/John%20Winthrop%20-%20Model%20of%20Christian%20Charity%20v1.01.pdf.

④ 转引自沃侬·路易·帕灵顿：《美国思想史》，陈永国等译，长春：吉林人民出版社，2002 年，第 46 页。

民的自由是以对契约、法律和权威的服从为前提的，那么，按照这样的逻辑，“既然总督和政府代表上帝的意志，那么人们就有双重服从的责任，即服从上帝和世俗统治者”。[①] 显然，这与启蒙主义和自由主义的原则是抵牾的，也因为如此，在《美国思想史》中，帕灵顿对温斯罗普的政治思想有着相当严厉的批评，指责他蔑视民主和自由原则，实践的是一种经过清教修改过的“混合的贵族政治”，是“深嵌于加尔文教的力量和实践之中”的“纯粹的专制主义”，因而在其神权政治哲学中，“总督成了上帝的代理行使权力者，其权威是民众所无法限制和控制的”。[②] 帕灵顿的批评恰好从反面证明了清教社会重权威和服从的政治理念。

《红字》再现了波士顿早期的政治与权力格局。正如贝姆所言，这是一种“寡头政治”，是少数对多数的统治，权力集中在一小群教会和俗界领袖的手中；或者，如帕灵顿定义的，一种“混合的贵族政治”，由总督和宗教及世俗权贵分享权力，其中总督为最高统治者，“争论和决策是总督的职责，而服从则是人民的职责”。[③] 在小说中，居于权力最高层的是严酷而不近人情的贝灵汉总督，是海丝特个体命运的主宰者。但研究者指出，小说中他在任的时间与史实是有出入的，1642 年海丝特首次刑台示众时，在任的总督应当是温斯罗普；而 1645 年海丝特去总督府求见总督时，当时在任的是恩迪科特，而非贝灵汉总督。这可能有情节安排方便方面的考虑，但主要原因在于，作家有意以冷酷的总督形象来凸显专制政体强力而无情的一面，历史上的贝灵顿也的确不具备温思罗普总督的声望和宽厚品质，在暗含对清教领袖批评的同时，也引入了一种极端的政治情境来探讨个体与权威的尖锐冲突，这点在后文将进一步论及。霍桑在小说中告诉我们，贝灵汉为律师出身，但“这个新生国家的时势”把他造就成

---

① 张瑞华：《约翰温斯罗普的意义：从海丝特为温斯罗普总督守灵说起》，第 95 页。

② 沃依·路易·帕灵顿：《美国思想史》，陈永国等译，长春：吉林人民出版社，2002 年，第 40、41、43 页。

③ 沃依·路易·帕灵顿：《美国思想史》，2002 年，第 40 页。

“一名军人，当然同时也是一名政治家和统治者”。(p. 92)作家尤其描写了贝灵汉的一套铠甲。有意思的是，在短篇小说《恩迪科特与红十字》中，霍桑也提到人物身上穿的铠甲，锃亮的铁甲护胸映现出小镇上罪与罚的场面。显然，作为一个象征，铠甲投射的是武力征服和专制统治的权力，其寒光和金属质地无疑隐喻了权力冷酷的性质，也投射出清教领袖们钢铁的意志。

更富于意味的是，海丝特刑台示众时，殖民地权力阶层集体露面的场景。地方长官和牧师们亲临现场，坐在刑台上方的阳台上，这一幕显然具有强烈的仪式感，以福柯的表述来说，它是“一种司法仪式”，也是“一种政治仪式”，属于“展示权力的仪式”：[①]

> 贝灵汉总督亲临现场，端坐在椅子上，左边四个持戟的警卫环立，充作仪仗。他帽子上插着一根黑色的羽毛，大氅上绣着花边，里面穿着黑丝绒的紧身衣……在总督周围的其他的显要人物也个个威风凛凛，风度翩翩，因为在那个时代一切权力机构都被认为具有神权制度赋予的神圣性……当这个不幸的妇女举目向阳台看去时，她的脸色立时变得苍白，浑身颤栗。(p. 56)

长官们高高在上，俯视下方受罚受辱的海丝特，空间格局对应着殖民地的权力格局，权威与个体的不对等关系在此表露无遗。而刑台示众本身正是统治阶层运用律法和刑罚捍卫殖民地秩序的庄严过程，它是对犯人的直接打击，是对僭越行为的合法报复。监狱、刑台和红A字的意象在小说中具有中心地位，它凌驾于个人的情感、欲望与自由之上，是殖民地严苛的律法和刑罚体系的具象化投射，是“整个刑罚机器的一部分”(p. 48)。而律法和刑罚又是政治权威和社会秩序的保障，是权力得以实施和运作的根基。从这层意义上看，《红字》关

① 米歇尔·福柯：《规训与惩罚》，刘北成，杨远婴译，北京：生活·读书·新知三联书店，2010年，第51页。

及的根本是统治权威与刑罚权力如何控制和驯服僭越个体的问题，的确，小说的主线也围绕这一问题展开，然而耐人寻味的是，个体的回归并非完全是权力运作的结果，无论是清教主义的道德律令，还是殖民地刑罚体系，都未成功驯服反叛的个体。我们知道，七年之后，海丝特仍坚称，“我们干的事具有自身的神圣之处”(p. 177)；而丁梅斯代尔再次受诱惑，同意和海丝特一起出逃。那么，如何理解人物的最终选择？在和解的背后又隐含着什么样的文本策略和意识形态意味？在下节中，我们将具体分析两位人物尤其是海丝特的回归。

三、权威与律法的分量

如评论者公认的，《红字》围绕个体与社会的冲突展开，男女主人公以不同的方式关联和回应社会，但最终都以回归或和解的姿态完成这场旷日持久的挣扎。相对于海丝特，丁梅斯代尔的回归在文本中是有线索可循的，也就是说，霍桑在文本内给出了足以令人信服的阐释。如前文指出的，丁梅斯代尔通过对罪性的体认，坚定了加尔文主义的信仰，与此同时，也把自己重新纳入清教社会体系中。牧师的回归在最后的游行庆典场景中得到仪式化的表达。为庆祝新总督就职，新英格兰举行了盛大的庆祝典礼，丁梅斯代尔出现在神职人员的队列中，“跟随威严可敬的神父们高视阔步而过”(p. 218)，之后，进入礼拜堂，以卓越的感染力完成了自己的布道，抵达了“他一生中空前绝后的最光辉最荣耀的时期”(p. 227)。布道结束后，牧师又依次行走在殖民地显要人士的游行队列中。无论是在游行队列中行进，还是在礼拜堂布道，都是一种公开的、官方的、甚至带有仪式意味的活动，是权力合法而庄严的表达与演练。丁梅斯代尔通过参与庆典，重新确认了自己在殖民地权力阶层中的特定位置，并且，在具体角色的扮演中，履行了自己对于社区的责任与义务。当然，牧师的临终忏悔本身也是对刑罚体系的维护，罪过，即便是隐秘的，也必须受到惩戒，律法的庄严和权威的尊严在罪与罚的对应关系中得以维护。刑台之上，当海丝特问起牧师关于来世能否重聚时，丁梅斯代尔神情肃穆，如此答道："我们犯了法！犯下了在这里被可怕揭露出来的罪孽！让这些全都留在你的思想里！"(p.233)临终之际，丁梅斯代尔强调的是法与罪，这点别有深意，是对宗教法、也是对世俗法的捍卫，牧师所言的"胜利的耻辱"显然也包含这一层涵义，而不仅仅是个体道德和信仰的胜利。由此，可以断言，丁梅斯代尔的回归清晰地传达了霍桑对社会权威和秩序的捍卫。

和丁梅斯代尔一样，海丝特最终也选择了回归的人生路径。在本章第一节，我们已指出，海丝特在长期独处中，她的思考逐渐有了激进的政治色彩，而其激进主义又是19世纪知识女性玛格丽特·富勒思想的投射。如果说牧师的回归像偏离社区的一个环节最终复位于整体的链条，那么，海丝特的和解则意味着思想的彻底翻转，即放弃激进主义，转而拥抱现存权威和秩序。在小说的结尾，作家交代，珠儿长大成人后，海丝特突然回到了波士顿的家，重新戴上了红A字，而这个耻辱的标记变成了"一个使人为之忧伤，望之生畏，而又让人肃然起敬的标识"；而海丝特本人也像富勒一样，成为灵魂苦闷困惑的妇女们的精神引导者：

> 她们常来到海丝特的茅屋，询问她们为何如此痛苦，如何解脱！海丝特尽其所能安慰她们，为她们指点迷津。她还用她自己的坚定信念使她们相信，到了某个更光明的时期，在世界为此做好了准备的时候，在超脱罪恶并与上帝的意念和谐一致的时代，必将显示一个新的真理：男女之间的全部关系将建立在一个双方幸福的更可靠的基础上。海丝特年轻时曾经虚妄地幻想过，她本人或许是一个命中注定的女先知，但长久以来她已经认识到，任何神圣的和神秘的传播真理的使命决不可能托付给一个为罪孽所玷污，为耻辱所压倒，或者甚至为一生的忧虑而郁郁寡欢的女人。当然，将来宣誓真理的天使和圣徒一定是一个妇

> 女，但应该是一个高尚、纯洁和美丽的女子；而且应该是一个聪慧的女子，其智慧不是来自于忧伤，而是来自欢乐的灵气……(p. 240)

至此，我们看到，海丝特明确放弃了原先变革社会、重建制度的激进理想，转向了千禧年式的乌托邦憧憬，即寄希望于神意的干预，在超越尘世历史的某个光明时期，以神启的真理重建两性关系。在第四章中，我们提及，千禧年主义与近代意义上的乌托邦背道而驰，乌托邦本质上意味着以理性设计、通过人工之力打造美好新世界；而千禧年主义则仰仗于神恩，寄希望于上帝对人类历史的强力干预，换言之，放弃人类自身的努力，接受神意的安排。当海丝特将希望投向神意的未来时，其两性乌托邦的愿景已消解了政治性和激进主义的锋芒。与此同时，海丝特也否认了自己身为女先知的可能。她给出的理由是，自己为罪孽、耻辱和忧伤所浸染，表面上是说她本人有污点，不够完美，但放在霍桑的话语体系里，这其实是对一切凡尘之人的评价，因为原罪是我们与生俱来的胎记。所以，在海丝特的憧憬中，将来宣示真理的必然是一位“天使”、“圣徒”，未曾为罪性玷污，未曾体味过尘世的悲伤与苦难。如果说海丝特曾经是启蒙主义的信徒，至此，她已彻底放弃人性可完善的信念，和丁梅斯代尔一样成了基督教原罪的信奉者，与此同时，她也放弃了以蓝图设计革新社会的乌托邦梦想，转变为一位不折不扣的保守主义者。海丝特回到波士顿，实际上，也就是选择回到个人历史的原点，由此确认了自己与过去的内在关联，而非之前和丁梅斯代尔所憧憬的全新的开端。甚至在她去世后，墓地还刻意与丁梅斯代尔的老坟隔开一块距离，“仿佛两位长眠者的遗骸没有资格混在一起”(p. 240)，这无疑是对曾经束缚她的权威与律法致敬。

诚然，如伯科维奇所言，海丝特的转变表明，“红 A 字的职责在于社会化”，而她最终选择的是“妥协的行为——衔接起记忆与希望、自我与社会、自然与体制、过去现在以及未来——以妥协调和了小说的种种冲突与矛盾”；而她本人“莫名其妙地转变为社会凝聚和延续性的使者”。[①] 不过，如前文所言，伯科维奇将之视为自由主义话语的遏制功能，他援引马克思主义文论家马歇雷(Pierre Macherey)有关艺术生产的理论观点指出，作家在小说中并未就海丝特的转变给出相应的解释，文本的沉默和空缺发挥了意识形态的功用，作家“邀请我们参与到打造象征的自由的民主事业中”，“迫使我们以阐释行为来表征海丝特的选择”[②]。在多元化的阐释事业中，读者自愿搁置怀疑，接受叙事的闭合，由此，在阐释行为敞开自由场域的同时，异见的声音也被招安或者消解。但如我们在本章开头指出的，将霍桑的小说文本一概视为自由话语的领地是值得商榷的。再者，如果承认在文本或文本间性之外，依然可以谈论作家的主体意识，我们就无法否认，作家本人的思想在文本叙事中仍存在相当的支配力，这也就意味着，文本的空缺暗示着作家的强力的立场。换言之，问题的关键不在于海丝特经历了什么而造成思想的剧变，而是作为一名潜在的激进主义者，海丝特必须回归，达成与社会的和解，她必须学会顺从权威，接受现行的秩序，这是作家立场和意志在叙事中的显形。作家的保守主义立场决定，他必须在创作中想象性地解决玛格丽特·富勒带给他的不安与挑战。于是，我们看到，同为妇女导师式的人物，富勒以革命的激情推动了重构性别关系的女权运动，之后，又倾情卷入罗马共和国的短暂事业；而在霍桑的笔下，海丝特却彻底成了一名宣扬忍耐和等待的保守主义者，两者的对比显得意味深长，尤其是联系到小说 17 世纪清教社区的背景，这其中的反讽意味愈发明显。《红字》的结局暗示，19 世纪 40 年代的激进主义不仅需要被抵制，更需要归顺于一个崇尚权威和秩序的世界。诚如雷诺兹所言，“这本继 1849 年革命之后写成的书表明，历史进程再次证实了他对革命和改革的

---

① Sacvan Bercovitch. “Hawthorne’s A-Morality of Compromise,” *Representations*, No. 24, Special Issue: America Reconstructed, 1840 - 1940. (Autumn, 1988), p. 1, 2.

② Sacvan Bercovitch. “Hawthorne’s A-Morality of Compromise,” p. 11.

怀疑，也激发了潜隐于全书的强烈的反动精神”。[①]

第二节 《七个尖角阁的宅子》与改革时代[②]

如果说在《红字》中，霍桑还躲在历史的帷幕之后，回应欧洲激进主义唤起的焦虑，那么，在第二部小说《七个尖角阁的宅子》（后文简称《宅子》）中，作家则直接转向当代社会场景，折射了改革时代的乌托邦冲动。但作家的保守主义立场使他无法认同改革者的理想和举措，面对现代资本主义转型造成的社会弊病，霍桑借助田园牧歌传统，衔接小说聚焦的阶层问题，实践了一种想象式的解决方案。可以说，在《宅子》中，作家的保守主义思想得到了进一步发展，《红字》中对激进主义的暗中消解在此转变为田园往昔的怀旧和对旧秩序的致敬。

《宅子》讲述的是一则貌似老旧的家族小说，围绕品钦和莫尔两个家族的纠葛展开，以两个家族后裔的联姻收尾，小说以温情化解仇恨，以新生的阳光冲淡历史浓重的阴影。传统上，研究者多把它当做一部关于罪恶主题的小说来解读，聚焦作家本人的家族史和他所承袭的清教传统，但《宅子》并非一部沉溺于家族旧事的小说，更非一则简单的加尔文教道德寓言。当代研究者愈来愈关注它与时代风云的联系。实际上，小说跨越了约一个半世纪的光阴，主体情节展开的时空场景正是 19 世纪上半叶的美国，时代躁动的气质、波澜的图景与风尚思潮在小说中多有折射。换言之，尽管以家族故事为外壳，但小说承载的是作家对时代议题的思考，它聚焦的是“现在”，是对“纯粹

① Larry J. Reynolds. “The Scarlet Letter and Revolutions Abroad,” *American Literature*, Vol. 57, No. 1. (Mar. 1985), p. 48.

② 本节曾以《改革时代与田园牧歌——谈历史语境中的〈七个尖角阁的宅子〉》为题发表在《上海大学学报》2009 年第 6 期。收入本书时内容有一定调整和补充。

的现状的理解”，即由19世纪上半叶资本主义发展所导致的一系列社会问题，其中，尤以旧经济秩序的解体和阶级矛盾的激化为小说的核心关注。在《宅子》的批评史上，小说的结尾向来为评论者所诟病，被认为是“闹剧式的”，作家试图以“神话”或向“田园牧歌”逃遁的方式解决其作品的内在冲突，但这一解决显然是难以站住脚的。[①] 但马西森的批评为我们提供了一条进入小说的重要线索，在批评故事结尾的同时，他指出，霍桑意欲以菲比与霍尔格雷夫的联姻昭示对“残酷的阶级鸿沟的超越”。[②] 马西森准确洞悉了家族联姻与阶级问题的关联，把家族宿仇看作阶级对立的一种表现形式，但他未能把这一关联放到更广阔的社会和历史语境中加以探讨。实际上，在追溯品钦家族史的时候，作家有意将之置于更广阔的时空框架中加以观照，刻意凸显品钦家族与欧洲大陆、旧世界的关联。可以说，作家以家族史的形式揭示了人类社会由农耕时代向现代资本主义模式转型的历史进程，再现了资本主义发展所导致的旧经济秩序解体和以阶级矛盾为核心的一系列时代问题。

简言之，《宅子》探讨的是特定历史境况下的社会问题，而小说对社会问题的探讨又与作家对改革运动的思考密切相关。作家关注的真正焦点是19世纪上半叶旨在疗治社会病症和设计理想社会的改革运动，是改革运动所投射的巨大的乌托邦激情。19世纪上半叶的美国，资本主义发展导致了劳工矛盾、贫富差距、阶级冲突等时代问题，面对危机，改革者、文化批评家和知识阶层开始反思美国社会和

---

① 马西森(F. O. Matthiessen)最早指出这一问题，认为解决冲突的方式过于轻率，同时，援引其他评论者，认为小说结局仿佛出自某些平庸的、现实主义小说家的手笔，主人公因联姻而继承家族遗产的同时也延续了祖辈的罪恶；托马斯 (Brook Thomas)认为小说结尾展示了蔡斯 (Richard Chase)所说的美国浪漫传奇的一种特点，即倾向于以“闹剧式情节” 或“田园牧歌”方式解决冲突，但同时认为，这一结尾在该小说里仍具有更丰富的阐释空间，参见 Brook Thomas. “*The House of Seven Gables*: Reading the Romance of America,” In ed., Brian Harding, *Nathaniel Hawthorne: Critical Assessments*. Vol 3, East Sussex: HelmInformation Ltd., 1956: pp. 347 - 372.

② F. O. Matthiessen. *The American Renaissance*. New York: Oxford University Press, 1941, p. 333.

经济秩序存在的问题，以寻求疗治和改革良方，尤其是1830—1850年间，乌托邦主义的支流和潜流汇聚，激发出改革社会的强烈愿望，也敞开了想象未来的集体愿景。《宅子》敏锐地折射出时代的乌托邦气质，传达了作家对改革运动的整体回应和思考。如果说，霍尔格雷夫代言了改革者与历史决裂的信心，那么，克利福德火车之旅则让我们洞悉了19世纪灼亮的乌托邦幻象。作家不仅对改革的狂热投以审慎的、质疑的目光，而且，从根本上认为任何乌托邦的改革设计注定都是徒劳的。霍桑的保守主义使他最终在文本中转向田园牧歌传统，相对于南北战争前的美国社会而言，作家似乎更为怀念相对稳定的、和谐有序的田园景象以及封建等级制所依附的农耕社会模式。借助田园牧歌传统，作家在小说里召唤出一种不同阶级和平友爱相处的幻象，实践了一种幻想式的阶层融合的解决方案。

一、品钦家族与社会经济结构的变迁

19世纪上半叶，美国经历了领土扩张、人口增长、科技和经济水平的迅速发展。作为一个新兴的民族国家，美国资本主义起源于英国的殖民政策，英国殖民者在北美殖民地开创自由市场，制定了重商主义的经济政策，刺激工业和贸易的发展。独立后，联邦政府通过发行纸币、信贷活动和关税保护等多种措施进一步促进了经济发展，19世纪20年代起，美国工业化进程开始，商业资本主义逐渐向工业资本主义过渡。尽管滞后于英国，美国资本主义依然构成欧洲资本主义体系的一部分，是其在地理意义上的延续。在《宅子》的序言里，霍桑写道："它试图把过去的时代和正从我们身边飞逝而过的现在连接起来。"[①]这句话意味深远，因为在确认历史延续性的同时，作家已经挑战了美国文化中关于处女地和新伊甸园的神话，即"美国梦是一种

① 霍桑：《霍桑小说全集》(第3册)，胡允桓译，合肥：安徽文艺出版社，2000年，第1页。以下出自该书的引文仅在文中标注页码，译文存在改动。

通过割裂现有现实构建一个天真世界的努力”[1]。对早期殖民者而言，北美殖民地以割裂的空间形式许诺一种崭新的、断裂式的开始。这一信念构成了美国文化的一种核心要素。然而，霍桑坚信人类无法逃脱历史，否认历史连续性只能是虚幻的想象，正是基于这一历史主义的洞见，霍桑在追溯品钦家族史的时候，不仅力图贯通其家族清教祖辈的历史，借以说明祖辈罪恶对于后代的影响，更有意将之置于更广阔的时空框架中加以观照，刻意凸显品钦家族与欧洲大陆、旧世界的关联。作家的根本用意在于以品钦家族的衰落折射 19 世纪上半叶社会经济结构的深刻变迁，揭示人类社会由农耕时代向现代资本主义模式转型的进程。因而，该小说不仅超越了加尔文教道德寓言的层面，也挑战了貌似孤立的美国清教历史起源之说。

品钦家族的贵族身份不容忽略，“在对高贵出身的坚持上，品钦家更像是旧大陆的贵族”。[2]严格意义上说，美国历史上并不存在一个贵族阶层。它“独特的社会形成史决定了它迥异于旧大陆国家的社会阶级构成特征”[3]，贵族身份和门第观念随着早期欧洲移民传入北美殖民地；另一方面，英王在北美实行的殖民统治也延续了王室、贵族、血统和门第之类的观念。如维纳大伯所说：独立战争之前，“镇上的大人物一般都叫作国王”，妻子则被称为“夫人”。(p. 52)贵族阶层无疑是旧大陆的产物，脱胎于漫长的农耕社会。品钦家的贵族身份正是英国传统在北美殖民地的遗存。在描写赫普兹芭小姐时，霍桑写道：“这古老的贵妇名号——在大洋此岸已有二百年的历史，而大洋彼岸则有三倍长的历史。”换言之，可追溯到欧洲中世纪的

---

① Brook Thomas. “The House of Seven Gables: Reading the Romance of America,” In Brian Harding. ed., *Nathaniel Hawthorne: Critical Assessments*. East Sussex: Helm Information Ltd., 1956, p. 362.

② Walter Benn Michaels. “Romance and Real Estate,” In ed., Brian Harding. *Nathaniel Hawthorne: Critical Assessments*. East Sussex: Helm Information Ltd., 1956, p. 377.

③ 程巍：《中产阶级的孩子们：60 年代与文化领导权》，北京：生活·读书·新知三联书店，2006 年，第 160 页。

封建社会，而与贵族名号相伴随的是“古老的画像、家谱、纹章、家族的历史记载和传说”(p. 32)，即一整套使之合法化的话语、言说方式以及象征之物。更重要的是品钦家族关于土地所有权的传说，这个家族曾拥有一张经议会批准的地契。根据此契约，他们有权拥有东部一块面积超过“公爵的领地、甚至在位君主”的地产(p. 16)。地契后来不翼而飞，但虚幻的土地所有权一直支撑着品钦家族后人强烈的贵族身份意识。以采邑、庄园等方式占有土地是农耕社会的核心要素，社会学家们往往以“封建制度”一词来指称这一社会模式。[①] 土地所有权维系着封建的等级制度，品钦家族显然明确土地与贵族身份之间的关联。所以，上校去世后三十多年，其孙杰维斯·品钦仍致力于寻找家族失踪的地契，以期获得东部领土，由此提升家族的贵族地位，直到 19 世纪，这一梦想也还抚慰着在贫困中挣扎的赫普兹芭小姐。

品钦家族的败落是历史的必然。至 19 世纪上半叶，农耕经济模式业已没落，封建制度的残余早已被资产阶级大革命的风暴扫荡殆尽。资本主义的发展深刻改变了原有的社会、经济和政治结构，英国已经完成了工业革命。虽然稍后于英国，美国也处于工业化和市场化的急剧变革中。在小说的结尾，品钦家族的地契虽然失而复得，但早已失去了法律效力。这一细节具有象征意味。地契失效不仅因为政权更替，放在更宽的历史框架中来看，也昭示着封建土地所有制度已不复存在，而它所支撑的一整套等级秩序和人身依附关系也随之消失。如作家指出的，“门第就是形式更粗俗的财产和豪宅的本质，这些东西一旦丧失，门第也不再有什么精神上的存在了，一切都无可奈何地随之而落花流水”(p. 31)。穷困潦倒的赫普兹芭小姐代表的其实是一个没落的贵族阶层，在新的经济秩序下，艰难地求生存：大概有一两个店铺的柜台后面，也站着一位家道中落的贵妇人，

---

① 该词最早出现在 17 世纪的英格兰，用来指称一种正在迅速消失的土地所有形式，至 18、19 世纪成为一个社会学语汇，指西欧资本主义脱胎于其中的社会形态。

和赫普兹芭·品钦小姐一样，宛然是家族荣耀的惨淡化身。(p. 33)更能说明问题的是，在小说的第三章，作家以赫普兹芭的想象为读者召唤出近代商业社会的影像：

> 她的想象力面前展开了一种全景，显示出顾客人头攒动的城市通衢大街。那儿有多少漂亮的商店啊！杂货店、玩具店、干货店，橱窗镶着大块的厚玻璃板，室内装修得令人眼花缭乱，各色各样的商品琳琅满目，一应俱全，表明了投资之巨大；每座店堂的尽头都装着华丽的镜子，通过明亮的虚幻映像，把室内的财富又扩充了一倍！在街道的一侧是繁华的市集，那些洒了香水、头发油光可鉴的商人，满脸堆笑，点头哈腰，推销着商品。(p. 40)

紧接着，作家将目光转向古宅黯淡的小店和落寞的赫普兹芭小姐：赫普兹芭自己穿着褪色的黑绸长袍，站在柜台后面，怒视着过往的行人，如作家本人评议的，“这种强烈的对比明显地昭示着两者的差异”。这幅对比鲜明的画面生动地向读者揭示了新旧秩序的对照和社会经济的变革。由此，无视时代的变迁而单从家族的罪恶来阐释品钦家族的困境是难以切中问题的要害的。

如果说赫普兹芭代表着没落的贵族阶层，品钦法官显然是新兴资产阶级的代表。麦克斯指出：“法官更像资本家，而非贵族。”[①]他深谙资本主义经济的运作规律，懂得投资、经营和投机等聚财方式，他拥有城乡的地产、铁路、银行、保险公司的股票以及联邦债券。不仅如此，他也是一个有声望的公众人物，拿到法官头衔后，进入政界，在州议会两院中担任要职，临终前，还预备参加竞选，有望成为马萨诸

① Walter Benn Michaels. “Romance and Real Estate,” in *Nathaniel Hawthorne: Critical Assessments*. Ed., Brian Harding. East Sussex: Helm Information Ltd., 1956, p. 376.

塞州的州长。这一切都使得他成为新崛起的市民社会中的权势人物。法官置身其中的正是一个以财产私有制、自由市场、法治为基石的近代资本主义社会。另一方面，品钦法官也代表着资本主义经济最恶劣的一面，也正是让霍桑深感焦虑的时代病症，即对金钱的贪欲、尘嚣日上的实利主义。如作家所抨击的：他们行动的天地在生活的外部现象之中，他们拥有巨大的能力攫取、支配和占有貌似庞大、沉重、实在的虚幻之物，诸如黄金、地产、信托、高薪职位和公共荣誉等。(p. 191)品钦家族的冷酷意志在法官身上转化为对金钱和权力的强烈贪欲，他是小说中明确无疑的恶人形象——"反精神的、肆无忌惮的、投机主义，世俗狭隘的"，是"经济实利主义和市侩习气"的化身。①

毫无疑问，霍桑无法认同品钦法官体现的现代商业社会价值，追逐金钱物欲在他看来根本是虚幻的，在"拱顶窗"一章，霍桑以一幕假面场景集中表达了他对新兴商业社会的批评。如第二章中指出的，在霍桑的作品中，狂欢常与戏剧场景并置或融合，有时则交融为假面剧或假面狂欢的场面，由此召唤出一种既恍惚又迷醉的浮世意象，指向浮生若梦的母题。在这一章中，作家描写了一幕意大利艺人上演的哑剧表演，在他手摇风琴的桃花木匣子里装有一伙小玩偶，小人代表社会的各行各业，当艺人转动手柄时，偶人会随音乐动作，鞋匠做鞋，铁匠打铁，士兵挥舞刺刀，学者读书……，然而，当音乐终止时，所有的小人立刻僵死过去，从"从生机勃勃的状态转入僵死呆滞"(p. 136)。显然，这幕哑剧呈现的是一则关于人生的小小寓言，每个人都踏着同样的生命节拍，忙于劳作、求知、享受、敛财，而当死亡来临时，一切都化为乌有，正如作家所言，"我们这些凡夫俗子无论从事何种职业、有何乐趣——严肃也罢，琐碎也罢——全都按着同一个曲调舞之蹈之，尽管我们的行为令人捧腹，最终将一事无成"(p. 136)。具

① Alfred H. Marks. "Who Killed Judge Pyncheon? The Role of the Imagination in The House of the Seven Gables," *PMLA*, No. 6, 1956, pp. 355 - 369.

有反讽意味的是，哑剧结束之后，帮艺人索要金钱的猴子上场了，霍桑明确指出猴子为贪欲之神的完美象征，“你不可能指望有比它更能象征嗜财如命的最粗俗的贪欲之神的形象了”(p. 137)。这只猴子是霍桑对现代资本主义金钱欲的具象化描摹，它丑陋、卑贱、粗俗，正如克利福德敏锐看到的，它抽空生活的美与意义。而品钦法官对于克利福德的迫害，在家族恩怨之外，同样有着社会学的意味。它代表着拜金重利的新兴资产阶级对于重艺术、审美趣味的贵族文化人的倾轧，前者粗俗而无所顾忌，后者苍白而神经纤弱，在品钦和克利福德两个人物的对照中，我们看到社会经济结构转型后，在同一家族中，造成的尖锐的阶层对立和冲突，而这种冲突既是利益的冲突，更是新旧两套价值观念的冲突。

二、改革者与乌托邦幻象

社会学家指出：资本主义在解决问题的同时也制造问题。一方面带来“进步”，另一方面产生“改革”的必要。至 19 世纪上半叶，西欧资本主义的大发展已造成诸如贫困、贫富不均、阶级分化、失业等一系列社会问题。社会矛盾激化，阶级冲突频频爆发。回顾一下，不难记起，这是马克思和恩格斯就阶级问题发表重要著述的年代。这一时期，美国也为类似的问题所困扰。1837 年，这个新生的国家实际上经历了一次金融恐慌，对西部土地、运河和铁路的冒险投机活动、巨额国债和银行拖欠的贷款等因素直接引发了危机。1837 年的经济危机后果相当严重：618 家银行破产，新奥尔良的棉花价格暴跌，纽约出现抗议生活资料价格上涨的游行和骚乱活动，失业蔓延，工资水平下跌。[①] 劳工矛盾、贫富差距、阶级冲突等问题已经成为美国的时代关注。面对危机，改革者、文化批评家和知识阶层开始反思

① William E. Cain., ed., *The Blithedale Romance by Nathaniel Hawthorne: A Bedford Cultural Edition*. Boston: Bedford Books of St Martin's Press, 1996, p. 7.

美国的社会和经济秩序问题，寻求疗治和改革良方。比如，1840 年，布朗森（Orestes A. Brownson）发表论文《劳工阶级》（*The Laboring Classes*），从基督教的角度评述劳工阶层所遭受的贫困和剥削现象。另一方面，19 世纪上半叶也是社会主义和乌托邦理论流行的时期，圣西门、傅立叶和欧文等人的理论传播到北美，孕育了大大小小的改革运动和乌托邦社团。比如，1824 年欧文在美国印第安纳州买下 1 214 公顷土地，开始新和谐移民区实验；1841 年 4 月至 11 月霍桑居留过的布鲁克农庄也是一个著名的乌托邦社团。在美国历史上，1830—1850 年间就是洋溢着改革激情、充斥着乌托邦方案的改革时代。

《宅子》敏锐地把握了改革时代躁动的乌托邦气质。19 世纪 40 年代的乌托邦主义是世俗与宗教元素、科学与神话、理性主义与神学信念的奇特糅合，而其面向未来的愿景又与割裂过去的冲动紧密结合在一起，仿佛一枚硬币的两面。如果说 19 世纪美国民族主义者建构了一种割裂过去，只向未来敞开的宏大历史叙事，那么，美国梦的大众神话则以割裂的地理空间承诺重返天真的可能，新世界和处女地意味着一个崭新的、童真的世界。19 世纪形形色色的乌托邦计划将革新的希望建立在“割裂的地理而非发展的历史进程上”①，面向未来的历史意识与空间地理神话联手，彻底消解了过去的阴影，否定了历史的意义。19 世纪上半叶的历史语境进一步滋养了这种断裂式发展的乐观信念，科学技术的进步、启蒙主义的进步论、宗教复兴运动、超验主义等主流思想以及打着科学幌子的催眠术、通灵术等流行事物一起许诺着灵魂新生和社会更新的可能性。一时间，个人、社会和国家的新生似乎指日可待，美国仿佛正站在一个与历史决裂的崭新起点上。在《宅子》中，作家主要通过霍尔格雷夫和克利福德两个人物投射了改革时代驳杂的乌托邦愿景。

---

① A. N. Kaul. *The American Vision*. New Haven: Yale University Press, 1963, p. 318.

霍尔格雷夫混迹于一群“改革家、禁酒宣讲人、满脸怒气的慈善家、社区头面人物，还有激进分子”(p. 71)之中，是19世纪改革主义者的代表，是激进的改革思想的代言人。他不为陈规定则束缚，不断变换职业和身份，当过乡村教师、店员、编辑、香水推销员、牙医、傅立叶主义者、催眠术的公开演讲者，后来又成了一名银版照相师。他似乎分享了美国这个年轻国度的流动性以及无限敞开的可能，是“爱默生看到的前途远大的美国年轻人”的典型。[①]值得一提的是，霍桑笔下的改革者与催眠师往往联系在一起，他在催眠术中看到一种操纵与奴役他人的危险力量，并把它与改革分子思想催眠的影响力联系在一起。霍尔格雷夫也被赋予了这种催眠能力，但他的美德又在于不随意对他人催眠，正因为此，他从未成为狂热的改革分子。再者，银版照相术与改革运动的联系也耐人寻味。银版照相术于1839年8月问世，大大缩短了曝光时间，成为一种实用照相技术，至19世纪60年代中期，因照相价格低廉，为普通大众所接受，而不像传统的油画肖像，只局限于贵族阶层，因而，照相术被视为一种民主的媒介。作为一种新生的、民主的事物，它与改革主义者的身份是相称的，象征着改革者意欲改写现实、影响历史进程的信心。[②]

最为关键的是，霍尔格雷夫完美地传达了19世纪改革者与历史决裂的信心。19世纪40年的乌托邦冲动既是面向未来的憧憬和建构，也表现为扫荡历史和现存的决心，两者貌似相反，但实则为乌托

---

① F. O. Matthiessen. *The American Renaissance*. New York: Oxford University Press, 1941, p. 331.

② 爱默生认为它是民主的，因为和属于贵族消费的画像相比较，银版照相术价格便宜，可以服务于大众。霍姆斯(Oliver Wendell Holmes)把照片看作上帝记录天使之书上撕下的一页，设想天空为一面巨大的凹透镜，可以折射和记录人类所有的活动，成为上帝可以观看的不朽的记录。这一比喻实质上赋予照相术以普罗米修斯式的含义，也暗示着人类创造者的地位，意即人类自己也是记录天使之书的撰写者。霍桑很可能熟悉这些想法，因而，将银版照相师的身份赋予他笔下的改革者。但在他这里，银版照相术还有更深一层的含义，后文将进一步讨论。参见 Charles Swann. “The House of the Seven Gables: Hawthorne's Modern Novel of 1848,” *The Modern Language Review*, Vol. 86, No. 1. (Jan., 1991), p. 728.

邦冲动的一体两面。他把过去比作“巨人的尸体”，美国的情形仿佛是“一个年轻的巨人被迫浪费全部的精力，扛着死去多年的祖父的巨大尸体到处跑”；他说“我们都是旧时代的奴隶”。（p. 152）他慷慨陈词，质疑人们为什么不能摆脱过去，为何要活在死人的阴影里：

> 一个死人占据了我们所有的法官席位；而活着的法官们只不过是搜集和重复他的决定。我们读的是死人的书籍……我们按照那些死人的形式和教条来崇拜活着的神祇。无论我们出于我们自由的动机想做些什么，死人的冰冷的手都要阻止我们！我们只要把目光转向某一点，死人的刻板的白脸就要迎着我们的眼睛，把我们的心冻僵！（p. 153）

霍尔格雷夫的这番言辞很有爱默生的腔调，在《自然》的“导言”中，爱默生写道：“我们的时代是怀旧的。它建造父辈的坟墓，它撰写传记、历史与评论……我们为何要在历史的枯骨堆里胡乱摸索，或者偏要把活人推进满是褐色长袍的假面舞会呢？”[①]和爱默生一样，霍尔格雷夫在此宣告的是与过去、权威和传统决裂的决心，也是扫荡过去、打造新天新地的乌托邦激情。霍尔格雷夫借宅子、建筑的意象传达出他最为激进的观点，认为像议会大厦、政府大楼、法院、市政厅、教堂这样的公共建筑物也许不需要用砖石之类耐久材料建造，最好是每20年左右就坍塌掉，以提示人们及时审视和改革它们所象征的社会制度。他仿佛是一个预言家，以决绝的姿态预言一个童真时代的开始：这个时代将不同于以往，布满苔藓的腐朽的旧时代行将就木，僵死的旧制度将被推翻、被埋葬，一切都将重新开始。

如果说霍尔格雷夫代言了改革者与历史决裂的信心，克利福德火车之旅则让我们洞悉了 19 世纪灼亮的乌托邦幻象。这一幻象是

① 爱默生：《爱默生集：论文与演讲录》（上），赵一凡，蒲隆等译，北京：生活·读书·新知三联书店，1993 年，第 6 页。

由科学、技术、超验主义、催眠术等五花八门的流行观念和新生事物共同打造的。的确，这个人物看似与改革运动毫无关联，但虚度人生的克利福德同样有新生的渴望，这一渴望因法官的死亡得到突然释放，促使他领着赫普兹芭登上火车，仿佛重返青春，重新卷入了生活的洪流。正是在这种激昂的情绪下，克利福德发表了一大篇貌似疯癫的谈话，其中，最激发他想象的是铁路这个意象。接下去，他提到电、电报、催眠术、通灵术等19世纪的新生事物。克利福德的宏论为读者召唤出一个科技大发展、资本主义经济勃兴的19世纪社会图景。如第三章里分析的，科学技术的力量本身就增强了启蒙运动树立的进步观念，又和形形色色的乌托邦思潮互为印证，共同打造了时代的乌托邦幻象。对于19世纪的心灵而言，科学和技术不仅是物质层面的，也不仅仅局限于有形的、物理的世界，科技往往具有一种精神化的力量，许诺人们以道德和精神净化的捷径。另一方面，和同时代的欧洲社会批评家不同，美国的改革者们往往受宗教热忱的激励，更多地从基督教的角度阐释和疗治社会病症，在实践社会改革的同时，也更为关注个人灵魂的净化和拯救，将之视为社会新生的根本。而浪漫主义和超验主义理论又为沟通上帝与个体性灵、达到自我精神完善铺平了道路，人类仿佛可以直接过渡到精神化和性灵化的存在，轻而易举实现个人的救赎和社会的新生，如爱默生所形容的，“事物的轮廓和外表会变得透明，若隐若现，而我们可从中见出事物的原因和精神的支配力量”①。他的经典隐喻“透明的眼球”更是完美地概括了理想的精神化的存在状态。克利福德在火车上的长篇宏论内涵丰富，它扎根于当时的浪漫主义和超验主义理论，得益于启蒙理性和科技奇迹托起的人类雄心，同时，也将西方传统中二元对立的思维模式推向极致。

如克利福德意识到的，19世纪的科学和科技发明似乎从另一个

---

① 爱默生：《爱默生集：论文与演讲录》(上)，赵一凡，蒲隆等译，北京：生活·读书·新知三联书店，1993年，第39页。

角度应验了超验主义的理论，为抵达精神化和性灵化的存在提供了便利的捷径，风驰电掣的火车、神秘的电流、贯通欧洲和北美的电报线、甚至打着科学旗号的催眠术和通灵术，似乎都在许诺人类可以实现畅通无阻的意识和精神的交流。在超验的、精神的领域中，清除掉个人和社会罪恶的、粗鄙的、物质性的特质，使友爱成为人与人之间的联系纽带。克利福德提到的催眠术和通灵术都是当时的伪科学，它们之所以能够流行一时，在于貌似印证了精神和性灵是真实可感的、并能直接进入的领域。所以，克利福德把"敲击的精灵"比作"敲击尘世之门"的"天国使者"，并且信心十足地预言，尘世之门将完全敞开。同样，他把催眠术与精神化的作用联系到了一起，反问道："难道它对于涤荡人类生活中的粗俗就毫无作用吗？"(p. 220)催眠，在这里，不仅意味着一种操纵与奴役的关系，也被看作一种可以直接作用于精神、改造灵魂的工具，让人们看到"灵魂如何作用于未来的精神肌体"[①]，由此，人类有望迅速完成灵魂净化，进入完美的理想世界。在另一部小说《福谷传奇 》中，霍桑谈及催眠师威斯脱华尔时写道："他预言一个新时代即将降临，这个时代将使灵魂与灵魂密切相连，使今天与我们所说的未来紧密相连，其紧密程度最终将把两个世界合二为一，成为一个互相关心的伟大的兄弟情谊的社会。"[②]催眠术这类可疑的东西坚定了人们对于精神化的信心，为人类摆脱物质和尘世的束缚提供了一条直达通道。

另一方面，技术同样承诺给人们一条道德和精神净化的捷径，以更强有力的方式托起 19 世纪的乌托邦幻象。坐在火车里，克利福德赞叹道："铁路为我们平添了羽翼，免除了征尘之苦，使旅行超凡脱俗了！"(p. 217)和《通天铁路》里描写的一样，以火车为标志的现代科学把精神之旅简化为一趟轻松快捷的旅程，在克利福德的想象里，铁路

---

① Charles Swann. "The House of the Seven Gables: Hawthorne's Modern Novel of 1848," *The Modern Language Review*, No. 86 1991: pp. 1 - 18.

② 霍桑：《霍桑小说全集》(第 2 册)，胡允桓译，合肥：安徽文艺出版社，2000 年，第 395 页。

同样将速度、进步、精神净化与乌托邦的地平线奇异地联系在了一起。有意思的是，科学打造的乌托邦幻象在克利福德对电和电报的描述中达到极致：

> 还有电——这天使、这魔鬼、这巨大的物质的力量、这无处不在的意识！克利福德叫道。"难道这也是一派胡言？通过电的手段，物质世界已经变成了一个巨大的神经系统，瞬息之间就能波动到千里之外——这是事实呢，还是我在做梦？倒不如说，这个圆圆的地球就是一个巨大的脑袋，一个有着智慧本能的大脑！或者，我们应该说，它本身就是思想，单单就是思想，而不是我们所认为的物质？"(p. 220)

这段话显然根植于超验主义的信条，视世界本质为精神的、性灵的存在，"神经系统"和"大脑"之类的比喻，跟爱默生的"眼球"之说也是暗中相通的，肉体的、物质层面的一切似乎都已被抛到身后，科技的力量引领人们直接进入纯精神的领域。克利福德接着畅谈电报这一"精神媒介"的使用，把它与爱联系了起来，认为它的使命是"崇高的、深沉的、快乐的和圣洁的"(p. 220)。总而言之，在 19 世纪上半叶的历史语境下，火车、电和电报等科技成果无一例外地成为一种精神媒介，许诺着一蹴而就的乌托邦梦想。

有趣的是，在铁路的飞速向前的震撼体验中，克利福德突然有了一种挣脱过去和传统羁绊的强烈欲望，他似乎有一种失重之感，恍惚间觉得连家宅和家园都不复有存在的必要。他反问，"人类为何要把自己囚禁在砖石朽木之中"(p. 217)，而不去任意飘荡，四处为家呢？和霍尔格雷夫一样，克利福德使用了建筑这个意象，他断言，"在人类幸福和进步的道路上，最大的绊脚石就是一堆堆用灰泥砌起来的砖头石块，用大钉钉在一起的梁木，就是人们为折磨自己精心打造的东西，也就是人们称为房子和家的东西"(p. 217)。房子承载着亲情和血脉联系，而家庭又是人类社会最为根本的体制，取消家庭和家园，也就是意味着彻底消解人类的社会结构。由此，他预言人类将重返游牧时代，没有羁绊束缚，四处为家，其实也就是一种原初的、更接近蒙昧状态的社会存在模式。克利福德以圆形或螺旋式上升的意象来解释人类进步论：人类不断进步，但在自以为达到一个全新的境界时，又回到了原点，但同时，也涤荡了粗俗、粗鄙和物质性的东西，即一种精神化的状态。换言之，他所理解的进步即19世纪集体想象中的超越性或精神化的努力，放在西方二元论的哲学传统中，即对肉体、物质、现象、世俗生活的彻底克服和超越。由此看来，克利福德所预言的乌托邦未来近似一种虚无缥缈之境，空空荡荡，没有制度和机构的束缚，没有过去和历史的阴影，也无习俗和传统的羁绊，而人类则彻底脱开了物质的负累，仿佛作家在《通天铁路》中描绘的以烟雾月光为食物的超验主义巨人，飘忽游移，任意东西。在此，霍桑把人物割裂过去的乌托邦逻辑推到极致，由此呈现其内在的荒谬逻辑，从割裂传统走向对人类历史和社会的否定，在一味的超越性追求中，走向对生命和尘世存在的否定，这也是霍桑在《胎记》和《拉帕西尼的女儿》等短篇中揭示的道理。

三、家族、遗产和传承的意义

霍桑同情时代的改革热忱和乌托邦理想，在《宅子》中，借叙事人的声音，他坦承，“年轻人没有这样的理想，不如不出生；成年人彻底放弃这样的理想，还不如死去”(p. 150)。但作家从未放弃过自己的保守主义立场。在《红字》中，叛逆的男女主人公各自回归于秩序，与社区和权威和解，把自己纳入律法和体制的轨道；而在《宅子》中，霍尔格雷夫和克利福德也各自放弃了乌托邦的激情与梦想，两人的转变，尤其是就霍尔格雷夫而言，还是相当突兀的。和在《红字》中一样，霍桑并不在为何转变这个问题上用力，与其说这是人物阅历或思想变化的结果，莫若说，这是作家强力意志施加于文本叙事的结果，是其保守主义立场的必然选择。放在小说中来看，克利福德的转变还是相对好理解的，因为他只是一位颇具艺术气质的受害者和落魄者，并不具有强烈的政治意识，只是在发现法官突然死亡之际，被压抑的生命激情突然爆发，强烈地渴望青春重返，而人生重来，在出逃的火车上，在一种癫狂状态中，他恍然看到了时代闪亮的乌托邦幻象。然而，在眩晕的火车之旅结束后，克利福德归于平静，恢复了自己平常看待事物的视角。从飞驰的火车上下来，克利福德站在大地上，眼前看到的是古老的教堂和老旧的农舍，建筑再次发挥了其隐喻功能，指向人类代代相传的信仰、传统、习俗和一整套的生活方式，这一细节的描写暗示了人物向社会与历史的回归。

从情节上看，霍尔格雷夫转变的直接原因在于他与菲比的爱情。品钦法官在老宅内猝死，而克利福德和妹妹赫普兹芭惊惧中出逃，霍尔格雷夫发现品钦已死，与死亡贴近的体验令霍尔格雷夫谦卑，变得更富于人性。他获得一种黑暗的认知，即我们在第二章中所言的"林神的智慧"，他深切感受到虚无的暗影，看到人类自身的限度："那是黑暗、冷酷、痛苦的一小时！那个死人的存在给一切都投上了暗影；他把这个宇宙——就我所能感知的范围而言——变成了罪孽和比罪孽更可怖的果报的场所。"(p. 255)以基督教的话语体系来说，他所感知的也就是由原罪所隐喻的人类的罪性、有限性及必死的宿命。在死亡的阴影下，霍尔格雷夫突然懂得了爱的光明与温暖，他和菲比的爱情在此刻绽放，本章标题"伊甸园之花"直接点出了爱情的救赎力量，在爱的光辉里，两人恍若人类的始祖，重返伊甸园。有意思的是，当爱情之花绽放时，霍尔格雷夫也奇怪地变成了一位保守主义者，其立场的转变同样以言说建筑的方式表达出来。他宣称："我的命运就是伐木、竖篱——到时候甚至还要为下一代建造住宅——简言之，让自己遵从于法律和社会平和的惯例。"(p. 255 - 256)不仅如此，在小说的结尾，在和品钦家族继承人讨论乡间别墅时，霍尔格雷夫竟然评议道，石料比木结构更适合建筑家宅，每代人可根据需要和趣味改变内部陈设，而外部会平添岁月的魅力，由此"给人一种永久的感觉"(p. 262)。和海丝特一样，霍尔格雷夫也彻底转变了自己的立场，他承认自己“是个保守派了”(p. 262),对自己这一转变,他本人也有始料未及的感觉。尽管作家以爱情来解释其政治观的变换,但显然,这种解释更多依赖于读者“搁置怀疑”的意愿,而其中彰显的,无疑是作家本人的意识形态立场。

回到建筑这个意象,曾经渴望推倒重建的霍尔格雷夫如今转而拥抱代代相传、持久的东西,换言之,他成了传统、惯例、历史制度和习俗的坚决捍卫者,而这也正是保守主义者的根本立场。在本章开头,我们谈到,保守主义者认为现有制度和习俗是自然演化的结果,是历史延续性和稳定性的见证,因而倾向于捍卫传统与遗产的传承。在《法国大革命感想录》中,伯克论述了英国逐渐形成的各项制度的重要性,诸如国教、私有制、世袭制以及立宪制等,认为这些都是“深思熟虑的结果,或者说更是顺乎自然的美妙结果”,对于这些,后世应当继承之。伯克运用了血缘和遗产为喻象来形容历史与现在在制度和传统层面上的传承关系:

> 在遗产的这种选择中,我们赋予我们的政体结构以一种血脉关系的形象,把我们国家的宪法同我们最亲密的家庭纽带联系在一起,把我们的基本法律纳入我们家庭亲情的怀抱之中,保持我的国家、我们的家室、我们的坟茔和我们的祭坛的永不分离并带着对它们结合在一起的、交相辉映的一切仁爱的热情来珍惜它们。①

尽管不能确认,霍桑是否一定阅读过伯克相关的论述,但两人思想上的一致性的确令人惊讶。由此,我们看到小说中有关家族和继承这些元素的深层意蕴,霍桑意欲以血脉和遗产为喻来说明我们与传统和制度的关系。和老宅一样,政体、制度和习俗都是先辈馈赠于后人的一份遗产,其中,包含着后代与先辈、历史和传统的血脉关联。在

---

① 陈志瑞,石斌编:《埃德蒙·伯克读本》,北京:中央编译出版社,2006年,第153页。

小说的结尾，法官猝死，克利福德和妹妹成为家族遗产的继承人，小说以遗传和继承这层意思作结，其中自有深意。对于保守主义者而言，继承原则不仅完美地说明了过去、今天与未来的更迭关系，而且，规范并组织着从家族到社会肌体的整体秩序，诚如伯克所言："我们接受、保有和留传我们的政体和权利，就像我们享有和留传我们的财产和生命一样。有关政策的规章制度、大宗财产和天赋资源，按照同样的过程和程序被交给我们，又由我们交给后代。"值得注意的是，伯克并不排除"继承"这个概念包含变革因素，他如此解释传统与变革的关系："继承的观念提供了可靠的保存原则和传递原则，但它又一点不排斥改善原则。"伯克认为：一方面，人们接受、保有和留传长期演化而来的政体和制度，另一方面又对之加以改善，这样，"我们从来不是全新的"，"也从来不是完全陈旧的"。[①] 在革新的问题上，霍桑的理解与伯克的观点同样如出一辙，不是扫荡过去、清空历史的革命，而是修修补补的改良和完善，这就是霍尔格雷夫以石砌建筑为喻言说的后代对于祖屋的整体继承与内部修补。在小说的另一处，叙事人以衣裳为喻批评霍尔格雷夫的激进主义时，揭示的也正是这一保守主义的观点，"他的错误在于盲目地认定当今时代比过去或将来的任何时代，更有可能看到古老的褴褛袍服将骤然换成新礼服，而不必一针一线地慢慢缝补"(p. 150)。

从这个角度反观小说中宅第这个象征，可以看出更多的隐含意味：它不仅是家族和门第的象征，也不仅仅指向祖上隐秘的罪恶；更重要的是，老宅隐喻了后世对于历史的传承，包括信仰、文化、制度和习俗意义上的传承，这些都是后代赖以栖身的文明根基及制度框架。另一方面，宅子也象征无法挣脱的历史的重负。正如品钦家族后裔无法摆脱罪孽的诅咒，在继承历史遗产的同时，后世也必然面对历史的暗影与罪孽。在品钦家族故事的背后，我们看到作家对断裂式进

---

① 陈志瑞，石斌编：《埃德蒙·伯克读本》，北京：中央编译出版社，2006 年，第 152 页，153 页。

步论的深刻嘲讽，看到他对历史延续性的坚持。斯特恩以乌托邦保守主义来指称霍桑的立场，[①]并且，直接将他的保守主义归因于历史观，即认为历史是重复的、连续性的，而非进步论的、可完善的，即便是美国独立战争，也并非一种千禧年式断裂性的发展。[②] 的确，霍桑坚信历史进程是延续性的，过去、现在和未来之间存在一脉相承的关联，而在他的话语体系里，这一信念又转化为基督教的原罪意识，即堕落后的人类无法凭借自身的力量重返伊甸园。在此，我们不妨回忆一下《红字》的经典开篇：新殖民地的创建者们，不管他们原先计划建立的是什么样的人类美德与幸福的乌托邦，一定会在处女地里圈出一块做墓地，另一块修建监狱。[③] 作家以监狱和坟墓的意象直接消解了清教先辈的乌托邦之梦，监狱指向人类的罪性与罪行，坟墓指向死亡，在基督教的话语里，这些都是始祖犯罪后人类必然要承受的后果，罪与罚，同样是人类遗产的一部分。回到《宅子》，莫尔的诅咒无疑也是历史的诅咒，品钦家族无法逃脱过去的阴影，而 19 世纪的改革者们也无从摆脱历史的框架，以割裂的空间置换连续的历史进程。

在《宅子》中，霍桑也以一种人生和历史虚无的意识消解改革运动的意义。在上文，我们提到"拱顶窗"一章中呈现的狂欢或哑剧场景，这一场景接入作家关于"浮生若梦"或"人生如戏"的母题，"法官州长"一章继续深化了这一母题。不少评论者注意到该章的笔墨极为铺陈，比如，贝利斯指出："霍桑用 15 页的篇幅描写一具尸体，对它发话，最后还奚落它。一方面，这固然展示其卓越的叙事技巧；但另

---

① 斯特恩在宽泛的意义上使用"乌托邦"(utopia)一词，与"意识形态"(ideology)相对，指批判性现实、力求改变现状的一套观念和想法，19 世纪的改革运动中，关于新生和变革的信念业已成为时代的主导意识形态，而霍桑的保守主义则是一种思辨性、与主流不同的声音。

② Milton R. Stern. *Context for Hawthorne: The Marble Faun and the Politics of Openness and Closure in American Literature*. Urbana: University of Illinois Press, 1991, p. 36.

③ 霍桑：《红字》，姚乃强译，南京：译林出版社，1998 年，第 40 页。

一方面，混杂着焦虑、恐惧、愤怒和激动的情绪似乎完全过头了，更不必说有沉迷之嫌。”[①]但从人生如戏这个角度来看，大段的铺陈别有深意，作家淋漓尽致地铺陈死亡巨大的消解力量，纵使法官万般要事缠身，甚至即将登上州长宝座，当死亡突然降临时，一切都化作乌有，而身后，生活的洪流一如既往地向前奔涌。如果说，作家以哑剧或浮世的喻象来嘲弄资本主义敛财的虚妄，实际上，他也是本着这样的哲学观来看待改革运动的意义的。放在人类历史的大舞台上，一波波的改革浪潮最终都会被时间和历史的洪流卷走，也正是在这个意义上，银版照相师这个身份具有了另一层意味。马克斯指出：在小说中，银版照相术被作家“扩展为一种真相的工具，一种浪漫主义的认识论工具”，能够“呈现永恒之物，排除掉在浪漫主义者看来‘转瞬即逝(passing)’东西”，[②]换言之，是对现象与本质，形式与表象进行区分的工具。相对于永恒的历史和更高的真理而言，风起云涌的改革运动是否可划归转瞬即逝的表象范畴呢？如果答案是肯定的，那么，银版照相师这一身份也预示着向保守主义的转变，正如霍桑在小说中预言的：他会意识到自身的无能为力，他早期崇高的理想会在生命行将结束时变得卑微，他会认识到，人类最完美的努力所能实现的不过是一场梦，只有上帝才是现实的唯一创造者。(p. 151)

可以说，在《宅子》中，霍桑以延续的历史观和历史虚无的整体意识为其保守主义立场做了精彩的注脚。然而，在选择站在传统、遗产和秩序一边的同时，霍桑并未回避尖锐的时代问题，在小说中，他的确以自己的方式对时代问题做出了回应，只是他的回应必然是基于保守主义的一种选择。

---

① Peter J. Bellis. “Mauling Governor Pyncheon,” *Studies in the Novel*, No. 26, 1994, p. 206.

② Alfred H. Marks. “Hawthorne’s Daguerreotypist,” in *The House of the Seven Gables: Norton Critical Edition*. Seymour L. Gross, ed. ,. New York: W. W. Norton, 1967, p. 339.

四、田园牧歌的阶层幻景

回到前面分析的以阶级矛盾为主导的 19 世纪社会问题。霍桑无法认同社会改革方案和乌托邦计划，但也无法回避这类问题带来的困扰，田园牧歌传统为他提供了一个不同的思考方向。在第二章，我们指出，霍桑从史撒纳扎罗、弥尔顿、斯宾塞和莎士比亚等文艺复兴作家那里承袭了历史悠久的田园牧歌传统。而对霍桑而言，田园牧歌的意义在于，它不仅提供了一整套可随手取用的文学意象、典故、类型化的场景、人物和母题等，更为作家结构篇章、编码主题提供了一种手段，因为田园牧歌本身就包含了一套思维模式、一种宏观的运思方式。《宅子》是霍桑首次系统运用田园牧歌传统的一部小说，小说中充满了关于田园传统的互文性指涉。首先是菲比这个人物。她来自乡村，霍桑运用了一系列与太阳或自然有关的词语来描述她，如阳光、火光、光明和鲜花等。在“五月与十一月”一章里，她被比作“五月”，在田园传统中，“五月”有独特的意味，它指向民间节庆里的五朔节和五月王后。显然，菲比就是田园剧里的五月王后，代表着使万物更新的春天的力量。再者，品钦家的花园被比作乡村和自然在城镇尚未失守的领地：大自然在别处已经覆没，被赶出喧嚣的城镇，但在这里仍保留了一块喘息之地。(p. 73)这也就意味着，《宅子》照搬了牧歌文学中乡村与城市对照的空间格局。另外，值得一提的还有维纳大伯，他是田园剧中的傻子、小丑的形象，“在田园剧中构成反衬金钱诱惑的角色”[①]。他的服饰也表明了他的身份，即穿杂色衣的小丑：他穿着小职员丢弃的破旧的蓝外套，粗麻布的裤子裤腿很短，臀部肥大，戴着小帽子。他有傻子式的智慧，他一贫如洗，始终以“农

① Rudolph Von Abele. “Holgrave’s Curious Conversion,” in *The House of the Seven Gables: Norton Critical Edition*. ed. Seymour L. Gross. New York: W. W. Norton, 1967, p. 396.

庄”来指称他可能终老的贫民院。当然，最核心的是，田园牧歌为霍桑思考社会现实提供了一种路径，正如第二章中指出，作为一种体裁，田园牧歌从来不是一种避世的文学，它具有清晰的社会、政治和道德批评的维度，它将繁复寓于简单之中，以文学小世界映射现实大世界；它是批评，也是寓言，以隐喻或反讽的方式关联现实人生。具体而言，在《宅子》中，霍桑感兴趣的是田园牧歌构建的和谐正义的田园幻象，而这一幻象恰好衔接了霍桑在此聚焦的阶级冲突问题。

雷蒙·威廉斯在《乡村与城市》中指出，田园牧歌文学表现出一种回溯性的目光，总是把田园价值搁置在一个刚刚逝去、比现在更美好的往昔那里。比如，在谈到圈地运动时，他指出：“有序的，也更为快乐的旧日与动荡、失序的现在构成对照。目前的境况和对安定的深切向往催生了一种理想化的倾向，其目的是逃避真切苦闷的时代冲突。”[①]霍桑也深感于时代的动荡，为这个国家经济和社会流动性所困扰，他在小说里这样表达自己的焦虑：“我们在这个共和制的国度里，我们社会生活时起时落的浪潮总是要把一些人置于被溺死的边缘。”(p. 31)史学家认为，19 世纪上半叶也是美国市场革命发生的时代，1829—1837 间在任的安德鲁·杰克逊总统在告别演说里，特别提醒美国民众要警惕一个由“货币力量(money power)”主宰的世界，因为它“更容易引发突如其来的剧烈动荡”，导致“财产易手，劳工工资波动”。[②] 霍桑写作该书的 50 年代正值 19 世纪美国土地投机高潮，他在“品钦州长”一章中，也特地提到“邻近的街上有个地产拍卖会”(p. 225)，土地买卖狂潮引发了“土地归无土地者”运动，并最终催生了 1862 年的《宅地法》。[③] 如麦克斯指出的，“美国社会令霍桑焦虑

① Raymond Williams. *The Country and the City*. New York: Oxford University Press, 1973, p. 45.

② Andrew Jackson. “ Farewell Address,” in *American Democracy: A Documentary Record*. ed. J. R. Hollingsworth and B. L. Wiley. New York: Crowell, 1961, p,374.

③ 1862 年 5 月 20 日美国总统 A. 林肯(1809—1865)签署颁布的使西部土地上的垦殖者获得宅地的法案。

的一面正是它的开放性、它对流动性的顺应”。[①] 相对于南北战争前的美国社会而言，霍桑似乎更为怀念相对稳定的、和谐有序的田园景象以及封建等级制所依附的农耕社会模式。在小说的结尾，菲比和霍尔格雷夫意外地继承了大笔遗产，和克利福德、赫普兹芭以及维纳大伯一起，搬到乡间别墅，尤其是对维纳大伯而言，一直梦想的“农庄”终于变成了现实。毫无疑问，小说童话式的结尾意味着向田园往昔的逃遁，家族和社会问题并没有获得实质性解决。这一解决与情节和主题的推进无关，完全是作者意图一厢情愿的展现，因而小说体现出一种静止的、舞台造型式的感觉，“更像静止的图画，而非发展着的叙事”[②]。在写给出版商的信里，霍桑承认：“写到结尾时太阴郁了，不过，我努力洒了点夕阳的余辉。”[③]“夕阳”一词表明作家本人也清楚，田园牧歌以业已消逝的农耕文明为根基，19 世纪资本主义的发展已经使之变成了一曲挽歌。至此，也可以更清楚地洞悉作家在一部以新世界为场景的小说中凸现贵族体制的深意了，这并非仅仅因为品钦家族的背景，它体现了作家对新旧社会秩序更替的敏感，在新秩序摧毁并取代旧有的农耕经济模式时，作家对逝去的田园往昔投去回望的目光。

更重要的是，霍桑其实为田园牧歌所隐含的阶级秩序所吸引。尽管在很多研究者看来，这不过是田园传统建构的一种神话，或者说，一种虚假的意识形态，[④]其目的是“阻止人们质疑土地所有权所支

---

① Walter Benn Michaels. “Romance and Real Estate,” in *Nathaniel Hawthorne: Critical Assessments*. Vol 3, ed. Brian Harding, East Sussex: Helm Information Ltd., 1956, p. 380.

② Maurice Beebe. “The Fall of the House of Pyncheon,” *Nineteenth-Century Fiction*, No. 11, 1956, p. 2.

③ Nathaniel Hawthorne. *The Letters: 1843 - 1853*. Ohio: Ohio State Vniversity Press, 1985, p. 376.

④ 威廉·燕卜荪在《田园诗的几种变体》中最早指出“老的田园文学给人的感觉是暗示了富者与贫者间的美好关系”，继他之后，雷蒙·威廉斯进一步探讨了田园传统如何通过遮掩生产关系美化贵族和封建的等级制度。

撑的权力结构和整个社会机制”①。但对霍桑而言，田园牧歌首先表现出对阶级分化和社会秩序的敏感，它展现的是一个贵族与平民共处的世界，无论这一文学体裁如何维护或美化阶层秩序，如何扮演意识形态维持现状的功用，它仍召唤出一种不同阶级和平友爱相处的幻景，一种在等级秩序下达到的阶层融合的社会理想。其实，和伯克一样，霍桑相信人类社会必然是存在等级和阶层分化的，他在“拱顶窗”哑剧一幕中已明确表达了这一观点。艺人展示的微型人类小社会包括不同行业、不同等级的各色人物，有“鞋匠、铁匠、士兵、手握扇子的贵妇、拿着酒瓶的醉鬼、坐在奶牛旁的挤奶妇”(p. 136)，还有读书的学者、数金币的财迷等等，三教九流、各色人品，共同组成了一个“满足于一种和谐的存在”的小小社会；如果借用戏剧隐喻的话，也不妨说，它所上演的无非是一幅洋溢着生机和世俗欢闹的假面剧。的确，在霍桑的眼中，人类社会本质上就是这样一幕幕的假面狂欢，人们各司其职，各安其命，扮演各自在尘世的角色，而后结束人间的旅程，在死亡中实现真正的平等和联合。短篇小说《人生的游行》也集中书写了这一主题。把尘世人生幻化为一幕假面剧，其中自然包含着深刻的意识形态意味。在《宅子》中，我们看到，一方面，霍桑借助田园牧歌传统勾勒的和谐幻景，抹杀了阶级壁垒和等级秩序的社会学含义；另一方面，作家又以假面狂欢的意象引入一种超然而疏离的视角，借此消解包括阶级在内的一切实质性社会问题，身份和阶层的差异被视为暂时的、没有内在意义的，只是人们在尘世中暂且扮演的角色，死神一旦降临，一切皆化为虚无，当然，这也是极为消极的一种视角。但在《宅子》中，占据核心的是田园牧歌召唤的阶级融通的理想，在此后的小说《福谷传奇》和《牧神雕像》中，我们将看到作家对假面狂欢意象的多重演绎。

回到田园牧歌的阶层幻景。在小说里，霍桑以相当温情的笔触描写了品钦老宅里的花园。如前文交代的，作家首先将花园视为自

① Terry Gifford. *Pastoral*. London: Routledge, 1999, p. 8.

然和乡村在城市的延伸,但它又非纯粹的自然,其中凝聚了人类政治的意味。如我们在第二章中指出的,锡德尼是第一位将阿卡迪亚与国家联系起来的田园作家,其笔下的阿卡迪亚投射出伊丽莎白帝国的政治理想;而在霍桑的作品中,他也明显将花园当作一种政治理想的隐喻。不同于城市或宫廷,花园属于更广泛的自然秩序的组成部分,保持了自然原初的德性与善,因而,在田园牧歌传统的集体想象中,其社会和政治秩序更具有天然的合理性,更符合自然的正义原则。品钦家的小花园同样存在阶级的分化,作家的阶层类比甚至延伸到花园里的动植物身上。比如,品钦家的鸡被描写为纯种的贵族血统,植物也有高低贵贱之分,花是"贵族的(aristocratic)",而蔬菜是"平民的(plebeian)"。(p. 73)然而,花园中生机勃勃,名花贱草杂然相处,如梅尔指出的,品钦花园是"'一片光影摇曳的游乐绿地',在这里高贵花、平民蔬菜、杂草和白蔷薇花混杂着生长"[①]。植物的等级秩序自然是人类社会的投射。在"品钦花园"一章,作家不仅细笔描绘了花园中的花木菜蔬及家禽,更细细铺陈了花园中的小小聚会,显然,这种社交小聚会有着深刻的政治意味,作家以此投射了田园传统中以等级制为根基的和谐的人际关系。他提到每周日,花园里会举行一个小型聚会,聚会人包括克利福德、赫普兹芭、菲比、霍尔格雷夫,还有维纳大伯,几个人分别代表了不同的阶层和身份——没落的贵族,有贵族血统的乡村姑娘、平民改革家、以及城市贫民等:

> 这个奇异地组合起来的社交小群体时常在坍颓的凉亭中聚会。赫普兹芭,内心里,照旧和往常一样持重,丝毫不肯把自己的贵族身份放低一分,而且,是愈发倚仗这身份了,好让自己公主般降尊纡贵的姿态显得更为得体。她表现出一种不失优雅的

① Roy R. Male. "Evolution and Regeneration: *The House of the Seven Gables*," The House of the Seven Gables: Norton Critical Edition. ed. Seymour L. Gross. New York: W. W. Norton, 1967, p. 436.

殷勤风度，和那位四处漂泊的艺术家亲切交谈，以贵妇的风度听取智者维纳大伯的进言——维伯大叔做木工，给大家当差跑腿，是个杂七杂八的哲学家，他常驻足街头或在其他任何适于观察的地方研究这个世界，随时准备着提出自己的高见，就像镇上的水泵随时准备供水一样。(p. 130)

在这段描写中，作家刻意强调的是赫普兹芭的贵族地位以及她与周围人所构成的一种主从关系，而这种等级秩序在霍桑的笔下又散发出一种和谐美好的感觉，贵族因为自己的内在美德而屈尊，地位低下者顺应她的谦卑，但并不逾越等级的规范。赫普兹芭和维纳大伯之间接近田园文学里的理想的主仆关系，或许正是从这个角度出发，梅尔预言，维纳大伯跟随品钦家到乡间别墅后，将会“成为弄臣(court jester)，成为小说里最快乐的人物”。[①] 在霍桑看来，这是比终老养老院更美好的结局，农庄意味着一种温情脉脉的人身依附关系。可以看出，在小说里，田园牧歌召唤的图景始终有一种静态的、停滞于时间之外的画面感，与品钦大街、火车等动态场景相映成趣，两者以不同的方式呼应着霍桑对时代问题的思考。《宅子》无疑是一部包孕丰富的小说，如作家在序言里承诺的，它联结过去与现在，把当代社会境况置于更广阔的历史框架中加以考察，它凝聚了作家对时代问题的敏感，是作家历史观、哲学观和社会观的集中体现。作家对改革运动的批评与田园牧歌元素的运用相辅相成，体现出政治与神话的完美结合。

经历过 1840 年康科德文化风潮的洗礼和改革运动的冲击之后，霍桑的保守主义思想日渐成熟，《红字》和《宅子》两部小说是其保守

① Roy R. Male. “Evolution and Regeneration: *The House of the Seven Gables*,” in ed. Seymour L. Gross. *The House of the Seven Gables*: *Norton Critical Edition*. New York: W. W. Norton, 1967, p. 435.

主义观念的集中表达。《红字》以人物的回归与和解捍卫权威和秩序，同时，也暗中消解了欧洲革命的激进主义。如果说在《红字》中，霍桑明确表白了自己的保守主义立场，那么，《宅子》则进一步丰富和发展了其保守主义思想的内涵。克利福德和霍尔格雷夫两位人物在体验过乌托邦的诱惑后，各自回归于现行秩序，尤其是作为激进改革派代表的霍尔格雷夫，直言不讳地宣告自己变成了一位保守主义者。不仅如此，霍桑对于传统的见解在此呈现出鲜明的轮廓，和伯克一样，他以家族、血缘和继承的概念来言说后世对于前代制度、物质和文化遗产的传承关系。然而，我们也不得不承认，小说结尾召唤的田园牧歌幻景固然是美好的，但的确也是虚幻的，它是文学温情脉脉的想象，也是意识形态编织的谎言。或许正因为如此，在后期的作品中，霍桑越来越倚重于一种超然的视角，坚持视人生为一出假面剧，这也是其保守主义逻辑的必然发展。

第六章

乌托邦的批判

作为一名不折不扣的保守主义者,霍桑对乌托邦的批判是相当系统而深入的,也几乎贯彻了他创作的始终。霍桑的创作发端于19世纪20年代文学民族主义的热潮,在对民族历史的书写中,作家已开始质疑民族主义历史叙事基于的线性史观和进步论。30年代末至1850年,在第二个阶段的创作中,霍桑置身改革运动的话语场,有意识地激活古老的加尔文思想资源,以系列短篇演绎出一套原罪话语,藉此抵制时代的乌托邦冲动,确立了自己的保守主义立场。在之后的长篇小说中,作家进一步发展和丰富了自己的保守主义思想,从捍卫家族、传统、权威、律法走向了对乌托邦主义的全面检视。可以说,霍桑的乌托邦批判是其保守主义的逻辑推进,而《福谷传奇》这部小说又是霍桑批判意识的全面表达。本书所言的乌托邦批判包含两层意思:一是对乌托邦自身的批判,包括理念、原则和关于未来的想象等;二是对乌托邦的意识形态批判矛头指向乌托邦思想和实践所隐含的操纵、控制和权力关系。前者贯穿了他的创作主体,主要围绕改革运动展开;后者可回溯到他创作的早期,始于他对清教历史的反思。但《福谷传奇》是一部真正意义上的乌托邦批判之作,包含了上述两个层面的批判性思考。

第一节　乌托邦主义与乌托邦批判

“乌托邦”这个词涵盖相当宽泛，它可以指向一种特定的文学类型、人们对理想社会的想象，也包括“这些社会所据以建立的诸种原则(平等、自由、民主等抽象观念)，人们有关理想社会的理论规划，以及与这些虚构的(fictional)计划所伴生的社会规则与社会制度”①。从根本上来说，乌托邦，或者乌托邦主义②是一种想象人类自我、社会和未来的思维方式，丰富、驳杂，处于不断的流变之中，具有思想史的意义，包括乔·奥·赫茨勒(Joyce Oramel Hertzler)、卡尔·曼海姆、恩斯特·布洛赫在内的思想史家及哲学家对此均有深入的研究。作为一种思想，乌托邦自然具有意识形态的维度，或者说，本身就是一种特定的意识形态。曼海姆在《意识形态与乌托邦》一书中最早梳理了意识形态与乌托邦的关联，他将意识形态定义为一套促使行动维持现状的思想，而将乌托邦定义为一套促使行动改变现状的思想，“当把乌托邦这一术语的含义限定为超越现实，同时又打破现存秩序的结合力的那类取向时，我们就确立了思想意识形态和乌托邦之间的区别”③。同时，曼海姆指出，乌托邦思想有与具体社会计划和政治纲领联盟的潜力，“某些社会集团把这些意愿变成他们的实际行动，而且试图实现它们，这些意识形态才变成乌托邦”④。换言之，意识形态和乌托邦本质上都属于思想范畴，一种思想属于乌托邦还是意识形态，本质上取决于如何衡量它与现实的关系，两者的根本差异在

---

① 谢江平：《反乌托邦思想的哲学研究》，北京：中国社会科学出版社，2007 年，第 19 页。

② 在与具体的乌托邦计划和运动进行区别，而强调乌托邦作为一种思想体系或思维方式时，一般以乌托邦思想或乌托邦主义来指称，本章更多使用“乌托邦主义”(utopianism)这个术语。

③ 卡尔·曼海姆：《意识形态与乌托邦》，黎鸣，李书崇译，北京：商务印书馆，2000 年，第 196 页。

④ 卡尔·曼海姆：《意识形态与乌托邦》，黎鸣，第 197 页。

于，乌托邦具有超越当前现实的革命潜力。布洛赫的研究从另一个方向揭示了意识形态与乌托邦的内在关联，他看到意识形态的雅努斯面孔，认为意识形态“包含歪曲、神化、操纵和控制，但它也包含乌托邦的剩余或盈余，可借此进行社会批评，实践激进政治”。基于这样的认识，布洛赫的意识形态批判致力于“从意识形态产品中剥离出乌托邦的解放之维”[①]。很显然，布洛赫将“乌托邦”视为一种更为根本的人类意识冲动，即他所谓的面向未来的“尚未意识”，广泛存在于人类的日常意识，也渗入被马克思主义者视为意识形态的文化产品中，推动人们对于更美好未来的梦想，指向社会发展的真实可能性和人类解放的真正潜能。

当然，我们关注的并非是意识形态与乌托邦的具体区别或联系，而是希望借此指出，乌托邦主义是一种特定取向的意识形态，不仅如此，还具有强烈的政治性和革命功能，或者如布洛赫所言，具有打破现实的解放能力。这就意味着，乌托邦主义和意识形态一样具有思想操纵和控制的能力，不同于意识形态的是，它更具改变现实的革命潜力，一旦转化为具体的社会和政治实践，可形成严密的权力结构和权力运作关系。研究者指出，乌托邦主义执着于单一的、片面的真理，将自己的理念奉为“至善”、绝对的、终极的价值，因而，乌托邦政治实践往往走向理想的反面，“以‘自由’始而以‘不自由终’”[②]，堕入专制乃至极权主义的噩梦。或者，如卡尔·波普尔指出的，由于人的因素具有不确定性，乌托邦主义者试图“以体制化的手段控制人的因素，其乌托邦规划不仅包括按蓝图设计实现社会的转变，也致力于人自身的转变”，因而对乌托邦主义者来说，政治的核心在于“以特定的方式组织人性的冲动，使之将能量导向适当的战略要点，将整个发展

① 凯尔纳：《恩斯特·布洛赫：乌托邦与意识形态批判》，王峰译，《马克思主义美学研究》，第13卷第1期，第67页，64页。

② 谢江平：《反乌托邦思想的哲学研究》，北京：中国社会科学出版社，2007年，第42页。

过程引向预定的方向”[1]。的确，人类近现代历史的发展已反复证明了这一点，关于这方面的研究也非常繁多，以至在当代思想史的语境内，“乌托邦”这个字眼不可避免地带上了负面的意味，甚至在一些学者如波普尔的思想谱系里，对极权主义的检讨可一直回溯到柏拉图的《理想国》。

作为一位保守主义者，霍桑对乌托邦的思考是相当全面且深入的，既包括乌托邦内部的思考，也包括意识形态层面的批判。本书第三章和第四章集中剖析了作家的保守主义思辨，这一思辨是对改革时代的直接回应，其中，也触及欧洲激进主义的浪潮，主要基于原罪话语对乌托邦理念、原则及理想社会幻景展开的批判性思考。另一方面，霍桑也致力于对乌托邦主义及实践做意识形态上的批判，这一线索可回溯到他早期的作品中，与他对清教乌托邦主义的反思联系在一起，这里对后者稍作梳理。

回望殖民地历史，作家敏锐地发现了清教主义的乌托邦冲动，也发现了清教先辈在追逐乌托邦幻影时所陷入的误区。作家看到，为缔造坚实的上帝之城，新英格兰清教政体诉诸强权，压制人类天性，不惜牺牲世俗生活的欢乐，而在对信仰和纯洁性的捍卫中，也走向了对异己力量的无情迫害，对安妮·哈钦森和罗杰·威廉斯的驱逐、塞勒姆女巫案以及霍桑祖辈的行径都体现出清教乌托邦噩梦的一面。研究者认识到，霍桑的文学描写实际上加深了后世对于清教徒的脸谱化印象，作家笔下的恩迪科特和贝灵顿总督可谓这一群体的代表。但作家对清教先辈的批评始终与他的乌托邦忧患意识密切相关，如第四章有关《红字》的章节中提到的，霍桑看重权威和律法的分量，在重现波士顿早期社区生活画卷时，他真正批判的并非殖民地的政治与权力形态，而是以真理甚至上帝名义自居的个体，这种智性的骄傲是对原罪信条的挑战，又恰恰为乌托邦信念所哺育。《恩迪科特与红

① Karl Popper. *The Poverty of Historicism*. London & New York: Routledge & Kegan Paul, 1957, p. 64.

十字》中的恩迪科特坚定勇毅，但也是一位严厉、不肯妥协的清教领袖，当恩迪科特慷慨陈词，以良心和自由的名义抗争英王的压制时，示众的罪人中有人质问："你说这是良心的自由?"(p. 546)质问中有强烈的反讽意味，如马丁指出的，"霍桑的历史感从来不是简单化的。如果说清教徒展现出一种在美国革命中得以充分表达的精神，在霍桑的笔下，他们也同样表现出严厉、残忍的一面，除了自己的自由外，对其他任何人的自由对视而不见。恩迪科特一边抵制压迫，同时又是暴烈的狂热分子"[①]。故事中，恩迪科特穿的铁胸甲擦得锃亮，映射出清教小镇罪与罚的景象。刑具五花八门，有如鞭刑柱、手枷、足枷；罪人遭受的刑罚形式多样：有妇人被劈开的小棍夹住舌头，有人的耳朵被割去一块，有的面颊烙字，有的鼻孔被划开并烫焦，有的被罚脖子上永久地套绞索等。领袖的个人气质与殖民地的强权意志彼此投射，互为镜像。历史的悖论在于，构筑"山巅之城"的乌托邦事业缔造的却是禁锢个体自由的钢铁之城，或者正如《红字》开篇揭示的，"乌托邦"与"监狱"仿佛一对双生子，是一枚硬币的两面，美好新世界与阴森的监狱似乎只一线之隔。

值得深思的是，在霍桑后期小说中，激进改革者如霍林华斯表现出某种类似清教徒的气质和做派，他们强硬、冷酷、不肯通融，一意孤行，具有钢铁般的意志，其强硬意志同样出自一种智性的骄傲。霍桑洞悉了乌托邦主义者共有的思维及行为模式。无论是清教徒还是19世纪的改革者，他们无一例外地视自己为真理和正义的代言人，由此对个体或集体犯下种种罪孽，在坚持原罪观的霍桑看来，这是必然的悲剧结果，因为人类注定无法超越自身的缺憾与限度。可以说，霍桑从一开始就意识到了乌托邦主义的潜在危险，他看到它思想控制、意识操纵与权力压制的可能性。霍桑的乌托邦批判呈现出清晰的流变轨迹。在早期作品中，作家专注于清教乌托邦主义的审视，将批判的

---

① Terence Martin. "The Method of Hawthorne's Tales," In *Hawthorne Centenary Essays*, ed. Roy Harvey Pearce. Ohio: Ohio State University Press, 1964, p. 14.

矛头指向清教政权的不宽容统治,对清教徒的种种罪责也颇多诟病。在后期作品中,作家不再局限于具体的乌托邦事业或计划,而是将乌托邦作为一种整体性的思维模式,对之展开了更为系统、也更为哲性的批判。这在《福谷传奇》中体现得尤为明显,作家不仅暗中解构乌托邦的根本理念与原则,也从意识形态的层面检讨了乌托邦主义的思想控制与权力操纵,是对乌托邦之"恶"的集中检视。

第二节　《福谷传奇》与乌托邦批判[①]

在《福谷传奇》序言中,作家声明他对这一"社会主义社团的兴趣只是为了搭建一个剧院";[②]在写给柯蒂斯(George William Curtis, 1824—1892)的信里,作家也强调小说与布鲁克农庄没有什么关联。[③]布鲁克农庄是小说中乌托邦实验社团福谷的原型,它的改革理想立足于田园传统所构建的一整套信念上,正如伊丽莎白·皮博迪指出的,布鲁克农庄实验的目的是"将农业作为他们生活的根基,因为农业与自然有着最直接和最简单的联系"[④]。皮博迪的观点在浪漫主义一代文人中颇具代表性。我们知道,至19世纪上半叶,资本主义的发展,工业化、机械化和城市化的迅猛推进,引发了现代性的阵痛与焦灼,在对现代性的批判中,乡村和农业越来越作为一种参照系浮现于浪漫主义者的集体想象中:乡村被视为更为自然的生活方式,纯洁、安宁、和谐;而农业以其与大地和自然的有机关联,被视为一种更

① 本节曾以《乌托邦、催眠术与田园剧——析〈福谷传奇〉中的政治思想》为题发表在《外国语》2009年第6期。收入本书时内容有一定调整和扩充。

② 霍桑:《霍桑小说全集》(第2册),胡允桓译,合肥:安徽文艺出版社,2000年,第225页。后文有关该小说的引文均引自该译本,个别地方译文稍作改动,后文只在括号内注明页码。

③ William E. Cain, ed., *The Blithedale Romance by Nathaniel Hawthorne: A Bedford Cultural Edition*, Boston: Bedford Books of St. Martin's Press, 1996, p. 241.

④ William E. Cain, ed., *The Blithedale Romance by Nathaniel Hawthorne: A Bedford Cultural Edition*, p. 426.

具德性的美好的生产模式，与资本主义所代表的恶直接相对。但诚如雷蒙·威廉斯指出的，“将乡村与城市作为两种基本的生活方式，并加以对立起来的观念，其源头可追溯至古典时期”[①]。皮博迪关于农业的信念属于农耕社会的意识形态，有着悠久的历史渊源，与田园牧歌文学的影响有着牵扯不断的关联，但对于农业的信念并不限于浪漫主义文人群体。在美国历史上，杰斐逊就是以农立国的主要倡导者，他排斥工商业，主张建立一个以小农为主体的民主共和国。在《弗吉尼亚记事》一书中，他这样写道：“在土地上劳动的人们是上帝的选民，如果他曾有过选民的话，上帝有意使这样的选民的胸怀成为特别贮藏他那丰富而纯真的道德的地方……耕种土地的广大民众道德腐化的例子在任何时代都没有过。”[②]所以，当以乔治·瑞普利为首的超验主义者创立布鲁克农庄之时，正是本着这一套关于农业与田园的基本信念，试图以农业为经济根基，净化个体，重构人与社会及自然的理想关系，从中探索革新社会的良方。如果说在《宅子》中，霍桑的确表现出对田园世界的怀旧与向往，回眸业已逝去的农耕秩序，以田园幻景安顿时代尖锐的阶级矛盾，那么在《福谷传奇》中，从一开始作家对这项改革举措就抱着否定态度。他一眼洞穿了这项举措的内在缺陷：尽管农庄试图回归农业根基，但农庄的生存却依赖于它与外部市场，或者说，整个资本主义社会关系。[③] 借人物之口，作家指出：“我们早晨不得不起得非常早，去和波士顿周围到市场上卖蔬菜的农民竞争。”(p. 241)换言之，霍桑深知，无论农耕秩序看起来如何和谐美好，也无论他本人对田园抱着什么样的想象，资本主义经济已经取代农耕秩序，这是不可逆转的历史趋势，是历史或社会自然演化的结果，作为一位坚定的保守主义者，霍桑无法认同以人工之力干预

① 雷蒙·威廉斯：《乡村与城市》，韩子满等译，北京：商务印书馆，2014 年，第 1 页。

② 何顺果：《美国历史十五讲》，北京：北京大学出版社，2007 年，第 67 页。

③ 农庄的生存维系其作为经济个体在市场竞争中的成败上，要存活，它必然要被重新纳入被改革主义者否定的社会经济体系中，参见 Irving Howe. *Politics and the Novel*. New York：Horizon Press，1967，p. 168.

历史进程的革新举措。这也提醒我们，霍桑在《福谷传奇》中探讨的并非农庄实验的成败或可行性，的确如他而言，农庄无非是一个舞台或剧场，是一座乌托邦政治的微型戏院，借此，他展开了对乌托邦主义的整体性思考，并上升到了意识形态批判的高度。

本节聚焦《福谷传奇》，剖析作家对乌托邦的批判性思考。该小说中作家直接将农庄实验暗中改写为一出人物自觉上演的田园剧，在黄金时代与乌托邦的暗中转换中，消解乌托邦的政治性或革命潜力；另一方面，作家对以霍林华斯为代表的激进改革者也做了严厉的批判，以催眠术为喻，抨击乌托邦主义者所实施的思想控制与情感操纵，指出改革者在乌托邦狂热中其实已误入歧途。如果说《红字》和《七个尖角阁的宅子》见证了作家保守主义思想发展的轨迹，那么，《福谷传奇》凝聚的是作家对乌托邦的总体性批判。

一、福谷田园剧与戏剧隐喻

《福谷传奇》是一则探讨乌托邦的政治文化寓言，这则寓言是依托田园牧歌文体展开的，以布鲁克农庄为原型的福谷在这套文学话语中被转化为现代阿卡迪亚；同时，它也是小说人物自觉导演和上演的现代阿卡迪亚。不仅如此，整部小说都与戏剧结下了不解之缘，不仅人物具有强烈的戏剧意识，剧院指涉和戏剧意象贯穿整部小说，小说结构也表现出戏剧的特征。更重要的是，戏剧在此浮现为统摄全篇的核心喻象，呼应着莎士比亚关于世界舞台的著名隐喻，并由此确立了一种富于反讽而疏离的智性立场。

任何熟悉田园牧歌文学的读者都能清晰看出小说中反复浮现的典型元素，诸如季节更迭、五朔节欢庆、假扮牧羊女的王后以及害相思病的诗人等等，正是这些元素重新定义了作为乌托邦社团的福谷，使之转化为史撒纳扎罗等人笔下的阿卡迪亚。小说第八章"现代阿卡迪亚"(A Modern Arcadia)则直接点出了小说对田园牧歌传统的运用。然而有趣的是，这一现代阿卡迪亚又是集体意识的创造物，是社团成员共同营造的想象的游戏；同时，以季诺碧亚和卡佛台尔为代表的小说人物则表现出强烈的戏剧意识。这种戏剧意识又多表现为约翰·里斯所说的双重戏剧意识(double theatricality)，他指出莎士比亚剧中的人物往往表现出一种双重戏剧意识，在某些特定的时刻，莎剧中的“演员会特别提醒我们是在观看演出”。里斯所谓的双重戏剧意识也就是当代文学批评中所说的自省意识，即一种指涉自身、坦承其虚构本质的艺术特征。[①] 在《福谷传奇》中，“卡佛台尔及其他大部分人物倾向于将自己的经历视作戏剧”[②]。有趣的是，考察一下田园牧歌传统，尤其是它的阿卡迪亚分支，不难发现这一传统本身就具有一种矫饰的戏剧性，霍桑显然是把一种自省意识引入剧中，有意利用双重戏剧意识把阿卡迪亚传统固有的戏剧性推向了极致。正是这种双重戏剧意识把福谷乌托邦实验转化成了一幕自觉上演的田园剧，这对有着严肃目的的福谷乌托邦实验构成直接颠覆，暴露出这一社会改革计划的虚幻一面。

实际上，矫饰的戏剧性构成了田园牧歌，尤其是阿卡迪亚传统的一种内在悖论。田园牧歌传统崇尚自然，鄙薄艺术和人工的痕迹。然而，它本身就是非自然的，是艺术的产物。海伦·库珀指出：“阿卡迪亚并非现实主义的；它是诗人的创造，诗人的领域，是诗人的想象；作为诗人的艺术虚构，牧羊人的世界与现实世界构成艺术的对照，同时，牧羊人这一形象本身也明显是非自然的，是服务于艺术目的的艺术的创造。”[③]再者，牧羊人世界中的聚居者大多是微服乔装的贵族，而非真正的村民，改装、换装和身份的遮掩与变换等情节要素也促成了这一文体强烈的戏剧性。在小说中，霍桑充分利用了阿卡迪亚文

① 自省构成后现代文学的一个重要特征，但可追溯到《哈姆雷特》和《唐吉诃德》等早期文学传统中，只是自省意识在早期作品中较为边缘，并未达到破坏作品幻象的效果。

② John O. Jr. Rees. “Shakespeare in The Blithedale Romance,” *ESQ: A Journal of the American Renaissance*, 71, 1973, p. 92.

③ Cooper, Helen. *Pastoral Mediaeval into Renaissance*. Ipswich: Rowman & Littlefield, 1977, p. 106, 5.

学传统中的内在的戏剧性，赋予笔下人物强烈的戏剧意识。在“现代阿卡迪亚”一章，叙事者卡佛台尔对他们新换上的农夫衣着做了番评论，将之与阿卡迪亚人的花哨衣装加以对比：“我们虽然自诩为阿卡迪亚人，却同诗歌中和舞台上饰有勋带的紧身上衣、绸缎马裤和长袜以及用玫瑰结系着的软鞋——那种与众不同的牧人装束迥异。”(p. 279)卡佛台尔不仅将福谷农庄实验与阿卡迪亚相提并论，也直接点出了阿卡迪亚传统自身的戏剧性。他在这里使用的“衣装”(costume)一词直接指向戏剧，诗歌和戏剧里的阿卡迪亚人终究是舞台上虚构的角色，不可能等同于现实中的牧羊人。如果阿卡迪亚这一体裁本身就是田园背景中上演的一幕戏剧。那么，我们完全可以把福谷社团成员看作田园剧中的演员，自觉或者不自觉地在一出集体幻想剧中扮演着相应的角色，自觉的演员就具备了所谓的“双重戏剧意识”。卡佛台尔和季诺碧亚是最具这种双重戏剧意识的人物，两人都把福谷乌托邦实验视作一幕阿卡迪亚田园剧，并且都清醒地在这一幕剧中扮演各自的角色。

牧羊人—诗人和王后式的人物是田园剧中不可或缺的角色。有意味的是，他们又分别是小说中人物所扮演的角色。在福谷—阿卡迪亚中，核心人物是一位化名为季诺碧亚的活跃的女权主义者和改革运动家。历史上的季诺碧亚为古代叙利亚帕尔梅拉王国女王，曾出兵挑战罗马帝国，为罗马皇帝奥勒良击败。小说中的季诺碧亚正是这幕田园剧中的王后式人物，是该剧最具出色、最具自觉意识的演员。除美貌和高贵气质外，作家尤其强调她出色的表演天才：“舞台或许是适当她的天地。”(p. 261)在福谷田园剧中，季诺碧亚给自己分配的角色是春天王后，代表永恒的女性原则，与夏娃、花神和潘多拉等女性角色相关联。作为出色的演员，她深谙角色与服装的重要关联，并巧妙根据角色选择相应的戏装。作为田园剧的王后，她选择的是朴实的乡村衣着，只在浓密的黑发间戴上一朵温室培育的热带花朵。有趣的是，温室花朵既是天然的，又是人工之力的产物，与阿卡迪亚传统有种巧妙的契合。花朵不仅是她的个人装饰，更是精心选择的舞台道具，是春天王后这一角色戏装的一部分。卡佛台尔病中对花朵的反应很能说明问题，他称之为护符（talisman），称季诺碧亚为女巫（enchantress），两者都被认为具有某种魔力，这跟舞台道具和演员召唤幻象的奇妙功能是相同的。季诺碧亚凭借乡村服饰、热带花朵和高贵气质召唤出田园剧的幻象。当季诺碧亚离开福谷，出现在波士顿的一所公寓时，她不仅换上华贵的服饰，同时将发间的花朵换成了珠宝花朵，这一细节也充分说明她对戏服和角色扮演的高度敏感。作为田园剧里的王后，季诺碧亚的权威得到社团成员的普遍认可，她还享有分配角色和安排田园剧节庆活动的权利。五朔节的欢庆上，季诺碧亚将蒲丽丝拉装扮成五月王后，又以玩笑的口吻命令卡佛台尔为他们的五月王后写上一两首诗。显然，她按阿卡迪亚传统为卡佛台尔安排了牧羊人—诗人的角色。季诺碧亚也是福谷假面剧的组织者和参与者，假面狂欢也属于田园传统的欢庆，同样是社团成员自觉上演的剧目，构成福谷田园剧的有机组成部分。

季诺碧亚不仅是天生的演员，更是高度自觉的演员，如克莱恩所指出的，在小说中，每次出场她“都被描写为一位演员、伪装者和做姿态的人”[①]。卡佛台尔也敏锐地感受到季诺碧亚的这一特质，抱怨说他从来没看见过她“最本来的面貌”，“总有点像一位高明的女演员散布在周围的那种亦真亦幻的东西”（p. 366）。初次见面时，卡佛台尔就敏感地觉察到季诺碧亚的戏剧姿态以及她这一姿态对福谷乌托邦社团产生的奇特影响：“有她在，我们的英勇事业就变成一种幻象、一场假面剧、一出田园剧、一个假冒的阿卡迪亚。”（p. 242）就戏剧而言，如果演员时刻不忘自己是在演戏，拥有高度自觉的戏剧意识，那么这种过于自觉的姿态会使演员具有一种去魅的能力，使他在入戏的同时，也提醒观众，他们所观看的其实是一场正在上演的戏剧，因而多少解除了戏剧召唤幻象的魔力，使之可以置身戏外，获得一种客观、

① Maurice A Crane. “‘The Blithedale Romance’ as Theatre,” *Notes and Queries*, 5, 1958, p. 84.

超然的视角。季诺碧亚的戏剧姿态显然有一种去魅的能力，它实际上提醒了福谷乌托邦实验自身的虚幻性，因为它本身就建立在有着内在戏剧性的田园传统之上，建立在舞台或文学的幻象之上。

卡佛台尔是小说里另一位最具戏剧意识的人物。有必要分析一下卡佛台尔的观点和立场，以便明确他在这出田园剧中扮演的角色。"银色面纱"这个内嵌的小故事虽然主要影射蒲丽丝拉的个人历史，但西奥多这个人物为我们理解卡佛台尔提供了线索。[①] 西奥多拒绝隔着面纱亲吻神秘的面纱女士，不是出于实际的忧虑，而是因为人生更广阔的经验令他失去了坚信的能力。同样，卡佛台尔也是具有怀疑精神的人，对包括乌托邦改革计划在内的宏大事业缺乏全身投入的热忱。因而，他是福谷田园剧的参与者，同时，又以类似于《皆大欢喜》中杰奎斯的方式在田园剧的内部质疑田园牧歌传统编织的一套神话，传达着作家对以田园信念为基础的福谷乌托邦计划的批评。卡佛台尔在这出集体幻想剧里扮演了牧羊人—诗人和阿卡迪亚居民的角色，这在五朔节欢庆和假面剧片段中得到充分体现：五朔节上，大病初愈的他宣布了自己的新生，呼应了五朔节庆祝大地复苏、季节更新的主题；"玩假面剧者"一章里，他扮演了多种神话人物角色。卡佛台尔从一开始就预言了福谷乌托邦事业的失败，并宣告自己与福谷田园剧的联盟，对霍林华斯半开玩笑地说，他这辈子没什么目的，除了写些美丽的诗句，就是"同季诺碧亚和别的业余农民一起，在我们的田园剧里扮演一个角色"(p. 260)。季诺碧亚在投水自杀前，让他把"整个事情写成一首叙事诗(p. 415)"。多年后，年届中年的卡佛台尔果然把这幕田园剧转化成艺术作品，用以缅怀那个美丽的夏季和福谷乌托邦计划，由此，也忠实地履行了他作为田园剧中牧羊人—诗人的职责。

值得注意的是，小说不仅将福谷农庄转化为社员自觉上演的一

---

① 例如，Kent Bales 就指出了这两个人物的关联，参见 "The Allegory and the Radical Romantic Ethic of The Blithedale Romance," American Literature, 1974 (46), pp. 41 - 53。

出田园剧，整部小说都笼罩在强烈的戏剧意识中，戏剧指涉和戏剧相关的意象贯穿整部小说，整个小说读来如一幕幕衔接松散的戏剧场景构成，不少研究者都注意到小说形式的戏剧特征。比如，克莱恩指出，小说呈现为一幕幕舞台场景的画面，“诸如福谷中的晚餐桌，旅馆窗口的场景，艾略特讲道坛的一幕，以及午夜波光粼粼的河面，所有这些都富于视觉效果，而且是静态的”[①]。甚至作为叙事者的卡佛台尔也以戏剧形式来组织再现当年的回忆，称萦绕于记忆的那些朋友为“大脑舞台上的人物”，称自己扮演的角色相当于“古典戏剧里的一个合唱队队员”。(p. 308)可以说，《福谷传奇》与戏剧结下了不解之缘，这其中自然有作家的深意。谈及《福谷传奇》的创作构思，研究者认为霍桑在《美国笔记》中的一则笔记相关，作家这样写道：“用一场假面剧来讽喻人生，把芸芸众生表现为假面剧上的戴面具者。偶尔，出现一张自然的脸孔。”[②]研究者大多只从字面上理解“假面剧”一词，把它与小说中出现的假面剧场景联系在一起，然而，“假面剧”的内涵在此宽泛得多，正如作家所言，它是对人生的讽喻，与小说的主题密切相连，在作品中浮现出一个统摄全篇的核心喻像。就《福谷传奇》与《皆大欢喜》的互文关系而言，最关键的是卡佛台尔与杰奎斯之间的对应关系。假借人物之口，霍桑直接点出了这一层关联：“如果我能斗胆妄猜一下，阁下，你大概是驻守在这儿的哲人——或者应该说迷醉者——农夫？这个地方大概就是你的亚登森林；您要么是那位被放逐的公爵本人，要么是随从他的一位首要贵族。再不然是愁眉苦脸的杰奎斯？”(p. 304)作为杰奎斯的精神同路人，卡佛台尔代表了一种怀疑和否定的态度，他是福谷乌托邦事业的旁观者和质疑者，也是田园牧歌神话的批评者，他分享的是杰奎斯关于时间、死亡和虚无的黑暗知识。由此，我们看到“假面剧”背后的深意，它和作家在序言中

---

① Maurice A Crane. “‘The Blithedale Romance’ as Theatre,” *Notes and Queries*, 5, 1958, p. 84.

② Randall Stewart, ed., *American Notebook by Nathaniel Hawthorne*. New Haven: Yale University Press, 1932, p. 99.

所称的“舞台”是一致的，都指向“人生如戏”这一母题，而这一母题揭示的是作家关于人类生存的黑暗洞见。

需要深究的是，在《福谷传奇》中，戏剧隐喻唤起的不是一种深沉的悲剧意识，而是一种反观人生的清醒的自觉意识，即前文所说的“双重戏剧意识”。基于林神的智慧，霍桑在此坚持的是一种超脱、反讽的人生姿态，一种反观和回视的智性立场。在福谷田园剧中，我们看到，卡佛台尔和季诺碧亚都具有这种双重戏剧意识，而这种自觉都源自一种脱去天真的智性立场，也都表现为一份对生活反观、疏离的姿态：季诺碧亚为逃避不愉快的过去，干脆把人生当作舞台，自觉扮演不同的角色，她的姿态根本就是一名出色的演员；而卡佛台尔的姿态更为复杂，在福谷田园剧中，他是牧羊人—诗人，也是杰奎斯式的哲人，在田园剧内部引入了对田园牧歌的批判，宣称田野间的劳作除了让他们筋疲力尽、头脑迟钝外，并没有带来精神的启迪；在打捞季诺碧亚尸体及葬礼场景中，卡佛台尔再次否定了田园牧歌传统建构的自然观。当然，他批判的矛头不仅仅停留于田园牧歌神话内部，而是针对整个福谷农庄计划而言的，自始至终，他都是这项乌托邦事业的旁观者与批评者。较之季诺碧亚，卡佛台尔的双重戏剧意识更是一种智性的选择，也更能代表霍桑本人的立场。那么，这种立场的用意何在？显而易见，这种智性的反讽疏离与乌托邦的狂热卷入截然对立，它暗示着另一种视角和另一种选择，下文将进一步分析双重戏剧意识对于乌托邦批判的意义。

二、田园剧与乌托邦

如果说福谷农庄已暗中变形为福谷田园剧，其严肃的社会政治意味得以消解，但这还不足以彻底否定这一乌托邦事业。接下来，需要深究的问题是，乌托邦与田园剧的关联是什么？霍桑又是怎样通过田园剧展开对乌托邦政治的思考的？首先，必须指出，田园传统不仅仅关及季节、牧羊人和爱情等永恒主题，它同样有政治性的一面。

在第二章有关田园牧歌的回溯中，我们已充分揭示了这一文学传统承载的社会和政治批评功能；在第五章中，我们也提到霍桑以田园牧歌衔接阶级问题，《七个尖角阁的宅子》走向了一种幻想式的解决方案。在此，我们依然需要回到田园牧歌与阶级问题的关联。威廉·燕卜荪在《田园诗的几种变体》中最早指出了田园传统对于阶级的敏感，认为“老的田园文学给人的感觉是暗示了富者与贫者间的美好关系”[①]。继他之后，雷蒙·威廉斯进一步探讨了田园传统如何通过遮掩生产关系美化贵族和封建的等级制度：“土地和庄园被神话为黄金时代和天国的诗歌象征物”；人们之间的亲爱关系被“作为一种消费共同体表达出来”，而“真正工作并生产那些最终用来分享的产品之间的亲爱关系”，即生产型的友爱关系“却由于对消费慈善……的习惯性指涉而被忽视、被遮蔽，有时受到压制”，与此同时，“一套相当确切的社会关系被父亲般的规则形象神秘化了”。[②]近年来，对田园传统的批评似乎集中在这一意识形态的问题上，认为 17、18 世纪的田园文学“制造了一种致力于为土地所有阶层，即其 19 世纪之前的读者群，维持舒适现状的虚假的意识形态”[③]。然而，另一方面，田园传统的政治性并非总是表现为鲜明的意识形态立场的，它同样体现出一种融合阶级、消弭阶级差异、召唤人类友爱平等的努力，在《七个尖角阁的宅子》中，我们的确看到作家对田园秩序这一层面的关注。一方面，在宫廷与乡村对照、贵族与牧羊人共处的格局中，这一文学体裁创造了探讨阶层和社会差异的艺术空间，因而田园传统或多或少地表现出对阶级分化和社会秩序的敏感，尽管一些作品也的确表现出明显的意识形态倾向，足以维护或美化贵族经济和社会秩序。但从根本上说，它也表达了一种调和阶级矛盾、融合不同阶层的愿望及

① William Empson. *Some Versions of Pastoral*. New York: New Directions Books, 1974, p. 11.

② 雷蒙·威廉斯：《乡村与城市》，韩子满等译，北京：商务印书馆，2014 年，第 45 页，57 页。

③ Terry Gifford. *Pastoral*. London: Routledge, 1999, p. 3.

努力。再者，田园牧歌又指向黄金时代神话。文艺复兴文学，尤其是桑纳扎罗的《阿卡迪亚》将两者不可分割地联系到了一起，正如第二章中指出的，桑纳扎罗对于文艺复兴的贡献也正在于，重新诠释了阿卡迪亚，将其描写为有仙女和森林之神出没的田园乐土，一个充满黄金时代意象的古典神话世界。研究者认为，通过对黄金时代主题的吸收，田园传统将经济和社会公义的梦想融合了进来，[①]而这也正是乌托邦所致力的政治目标。因而，阶级融合和对社会公义的向往构成了田园传统与乌托邦政治的内在关联。

和《七个尖角阁的宅子》一样，《福谷传奇》同样脱胎于改革时代的文化土壤中，折射了时代的焦虑和乌托邦激情，而阶级问题同样也是该小说绕不开的问题。如前文提及的，福谷农庄以布鲁克农庄为原型，基本上再现了后者的社会理想和组织原则。农庄实验的总体设想是以农业为经济根基，让社员每天劳动几个小时，其余的时间用于智性和精神上的追求。创建人瑞普利试图以基督教的博爱平等原则超越阶级分化，融合智性和体力劳动，消除阶层和地位差异，或者说，“促成文化人与体力劳动者的联合”[②]。卡佛台尔显然把握了农庄的社会理想，初到福谷之际，俨然以一群梦想家代言人的身份宣告：“我们已经将社会的锈铁框架抛在了身后”，来此的目的是探索一种全新的社会组织和管理原则，为此目的，他们首先需要抛开文化人的骄傲——“我们和骄傲分手，努力以同伴间的友爱取代之”(p. 240)，真诚地参与到体力劳作之中，奉行互助谋利的原则。小说的第四章“晚餐桌”(The Supper Table)象征意味明显，霍桑详细描写了社团成员围着餐桌用餐的场景：

> 我们全都坐了下来——包括面目可怖的塞拉斯·福斯特，

① Judy Z. Kronenfeld. “Social Rank and the Pastoral Ideals of *As You Like It*,” *Shakespeare Quarterly*, No. 3 1978, p. 334.

② William E. Cain, ed., *The Blithedale Romance by Nathaniel Hawthorne: A Bedford Cultural Edition*. Boston: Bedford Books of St. Martin's Press, 1996, p. 12.

他的胖乎乎的妻室和两个圆滚滚的侍女——并且友好地又相当尴尬地互相看着。这是我们的平等的兄弟姐妹关系理论的初次实际考验；我们这些有高度教养的人（我认为我们可以毫不迟疑地这样看待自己）觉得似乎已经踏上了迈向友爱千禧年的旅程。（p. 245）

在此，文化人、农夫和女佣不分等级尊卑围坐在一起用餐，体现了社团成员渴望以人类友爱打破阶级壁垒的努力。但同时，卡佛台尔也敏锐地觉察到，尽管社团成员旨在以共同用餐的方式消除阶层隔膜，然而在此过程中，他们也清晰地感受阶层和身份如何根深蒂固地形塑了个体意识和人际关系，如他所言，"降尊纡贵要比接受恩赐容易得多"，而他们这些文化人，虽然"今晚用陶杯饮茶"，但如果可以选择的话，"明天就又会使用细花瓷器和银质刀叉就餐"。（p. 245）显然，作家在暗示，尽管福谷农庄的理想是崇高的，但身份和阶级的划分实在也是人类社会最根本的结构。

与阶级秩序紧密相关的是身份角色问题，在福谷，个体特定的身份和角色被消解，友爱的兄弟联盟似乎承诺给所有成员一次新生的机会。季诺碧亚、卡佛台尔和蒲丽丝拉等主要人物来到福谷后，似乎都抛开了原有的身份角色，或者经历了身份角色的改写过程，身份不再与原有的社会经济地位挂钩。例如，蒲丽丝拉从被奴役的催眠对象和缝纫女工转变为福谷中受人喜爱的姊妹和田园剧里的五月王后；而季诺碧亚则逃离不愉快的过去，转变成福谷中的改革者和田园剧的王后。值得注意的是小说中形形色色的面纱与面具意象，如作为蒲丽丝拉在催眠表演中蒙的面纱、老莫迪的眼罩、季诺碧亚戴的热带花朵，甚至她所用的这个化名等，这些无疑都指向身份和角色扮演，对应着贯穿小说中心的戏剧隐喻。的确，在福谷田园剧中，身份和角色都具有了一种表演性质，表演性显然消解了阶层对个人身份的定义，而这与乌托邦的政治目标又是相一致的。这一表演性在"玩假面剧的人"一章被推到极致，重返福谷的卡佛台尔发现林中"一群奇形怪状的人”：

> 那群人中间有一位印第安酋长，他头戴羽饰，肩披毯子，皮肤上涂着作战的油彩，手中举着战斧；他身边站着女神戴安娜，配得上做他的森林新娘了，她头戴新月形头饰……另一伙中有一个巴伐利亚的清扫女佣，一个黑奴，一两个中纪的护林人，一个身穿垂穗猎装、绑着鹿皮裹腿的肯塔基猎人，还有一个震荡派教徒…… 和他们奇异地混杂在一起的还有阿卡迪亚的牧羊人、斯宾塞《仙后》中的寓言人物。还站着一些挽着手臂或乱七八糟挤作一团的人，其中有阴沉着脸的清教徒、快乐的保皇党人、头戴三角帽、辫子比剑还长的革命时期的军官。一个肤色白皙、头发乌黑的朝气蓬勃的吉普赛小姑娘，头上包着一条红围巾，她从一群人走向另一群人，给人看手相；林恩一带著名的老巫婆莫尔·品彻，手中握着扫帚，鹤立于人群中间，仿佛在宣称：所有这些幽灵似的人物都是她巫术变出的成果。(p. 402 - 403)

布马斯在评论该小说时注意到了假面剧场景的乌托邦性质，指出“就消解阶层差异与原有的固定身份而言，福谷社团的宗旨与假面剧的理想目标是极为相近的”[①]。不过，布马斯关注的是假面剧中上下颠倒、阶层混杂的狂欢气质，从这个意义上，他把假面剧跟福谷乌托邦视为一体，然而，这一解读忽略了霍桑的真实用意。

三、乌托邦的置换和消解

作为一个乌托邦团体，福谷似乎开创了一个流动的、敞开的社会空间，而且，如上文指出的，田园剧的角色扮演也似乎对应着乌托邦

① E. Shaskan Bumas. “The Forgotten Art of Gayety: Masquerade, Utopia, and the Complexion of Empire,” *Arizona Quarterly*, No. 4, 2003, p. 22.

的政治理念，尤其是在福谷假面剧中，身份角色的面具性质被彰显，似乎彻底消解了阶层和经济社会地位对于个体身份的定义。那么，田园剧或假面剧果真以象征的方式实践了乌托邦的理想吗？布马斯在该文中的另一句评论值得深思，在将假面剧与乌托邦式的狂欢节联系起来后，他写道："跟乌托邦相似的是，农神节(saturnalia)的诉求是召回一个不存在阶层和种族差异的黄金时代，一个也许是神话的时代。"①在第二章中，我们系统梳理过黄金时代神话和近代乌托邦之间存在内在的关联，前者属于古典文化传统，而后者为基督犹太文化开创，两大文化传统共同为欧洲提供了两个并不相同，但又可彼此融通的彼世图景，或者说，敞开了对一个富足、和谐、友爱、正义的理想社会的愿景。回望欧洲文化史，可以看到，黄金时代、阿卡迪亚、农神重返、伊甸园、天国、新天新地、新耶路撒冷的意象反复激起人们关于完美社会图景的想象。哈利·莱文认为可以从时间和空间的维度上区分乌托邦、黄金时代神话以及犹太基督教的伊甸园和天国，他指出："尘世的天堂、关于千禧年的信仰在时间维度上被世俗化为乌托邦，而乌托邦又随之影响政治理念和革命行动计划。类似地，在空间维度上，投向伊甸园的回溯性目光与古典文学的阿卡迪亚及其他异域乐园相对应。"②换言之，黄金时代体现了希腊人的历史退化观，是一个业已失落的时代，在时间之外，只能是一种空间的、静止的古典乌托邦，而田园文学中的阿卡迪亚是空间化了的黄金时代，或者说，以世外乐土的方式召唤出黄金时代的意象。它在时间上无法通达，注定无法进入历史，因而与现世的政治无关。但基督犹太传统打破了希腊罗马世界退化或循环的史观，开启了一种奔涌向前的时间意识，一种有开始、有结尾、统一的历史观念，尤其是文艺复兴至启蒙运动以来，线性时间观与历史进步论成为主导信念，进一步滋养、壮大

---

① E. Shaskan Bumas. "The Forgotten Art of Gayety: Masquerade, Utopia, and the Complexion of Empire," p. 21.

② Harry Levin. *The Myth of The Golden Age in the Renaissance*. Bloomington: Indiana University Press, 1969, p. XV.

了人类的乌托邦冲动，与具体的社会和政治目标结缘后，涌现出形形色色的社会计划与改革方案。如研究者指出的，“现代乌托邦主义由启蒙运动的一些核心观念——历史进步论、可完善论和乐观主义所哺育”①；基督犹太传统的线形时间观把“新天新地置于未来”，“转化为芸芸众生的追求天国的现实的运动”，而另一方面，“科学和理性还为乌托邦社会的实现提供了动力机制”。②换言之，与黄金时代神话不同的是，近代乌托邦具有深刻的时间、历史和实践意识，意欲通过现世的政治干预历史、以完美社会的蓝图来改写现实，它是一种实践的、具有革命意志的政治。

《福谷传奇》中的乌托邦自然是近代乌托邦主义的产物，以线性时间观和启蒙进步论为根基。然而，作为一名坚定的保守主义者，霍桑自始至终坚持了自己的保守主义立场。和《七个尖角阁的宅子》中的克利福德一样，为时代喧嚣困扰的卡佛台尔也有一种眩晕与失重之感，他感叹道：“置身于无数关于世界可能或应该如何的计划中，我慢慢看不清这是个什么样的世界了”，“自然界和人类生存中的一切都在流动或很快就要流动起来……我们的地球像个轻飘飘的气泡一样在无限空间的范围中飘浮”。(p. 347)卡佛台尔觉得在福谷与改革家混迹太久，已慢慢失去稳健的认知力和明晰的判断力，他声称：“设若哪一个有远见卓识的人只生活在改革家和进步主义人士中间，而不是定期地返回既定的事物体系之中，从旧的立足点重新观察调整看法的话，那么他绝不会长期保持他的远见卓识。”(p. 347)从既定的保守主义立场出发，再重新审视福谷田园剧及假面狂欢场景，可以更清楚地看出霍桑的真正用意了。在两者的置换过程中，现世的乌托邦政治被推向了神话的领域，推向了历史之外的黄金时代，由此，完成了一种去政治化的过程，消解了乌托邦的革命意志和实践意义。

---

① Barbara & Keith Taylor Goodwin. *The Politics of Utopia*. London: Hutchinson, 1982, p. 16.

② 谢江平：《反乌托邦思想的哲学研究》，北京：中国社会科学出版社，2007 年，第 28 页，37 页。

其实，在霍桑的早期短篇小说，如《我的亲戚，莫林诺少校》和《豪的假面舞会》中，我们也看到这样一种处理技法，即以仪式剧或狂欢场景现实引入剧场的疆界，将政治事件推向时间和历史之外的神话领域。而在《福谷传奇》中，仪式或狂欢化的处理更为复杂，以移花接木的方式改写乌托邦，将犹太基督传统孕育的乌托邦篡改为静止的古典模型。这一用意在"玩假面剧的人"的一章中表现得格外明显。在假面狂欢的场景中，我们不仅看到阶层和种族的混杂，更有神话人物、文学人物、历史与真实人物的并置：光怪陆离的一群人里有印第安酋长、女神戴安娜、阿卡迪亚的牧羊人、斯宾塞《仙后》中的寓言人物、清教徒、保皇党人、独立战争时的军官、护林人、猎人及吉普赛人等。打破时空，混淆现实、历史与神话层面的策略显然制造了一种奇特的梦幻效果，福谷乌托邦的现实性被瓦解，换言之，历史内部的乌托邦政治被还原成希腊传统中静止的、完美的理想王国；平等、公义和友爱等乌托邦理想被移植到历史和时间之外的黄金时代，一个由克隆那斯（Kronos）、农神和正义女神阿斯特来亚（Astraea）主宰的神话领地。有趣的是，该章也从作品前部的写实主义转向了梦幻风格，评论者对这一文风突转向来感到困惑，有的干脆把它阐释为卡佛台尔的梦幻。① 实际上，梦幻风格巧妙地对应了福谷乌托邦从政治转向神话的过程，凸显了作家背后的深意。

四、催眠术与乌托邦的意识形态批判

在《福谷传奇》中，作家不仅在乌托邦与黄金时代转换中消解乌托邦实践的政治意味，而且以福谷农庄为个案，对乌托邦的思想控制作用做了批判性的思考。作家将乌托邦主义直接与催眠术联系起来，通过霍林华斯这个人物，揭示乌托邦主义者以思想控制操纵个体

① 参见 Kelly Griffith, Jr.，"Form in *The Blithedale Romance*，" *American Literature*，1968(40)，pp. 15 - 26.

意志，冒犯个体灵魂的潜在危险。可以说，作家的目光是相当犀利的，而他的批判也切中问题的要害。

霍林华斯是一名狂热的慈善家和监狱改革运动者，他对福谷农庄实验并不感兴趣，他真正的目的是把福谷转变为监狱改革的基地，以实现自己的乌托邦理想。如卡佛台尔指出的，他的特定目标"就是要搜集资金，修建一座广厦，具有一种学院的资质"，而他本人和弟子们，将致力于"犯罪同胞们的革新与教化"(p. 272)。简言之，他的理念就是通过教化罪犯消除人间罪恶，当然，在持原罪观的霍桑看来，这自然无异于痴人说梦。但如前文指出的，作家在此聚焦的是作为意识形态的乌托邦主义，而非具体的乌托邦计划，他在小说开始部分就已经否定了福谷计划的可行性。有意味的是，"契约奴(bond-slave)"和"奴隶"这两个字眼在小说中出现了若干次。比如，在小说的结尾，季诺碧亚在控诉霍林华斯时，明确以"奴隶"来形容他左右他人的实质，而在影射蒲丽丝拉命运的"银面纱"一章，作家同样以"契约奴"来指称催眠师与被催眠者的关系。显然，在乌托邦与催眠术中，霍桑发现了两者的相通之处，即两者都建立在一种奴役式的人际关联上，都依赖于对他人的控制和奴役。由此，在他的乌托邦批判中，他发现了"催眠术"这个完美的喻象。

有趣的是，在19世纪上半叶的语境下，乌托邦与催眠术本身也存在密切联系。这是一个洋溢着乌托邦冲动、涌现出各色改革计划的时代，罗伯特·富勒这样描述道："1800至1850年间，美国人对形形色色的教派和乌托邦社会运动有种天然的感受力。"[1]对当时的人们而言，和乌托邦实验一样，包装以精神外衣的催眠术不亚于一种"新的信念"，[2]它也承诺给人们一个救赎和新生的契机，使人们通过普遍的个体救赎实现整个社会的变革。催眠术与乌托邦的关系由催

---

① Robert C. Fuller. *Mesmerism and American Cure of Souls*. Philadelphia: University of Pennsylvania Press, 1982, p. 15.

② Samuel Chase Coale. *Mesmerism and Hawthorne: Medium of American Romance*. Tuscaloosa, AL: University of Alabama Press, 1998, p. 9.

眠师威斯脱华尔直接表述了出来，在演讲中，他预言一个新时代即将降临，这个时代人类将彻底超越物质的障碍，通过灵魂与灵魂的直接沟通，进入一个友爱而和谐的完美国度；而实现这种灵魂与灵魂直接交流的媒介就在于催眠术(p. 395)。换言之，催眠术许诺了一种直接影响人类心灵和思想的可能。霍桑对催眠术向来没有好感，也根本不相信它的一套谎言，他的观点在写给妻子的书信和《福谷传奇》等作品中都有非常直白的陈述。然而，必须看到的是，霍桑厌恶催眠术的根本原因不在于它的伪科学或欺骗性质，而在于催眠术对他人意识和精神的操纵作用，“一个人对于另一个人的意志和情感超自然的左右能力”。(p. 393) 催眠师在使被催眠者进入催眠状态后，“可以如魔鬼般占据和控制被催眠者，在此过程中，侵犯个人的灵魂，让自己的意志取代被催眠者的意志”[①]，把人性如“柔软的蜡块”(p. 393)捏在手里把玩。因而，催眠师与被催眠人之间形同主仆，是奴役者与被奴役者的关系，催眠的实质是“主宰与屈服的权力关系，而非真正的预言和神启”[②]。这种权力关系在霍桑看来，在道德上是堕落，也是罪恶的。所以在《福谷传奇》中，催眠师威斯特韦尔特被塑造成魔鬼的形象，而他与蒲丽丝拉之间也充分验证了主仆式的奴役关系。

正是这种邪恶的奴役关系使霍桑将催眠术与乌托邦联系了起来，作家以超越时代的洞察力看出乌托邦主义危险的一面。在意识形态层面上，作家通过霍林华斯这位狂热的慈善家和监狱改革运动者来透视乌托邦思想催眠的性质及后果。如卡顿指出的，“(福谷)中的主要人物都是催眠术大师，把自己的想象力强加给世界，试图按自己的意志来革新它”[③]。乌托邦信念和催眠术一样是通过制造一种精

① Samuel Chase Coale. *Mesmerism and Hawthorne: Medium of American Romance*, p. 3.

② Samuel Chase Coale. *Mesmerism and Hawthorne: Medium of American Romance*, p. 121.

③ Evan Carton. *The Rhetoric of American Romance: Dialectic and identity in Emerson, Dickinson, Poe and Hawthorne*. Baltimore: Johns Hopkins University Press, 1985, p. 242.

神迷狂的状态对人实施意识控制的。如果说威斯脱华尔以催眠术催眠,霍林华斯则是通过自己富于鼓动性的乌托邦信念来催眠他人,为自己赢得信徒。蒲丽丝拉与这两人之间的关系也别有意味,对两人而言,她都是被催眠和争夺控制权的对象。威斯脱华尔以催眠术控制蒲丽丝拉的肉体,奴役她成为催眠表演的赚钱工具,而霍林华斯则是通过自己狂热的乌托邦改革信念主宰她的情感,使她变成自己盲从的信徒。小说的叙事人卡佛台尔最早洞悉了霍林华斯这种意识形态的催眠欲望,为自己所谓的信念和政治蓝图,不惜把个人意志凌驾于他人的情感和意愿之上,把他人变为自己的信徒或者工具。为获得金钱资助,他不惜利用季诺碧亚的感情,并直接导致了其自杀的悲剧。在"三人对峙"一章中,借季诺碧亚之口,霍桑对乌托邦主义做了最为严厉的批评。季诺碧亚悲愤地斥责霍林华斯为"恶人"、是"冷漠无情、以一己之私贯彻始终的一台机器"(p. 410),其慈善事业和监狱改革计划不过是自欺欺人的面具,后面遮掩的是"自我",是一己之私。她看到乌托邦催眠术构建的扭曲的人际关系,即一种利用与被利用、奴役与被奴役的关系,她控诉道:当卡佛台尔拒绝成为霍林华斯"顺从的奴隶"时(p. 410),后者便无情地将她抛弃;同样,霍林华斯也把她纳入了自己的计划,而当她失去利用价值后,也随即冷血地甩开了她。借季诺碧亚之口,霍桑也对霍林华斯做了严厉的道德审判,指出,他最为深重的罪孽在于"扼杀了内心的良知","对自己的心犯下了致命的错误"。(p. 411)显然,在霍桑的人物谱系里,霍林华斯已置身真正的恶人队列,他违背道德良知,冒犯他人灵魂,造成了自身的堕落,也为他人带来悲剧性的后果。

在对霍林华斯的批评中,季诺碧亚也指出了乌托邦主义在智性与认知上的误区,即它所造成的一种"眼光偏狭、心胸狭隘和狂热的弊病"。[①] 她说:"我认为这是一种可悲而狭隘的天性——只认可一种

---

① William E. Cain, ed., *The Blithedale Romance by Nathaniel Hawthorne: A Bedford Cultural Edition*, Boston: Bedford Books of St. Martin's Press, 1996, p. 10.

模式，只因为今天与这种模式不相似，就一定要把过去的一切变成一场梦。”(p. 366)霍林华斯犯了狭隘偏执的错误，他故步自封，成为自己所执着的慈善理论的“契约奴”，看不到经验的丰富性和生活潜藏的多种可能，“只能以一种模式生活”(p. 366)，也只能执着于一己的真理，“他心无旁骛，只认准一个方向……宇宙的全部理智和正义似乎都集中在那里了”(p. 272)。把自己的信念视为唯一的永恒的真理，以未来的名义否定现在和过去，这是狂热的乌托邦主义者所容易陷入的误区，也是霍林华斯陷入自私、偏狭和狂热的根本原因。如我们在小说里看到的，为实践自己眼中的真理、正义与理想，他不惜牺牲道德原则，以强力意志左右他人，操纵他人的情感和命运，将别人统统视为实现自身计划的工具和媒介。卡佛台尔和季诺碧亚都切身感受到这种暴君式的专制意志，两人都看到霍林华斯高尚图谋背后的自私与恶，正如季诺碧亚所言，“完全是自我(self)”，“再无其他，什么都没有，只是我、我、我!”(p. 410)这也是霍桑在《自我主义：或心底之蛇》中所讽刺的自我主义(egoism)，即专注于一己之见，把它放大成凌驾于一切的真理或者整个世界的唯一事实，或者将自己的意志强加给他人，而不顾及他人感受，因而很容易导致对他人的专制与暴力。从哲学的角度说，乌托邦受实体论思维方式的影响，表现为“真理一元论和价值一元论”，乌托邦政治本来是“一种解放政治”，但这种自由和解放的学说“在实践中却往往导致奇特的颠倒”。[①]它只允许一种话语，控制操纵个人和群体的思想意志，对不同的声音以强权进行压制，因而往往造成一个不宽容的专制社会。正是出于这一洞见，霍桑把19世纪上半叶的改革运动和清教主义的宗教乌托邦主义联系到了一起。《福谷传奇》中，作家对霍林华斯的描写令人联系到清教先辈，和恩迪科特一样，作家有意把他与金属的意象联系起来。他之前做过铁匠，独断专行，具有钢铁的意志，而且在小说中，冷酷严峻的霍林华斯也直接被比作一位对女巫案做生死宣判的“清教

① 谢江平：《反乌托邦思想的哲学研究》，北京：中国社会科学出版社，2007年，第11页。

徒行政长官”，(p. 407)可以说，他集清教徒的冷酷与改革者的狂热于一身，这点意味深长。在改革者和清教领袖的身上，霍桑看到了某种相同的气质，并在他们致力的事业中，发现了同样的危险倾向。他看到，在狂热信念的驱动下，当代改革者也有可能陷入清教先辈的误区，把自己的原则和观点当作唯一的永恒的真理，以真理代言人自居，压制异己，无情操纵他人，从而犯下不可饶恕的罪恶。本质上说，新英格兰清教主义是一种宗教乌托邦的神权政治，它的专制倾向昭示着当代乌托邦改革运动所具有的危险性的一面。

《福谷传奇》传达了一种时代的忧患意识，作家看到，通灵术、招魂术、催眠术，形形色色的教派有的打着科学、进步的旗号，有的假借精神和性灵的名义大行其道，冒犯个人灵魂，左右个人的意志。他认为这样的时代是沉沦的，在评议催眠演出的一章中，叙事人感叹：“我们坠入了一个邪恶的年代”，他怀疑，人的灵魂堕落到新的低点，而我们在“永恒的前进中正在走着下坡路”(p. 394)。福谷悲剧无疑是这个时代的症状之一，而霍林华斯的狂热又是时代病症的根源之一。由此看到小说中福谷假面剧的另一层意味，如前文指出的，它暗示着一种与乌托邦截然对立的姿态，它意味着一种智性的反讽和疏离，一种脱开反观的自觉意识，而这种立场又与霍桑的戏剧隐喻直接相关。如作家描述的，在福谷的假面狂欢中，几乎所有的人都是带假面具的，赛拉斯·福斯特这位真正农夫是例外，他是这幕剧里的“自然脸孔”，和《皆大欢喜》中的试金石一样，在田园传统的内部引入一种现实主义的视角；但这里更关键的是霍林华斯，他并没有参与这场假面剧，然而季诺碧亚对此评议道：“你是比那边的巫士和吉普赛人更善于玩假面剧，因为你的面具是自欺欺人。”(p. 410)这句话一针见血，因为在人生这场假面剧里，霍林华斯从来意识不到自己戴面具这一事实，换言之，意识不到在历史的大舞台上，他不过在有限的时间里，扮演了慈善家和改革者这个角色，而最终一切都将归于沉寂。他拒绝看到人生和历史虚幻的一面，拒绝看到任何事业都无法抵挡时间和死亡的力量，所以，季诺碧亚说他的假面具是自欺欺人。从这个角度，我们可以更清楚地认识，霍林华斯为何是小说中最缺乏戏剧意识的人物了。和狂热的清教徒一样，他的立身处世都是极为严肃的，他倾情卷入，不肯妥协，也要求他人报以同等的热忱与效忠，这和脱开去看待事物的戏剧意识背道而驰。可以说，在人生的舞台上，他属于那种投身其中浑然不觉的演员，与季诺碧亚在福谷中倡导的戏剧姿态背道而驰。的确，在一个过于狂热而亢奋的时代，静观反省的疏离姿态具有清醒剂的价值，或许，这也是霍桑的睿智之处。

因为《福谷传奇》的关系，霍桑与布鲁克农庄永远地联系在了一起，在这部以农庄改革为素材的作品中，霍桑延续了他的保守主义立场，就主题而言，是继《红字》和《宅子》的推进，但与之前作品不同的是，作家在此彰显了尖锐的批判意识。《福谷传奇》同样倚重于田园牧歌传统，如果说在《宅子》里，它在文本中召唤了一种阶层融通的田园幻象，寄寓了作家对农耕时代的一份怀旧之情，那么，在这部小说中，田园传统成为一种解构式的策略，在黄金时代与乌托邦的转换中，作家消解了福谷农庄实验的实践意义，将乌托邦政治推向空间化的神话领域。《福谷传奇》的复杂性在于，在田园文学的框架内，它融合了戏剧和假面剧元素，在解构乌托邦的同时巧妙配合了作家的乌托邦批判，戏剧隐喻和双重戏剧意识暗示了一种反讽、疏离的智性姿态，与乌托邦主义要求的倾情卷入和全力效忠构成鲜明的对比。同样是针对改革运动的回应，但和40年代系列短篇及《宅子》不同的是，作家在此已超越了简单的否定的层面，不是以原罪信条对改革运动做出否定性回答，而是从否定走向了意识形态批判的层面，探讨乌托邦所构建的权力关系以及对人性的腐蚀作用。毋庸讳言，作为一部小说，《福谷传奇》在艺术上有欠缺之处，如欧文·豪指出的，它是一部"具有丰富潜力但实现得非常有限的"作品。[①] 但它的确具有思想的深度，也标志着霍桑批判意识的成熟，从早期对改革运动的单纯否定，作家转向了意识形态层面的批判性反思，从这个意义上说，《福

---

① Irving Howe. *Politics and the Novel*. New York: Horizon Press, 1957, p.166.

谷传奇》可谓一部尖锐的乌托邦批判之作。

直到文学生涯的最后，霍桑也从未偏离过自己的保守主义立场。我们知道，1852 年，第三部小说《福谷传奇》问世之后，霍桑为皮尔斯竞选总统撰写了《富兰克林·皮尔斯生平传略》，在传记中，他明确表达了自己的政治观点，甚至对当时敏感的废奴运动也不回避自己的立场，认为废奴运动于事无补，甚至会造成悲剧性的后果。在对奴隶制的议论中，霍桑顺势否定了一切力图变革社会的举措，他写道："有史以来，人类从不曾以意志和智性的力量，以特别设计的方案计划，圆满完成道德改革的大业；但世界每前进一步，沿途都留下了某种罪恶或过错，但即便是智慧超群的人士，抱着既定的目标，也无法找到救治的方案。"[①]的确，这段被研究者反复引用的文字，可谓是其保守主义的最为集中的表达。基于对人类罪性和有限性的理解，霍桑反对一切以理性设计革新社会、以人类意志干预历史进程的图谋，在性别、种族、政治、经济和社会秩序的方方面面，他毫不迟疑地选择站在体制、惯例和传统的一面，主张保持现状，顺从于历史的自然进程，或者冥冥中的神意。毋庸置疑，构成其保守主义思想根基的原罪观也是他直到暮年始终固守的根本信条，1862 年，在《主要谈战事》一文中，他直言不讳地表达了自己的悲观洞见，认为文明无法改变人类嗜血凶残的本性，而人类也绝无干预和设计历史的可能。可以说，霍桑是一个相当顽固的保守主义者，这一立场也让他深陷宿命悲观的泥淖中，也陷入一种寂静无为的论调中，作家的悲观情绪在内战中愈见严重，面对种族纷争、战争阴云、种种社会痼疾以及社会冲突，他似乎越来越为罗马文化的辉光、异教传统的欢愉精神所吸引。在《牧神雕像》中，作家终于在文化层面找到了一条修正时代病症的路径，这就是第七章将具体分析的融通基督教与异教传统的文化理想。

---

① Nathaniel Hawthorne. *Life of Franklin Pierce*. Boston: Ticknor, Reed and Fields, 1852, p. 114.

第七章

文化融通的理想

霍桑旅居欧洲长达七年之久，旅欧期间，他探古寻幽，遍访名胜，与文人雅士悠游，流连于罗马的艺术殿堂。对他来说，这是一次文化上的还乡之旅，回望旧大陆，他深切体味到美国文化中所失落的前基督教元素，他迷恋异教文化散发的世俗气息和欢愉精神，也为它有别于现代世界的价值观念所吸引。对他而言，这是一个被遗忘的他者世界，与19世纪中叶的美国构成鲜明的对照，在两者的参照中，作家也找到了一条反思美国文化与现实的途径。霍桑是有一种旧大陆情结的，其实，在创作的早年，他已开始言及美国所割裂、所失落的旧大陆文化元素。《欢乐山的五月柱》是一篇值得关注的短篇小说，在此，他回望了美国殖民地历史上的一个瞬间，将欢乐山信众与清教徒的交锋想象为一场决定美国文化未来的冲突，在批判清教先辈不宽容的同时，也表达了对异教文化笑与欢乐精神的追慕，对于清教先辈彻底割裂这部分古老传统，霍桑是有着一份深沉的遗憾的。霍桑的旧大陆情结最终上升到文化理想的层面，在《红字》中，他首次设想了融合失落的旧大陆源流的可能，小说结尾原罪与狂欢并置的格局暗示了这一文化融合的理想。成书于旅欧岁月的《牧神雕像》全面展开了这一层面的思考，在辨析美国文化病症、反思现代性原则的基础上，作家最终走向了一种文化修正主义的路径。

第一节　霍桑的旧大陆情结

霍桑很早就表达了对旧大陆传统的倾慕之情，时常感喟美国文化的某种割裂，而这种割裂又与清教先辈的选择密切相关。回望殖民地早期历史，霍桑发现严厉审慎的清教先辈们，怀着热忱的乌托邦冲动，恪守清教主义的禁欲伦理，倾力抵制一切与天主教、异教传统有关联的习俗与举措，清教徒对五朔节的强力抵制就很能说明问题。从这个角度来看，《欢乐山的五月柱》这篇早期作品具有文化寓言的意味。本节以该作品为核心，具体辨析霍桑的旧大陆情结以及他对美国文化选择的反思。如果说基于基督教的原罪标志着霍桑思想体系中的一块基石，那么，《欢乐山的五月柱》则指向回旋于其作品中的另一条旋律，这条旋律衔接着古老的欧洲、前基督教时期的文化传统。《欢乐山的五月柱》于 1835 年首次发表在《珍藏和大西洋纪念》上，原为作家计划推出的《殖民地故事》中的一篇，后收入 1837 年版的《故事重述》中。从创作发表的时间来看，霍桑在文学生涯的早期已注意到以狂欢为特征的异质文化传统，这足以证明它在霍桑思想体系中的重要位置。

在故事的开篇，霍桑以眉批的形式交代了短篇的素材来源。事件取材于“新英格兰年鉴”(p. 360)，是有真实的历史蓝本可依的。故事中的欢乐山原名为沃拉斯顿山(Mount Wollaston)，位于马萨诸塞的昆西(Quincy)，1623 年沃拉斯顿在此建立殖民地，稍后，由托马斯·莫顿(Thomas Morton)接手管理。莫顿决意复活英国古老的民间节庆传统，改殖民地名为欢乐山，意即作乐狂欢之地。清教徒对旧大陆的民间节庆传统向来持抵制态度，莫顿之举很快招来反对，1628 年，普莱茅茨殖民地的首领迈尔斯·斯坦迪什(Miles Standish)将莫顿羁押遣送回英国。随后，时任马塞诸塞湾殖民地总督的约翰·恩迪科特率人遣散欢乐山的五朔节活动，并亲自挥剑砍断一根五月柱。

不过，据历史记载，欢乐山遭到压制的另一重要原因是他们向印第安人提供武器，但霍桑有意撇开枝节，将故事的冲突集中在欢乐山信徒与清教徒之间。必须指出的是，欢乐山的这场冲突并非偶然的历史事件，也非新英兰历史上的特定事件，两派人物的对峙实际上有着深厚的历史渊源，它指向英国教会与清教徒在民间节庆问题上的纷争和冲突。从某种意义上说，在英国国教和清教徒的对峙中，民间节庆已经成为一种斗争策略，具有了微妙的政治意味。清教徒奉行克己禁欲的原则，对一切民间游乐活动都持反对态度，五朔节由于其异教传统和纵欲的一面更遭到他们的强烈抵制。出于对清教主义及其极端禁欲主义倾向的反拨，1603 年英王詹姆斯一世继位后，大力鼓励和提倡民间节庆，英国大主教劳德(William Laud, 1573—1645)甚至命令每位英国教士布道时必须宣读由詹姆斯一世颁布的《游乐书》(1618)，劳德主教的命令也使得一些教士移居新英格兰。从历史的角度来看，欢乐山的冲突是清教主义与民间节庆传统敌对形势在新世界的历史延续，只是在新英兰的文化语境中，五朔节从一开始就遭到强烈抵制，未能在美国文化中扎根，而清教主义很快获得全面的胜利，成为这个国家的主流文化价值。

如前所述，五朔节仪式最初与古老的丰收仪式相关，是一个关于大地死亡与复苏的季节性节日，后来慢慢失去异教文化意味，逐渐演变为民间的大众节庆。作家声称，故事中所描写的五朔节欢庆也是有史料依据的，“文中所描写的假面剧、哑剧和节庆风俗等都符合当时的风尚”(p. 360)，在资料方面，他参阅了约瑟夫·斯特拉特所著的《英国人消遣与娱乐活动》一书。在《欢乐山的五月柱》里，五朔节欢庆场面的描写占据了相当的篇幅，欢乐山旖旎的风光、异域神话情调的社群和仪式婚礼场面都呈现得真实可感，诗意盎然，五朔节在殖民地昙花一现，这足以说明，霍桑在书写这段历史时，并非只是针对事件或冲突本身，他对五朔节本身怀有浓厚的兴趣。

另一方面，需要注意的是，尽管对五朔节满怀迷恋，作家对欢乐山节庆场面的描写不无矛盾之处。他暗示，欢乐山的五朔节并非古老的农耕仪式的复原，它已经被改造，或者说，被篡改为一种新的宗教；欢乐山的信徒们也并非淳朴的农夫，而是旧大陆游乐传统的追随者。作家告诉我们，会聚欢乐山的是一群玩世不恭、厌世倦世之人，带来形形色色的杂耍艺人和插科打诨的小丑，把英国古老的游乐传统移植到欢乐山，意欲把五朔节变成长年的狂欢活动，“我们所说的这些人，在心灵失去单纯的快乐后，设想出一种疯狂的作乐哲学，来到这里实现他们最新的白日梦”(p. 364)。五朔节的意味在这里被置换，对春天的庆祝变成了一种抵制时间和死亡的人生哲学：误入歧途的思想和迷途的智慧戴上面具，扮起了丑角。欢乐山的信徒们意欲把现实变成神话，借此回到“时间不存在，或时间之前”的黄金时代，同时，彻底把人生变成一场永不落幕的游乐，或者如霍夫曼指出的：欢乐山的伦理就是存在于“时间之外，奉行及时行乐的享乐主义”。[①]但这一努力显然是徒劳的，欢乐山的信徒们无力停住时间的脚步，也无从抵达时间之外的黄金时代。死神照样光临欢乐山的小小王国，游乐和仪式都无力将黑铁时代的人类带回黄金时代。评论者大都看到霍桑对欢乐山信徒所持的矛盾态度，他的同情中包含着质疑，他洞悉欢乐山狂欢的虚幻本质，也清醒地看到任何将生活神话化、逃脱历史的努力必然是误入歧途的徒劳。作为一种哲学或伦理，欢乐山是站不住脚的，对于固守原罪信条的作家而言，基督教显然更具坚实的哲学内涵。

但欢乐山仍不失为一种文化上的选择，这层意思在清教徒与欢乐山信徒的冲突中表现得非常明显。如历史记载的，欢乐山的狂欢很快被清教徒驱散。有“清教徒中的清教徒”之称的恩迪科特怒斥狂欢的人群，以利剑砍倒五月柱。同时，以胜利者的姿态宣称：“新英格兰唯一的五月柱倒下了！我坚信，它倒下时信仰之光开始闪耀，游手好闲的作乐之徒将从此回到我们和我们的子孙中来。”(p. 368)恩迪

---

① Daniel Hoffman. *Form and Fable in American Fiction*. New York: Oxford University Press, 1961, p. 142.

科特砍倒五月柱是个象征意味明显的举动，这是清教禁欲主义对异教享乐主义的胜利，作家在肯定清教徒道德严肃性的同时，并不完全认同他们彻底否定笑声和现世的精神。如前文分析的，霍桑受拉伯雷和莎士比亚等文艺复兴作家的影响颇深，为欢闹的世俗气息所吸引，钟情于旧大陆民间节庆、古风和形形色色“被遗忘的游乐艺术”。他洞察到笑和欢乐与生命息息相关，是一种生命更新的力量，顺着民间文化的河流，霍桑最终回溯到肯定生命和现世生活的古典文化之源头。在《欢乐山的五月柱》里，作家对节庆习俗的细细铺陈和欢乐场景的渲染明确传达了他对古老的英格兰传统的迷恋，他对旧大陆欢愉精神的肯定在故事的结尾表现得也很明显：新婚的五月王和王后将面临清教徒的惩罚，但欢乐的花环将他们紧密联结在一起，作家写道：“他们的花环由欢乐山最娇艳的玫瑰编织而成，因而，将他们联结在一起的纽带里编织着他们早年最纯真、最美好的欢乐。他们将相依相伴，沿着他们注定要走的艰难道路朝天堂走去，而绝不再追忆欢乐山虚度的时光。”(370)

清教徒和欢乐山信徒的抗衡实质上是两种文化传统的交锋，也是两种理念的交锋。霍桑把双方的冲突提升为一场关乎国家未来的斗争，“欢乐和阴郁在争夺一个帝国”，其结果，作家以半开玩笑的方式断言，将决定“新英格兰未来的脸色”(p. 366)。恩迪科特预言，欢乐山的五月柱将被鞭挞犯人的柱子取而代之，两者的文化象征意义不言而喻，如果说前者代表着“欢乐、古老的英格兰”，那么，后者无疑是严厉刻板的清教传统的象征。以鞭挞柱代替五月柱意味着对旧大陆文化精神的否定，正如 Q. D. 利维斯所概括的，“清教徒不遗余力地敌视古老的英格兰文化，它根植于天主教，而最终又回溯到异教传统，以歌舞、节庆、迷信，尤其是作为五朔节要素的仪式和仪式剧等形式保存下来”[①]。所以，五月柱倒下时，作家写道：“夜空变得更加黑

---

① Q. D. Leavis. “Hawthorne as Poet,” In A. N. Kaul, ed., *Hawthorne: A Collection of Critical Essays*, Englewood Cliffs, N. J.: Prentice-Hall, 1966, p. 50.

暗,而树林也投下更浓的阴影。"(p. 368)。耐人寻味的是,霍桑又把清教徒描绘为假面剧的扮演者:"清教徒在五月柱哑剧表演中扮演了独特的角色,他们黑黢黢的身影与对手奇形怪状的身影混合在一起,令这一刻如画面般生动"(p. 367)。关于假面剧、戏剧的隐喻意味在第二章中已有解释,这里只需指出,如果将欢乐山上演的历史事件比作五朔节的假面剧,那么,清教徒也不过是假面剧中的一员,与欢乐山信徒并无本质上的不同。唯一的区别在于,在更广阔的历史剧场上,他们装扮的是上帝的使者、真理的代言人。这一场景促使人们思考国家和历史塑形过程中的偶然性以及所谓神圣或永恒真理的合法性。布马斯评论说:"把现已湮没的欢乐山遗产提升到与清教遗产旗鼓相当的对手地位,(霍桑)认可这一不复存在的可能性,即欢乐山原本有可能定义美国的国民性格。"①的确,在小说的开头,霍桑即设想了这样一种可能:倘若欢乐山的文化精神取得胜利,美国文化可能会呈现出另一种面貌,"他们会将阳光倾泻在新英格兰崎岖的群山之上,把花的种子播散在新英格兰的土壤中"。(p. 360)当然,这只是一种假想,在回溯这个历史瞬间时,作家提出的问题是:在旧大陆的欢愉精神与清教主义审慎阴郁的个性之间、在节庆传统与工作伦理以及宗教宽容与极端的狂热之间等一系列对立的两极中,是否存在一种更为折中的选择;或者更概括地说,回望历史、思考现在以及未来,美国的国家文化品格、国民性格和国家历史走向是否存在其他可能的形态?

无论如何,霍桑对旧大陆文化特质的迷恋贯穿了他的创作生涯。尽管作家并不赞同异教伦理,但为它的欢乐精神所吸引,也赞成它肯定生命和世俗生活的一面。在《红字》的结尾,霍桑再次感喟,受清教主义的影响,早期移民的后代失去了游乐传统,以至"民族的形象黯

① E. Shaskan Bumas. "The Forgotten Art of Gayety: Masquerade, Utopia, and the Complexion of Empire," *Arizona Quarterly*, 59 (2003 Winter), p. 2.

然无光”，他深感有必要“重新学习那门已被忘却许久的游乐艺术”[①]。尤其值得注意的是，《红字》的结尾呈现了原罪与狂欢并置的格局，在第二章的结尾，我们指出，原罪与狂欢是霍桑思想中的两条主旋律：一是源自基督教传统的原罪，即对人类罪性和尘世存在状况的体认；另一条是滥觞于古典文化的狂欢精神，它表现为个体生命精神的张扬和对尘世生活的肯定。前者体现出一种超越性的追求和精神性维度，而后者指向古老的异教传统以及它所包含的一套非基督教、非理性，或曰前现代的异质价值观念。《红字》的结尾提示，作家在表达对狂欢节庆迷恋的同时，是否转向思考两种文化源流融合的可能性？小说的最后一幕为新英格兰总督就职典礼的盛大场景，古老的狂欢传统似乎短暂复活：游行、总督的就职（加冕）、节日的礼服和盛装、喜庆的氛围、人们脸上的笑容、三教九流混杂的人群，种种细节铺陈出热烈的欢庆氛围；另一方面，作家假意声称没有“江湖艺人”、“民间艺人”、“快乐的安德鲁”这类人物，实际上，却更深地将这个清教节日与欧洲民间狂欢传统联系到了一起，因为他们正是狂欢节不可或缺的人物。正是在这样狂欢化的时空中，牧师登上刑台，确认了自己罪人的身份，这是他对原罪的确认，也是作家对原罪信条的捍卫。

更值得深思的是，《牧神雕像》的结尾复制了《红字》原罪与狂欢并置的格局，这意味着，时隔10年之久，霍桑重拾他在《红字》结尾处抛出的一条预设，即在固守原罪信条的同时，是否可融合异教文化的某些元素，以修正美国社会文化的某些弊病？在最后这部小说中，叙事人带我们回到古典文明的腹地罗马城，故事在罗马狂欢节盛大的欢庆中结束。唐纳泰罗和米丽尔姆这对罪人，分别扮成意大利的农夫和农妇，在纵情欢舞之后，唐纳泰罗被宪兵逮捕归案，而后者在悔罪中度过余生，而这一结局又出自两人刻意的安排，是他们悔罪的自我确认与表达。的确，这一格局提醒我们作家运思的深层结构，沿循这一思路，本章第二节将系统辨析霍桑投射于小说中的文化理想。

---

① 霍桑：《红字》，姚乃强译，南京：译林出版社，1996，第211页。

第二节 《牧神雕像》与文化融通的理想

本节聚焦霍桑的最后一部小说《牧神雕像》，系统梳理作家借作品传达的融通异教传统的文化理想。《牧神雕像》于1860年面世，评论界当时对该书评价不高，认为是其创作力衰退之作，小说突出的游记特征备受评论界诟病。评论者指责，霍桑把《意大利笔记》中大段的景物描写和艺术评论直接搬进了小说，而故事情节又欠清晰。[①] 20世纪中叶，评论界对该作品有过一次重评，但很多评论者干脆剥离描写部分，围绕小说情节探讨作品的宗教、道德、心理因素以及作家的艺术观等。然而，问题的关键在于，《牧神雕像》并非一部情节性的作品，[②]它整体上呈现出一种松散的结构，由游记式场景、艺术评论、基督教寓言和田园牧歌共同营造出一种多层面的艺术空间，因而，不能忽略这些元素孤立地从情节上剖析主题意蕴，更不能忽略该小说的社会文化维度。的确，有研究者已意识到，"《牧神雕像》野心勃勃地在西方历史的宏大语境里探讨了诸多主题，也关涉美国当时的状况"[③]。从整体上看，《牧神雕像》是作家最繁复、也最具雄心的作品，它不仅延续了《福谷传奇》的批判意识，从整体上反思启蒙以来的现代性原则，而且，为深陷现代性弊病的美国及现代世界设计了一种融通异教传统的文化出路。

《牧神雕像》围绕"幸运的堕落(Felix Culpa)"这一命题展开思

---

① 如亨利·詹姆斯批评说，"故事推进缓慢，游离不前，中断，然后又接下去，到结尾时几乎陷入致命的模糊中"。参见 Henry James. *Hawthorne*. Ithaca: Cornell University Press, 1956, p. 134.

② 在读者的要求下，霍桑1860年3月给小说写了一篇后记，补充交代故事的细节。这也说明作家有意淡化情节，暗示故事并非小说的重心。斯泰纳(Wendy Steiner)从读者反映论的角度来阐释故事里的空白和断裂，将之视为现代性的表征。

③ Robert S. Levine. "'Antebellum Rome' in *The Marble Faun*," *American Literary History*, Vol. 2, No. 1. (1990), p. 20.

辨，但小说并不局限于探讨这一命题，而是从更宏大的历史框架中反思19世纪上半叶美国的主导价值观念，是对以进步论为核心的现代性原则的批判。作家在加尔文教的话语体系内植入异教神话传说，以牧神的堕落为主线，隐喻了19世纪上半叶的文化病症。霍桑对"幸运的堕落"之命题的否定再次明确了他对奥古斯丁原罪观的坚持，由此，也再次确认了他始终坚守的保守主义立场。另一方面，罗马的游记式描写为霍桑提供了一个关于人类历史的空间化隐喻，表达了作家近乎虚无主义的哲学观，也消解了进步论所依赖的线性历史框架。再者，作家借田园牧歌文学传统召唤出异教文化意象，以此表达他对时代精神的修正愿望。《牧神雕像》是一部繁复而又充满矛盾的作品，霍桑思想深处的矛盾与不同话语体系间的纠缠有时也遮蔽了作家的真实意图，但总体上，作家在人类文明的宏阔框架内反思了美国国家发展状况，既是对国家主导意识形态的批判，也是对现代性信念的整体反思。另一方面，《牧神雕像》也抵达了文化哲思的高度。在对19世纪主流意识形态进行消解的同时，作家又以田园牧歌召唤出古老的文化传统，表达了融合异教文化遗产以修正时代病症的文化理想。

一、牧神的寓言

评论界一般把唐纳泰罗的故事解读为一则原罪寓言，被称为牧神化身的天真主人公重演人类被抛入时间和历史的过程，亦即进入一种堕落后的存在状态；在丧失天真和生命单纯的欢乐同时，主人公获得智性和精神的成长，培育出一种可以被称作灵魂的东西。唐纳泰罗的堕落故事重申了霍桑的原罪观，关于原罪与主题的关联后文将进一步剖析，这里需要明确的是天真主人公在另一层意义上的转变。小说在英国出版时曾以《大理石牧神，或名，转变》(*The Marble Faun, or the Transformation*)为书名，"转变"一词也暗示主人公由牧神转为悔罪人的历程。评论者大都忽视了后一层意义上的转变，即“快乐牧神”向“阴郁的悔罪人”(penitent)的转变。牧神转变与作家根植于清教思想遗产的道德洞见之间的确存在冲突纠缠，使作品主题的发展有时陷入某种矛盾中，这可能这也是小说的问题所在，但我们仍可以把牧神的转变作为一个文明发展的隐喻，或者作为一种启发式(heuristic)的认知框架来探讨霍桑对19世纪上半叶美国主导意识形态的反思与质疑。

在小说里，基督教的原罪寓言实际上已经被植入异教神话元素。牧神为古罗马神话里半人半羊的神祇，相当于希腊神话里的森林之神萨堤，放荡野性，是酒神的随从，代表自然原初的性欲和生命力。霍桑精心为唐纳泰罗编织了家族谱系，主人公被描写为一位意大利的贵族青年，他所属的本尼山(Monte Beni)家族可回溯到伊特鲁里亚古国(Etruria)时期，并一路追溯到史前，起源于希腊史前民族女子与林间牧神的结合。本尼山家族所在的托斯卡纳山区被描写为阿卡迪亚式的所在，而古老家族的唯一继承人唐纳泰罗则被塑造为从阿卡迪亚走来的有着牧神血统的天真青年。唐纳泰罗的现代牧神形象在开篇即被点明：四位主人公在主神殿艺廊欣赏一座古希腊牧神雕像(the Faun of Praxitiles)，发现唐纳泰罗酷似牧神雕像，作家认为该雕像的成功之处在于既表现了牧神的动物性和愉悦天性，又许诺了某种精神成长的潜力：林中生活的一切欢乐，住在林野中生灵所有快乐和友爱的天性，连同类似人类灵魂的物质被一起糅合进了石料中。[①] 作家指出：牧神雕像表达了一种诗意的生命存在状态，遥遥呼应着异教神话里的黄金时代。这也许不是梦幻，而是诗人对一个时代的缅怀，“那时人类与自然的关系更紧密，与其他生灵的联系也更紧密、更亲切”(p. 12)。接着，作家设想了一幕“石像变暖复活”的场景：古希腊罗马神话人物如阿波罗、萨堤、酒神等纷纷走下石雕底座，唐纳泰罗置身其中，与众神牵手(p. 18)。然而，复活的牧神很快

---

① 霍桑：《霍桑小说全集》(第4册)，胡允桓译，合肥：安徽文艺出版社，2000年，第11页。后文引文均出自该书，不再一一注明，译文有一定改动。

重蹈亚当的覆辙，成为一个充满罪孽感、在忏悔中度日的悔罪人，从某种意义上说，现代牧神再次变成一座冰冷的大理石雕像，这也是小说题目的寓意所在。

唐纳泰罗与模特之间的暗中关联进一步延伸了这一主题。模特是一个幽灵似的不详人物，从地下墓穴走来，身穿山羊皮裤，貌似古老的萨堤。如上文提及的，萨堤是希腊神话的森林之神，与罗马神话的牧神相对应，是性欲和自然生命力的代表。作家写道："地下寝陵中的幽灵可能代表的是那一湮没的族类的最后幸存者，藏身于阴暗的墓穴之中，为他失去的林中溪边的生活哀悼。"(p. 27)有意味的是，模特的另一重身份是安东尼奥修士，圣方济会的托钵僧，而悔罪的唐纳泰罗也一度表示要做修道士，从某种意义上，"唐纳泰罗和模特互为彼此的幽灵"①。作家将牧神、萨堤、幽灵、修道士四重身份关联起来，这些细节的心理学意味明显，作家意欲暗示，性所代表的生命活力或者被逼入无意识层面，成为地下游荡的幽灵，或者被体制化地加以压制。当然，性本身不是霍桑的关注，真正困扰他的是 19 世纪上半叶的文明发展状况，是窒息生命活力和欢愉力量的时代精神，"人类正在远远地超越了童年，以致竟然对再享快乐加以轻蔑了。一个单纯快乐的人，在这些会把他的野性未退的欢乐视为羞耻的圣洁和阴郁的人们中间，只能感到无存身之地"、"人类生活的整个体系，就目前形成的格局而言，是刻意要把单纯快乐的灵魂排除在外"。(p. 200)的确，牧神只是个神话人物，但作为文化的产物，他指向古希腊罗马时代，在一定意义上，充当了文化参照系的功用。牧神揭示的问题是：人类文明早期的和谐和欢愉精神至 19 世纪上半叶已经彻底沦丧，作为牧神的唐纳泰罗必然要被时代放逐。毋庸讳言，牧神的转变又与作家的道德观相纠缠，或多或少地冲淡了前者的隐喻意味，

① Milton R. Stern. *Context for Hawthorne: The Marble Faun and the Politics of Openness and Closure in American Literature*. Urbana: University of Illinois Press, 1991, p. 121,

但撇开这点，唐纳泰罗从牧神到悔罪人的转变仍可被当作一个启发式的认知范式来考察19世纪上半叶的社会文化状况："一个具有古代健康的生灵从地球上消失了，取而代之的，只是同一个模子塑出来芸芸众生中的一位而已，一个病态的、心怀悔恨的人。"(p. 327)

二、黄金时代神话的诊断

如果说牧神的转变隐喻了时代精神的转变，那么，田园传统召唤的黄金时代意象则为反思社会状况提供了一个参照系，或者如詹姆逊所言的"一种批评和诊断的工具"。[①] 在詹姆逊看来，"乌托邦是指向现在的，乌托邦的幻想功能和价值是对现状和当前的否定，它产生于对现实的不满，是对现实隐喻的批判和拒绝"[②]。詹姆逊是就投向未来的乌托邦想象而言的，但这一论断同样适用于黄金时代。如第二章指出的，黄金时代神话反映了古希腊退化论的历史观，它是一个业已失落的时代，在时间之外，是一种空间的、静止的古典乌托邦。哈利·莱文认为，人类逃避或渴望改变现状的愿望总会向别处(elsewhere)或彼时(otherwhile)投射，"如果拒绝现在，我们必须在过去与将来之间选择，或者向阿卡迪亚回溯，或者向乌托邦展望"[③]。田园文学中的阿卡迪亚是空间化的黄金时代，或者说，以世外乐土方式召唤出的黄金时代意象，它同样传达了对完美、和谐、平等、友爱和正义等理想原则的诉求。对持保守主义、无法把目光投向未来、无意于蓝图设计的霍桑而言，无法抵达的黄金时代代替进步主义的乌托邦想象成为指向现在、批判现在的理想工具；它的批评功能在于诗意的灵视，而非詹姆逊所说的"乌托邦的循环"(Utopian circularity)。在"林中之舞"一章中，唐纳泰罗和米丽尔姆置身罗马市郊的林间，俨

---

① Fredric Jameson. "The Politics of Utopia," *New Left Review* 2004(25), p. 38.

② 林慧：《詹姆逊与乌托邦思想研究》，北京：中国人民大学出版社，2007年，第9页。

③ Harry Levin. *The Myth of the Golden Age in the Renaissance*. Bloomington: Indiana University Press, 1969, p. 8.

然化身牧神和宁芙(nymph)，在一支流浪乐队的伴奏下，即兴而舞，同时，吸引来一群形形色色的人一起加入狂欢：

> 或许是那铃鼓声中自有魔法，或许是至少迷住了他本人和米丽尔姆的精神中有感染力，很快便有很多欢庆的人们被吸引到这片场地上……其中有一些我们在罗马街头常见的不戴头巾和帽子的平民妇女……也有一些来自康帕纳平原和村庄的农妇……三名法国兵欢蹦乱跳地挤进了人群……还有三位蓄着夸耀的胡须、戴着灰色软帽的德国艺术家；一名瑞士籍的教皇卫兵穿的是米歇尔·安吉罗为他们设计的怪模怪样的彩色制服。两位年轻的英国游客(其中一位是勋爵)拉起农妇做舞伴……最后是几个可怜的农奴……加入了唐纳泰罗的跳舞行列。(p. 75)

这一幕的政治隐喻意味无疑是鲜明的。这是堕落之前的牧神引领的舞蹈，正如作家点出的，欢舞的人群“仿佛重返黄金时代”(p. 69)。这幕场景不仅传达了天真洋溢的欢愉精神，更表达了阶级、种族、民族和国家融合的乌托邦社会理想：相亲相爱、欢乐共舞的人群中有罗马街头的平民妇女、乡村来的农妇、法国士兵、德国艺术家、教皇的瑞士卫兵、英国游客、牧人、农民、貌似潘神的人物，甚至还有贫穷的农奴。在此，各色人物狂欢舞蹈，种族、民族、国家、性别、阶层的种种壁垒俨然被取消，这幕场景仿佛复活了古希腊瓶上表现“宁芙、萨堤和酒神信徒的舞蹈”的浅浮雕场景。

作为反观时代状况的诊断和批评工具，黄金时代幻境折射的是生命欢愉精神与平等友爱等社会原则同在的理想状态，以此观照19世纪上半叶的社会状况，作家看到的是一个功利主义的、沉闷的、丧失了活力和欢乐的时代，一个阶级、种族、民族和国家冲突日益尖锐的时代。考虑到美国内战前夕的种族和阶级冲突以及19世纪上半叶的欧洲革命和战争，不难理解霍桑深沉的时代忧患意识。比如，罗马处处可见的法国驻军无疑是时代问题的尖锐提醒，[①]评论者指出，“《牧神雕像》写于路易·拿破仑的军队恢复教皇权力十年之后，霍桑不断提醒读者的是，法国军队压迫性的存在”[②]。贫困和阶级差异是霍桑无法释怀的另一问题，如米勒指出的，“霍桑生命的最后几年为救济院所困扰”[③]，在利物浦任领事期间，作家有时“故意走迷路，逛到那些让我联想到狄更斯小说里所描写的龌龊不堪的街区”[④]。战争、贫困、阶级、种族和民族冲突都与黄金时代的原则相违背，在黄金时代幻境的返照下，19 世纪上半叶的现实状况更像是神话里的黑铁时代，与启蒙运动开启的乌托邦理想相距遥遥。然而，19 世纪上半叶，尤其是对年轻的美国而言，又是一个资本主义经济发展、民族自信心膨胀和进步论占主导地位的时代。

小说叙事人抒发的一段感怀为我们进一步分析霍桑的时代忧患意识提供了重要线索：

> 在我们这个时代，生活需要有目标和目的是一条铁律。这样的铁律使我们都成了追求进步这一复杂计划的组成部分，其结果只能把我们带入一个比来处更冰冷、更惨淡的境地。这铁律还坚持要求每个人都必须为一堆积聚起来的用处增添一点东西（哪怕是些微的贡献，但必须靠持之以恒的努力赢得），而这所谓的用处其唯一的功用只是使我们的后代比我们承担更沉重的思想和更过度的劳动。如今，没有什么生命像无拘的溪流一样自由流淌；涓涓细流都要利用起来转水车。我们拼命要走上正

① 意大利民族统一战争中，流亡中的教皇庇护九世向天主教国家求救，法国总统路易·波拿巴遂联合奥地利出兵干涉，1849 年 6 月 29 日，法军进入罗马城，1850 年 4 月教皇重返罗马，法国军队驻扎在罗马城中，以保护教皇。

② Robert S. Levine. "'Antebellum Rome' in The Marble Faun," *American Literary History*, Vol. 2, No. 1. (1990), p. 25.

③ Edward Haviland Miller. *Salem Is My Dwelling Place: A Life of Nathaniel Hawthorne*. Iowa City: University Of Iowa Press, 1992, p. 501.

④ 转引自 James D. Wallace. "Hawthorne's Glimpses of English Poverty", *Nathaniel Hawthorne Review*, 2007 (Spring), p. 31.

道，却反而误入歧途。(p. 200)

这一段文字的敏锐之处在于它洞悉了时代精神病症与资本主义发展、进步论以及国家宏图设计的关联。“持之以恒的努力”之语让人联想到马克斯·韦伯在《新教伦理与资本主义精神》中所做的经典论述，而且，美国的清教主义和发展历史原本也构成该书的重要论据。如韦伯概括的，“现代资本主义精神乃至一般而言的现代文明的诸构成部分中的一个成分是在天职观念的基础上对生活进行理性组织。这诞生于基督教禁欲主义的精神”。[①] 和传统禁欲主义不同，韦伯所说的现世的或新教禁欲主义体现在克己的、持之以恒的劳动中，它的实质是“对生活的有条理的理性的组织”，它最迫切的任务是摧毁自由无拘、任性自然的享乐，全力抵制“自发地享受人生和人生所能提供的一切快乐”，最终促进了“迈向中产阶级式的、经济上理性的生活组织的倾向”。随财富的积累，这种禁欲主义精神在失去其宗教根基后，往往“蜕变为纯粹的功利主义”[②]，把物质繁荣作为生活标准，把盈利的买卖作为生活的目的。就这一点，帕灵顿也指出，“再没有比这更好的纪律来哺育一个功利主义的种族和经商的民族了。其直接结果就是中产阶级的出现，难以想象的、勤奋的、慎重的中产阶级”[③]。

回到《牧神雕像》，从牧神到悔罪人这一变化轨迹不仅昭示了人类从蛮荒走向文明的历程，也折射出19世纪上半叶经济模式转型和中产阶级伦理上升的时代精神状况。在《牧神雕像》序言里，霍桑评论道，美国“除去万里晴空下的平淡的繁荣一无所有”(p. 4)，而这繁

① 马克斯·韦伯著：《新教伦理与资本主义精神》(罗克斯伯里第三版)，苏国勋等译，北京：社会科学文献出版社，2010年，第116页。

② 马克斯·韦伯著：《新教伦理与资本主义精神》(罗克斯伯里第三版)，苏国勋等译，北京：社会科学文献出版社，2010年，第108、112、118页。

③ 沃浓·路易·帕灵顿：《美国思想史 1620—1920》，陈永国等译，长春：吉林人民出版社，2002年，第235页。

荣又是以压制欢乐和生命活力为代价换来的。作家对罗马喷泉的兴趣耐人寻味，它是生命无拘、自然流溢的象征，是一种自然自在的诗意状态，围绕特雷维喷泉的一段议论可谓对美国精神的尖锐批评。如小说人物所言，泉水在美国人的眼里是水力，不能让它白白喷涌，“必须用来驱动棉纺厂的机器”(p. 124)。而小说人物的艺术家身份以及随处穿插的艺术评论本身就意味着一种抵制功利主义和新教伦理的姿态。

另一方面，放在特定的政治语境中观照，时代的精神病症又与美国以进步论为根基的国家主导意识形态以及它所弘扬的国家“天命论”密切相关。的确，霍桑始终是时代的持异见者，如果说《七个尖角阁的宅子》和《福谷传奇》侧重于从哲学层面消解进步论的意味，那么，《牧神雕像》更多融合了意识形态批判的意味。斯特恩对美国国家心理的概括相当精辟，他将之界定为“扩张主义、实用主义和新千禧年的”，“千年王国的宗教和哲学维度转化为财富、领土和权力”。[①] 有意味的是，在美国的文化语境中，这一信念凝聚为美国—罗马这一类比，即以新罗马自居的国家政治心理。实际上，美国—罗马这一类比由来已久，沉淀在国民意识深处，可一直回溯到建国之初。卡伦·墨菲指出，“从独立革命之前美国人就开始将目光投向古罗马”，精通古典文化的开国元勋们在推翻英帝国后，“把帝国崛起之前的罗马当作共和政体的典范”。至19世纪上半叶，以新罗马自居的美国开始见证帝国崛起的辉煌，然而，这一类比的另一层隐含意味也开始浮现：“这个国家注定要重复关于帝国欲望和衰落之耻的罗马故事。”[②] 时代的焦虑投射在文学艺术中，卡伦特别提到托马斯·科尔(Thomas Cole)创作于19世纪30年代的五部系列作品《帝国的历

---

① Milton R. Stern. *Context for Hawthorne: The Marble Faun and the Politics of Openness and Closure in American Literature*. Urbana: University of Illinois Press, 1991, p. 14,22.

② Cullen Murphy, *Are We Rome?: The Fall of an Empire and the Fate of America*. Boston: Houghton Mifflin Harcourt, 2007, p. 6,37,39.

程》(*The Course of Empire*)，系列画作描绘了罗马帝国从自然蛮荒状态走向帝国辉煌最后没落消亡的过程，科尔意欲借此警示奉行扩张主义的美国不要重蹈罗马帝国衰落的覆辙。可以肯定，与科尔同时代的霍桑熟悉美国—罗马这一流行类比，而且，作为时代冷静的观察者和异见者，他也不会看不出这一类比隐含的另一层意味。1857—1858和1858—1859年间，作家两度游历罗马，置身于古罗马的废墟中，自然会更直观地感受到这一类比幽微的历史意味。不难看出，《牧神雕像》的根本用意在于反思和质疑这个国家的发展方向：他无法认同这个国家关于"天命论"和神圣的"宇宙计划"的热忱信仰，它所信仰的进步论及其追逐的宏大历史使命在他看来根本是虚妄的，或者说，是误入歧途的。

三、幸运的堕落：命题之思辨

从根本上说，《牧神雕像》是一部批评美国主导意识形态、反思现代性的作品，小说中关于神学命题的思考、罗马城游记描写以及貌似不相干的艺术探讨等都围绕着这一核心关注展开。这里，先从"幸运的堕落"之命题谈起。在小说的结尾，精神成长命题被引申为"幸运的堕落"这一基督教悖论，米丽尔姆和肯扬都提出，罪恶是否"成为教育理智和灵魂方面最有为效的手段"，"亚当堕落，是不是能使我们最终升到一个比他的天堂更为崇高的天堂呢?"(p. 360，p. 381)对于这一弥尔顿式[①]的提问，"清教徒的女儿"希尔达立即虔诚地加以否认："你难道看不出吗？这信条不仅对一切宗教情感，而且对道德法则，

---

① 约翰·弥尔顿对霍桑的影响为评论界所公认，在《大理石牧神》中他多次提到弥尔顿，小说关于"幸运的堕落"的探讨可视为对弥尔顿在《失乐园》中提出的命题的回应。在《失乐园》中，长天使米迦勒安慰被逐出伊甸园的亚当，预言了耶稣的降临："他带着光荣和权利再度降临，/审讯活的和死的，判决不信的/死者，赏赐他的忠实信徒，迎接/他们进入幸福境地，天上或人间，/去过远为幸福的日子，因为那时/大地变成比伊甸更幸福的乐园。"参见弥尔顿：《失乐园》，朱维之译，上海：上海译文出版社，第479页。

是多大的嘲弄吗？这信条又如何废除和抹杀了天国深深铭刻于我们内心的律条？”(p.381)考虑到19世纪中叶的文化语境，希尔达的否定使众多评论者感到困惑。比如，理查德·布洛海德(Richard H. Brodhead)曾质疑：“我冒昧地说，这样解读堕落也许深刻，但并无新意：远在弥尔顿之前这一观点已得到认可，至19世纪已成为人文主义的一条真理了。《大理石牧神》的奇怪之处在于希尔达觉得幸运的堕落这一信条闻所未闻，而且令人震惊。”[①]希尔达的否定实际上昭示霍桑在这一神学命题上的立场。那么，接下来的问题是，这一立场究竟意味着什么？

“幸运的堕落”包含两点预设：第一，亚当和夏娃所犯的原罪是上帝神圣计划的必要环节；第二，原罪在上帝神圣计划的整体框架内得到合理的阐释，因为上帝无所不知，上帝又是至善，立足于此信条，必然可以得出这一推论。[②] 这一命题预设了一个整体的、目的论的宇宙和历史图景，在这个整体历史图景内，原罪的意味必然会被消解，正如希尔达警觉的，将动摇以原罪说为根基的一整套道德信条。人类始祖犯罪既是上帝预见的，也合乎上帝的旨意，从作为整体的历史来看，也是上帝实现其宇宙计划的必然环节。放在19世纪上半叶的文化语境中来看，原罪的消解从另一个层面迎合了启蒙话语、进步论和可完善论等时代流行信念。而霍桑接通清教遗产，激活加尔文教核心信条，本身就是一种意识形态的抵制策略。因此，霍桑必然要否认“幸运的堕落”这一乐观主义的信条。如第三章所论述的，霍桑已经将原罪观拓展为一套抵制性的话语，这套话语确认人类与生俱来的罪性，承认人类自身的限度和尘世存在的内在缺憾。

原罪形塑了霍桑对于认知的理解，在知识立场上，他“最终选择

---

① Brian Harding, ed., *Nathaniel Hawthorne: Critical Assessments*, Vol. 3, Helm East Sussex: Information Ltd. 1998, p. 511.

② 参见 Lyman A. Baker. “Glossary of Terms: Felix Culpa” in Introduction to Western Humanities — Baroque & Enlightenment. 20 June 2009, http: //www. k-state. edu/english/baker/english233/g-felix_culpa. htm.

了怀疑论”。[1]《牧神雕像》不时回旋着作家对于认知的思辨。他提醒我们，人类认知更多地表现为主观的阐释过程，而非客观地向存在之物接近的努力。比如，“片断性的句子”一章的开头很有点后现代作品的自省意识：作家谈论重现米丽尔姆和模特会面场景的困难，即如何凭捕捉到的一些句子片断编织出连贯的场景？对这一艰巨的任务，作家打了一个很形象的比方：信件撕碎了，一把残片飘散在风中，现实的再现犹如在风里收集和拼贴碎片。在小说的最后一章，作家再次谈到叙事必然面临的困境：即便是最日常的现实生活也充满了自身无法解释的事件，无论是就其根源还是就其发展趋势而言。(p. 365)叙事意味着对事件的阐释，而阐释本身又只能建立在片断的、残碎的现实和经验碎片上，对空缺和缺失链条的补充必然牵涉到猜测、臆断或主观的推理过程。可能正是出于这一洞见，霍桑刻意在《牧神雕像》里设计情节空白和断裂，以此来类比人类艰难的、充满断裂和不确定性的认知过程。再者，霍桑也在小说中表达了对自由意志和人类道德选择潜力的质疑。他看到生存经验的复杂性，善恶并非总是泾渭分明，而善恶的斗争也并非如吉多(Guido)所画的长天使斗魔鬼那般易如反掌。不少评论者注意到唐纳泰罗在塔顶重蹈覆辙，再次选择了犯罪，尽管他在痛苦中已经获得某种灵魂的成长：在塔顶，他看到一只丑陋的虫子在啃食生长的石缝间的植物，于是，不假思索地把虫子扔下城垛；这一幕与他谋杀模特的行为具有明显呼应关系，是谋杀的一次微型重演。两者的动机都源于捍卫美和善的用意，然而，行为本身都是罪恶的。霍桑提出的问题是，善恶的边界是否可以准确区分和界定？人类又在多大的程度上可以理性地实践自由意志，或者，在多大程度上可以自由地做出符合道德准则的选择？

另一方面，原罪信条也从根本上决定了作家的政治立场。对此，

---

① 沃浓·路易·帕灵顿：《美国思想史 1620—1920》，陈永国等译，长春：吉林人民出版社，2002年，第735页。

本书已反复论及，对原罪的坚持也就是对预定论、无条件拣选和有限救赎等信条的坚持，这一立场转化成政治话语，即霍桑在政治上的保守主义。霍桑从不相信人类能够以有限的认知和行动干预或设计历史，使之按预定的、符合上帝旨意或神圣计划的方向展开。霍桑与时代的民族情绪和主流意识形态始终保持着一份疏离。他在小说文本内精心营造的纵深的空间结构更接近中世纪静态的宇宙图景投射：希尔达半空的居室、罗马的街道、唐纳泰罗守夜的高塔、阴森的地下墓穴等，人物被置于纵深的空间位置上，特定的空间位置被赋予明显的象征意义，静态的空间结构无疑暗中消解了线性的进步史观。

然而，霍桑并不否认道德成长的潜力，相反，他强调道德修为、精神成长的重要性。作家以唐纳泰罗犯罪和悔罪的历程为线索，向读者揭示了人类精神的潜力。如前文提及的，唐纳泰罗最初以牧神的形象出场，叙事人将他直接与一座古希腊的牧神雕像联系在了一起。邂逅米丽尔姆之后，现代牧神陷入爱欲不能自拔，又因为米丽尔姆一个眼神的暗示，唐纳泰罗将模特抛下悬崖，从此失去天真，由快乐牧神转变为悲伤苦痛的罪人。但坠入黑暗深渊的灵魂依然有向上攀升的可能，实际上，在霍桑的话语体系里，罪孽始终与道德教益联系在一起，许诺罪人以精神成长的契机。作家以纳罗德守夜的塔楼隐喻灵魂艰难的攀升之旅，借肯扬之口，作家表达了这层意思："以其举步维艰的台阶和你提到的地牢，你的塔楼类似许多有罪的灵魂的精神经历：通过苦斗，可以向上，最终直抵上天的辉光和纯洁的空气。"(p. 212)肯扬观察到，犯罪和悔罪之后，"一场奇妙的进程正在唐纳泰罗的心灵中推进"，原本沉睡的官能活跃起来，"一种(我几乎要称为)灵魂和心智的东西已然从痛苦的折磨中生发出来"(p. 236)。在小说中，作家以雕塑作品来喻示唐纳泰罗灵魂发展的不同阶段，肯扬起初以泥型捕捉了他堕落瞬间的表情，之后，以大理石胸像完美再现了他所抵达的精神状态。希尔达以艺术评论人的精准对作品做出了这样的解读：

这雕像有一种效果：在我看着它的时候，似乎能够看出它的面貌逐渐明朗了。它给人一种增长着智力和道德感的印象。唐纳泰罗的脸原先不过表现出一种友善、愉悦的活力和享乐的能力。但这里，他已经被充进了灵魂，虽然还是农牧之神，但已经向一个高级阶段进化了。(p.317)

换言之，罪孽给牧神带来智性和道德的成长，他在苦痛中发展获得了一颗人类的灵魂，由此，他抵达更高的精神存在状态。有意味的是，这尊作品最终保持了“一种未完成的状态”，作家借此提醒我们，灵魂成长始终处于一种未完成状态，灵魂从悔恨和痛苦中获得成长的原动力，之后是一场漫长的挣脱感官和肉体束缚，向着神性之域攀升的过程。正如我们在分析《胎记》时指出的，霍桑以原罪约束人类僭越的野心，消解启蒙运动奠定的现代性总体原则；但另一方面，他肯定人类超越性的冲动，认为人类需要保持向上的精神和道德向度。在某种意义上，他将 19 世纪宏大的进步论，乃至方兴未艾的进化论转换成了关于一则个体灵魂的进步叙事。

四、罗马的隐喻

在小说里，霍桑以罗马为隐喻彻底消解了进步主义的线形历史观。罗马不仅联结 19 世纪上半叶的美国，而且在文本内中浮现为一个关于人类历史的宏大隐喻，昭示着作家近乎虚无主义的历史观，由此构成对扩张主义国家意识形态的直接批评。

在小说的开篇，第一人称叙事人即引领读者从主神殿艺廊的窗口远眺罗马城：

从这间展厅的一扇窗口，我们可以看到一段宽宽的石阶，沿着卡匹托尔山的古老而广阔的山基一路下去，直通正下方的塞伯提朱厄斯·塞维鲁的倾圮的凯旋门。再向前，目力所及之外，

> 是沿着孤零零的广场……边缘的山脚，山坡是杂乱无章的现代建筑，中间挤着古老的砖石，以及在异教神殿旧地基上利用原有的立柱建起的基督教堂的圆顶。稍远一些……竖立着古罗马圆形剧场的遗迹……(p. 8)

这段描写的重要意义在于从开篇起就设定了历史与空间的关联。罗马城不仅具有深厚的历史感，更重要的是在有限地理空间内，包涵了巨大的历史容量，废墟上堆积着“伊特鲁里亚、罗马和基督教的三重古老历史”(p. 8)。这些描写不单单是历史兴亡的感喟，更是一种刻意的将历史空间化的处理，这一手法贯穿整部小说的游记描写，使得罗马不仅仅是故事的场景，更是一个具有形式功能和象征意义的隐喻。历史的空间化存在首先对当下的现实构成一种压迫，因为沉重的历史存在本身就在提醒人们，所有正在经历的现在必然成为转瞬即逝的历史，空间化的历史场景必然引发一种虚幻感，正如霍桑所描述的，“侧身于古罗马的大量遗迹之中，我们如今所处理和梦想到的一切看似过眼烟云”(p. 8)。这种现实的虚幻感为作家进一步反思整个人类历史做了铺垫。

作为一个隐喻，罗马城有着更令人不安的寓意。空间化的时间本身就暗示着对时间本质的消解，过去、现在和未来的疆界不复存在，罗马浮现为一座永恒之城，一座存在于时间之外的城市。[①] 换言之，空间化的历史隐喻构成了对线形历史观的直接否定，而这一否定意味又被游记描写部分一再深化。霍桑反复使用“腐朽”(decay)、“僵尸”(corpse)、“坟墓”(sepulchre)等词语描写罗马：“如果我们定要把当今的罗马城与那座历史古都联系起来，那只是因为它是建在其坟墓之上的。向地下深挖三十英尺，就会发现古代的罗马，如同一个巨人的死尸般躺在那里，在数世纪的岁月中腐朽着”(p. 94)，人类

---

① Richard E. Mezo. *Hawthorne's The Marble Faun: A Re-Appraisal*. The Dissertation. Com, 1999, p. 54.

为这座永恒之城“成就了如此多的丰功伟绩，而腐朽衰败又成就了辉煌霸业所不能成就的”(p. 95)。“地下墓穴的幽灵”(The Spectre of the Catacomb)和“死去的圣方济会托钵僧”(The Dead Capuchin)两个章节直接描写了罗马城的地下墓穴与遗骸，尤其是在托钵僧墓穴里，尸骨层层堆积，或坐或卧的僧侣遗骨本身就成了死神的象征，“托钵僧墓穴绝非是鼓励天国希望的地方；在灰蒙蒙的死亡的重荷之下，灵魂下沉，绝望凄惨”(p. 164)。废墟和死亡的意象放大到罗马城中印证了霍桑近乎虚无主义的历史观。前代的伟业在历史中风化，废墟之上建起后世的功绩，而后来者同样淹没于历史的灰尘之下，作家在废墟与反复的重建之中看到的是历史不断消解和灭亡的宿命。米利森特·贝尔指出，罗马在霍桑的眼里仿佛“一个废墟堆”，一座“不断消解和自我吞食”的城市，它揭示的是“文明不断吞噬自身的徒劳历程”。① 历史所成就的一切不仅最终归为乌有，甚至历史进程本身也是毫无意义的。游记描写显然有意暗示这一点，历史遗迹与现代建筑以杂乱无章、彼此叠加的方式存在着，凌乱的地理空间对应着无序而任意的历史进程。作家写道：罗马不是“梦想之乡”，而是“历史最广阔的书页，写满了彼此勾消的重大事件，仿佛时间反复删改自己的记录，直至一切模糊难辨”(p. 87)。“书页”和“记录”这两个词也指向人类阐释历史的努力，霍桑暗示历史根本是无序的、没有逻辑可循的进程，历史在翻云覆雨的变幻中不断消解自身的意义，任何历史叙事的努力同样是徒劳的，或者是一厢情愿充满矛盾、空缺与模糊的阐释。在小说的最后一章，霍桑将自己的作品叙事与历史相提并论，明确地表达了这层意思：人类行动和历险的任何叙述——无论我们称之为历史或罗曼司——肯定都是脆弱的手工品，易于破裂而不易修补。(p. 360)这一见解与新历史主义者所说的历史的文本性接近。

---

① Millicent Bell. “The Marble Faun and the Waste of History,” *Southern Review*, Vol. 35, No. 2(1999), p 359, 360.

的确，《牧神雕像》比其他任何作品都更明显地表露了霍桑的悲观主义，小说人物提到库尔提乌斯跳入裂口的传说，[①]它凝聚了作家关于虚无的全部思考，借肯扬之口，作家将裂口比作虚无的深渊："我们脚下的黑暗之渊无处不在，这洞口不过是深渊的一道裂口而已。人类幸福的最坚实的物质，不过是覆盖在深渊之上的一层薄壳而已，其真实程度也就足以撑起我们脚下的舞台幻景。"(p.137)贯穿霍桑创作始终的戏剧隐喻再次浮现，肯扬继而发表了一段类似《人生的游行》的言论，将整个罗马历史比作一场前仆后继跌入深坑的进程：

> 我们终归是要沉沦的！库尔提乌斯早早跌了下去……整个罗马都被那道深沟吞噬了，他先走那一步又有何用。凯撒宫掉了下去，只有其瓦砾发出了空洞的轰隆响声！所有的神殿全都翻了进去；成千上万的雕像随后也被抛了进去！所有的军团和军乐队，在奏着进行曲行进在沟边时，也落了进去。还有一切英雄、政治家和诗人们！全部堆在了那个自以为能拯救众人的库尔提乌斯身上！(p.138)

虚无的深渊不仅吞没了个体生命的意义，也消解了人类历史的总体业绩。作家在《牧神雕像》中流露的浓重的悲观情绪与美国的历史境况存在一定关系。该作品出版时，美国已经走向了内战的边缘，历史发展似乎又一次验证了罗马城所隐喻的历史观。历史，如罗马所隐喻的，是一个不断消耗自身、吞噬自身的徒劳历程。在时间的尘埃下，一切最终化为乌有，既非奔赴某种预定的目的而去，也很难相信它在按某种神圣计划在时空中有序地呈现自身。

---

① 据传说，马库斯·库尔提乌斯(Marcus Curtius)为4世纪时的罗马英雄，罗马广场上裂开一道鸿沟，预言家说，必须将罗马最珍贵之物投入裂口中方可弥灾，于是马库斯全副盔甲骑马跳入其中，鸿沟随之闭合。

五、异教的遗产

作为一个保守主义者，霍桑在知识立场上坚持原罪观，乌托邦的理想对他而言，只存在于无法抵达的黄金时代。由黄金时代反观19世纪社会的发展现状，他看到的是一个与诗意理想南辕北辙的时代，一个丧失了生命活力与欢乐的悔罪的西方人形象；他的哲学立场注定他无法接受进步论的许诺，他以罗马城为隐喻，解构启蒙设定的线形历史发展观，质疑美国的扩张主义意识形态，将思考的边界推到与虚无对峙的边缘；他质疑进步论指引下美国资本主义的发展方向，有感于时代的沉闷精神，试图为他所看到的文化病症寻求疗治或修正方案。可以看出，这一思考在小说里仍是借助田园牧歌传统完成。田园牧歌传统的功用在于在文本内部开创了另一层文化空间，除城市与乡村的对照格局之外，它还通过异教神话承接更古老的文化传统，与19世纪上半叶的社会现实构成别有意味的对比。在两者的并置中，霍桑质疑了新教的禁欲伦理，同时试图融合异教文化遗产为时代注入欢愉精神和健康活力，以对抗尘嚣日上的功利主义和中产阶级沉闷的禁欲主义伦理，表达了一种基于其哲学洞见的更健康的人生态度。

本尼山家族所在的托斯卡纳乡间是小说里的阿卡迪亚，作家反复点明了这层联系。以肯杨和唐纳泰罗的漫游为线索，作家展现了托纳卡斯乡间的旖旎风光，呈现了一些遗存的农耕生活的片断，尽管乡间的贫困稍稍有些令他不安，霍桑仍为乡间悠闲、散漫的生活方式所吸引。作家告诉我们，肯扬很快喜欢上了这种悠闲的漫游活动，散漫的节奏更合乎人类的本性，“稍微品味一下这种原始的生存方式，一下子就废弃了多年养成的习惯”(p. 242)。作家暗示，节制、理性的生活方式是现代文明，尤其是清教工作伦理对人性约束的结果。另一方面，乡村小镇虽然败落，却也呈现出一幅恬淡和美的生活格调：

在夏日的午后，还是有一番勃勃生机；因为村镇中所有的居

> 民都涌到了街道上……有些镇民在肉铺买肉；另一些人则在喷泉处，从涌进古代古棺似的大理石水槽中汲水。一个裁缝坐在他门口缝纫，一个年轻的教士坐在一旁和他搭讪；一个强壮的行乞修士头上顶着空酒桶走过；儿童们在嬉戏；妇女们坐在自家门前补衣、刺绣……与此同时，许多闲汉则在人群中走来逛去，轻松惬意、无所事事地度过温暖的一天。(p. 245)

或许，田园画面不无浪漫化的嫌疑，但这些描写并非单单出于怀旧的心理，作家留意的并非田园情调本身，而是它背后深藏的一套对立于现代资本主义的价值观念。字里行间，他反复强调的是一种散漫的、无所事事、无所用心的状态，字里行间，隐含的是对新教伦理目的性和理性禁欲精神的批评。托斯卡纳乡间是天主教的世界，天主教保留了不少异教文化的元素。漫游途中，肯扬对天主教的一些习俗与仪式有了不同的见解，他认为乡间的天主教神龛也有值得肯定的地方，因为它不排斥美和世俗温情，"当我们认定任何行为或享乐本身是好的，从宗教的角度来看，却不宜去做时，这样想，我们不仅委屈了自己，也太菲薄我们头顶的神灵了"(p. 248)。尽管从新教传统发展出的中产阶级伦理表现为对世俗精神的肯定，但它背后的神学及哲学逻辑与传统禁欲主义却是一致的。再者，如韦伯分析的，加尔文教的教义又为持之以恒的、理性的禁欲行为提供了极其强大的心理激励机制。历史上清教徒对嬉戏、游乐和民间节庆的强烈抵制也说明了这一点，"信徒的精神上的孤独，当与'肉体绝对与上帝相分离并且毫无价值'的严酷教诲相结合时，就为清教对待文化和宗教中一切诉诸感官和情感的方面都采取彻底否定的立场奠定了基础：这些东西无益于救赎，却鼓起了感伤的幻觉和盲目崇拜的迷信。因此，清教基本上从所有诉诸感官的文化面前背过身去"。[1] 显然，霍桑直觉出时

① 马克斯·韦伯：《新教伦理与资本主义精神》(罗克斯伯里第三版)，苏国勋等译，北京：社会科学文献出版社，2010 年，第 65 页。

代精神、资本主义发展与清教传统的暗中关联，在罗马昭示的恢宏的历史框架内，作家自然把目光投向了更古老的文明与信仰。借人物的漫游，霍桑召唤出一种古老的、未被目的性和功利主义过多绑架的生活状态，这种生活状态不仅仅是农耕生活的遗存，更重要的是，它可回溯到已被遗忘或压制的异教传统。

在《牧神雕像》里，我们看到作家对葡萄、酒和酒神的频繁指涉。在本尼山家族的庄园，肯杨倾听家族神话时依稀觉得自己置身于“一处不折不扣的阿卡迪亚，而唐纳泰罗不仅是林中的牧神，而且也是那快乐的酒神本人”(p. 199)；肯扬认为酿酒的场面，所有与葡萄种植相关的劳作，都散发着某种诗意；甚至在本尼山耕种的姑娘与小伙都看似“一块未开化的阿卡迪亚的居民”。(p. 230)唐纳泰罗招待肯杨的美酒“阳光”(Sunshine)被赋予明显的象征意味，它转瞬即逝的美味仿佛生命难以持久的美好品质，它只能在庄园内饮用，一旦送到市场就会失去浓郁的风味，更重要的是，它联结着黄金时代，“是酒神巴克斯本人最早教人类从他精选的葡萄中挤出来的”(p. 188)。在第二章中，我们详细梳理了酒神与酒神祭的文化意味。巴克斯是罗马神话的神祇，与希腊神话里的狄奥尼索斯相对应，是酒神和丰产之神，在史诗中被称为“凡人的欢乐”、“拥有很多欢乐者”，代表欢乐、迷醉和狂欢的精神。霍桑对酒和酒神的迷恋首先是对欢乐、丰美和感性经验的呼唤，而酒神祭的非理性成分也意味着对理性和秩序的反拨。罗素认为：“巴库斯的崇拜者就是对于审慎的反动。在沉醉状态中，无论是肉体上或者精神上，他又都恢复了那种被审慎所摧毁了的强烈情感；他觉得世界充满了欢愉和美；他的想象从日常顾虑的监狱里面释放了出来。”[①]欢乐、激情以及冲破秩序的非理性的力量也是霍桑在酒神那里看到的，它是中产阶级审慎、目的性和理性克制的对立面，对沉闷黯淡的时代精神而言，酒和酒神意味着一种补充或者纠正，是对生活美和诗意的恢复。小说的最后一部分为罗马狂欢节场

---

① 罗素：《西方哲学史》，何兆武，李约瑟译，北京：商务印书馆，2001年，第39页。

景。如第二章指出的，狂欢节同样可以回溯到更古老的异教传统，“起源于庆祝新年开始和自然再生的原始节庆，不过，意大利狂欢节的源头也许与古罗马异教的农神节相关”[1]。1858 至 1859 年间，霍桑在罗马看到的狂欢节已今非昔比，失去了往日气象，它更多是传统而非其精神实质的延续，但对这个古老颓败的城市而言，依然展示了人类的欢愉精神，是“疯狂的、欢乐的生活洪流”的汇聚。（p. 364）欢乐和笑声被提到一种人生哲学的高度：有一种智慧板着脸，讥讽欢乐；还有一种更高的智慧，乐意放下架子及时行乐，为种种浅薄、琐屑的缘故欢笑；因为，如果要等更充分的理由才笑，那我们很难有快乐的机会了。（p. 363）显然，这样的人生智慧根植于霍桑近乎虚无主义的哲学观，是深陷信仰危机的作家给人类的睿智忠告。

有趣的是，狂欢和酒神祭又都表现出一种乌托邦的气息，在第二章中，我们结合巴赫金的研究，系统梳理过狂欢与乌托邦的关联。这里不妨再引用一下相关辞典中的论述：酒神祭中有“仪式中的僭越、狂欢，包括社会角色的倒置、男孩和成年男子的换装、街头醉酒打闹、狂欢作乐和纵欲等活动”[2]；而狂欢节中的假面具游行、仪式和狂欢舞蹈召唤出一种欢乐、平等和友爱的乌托邦幻象，它以换装和仪式的僭越消解了阶级、性别、种族和民族等壁垒，使人群在笑声里联合。关于这些，巴赫金在他的《拉伯雷和他的世界》一书中都有深入分析，这里不再重复论述。如第二章指出的，霍桑的某些洞见与巴赫金的力量有契合之处，但另一方面，巴赫金侧重于从政治层面阐释中世纪狂欢民俗对于民众的意义，而且他更多将狂欢作为一种纯粹的文学传统加以探析；霍桑关注的始终是作为民俗传统的狂欢节，或者更确切

① 参见：“carnival.” *Encyclopædia Britannica*. 2008. Encyclopædia Britannica Online. 17 Oct. 2008, http://search.eb.com/eb/article-9020411.

② 参见：Albert Henrichs. “Dionysus.” The Oxford Classical Dictionary. Ed. Simon Hornblower and Anthony Spawforth. Oxford University Press, 2003. Oxford Reference Online. Oxford University Press. Duke University. 14 December 2008, http://www.oxfordreference.com/views/ENTRY.html?subview=Main&entry=t111.e2226.

地说，是由民俗所折射出的另一种生活形态，一种前现代的、有别于19世纪上半叶主导观念的价值体系。霍桑迷恋狂欢节，根本原因在于他看到现代性的弊病，渴望复苏被现代世界压抑的生命活力与欢愉精神，将步入歧途的现代世界从功利主义的桎梏中解放出来。但另一方面，这一情结也透露出他思想深处的矛盾与冲突。他的保守主义、哲学观和历史观决定了他只能把理想社会的想象投向时间之外的黄金时代，或者以节庆和仪式方式召唤出的黄金时代的幻境，它可以作为一种有价值的批评和诊断工具，却无法成为变革现实、想象未来的激励机制。霍桑的深刻与局限性都体现在他对黄金时代神话的迷恋上。

总体上看，《牧神雕像》的意义在于它投射的文化理想，即融通异教与基督教传统的文化修正主义的路径。小说的结尾明确昭示了霍桑对于西方文化未来的构想。四位主人公都以各自的方式加入了狂欢节的欢庆。贵族出身的唐纳泰罗和米丽尔姆分别扮成意大利的农夫和农妇，尽情享受了狂欢节的片刻欢愉，之后为谋杀偿罪，在悔罪中度过余生；肯杨和希尔达两个美国人在狂欢节中经历了死亡与复活的仪式洗礼，带着旧大陆的馈赠回归美国。小说结尾的仪式意味明显：狂欢节之前，希尔达神秘失踪，肯杨急切地寻找她的下落，和希腊神话里的卡德摩斯（Cadmus）一样，肯杨在一头小母牛的指引下，来到罗马平原的一处发掘现场，发现一具破碎的古希腊维纳斯雕像，“我找的是希尔达，却发现了一位大理石女人”（p. 351）。大理石暗示希尔达缺乏温情和宽容的一面，作为纯正的新英格兰精神的代表，希尔达体现了美国精神气质里追求精神化和性灵化的一面。在小说中，她又被形容为一名有天赋的临摹者（copist），擅长洞悉、再现甚至完善艺术大师注入画作的精神。“临摹者”一词令人联想到柏拉图关于“摹本”和“理念”的区分，她目光投向的是精神、真理，是现象世界背后的那个完美的理念世界。希尔达和《胎记》中的艾尔默有相似之处，两人都执着于割裂的二元论的思维模式，因为专注于理念和精神的层面，都存在贬抑和否定物质、肉身和俗世存在的倾向。他们都体现了基督教传统中超越性的冲动，当超越性的冲动被推到极致时，即转化为道德洁癖或表现为禁欲主义的倾向。希尔达的确是有道德洁癖的。作为美国精神的理想代表，霍桑认为她必须获得更深刻的、更宽广的人生经验，必须将旧大陆的欢愉精神注入她所继承的新英格兰理想中。希尔达的失踪象征着她的死亡，大理石像的复原预示着她的再生。在随后的狂欢节中，希尔达和肯杨都经历了仪式的死亡与再生体验：肯杨在狂欢的人群里，遭遇"枪杀"、被宣布"死亡"等闹剧式场景，之后，被狂欢的人群挟裹着来到一处阳台下，看到失踪的希尔达，希尔达向肯杨抛下一枝玫瑰花蕾，在狂欢节的欢庆中认可了肯杨的爱情，由此达成与尘世的和解。米丽尔姆馈赠给米尔达的结婚礼物也具有明显的象征意味，是一只由古老的伊特鲁里亚宝石镶嵌成的手镯，七颗宝石"是从七处墓葬中发掘出来的，每一颗都是某位王公的私人印章，他们都生活于无从追忆的远古时代"(p. 382)。它凝结着悲伤，象征着被埋葬的黄金时代的欢乐，作为一份旧大陆的馈赠，它寄寓了作家的文化理想。作家暗示，对于一个日益走向功利主义和扩张主义的美国而言，异教文化遗产是值得重新审视和吸收的元素，而对整个为现代性弊病所困扰的沉闷的现代世界而言，前基督教时代的生机活力与欢愉精神也不失为一种有效的补充。

在1860年写给出版商的信中，霍桑写道："如果说我有出色的作品的话，应当算这部罗曼司了；因为我从来没有像这样深沉地思考和感受过，或者，付出过更多的心血。"[①]《牧神雕像》的确凝聚了作家深沉的、繁复的思考，是他思想矛盾的集中体现。他对人性和人类境况的悲剧性理解、他的忧患意识和智性的谨慎使得他成为时代的持异见者，他在确认国家文化身份和清教历史的同时隐晦地完成了他的意识形态批评，他对民间节庆和黄金时代神话的迷恋寄寓了他对文化未来的深沉思考。概言之，在文化层面上，他指出的是一种融通的

---

① 转引自 Robert S. Levine. "Antebellum Rome in *The Marble Faun*," *American Literary History*, Vol. 2, No. 1. (Spring, 1990), p. 19.

思路，即融合基督教与古典传统，将基督教的原罪观与古典文化的欢愉精神合二为一：一方面谨记人类自身的罪性与有限性，在道德的修为中，实现精神的超越；另一方面，从现代性原则的束缚中挣脱出来，张扬生命活力，肯定尘世生活内在的意义。

参 考 书 目

Adams, Henry. *The Education of Henry Adams: An Autobiography*. Oxford: Oxford University Press, 1999.

Allen, Margaret V. "Imagination and History in Hawthorne's '*Legends of the Province House*,'" *American Literature*, Vol. 43, No. 3, Nov., 1971.

Baker, Lyman A. "Glossary of Terms: Felix Culpa" in *Introduction to Western Humanities — Baroque & Enlightenment*. 20 June 2009 http://www.k-state.edu/english/baker/english233/g-felix_culpa.htm.

Bakhtin, Mikhail. *Rabelais and His World*. Trans. Helene Iswolsky, Bloomington: Indiana University Press, 1984.

Ball, Terence. "Conservatism," *Encyclopædia Britannica*. 2014. Encyclopædia Britannica Online. 10 Oct. 2014 http://global.britannica.com/EBchecked/topic/133435/conservatism.

Bancroft, George. *History of the United States of America: From the Discovery of the Continent*. Volume 1, New York: Appleton, 1893.

Baym, Nina. "Passion and Authority in *The Scarlet Letter*," *The New England Quarterly*, Vol. 43, No. 2 (Jun., 1970).

—. *The Shape of Hawthorne's Career*. New York: Cornell University Press, 1976.

Beauchamp, Gorman. "Hawthorne and the Universal Reformers,"

Utopian Studies, Vol. 13, No. 2 (2002).

Beebe, Maurice. "The Fall of the House of Pyncheon," *Nineteenth-Century Fiction*, 1956(11).

Bell, Millicent, ed. , *Hawthorne and the Real: Bicentennial Essays*. Columbus: the Ohio State University Press, 2005.

—. "The Marble Faun and the Waste of History," *Southern Review*, Vol. 35, No. 2 (1999).

Bellis, Peter J. "Mauling Governor Pyncheon," *Studies in the Novel*, 1994(26).

—. "Representing Dissent: Hawthorne and the Drama of Revolt," *ESQ: A Journal of American Renaissance*, Vol. 41, No. 2 (1995 2nd Quarter).

Bense, James. "Nathaniel Hawthorne's Intention in 'Chiefly About War Matters,'" *American Literature*, Vol. 61, No. 2 (May, 1989).

Bercovitch, Sacvan. "Hawthorne's A-Morality of Compromise," *Representations*, No. 24, Special Issue: America Reconstructed, 1840-1940 (Autumn, 1988).

Boewe, Charles. "Rappaccini's Garden," *American Literature*, Vol. 30, No. 1 (Mar. , 1958).

Boone, N. S. "'The Minister's Black Veil' and Hawthorne's Ethical Refusal of Reciprocity: A Levinasian Parable," *Renascence*, Vol. 57, No. 3 (Spring 2005).

Bumas, E. Shaskan. "The Forgotten Art of Gayety: Masquerade, Utopia, and the Complexion of Empire," *Arizona Quarterly*, No. 4(2003), p. 22.

Cain, William E. , ed. , *The Blithedale Romance by Nathaniel Hawthorne: A Bedford Cultural Edition*. Boston: Bedford Books of St Martin's Press, 1996.

Carton, Evan. *The Rhetoric of American Romance: Dialectic and identity in Emerson, Dickinson, Poe and Hawthorne*. Baltimore: Johns Hopkins University Press, 1985.

Charles, Martindale, ed., *The Cambridge Companion to Virgil*. Cambridge: Cambridge University Press, 1997.

Candido, Joseph, ed. ,*Value and Vision in American Literature: Literary Essays in Honor of Ray Lewis White*. Athens: Ohio University Press, 1999.

Coale, Samuel Chase. *Mesmerism and Hawthorne: Medium of American Romance*. Tuscaloosa, AL: University of Alabama Press, 1998.

Colacurcio, Michael J. *The province of piety: moral history in Hawthorne's Early Tales*. Durham: Duke University Press, 1995.

Coleridge, Samuel Taylor. *The Project Gutenberg EBook of Biographia Literaria*, 10th edition, http://www.gutenberg.org/cache/epub/6081/pg6081.html.

Cooper, Helen. *Pastoral: Mediaeval into Renaissance*. Ipswich: D. S. Brewer Ltd., 1977.

Crane, Maurice A. "'The Blithedale Romance' as Theatre," *Notes and Queries*, 5, 1958.

Crews, Frederick C. *The Sins of the Fathers: Hawthorne's Psychological Themes*. New York: Oxford University Press, 1966.

Crowley, J. Donald, ed., *Nathaniel Hawthorne: The Critical Heritage*. London: Routledge, 1970.

Doubleday, Neal Frank. *Hawthorne's Early Tales, A Critical Study*. Durham: Duke University Press, 1972.

—. "Hawthorne's Satirical Allegory," *College English*, Vol. 3,

No. 4 (Jan. , 1942).

Empson, William. *Some Versions of Pastoral*. New York: New Directions Publishing Corporation, 1974.

Evans, Oliver. "Allegory and Incest in '*Rappaccini's Daughter*'," *Nineteenth-Century Fiction*, Vol. 19, No. 2 (Sep. , 1964).

Fossum, Robert H. "Time and the Artist in '*Legends of the Province House*'," *Nineteenth-Century Fiction*, Vol. 21, No. 4. (1967).

Frazer, James. *The Golden Bough*. New York: Simons & Schuster, 1996.

Frederick, John T. "Hawthorne's 'Scribbling Women," *The New England Quarterly*, Vol. 48, No. 2 (Jun. , 1975).

Fretz, Eric. "Forgotten Art of Gayety: Masquerade, Utopia, and the Complexion of Empire," *Arizona Quarterly*, 59 (2003 Winter).

Fuller, Robert C. *Mesmerism and American Cure of Souls*. Philadelphia: University of Pennsylvania Press, 1982.

Gifford, Terry. *Pastoral*. London: Routledge, 1999.

Goodwin, Barbara and Keith Taylor Goodwin. *The Politics of Utopia*. London: Hutchinson, 1982

Gollin, Rita K. "The Fairest Hope of Heaven': Hawthorne on Immortality," In *Hawthorne Bicentennial Conference*. Salem: Massachusetts, 2004.

Granger, Bruce Ingham. "Arthur Dimmesdale as Tragic Hero, " *Nineteenth-Century Fiction*, Vol. 19, No. 2 (Sep. , 1964).

Griffith, Kelly Jr. "Form in The Blithedale Romance," *American Literature*, 40 (1968).

Habich, Robert D. , and Robert C. Nowatzki, *Research Guide to American Literature: Romanticism and Transcendentalism*, 1820 - 1865. New York: Facts On File, Inc.

Harding, Brian, ed. , *Nathaniel Hawthorne: Critical Assessments*. Vol 3, East Sussex: Helm Information Ltd. , 1956.

Hawthorne, Nathaniel. "Chiefly About War Matters," http://www. theatlantic. com/magazine/archive/1862/07/chiefly-about-war-matters/306159/3/.

—. *Nathaniel Hawthorne: Tales and Sketches*. New York: the Library of America, 1982.

—. *The American Notebooks*, In William Charvat et al eds. , *The Centenary Edition of the Works of Nathaniel Hawthorne*. 23 vols. Columhus: Ohio State University Press, 1962 - 1997, vol. 8.

—. *The English Notebooks*. New York: Russell and Russell, 1962.

—. *The Letters, 1813 - 184*. Ohio: Ohio State University Press, 1984.

—. *The Letters: 1843 - 1853*. Ohio: Ohio State University Press, 1985.

—. *The Life of Franklin Pierce*. Boston: Ticknor, Reed and Fields, 1852.

—. *The Whole History of Grandfather's Chair: And Biographical Stories*. Boston and New York: Houghton, Mifflin & Co. , 1900.

Haynes, Sam W. , and Christopher Morris, ed. , *Manifest Destiny and Empire: American Antebellum Expansion* (*Walter Prescott Webb Memorial Lectures*), College Station: Texas A&M University Press, 1963,

Hodgson, Godfrey. *The Myth of American Exceptionalism*. New Haven and London: Yale University Press, 2008.

Hoffman, Daniel. *Form and Fable in American Fiction*. New

York：Oxford University Press，1961.

Howe，Irving. *Politics and the Novel*. New York：Horizon Press，1957.

Jackson，Andrew. "Farewell Address，" In J. R. Hollingsworth and B. L. Wiley eds.，*American Democracy: A Documentary Record*. New York：Crowell，1961.

James，Henry. *Hawthorne*. New York：St. Martin's Press，1967.

Jameson，Fredric. "The Politics of Utopia，" *New Left Review* 25 (2004).

Jameson，J. Franklin. *The History of Historical Writing in America*. Boston，1891.

Kaul，A. N. *The American Vision*. New Haven：Yale University Press，1963.

Kearns，Francis E. "Margaret Fuller as a Model for Hester Prynne，" *Jahrbuch für Amerikastudien*，No. 10(1965).

Kesselring，M. L. "Hawthorne's Reading，1828 - 1850，" *Bulletin of the New York Public Library*，No. 53 (1949).

Kraus，Michael. "George Bancroft 1834 - 1934，" *The New England Quarterly*，Vol. 7，No. 4 (Dec.，1934).

Kristeva，Julia. "Word，Dialogue and Novel，" *The Kristeva Reade*r. Ed. Toril Moi. New York：New York Columbia University Press，1986.

Kumar，Krishan. *Utopia and Anti-Utopia in Modern Times*. New York：Basil Blackwell Ltd.，1987.

—，and Stephen Bann，eds. *Utopias and the Millennium*. London：Reaktion Books Ltd.，1993.

Leavis，Q. D. "Hawthorne as Poet，" *Hawthorne: A Collection of Critical Essays*. ed. A. N. Kaul. Englewood Cliffs. N. J.：Prentice-Hall，1966.

Levin, Harry. *The Myth of The Golden Age in the Renaissance*. Bloomington: Indianan University Press, 1969.

—. *The Power of Blackness: Hawthorne, Poe, Melville*. New York: Alfred A. Knopf Inc., 1958.

Levine, Robert S. "'Antebellum Rome' In *The Marble Faun*," *American Literary History*, Vol. 2, No. 1. (1990).

Male, Roy R. Jr. "The Dual Aspects of Evil in 'Rappaccini's Daughter'," *PMLA*, Vol. 69, No. 1(Mar., 1954).

Manuel, Frank E., and Fritzie P. Manuel. *Utopian Thought in the Western World*. Massachusetts: The Belkap Press of Harvard University Press, 1979.

Marks, Alfred H. "Who Killed Judge Pyncheon? The Role of the Imagination In *The House of the Seven Gables*," *PMLA*, No. 6 (1956).

Marsoobian, Armen T., and John Ryder. *The Blackwell Guide to American Philosophy*. Malden: Blackwell Publishing Ltd., 2004.

Matthiessen, F. O. *The American Renaissance*. New York: Oxford University Press, 1941.

Mcfarland, Ian A., and Karen Kilby, ed., *The Cambridge Dictionary of Christian Theology*. Cambridge: Cambrige University Press, 2011.

McIntosh, James, ed., *Norton Critical Edition of Hawthorne's Tales*. New York: W. W. Norton & Company, 1987.

Mellow, James R. *Nathaniel Hawthorne in His Times*. Baltimore: The Johns Hopkins University Press, 1980.

Merk, Frederick, and Lois Bannister Merk. *Manifest Destiny and Mission in American History: A Reinterpretation*. Cambridge: Harvard University Press, 1963.

Mezo, Richard Eugene. *Hawthorne's The Marble Faun: A Reappraisal*. Dissertation. com, 1972.

Miller, Edwin Haviland. *Salem Is My Dwelling Place*. Iowa City: University of Iowa Press, 1991.

Miller, Perry. *The New England Mind: From Colony to Province*. Cambridge: Harvard University Press, 1953.

Millington, Richard H., ed., *The Cambridge Companion to Nathaniel Hawthorne*. Cambridge: Cambridge University Press, 2004.

Morris, Harry. "As You Like It: Et in Arcadia Ego," *Shakespeare Quarterly*, Vol. 26, No. 3. (Summer, 1975).

Murphy, Cullen. *Are We Rome?: The Fall of an Empire and the Fate of America*. Boston: Houghton Mifflin Harcourt, 2007.

Myerson, Joel, ed., *Selected Letters of Nathaniel Hawthorne*. Columbus: The Ohio State University Press, 2002.

Nagy, Ladislav. "The Moving Pattern of Images: The Discourse on History in Hawthorne's '*Main-Street*'," *Litteraria Pragensia: Studies in Literature and Culture*, 19 (2000).

Newberry, Frederick. *Hawthorne's Divided Loyalties*. London and Toronto: Associated University Press, 1987.

—. "*The Artist of the Beautiful*: Crossing the Transcendent Divide in Hawthorne's Fiction," *Nineteenth-Century Literature*, Vol. 50, No. 1 (Jun., 1995).

Newman, Lea Bertani Vozar. *A Reader's Guide to the Short Stories of Nathaniel Hawthorne*. Boston: G. K Hall Co., 1979.

Pearce, Roy Harvey, ed., *Hawthorne Centenary Essays*. Columbus: Ohio State University Press, 1964.

Popper, Karl. *The Poverty of Historicism*. London & New York: Routledge & Kegan Paul, 1957.

Predmore, Richard. "The Development of Social Commentary in Nathaniel Hawthorne's Works: 1828 - 1844," *Colby Quarterly*, Volume 20, Issue 1, March, 1984.

Rees, John O. Jr. "Shakespeare in The Blithedale Romance," *ESQ: A Journal of the American Renaissance*, Vol. 71 (1973).

Reynolds, Larry J. "The Scarlet Letter and Revolutions Abroad," *American Literature*, Vol. 57, No. 1. (Mar. 1985).

—. "Hawthorne and Emerson in 'The Old Manse'," *Studies in the Novel*, Spring 1991, Vol. 23 Issue 1.

—, ed., *A Historical Guide to Nathaniel Hawthorne*. Oxford: Oxford University Press, 2001.

Schiller, Friedrich. *Essays: Friedrich Schiller*. ed. Walter Hinderer and Daniel O. Dahlstrom. New York: The Continuum International Publishing Group Ltd., 2005.

Smith, Julian. "Hawthorne's Legends of the Province House," *Nineteenth-Century Fiction*, Vol. 24, No. 1(Jun., 1969).

Smith, Timothy L.. *Revivalism and Social Reform in Mid-Nineteenth-Century America*. Nashville: Abingdon Press, 1957.

Stern, Milton R. *Context for Hawthorne: The Marble Faun and the Politics of Openness and Closure in American Literature*. Urbana: University of Illinois Press, 1991.

Stewart, Watt. "George Bancroft Historian of the American Republic," *The Mississippi Valley Historical Review*, Vol. 19, No. 1 (Jun., 1932).

Swann, Charles. "The House of the Seven Gables: Hawthorne's Modern Novel of 1848," *The Modern Language Review*, Vol. 86, No. 1. (Jan., 1991).

Tseëlon, Efrat, ed., *Masquerade and Identities: Essays on Gender, Sexuality and Marginality*. New York: Routledge, 2001.

Turner, Arlin. "Hawthorne and Reform," *The New England Quarterly*, Vol. 15, No. 4 (Dec., 1942).

—. "Hawthorne's Literary Borrowings," *PMLA*, Vol. 51, No. 2. (Jun., 1936).

—. *Nathaniel Hawthorne*. New York: Oxford University Press, 1980.

Vickery, John B. "The Golden Bough at Merry Mount," *Nineteenth-Century Fiction*, Vol. 12, No. 3 (1957).

Waggoner, Hyatt H. *Hawthorne, A Critical Study*. Cambridge: Harvard University Press, 1963.

Wallace, James D. "Hawthorne's Glimpses of English Poverty," *Nathaniel Hawthorne Review*, 2007 (Spring).

Warren, Austin. "Hawthorne's Reading," *The New England Quarterly*, Vol. 8, No. 4

Wayne, Tiffany K. *Encyclopedia of Transcendentalism*. New York: Facts On File, Inc., 2006.

Werlock, Abby H. P., ed. *The Facts On File Companion to the American Novel*. New York: Facts On File, Inc., 2006.

White, Hayden. *Metahistory: The Historical Imagination in Nineteenth-Century Europe*. Baltimore: The John Hopkins University Press, 1973.

Williams, Raymond. *Keywords: A Vocabulary of Culture and Society*. Rev. ed. New York: Oxford University Press, 1983.

—. *The Country and the City*. New York: Oxford University Press, 1973.

Wineapple, Brenda. *Hawthorne: a Life*. New York: Alfred A.

Knope, 2003.

Wright, Sarah Bird. *Critical Companion to Nathaniel Hawthorne: A Literary Reference to His Life and Work*, New York: Facts On File, Inc., 2007.

Zapf, Hubert. "The Rewriting of the Faust Myth in Nathaniel Hawthorne's *Young Goodman Brown*," *Nathaniel Hawthorne Review*,, Vol. 38 ,Issue 1(Spring 2012).

Zwierblowsky, R. J., and Geoffrey Wigoder, eds., *The Oxford Dictionary of the Jewish Religion*. Oxford: Oxford University Press, 1997.

T. S. 艾略特:《传统与个人才能》,见赵衡毅选编:《新批评文集》,卞之琳译,北京:中国社会科学出版社,1988 年。

爱默生:《卡莱尔、爱默生通信集》,李静滢等译,桂林:广西师范大学出版社,2008 年。

爱默生:《爱默生集:论文与演讲录》(上),赵一凡,蒲隆等译,北京:生活·读书·新知三联书店,1993 年。

爱默生:《自然沉思录》,博凡译,上海:上海社会科学院出版社,1993 年。

奥维德:《变形记》,杨周翰译,北京:人民文学出版社,1984 年。

萨克文·伯科维奇主编:《剑桥美国文学史》(第二卷),史志康等译,北京:中央编译出版社,2008 年。

S. F. 比米斯:《美国外交史》(第一分册),叶笃义译,北京:商务印书馆,1985 年。

程新宇:《加尔文宗教改革的特点》,《法国研究》,2003 年第 2 期。

丛日云:《在上帝与凯撒之间——基督教二元政治观与近代自由主义》,北京:生活 ·读书·新知三联书店,2003 年。

程巍:《中产阶级的孩子们:60 年代与文化领导权》,北京:生活·读书·新知三联书店,2006 年。

陈志瑞，石斌编：《埃德蒙·伯克读本》，北京：中央编译出版社，2006年。
米歇尔·福柯：《规训与惩罚》，刘北成，杨远婴译，北京：生活·读书·新知三联书店，2010年。
道格拉斯·F.凯利：《加尔文主义与北美殖民地政府》，王怡，李玉臻译，南昌：江西人民出版社，2008年。
——：《自由的崛起：16—18世纪加尔文主义和五个政府的形成》，王怡，李玉臻译，南昌：江西人民出版社，2008年。
方成：《霍桑与美国浪漫传奇研究》，西安：陕西人民出版社，1999年。
方文开：《人性·自然·精神家园——霍桑及其现代性研究》，上海：上海外语教育出版社，2008年。
威廉·福斯特：《美国共产党史》，北京：世界知识出版社，1959年。
霍桑：《红字》，姚乃强译，南京：译林出版社，1996年。
——：《霍桑小说全集》(第1—4册)，胡允桓译，合肥：安徽文艺出版社，2000年。
何顺果：《美国边疆史——西部开发模式研究》，北京：北京大学出版社，2000年。
——：《美国历史十五讲》，北京：北京大学出版社，2007年。
胡家峦：《〈牧人月历〉简介》，《国外文学》，1994年第4期。
约翰·加尔文：《基督教要义》，钱曜诚总编，台北：加尔文出版社，2007年。
凯尔纳：《恩斯特·布洛赫：乌托邦与意识形态批判》，王峰译，《马克思主义美学研究》，第13卷第1期。
李剑鸣：《美国的奠基时代(1585—1775)》，《美国通史》(第一卷)，北京：中国人民大学出版社，2002年。
林慧：《詹姆逊与乌托邦思想研究》，北京：中国人民大学出版社，2007年。
刘林海：《加尔文思想研究》，北京：中国人民大学出版社，2006年。

罗荣渠:《美国历史通论》,北京:商务印书馆,2009年。

罗素:《西方文明史》(上),何兆武,李约瑟译,北京:商务印书馆,2001年。

罗婷:《论克里斯多娃的互文性理论》,《国外文学》,2001年第4期。

卡尔·洛维特:《世界历史与救赎历史:历史哲学的神学前提》,李秋零,田薇译,北京:生活·读书·新知三联书店,2002年。

阿里斯特·麦格拉思:《宗教改革运动思潮》,蔡锦图,陈佐人译,北京:中国社会科学出版社,2009年。

卡尔·曼海姆:《意识形态与乌托邦》,黎鸣,李书崇译,北京:商务印书馆,2000年。

弥尔顿:《论出版自由》,吴之椿译,北京:商务印书馆,1958年。

尼采:《悲剧的诞生》,周国平译,桂林:广西师范大学出版社,2002年。

沃浓·路易·帕灵顿:《美国思想史 1620—1920》,陈永国等译,长春:吉林人民出版社,2002年。

帕立坎:《历代耶稣形象》,杨德友译,上海:上海三联书店,1999年。

戚涛:《主流或边缘——场域视野下爱默生超验主义再探》,《外国文学》,2013年第3期。

莎士比亚:《莎士比亚全集》(第二,五卷),朱生豪译,北京:人民文学出版社,1994年。

尚晓进主编:《霍桑短篇小说选读与评述》,上海:上海大学出版社,2010年。

童明:《悲剧之力:尼采式转折上篇》,《外国文学》,2008年第1期。

——:《解构》(上篇),《外国文学》,2012年第5期。

兰德尔·斯图尔特:《霍桑传》,赵庆庆译,上海:东方出版中心,1997年。

托克维尔:《论美国的民主》(上卷),董果良译,北京:商务印书馆,1988年。

马克斯·韦伯:《新教伦理与资本主义精神》,苏国勋等译,北京:社会科学文献出版社，2010 年。
魏风莲：《狄奥尼索斯崇拜研究》复旦大学博士学位论文，2004 年。
维吉尔：《牧歌》，杨宪益译，北京：人民文学出版社，1957 年。
夏洞奇：《尘世的权威：奥古斯丁的社会政治思想》，上海：上海三联书店，2007 年。
夏忠宪：《巴赫金狂欢化诗学研究》，北京：北京师范大学出版社，2000 年。
锡德尼：《为诗辩护》，钱学熙译，北京：人民文学出版社，1964 年。
谢江平：《反乌托邦思想的哲学研究》，北京：中国社会科学出版社，2007 年。
休·西塞尔：《保守主义》，杜汝楫译，北京：商务印书馆，1986 年。
米尔恰·伊利亚德：《宗教思想史》，晏可佳等译，上海：上海社会科学院出版社，2004 年。
张冲：《新编美国文学史》（第一卷），上海：上海外语教育出版社，2000 年。
张和声：《评乔治·班克罗夫特的历史观及其代表作〈美国史〉》，《史林》，1988 年第 2 期。
张瑞华：《约翰温斯罗普的意义：从海丝特为温斯罗普总督守灵说起》，《外国文学》，2011 年第 1 期。
张友伦主编：《美国的独立和初步繁荣，1775—1980》，《美国通史》（第二卷），北京：人民出版社，2002 年。
周国平：《代译序》，《悲剧的诞生》，周国平译，桂林：广西师范大学出版社，2002 年。
周伟驰：《奥古斯丁的基督教思想》，北京：中国社会科学出版社，2005 年。

后　记

这本书稿完成时，我已是个不折不扣的中年人了，从起意研究霍桑到最后成书，已有八九年之久，相对于我们风驰电掣的高铁时代，这可真是蜗牛奔跑的速度了。

心中有深深的愧意，而肩上已落了薄薄一层秋霜。

自知才疏学浅，而精力又不富余，所能做的，只是以蜗牛的谦卑与执着，在学问的道路上缓缓前行，不问功名，只求心安。读书、思考、写作，于我，说到底是一种修行，逼我屏气敛息，心无旁骛，看到自身的虚弱，又由自身的虚弱，察知世界的辽阔与高远，非关大学问大襟怀，只是在一己之私外，有所体贴，有所关怀，有所追慕，有所期冀。是谓知识人的良知。如此而已。

研读霍桑是个断断续续的过程。2007 年，在美国杜克大学访学，开始系统阅读他的作品，同时着手收集资料，其间，得到 Prof. Victor Strandberg 和 Mr. Buford Jones 两位老先生的热心指点。但当时忙于拓宽学术视野，于霍桑只是兼顾。之后几年间，开始深潜，有系列论文发表。其中，有对霍桑历史题材短篇小说的开创性探索，有对霍桑如何回应改革运动的深入探究，还有关于《牧神雕像》的国内首篇专论。此间，有关霍桑保守主义的整体性想法慢慢成形，但真正开始动笔，也就是这两年间的事，且又集中于寒暑假。

老家在皖西南山间。山中夏日，我在桌前敲字，清风徐来，蓝天湛蓝，白云汹涌，从山坡的背后缓缓升起，如巨浪、如猛兽、如怒放的巨大花朵，缓缓卷过天际。有时，于夜深人静之际，我关了电脑，独自在小街漫步。月在中天，清辉满地，粉墙黛瓦的徽派民居，愈显轮廓分明，远处，流萤点点，稻花暗中传送清香，一声两声犬吠，是对山中客居人的问候。

山间多雷雨，时常拉闸断电，停电时，便心安理得地看天看雨。白光过处，霹雳炸响，仿佛就落在对面的山脚，天地洪荒，大雨从史前下起，山裂泉涌，天路中断，白水直接倾泻，恍惚间，连寄身的那片小楼都会浮起。

去年，滴水成冰的腊月，我又去了山里。岁末，乡间在忙年，忙得隆重，忙得一团喜气。白日里，分享左邻右舍的热闹，晚间抱着热水袋，仍是在灯下敲字。有时，心气浮躁，意绪纷至沓来，便出门走在夜空下小立。夜色如高纯度的黑水晶，包裹世界。繁星漫天，万籁俱寂。

光阴的脚步，思想的轨迹，就化为这些斑驳的碎片，分外清晰，又分外朦胧；追忆起来，与霍桑相伴的岁月，又像一场快进或快退的胶片，呼啦啦，放完了，只剩一些光影的片段，轮番闪现。

倏忽间，已在千山万水之外。踩着青春的余晖，一头扎入苍茫的中年。或许，可聊以自慰的是，我多少读懂了霍桑，读懂了他异代的悒郁、焦灼，他重重疑虑背后的爱与关切。时代高歌猛进，他独闯风雨之夜，向着深渊而行，却又以孤绝的勇气，呵护手中的一盏孤灯。

书稿付梓之际，也是感恩并致谢的日子，感谢一路扶持我的师长、挚友和家人。我的导师虞建华先生，渊博深厚，识见一流，是我终生仰望的高度，先生待人谦和，襟怀洒落，有君子之风。这些年来，学问的路上，仰仗先生一路的扶持和鼓励，所惭愧的是，不足以回报先生的厚望，而先生所给予的激励，也是我一路前行的光亮。洪增流先生，是我的硕士导师，为我打开美国文学研究的大门，引领我看到门内的风光旖旎，感谢他给了我最初的自信和骄傲。

感谢我的师姐，新疆大学外国语学院的单雪梅教授，这些年，受师姐恩惠太多，点点滴滴，无从一一提起，但一一铭记在心。感谢我的同门，陈雷和迟晓虹伉俪。陈雷学养过人，厚积薄发，我做霍桑研究时，他提醒我关注作品中的田园牧歌传统，由此，峰回路转，我进入一个全新的天地。迟晓虹，聪慧机敏，有一针见血的犀利，她是我人生难得的挚友。还有我的小师妹，安徽大学外国语学院的谷婷婷老师，修改书稿时，她提出极为中肯的意见。婷婷才思敏捷，我喜欢她的生气勃勃。

2012 年新春，有喜临门。中年得子，心中常涌起无言的感动，看到生命原初的神性，见证光阴的奇迹，感受生之大欢喜。有时，牵他的小手，迎着朝阳一起走，欣欣然，有老树新枝的生意。时光环绕着芬芳的幼儿，光影摇曳，五色迷离，恍惚间，我偷得几分永恒在指尖。仿佛云游僧转了一座山刚回，又仿佛芍药花下醉眠初醒，就这一恍惚的功夫，他要上幼儿园了。

陈萍芝大姐，小儿唤她姆妈，湖南话，就是妈妈的意思。陈姐待他如同已出，悉心照料，娃儿出落得健壮皮实，有时，觉得她就是天地间母性的化身。陈姐带娃理家，闲暇时，在露台上种菜，青菜、茄子、西红柿、黄瓜、丝瓜、苦瓜，绿意满眼，一派风流。菜蔬们与她相亲相爱，她也是植物的母亲。

2002 年，来到上海大学外国语学院工作，不觉间，已是老教员了。周平院长于犹太研究，成绩斐然，且为性情中人，三五好友，一起共事，一起散步，言笑晏晏，有她们，此间我不寂寞。

搁笔之际，想起贯穿古今的浮生之叹，感念父母、家人、兄妹，一路扶携，相依相偎，给此身以光和温暖。

2015 年夏　于沪上六楼